莎斋闲览

吴小如八十后随笔

吴小如 / 著

北京大学出版社
PEKING UNIVERSITY PRESS

图书在版编目（CIP）数据

莎斋闲览：吴小如八十后随笔/吴小如著．—北京：北京大学出版社，2012.9
ISBN 978-7-301-21210-3

Ⅰ.①莎…　Ⅱ.①吴…　Ⅲ.①随笔—作品集—中国—当代　Ⅳ.①I267.1

中国版本图书馆CIP数据核字（2012）第213209号

书　　　名：	莎斋闲览——吴小如八十后随笔
著作责任者：	吴小如　著
责 任 编 辑：	沈莹莹
标 准 书 号：	ISBN 978-7-301-21210-3/C·0800
出　版　者：	北京大学出版社
地　　　址：	北京市海淀区成府路205号　100871
网　　　址：	http://www.pup.cn
电　　　话：	邮购部 62752015　发行部 62750672
	编辑部 62754934　出版部 62754962
电 子 信 箱：	dianjiwenhua@126.com
印　刷　者：	北京大学印刷厂
发　行　者：	北京大学出版社
经　销　者：	新华书店
	650毫米×980毫米　16开本　30.25印张　350千字
	2012年9月第1版　2012年9月第1次印刷
定　　　价：	60.00元

未经许可，不得以任何方式复制或抄袭本书之部分或全部内容。
版权所有，侵权必究
举报电话：(010) 62752024　电子信箱：fd@pup.pku.edu.cn

目录

自序/1

卷一

白化文著《承泽副墨》/001
　　——《莎斋闲览》之一
方彪著《镖行述史》/004
　　——《莎斋闲览》之二
《中国学生作文年选·名师评点大全》/006
　　——《莎斋闲览》之三
彭国忠著《元祐词坛研究》/009
　　——《莎斋闲览》之四
檀作文著《朱熹诗经学研究》序/013
　　——《莎斋闲览》之五
唐德刚译注《胡适口述自传》/017
　　——莎斋闲览之六
林庚先生著《西游记漫话》/020
　　——莎斋闲览之七
陈子善著《发现的愉悦》/024
　　——莎斋闲览之八

孙养侬著《谈余叔岩》/027
　　——莎斋闲览之九
蔡东藩著《历朝通俗演义》/031
　　——莎斋闲览之十
读《论诸葛亮》/035
　　——《周一良集》札记之一
治史宜通"小学"/039
　　——《周一良集》札记之二
读《魏收之史学》/042
　　——《周一良集》札记之三
我和《十二史札记》/045
　　——《周一良集》札记之四
读《钻石婚杂忆》/048
　　——《周一良集》札记之五
《郊叟曝言》/051
　　——周一良先生的最后一本自选集

卷二

《俞平伯全集》出版志庆/054
读严中《俞平伯与周汝昌》书后/056
《中华活页文选》活了/058
祝贺《古典文学知识》出版百期/060
《文史知识》二百期志庆/062
《文史知识》二十年/064
品书宜读《书品》/067
　　——评《书品》季刊

一本玩物而"尚志"的好书/069
　　　　——读周倜著《古玩市场今昔考》
去国·思乡·怀旧/073
　　　　——读於梨华《别西冷庄园》
读徐凌霄《古城返照记》/076
旧文不妨新读/079
　　　　——谈余英时《红楼梦的两个世界》
《林屋山民送米图卷子》流传始末/082
读扬之水著《先秦诗文史》/084
读止庵编《废名文集》琐记/087
实事求是地看待武侠小说/093
　　　　——为袁良骏著《武侠小说指掌图》序
读《邵燕祥自述》/098
古典文学的"使命"/101
　　　　——重读《窥天集》
重印《论雅俗共赏》前言/110
《沈玉成文存》序/114
读《北京城杂忆》/118
《中外大事日历辞典》序/121
《郑孝胥传》/123
《工具书带来的困惑》校后附记/125
初读《书城》/128
《宋诗精华》序/131
初读《吕碧城词笺注》/143
黄节《诗学》、《诗律》讲义之价值/145
《初唐诗歌系年考》序/146

关于顾炎武研究的主要读物/148

跋文二篇/151

  跋范洛森藏谭复堂遗诗手迹/151

  跋范洛森藏俞曲园遗诗手迹/151

两部《谢宣城集校注》/153

分类《太平广记》系列连环画序言/155

《红楼梦》连环画集序言/157

对《汉魏六朝辞赋与纬学》一文的审读意见/160

对于《欧阳修求诗本义之方法探微》的意见/162

《试论章太炎的经学思想》一文审读意见/163

谈三种《新三字经》/165

也谈《铜官感旧图》/166

《汉语成语考释词典》（修订本）序/167

《汉语成语源流大辞典》序/169

《启功联语墨迹》序/170

《学术文选》自序/174

平生心疚滥吹竽/177

  ——《学术随笔自选集》自序

《戏曲随笔集补编》自序/179

《吴小如讲〈孟子〉》自序/182

《吴小如录书斋联语》自序/186

《吴小如手录宋词》自序/189

《吴小如书法选》自序/190

卷三

莫把挽联作寿联/191

评联赘语/193

谈谈怎样对对联/195

也谈"对对子"/198

为楹联评委们说几句话/200
　　——兼答高商先生

联语辑存/202

《中国对联大词典》序/207

中国的楹联/210

卷四

大学生的德育/225

一个大学生的自白/227

同一年级大学生的谈话/229

关于大学生参加社会实践的设想/231

"望子成龙"与"患为人师"/234

徒弟的人品/236

五十五年间两个"初中一"/238

为社会科学呼吁/241

人们对知识分子的价值观/243

在高中语文实验教材研讨会上的发言(节录)/246
　　——一九八六年八月七日在太原

弘扬华夏文化的前提在于培养鉴别力/251

掬诚跟中学语文老师谈谈心/255

为大学师资一哭/258

"救救孩子"新解/260

教育子女应先教育父母/262

是谁"误导"？/265

"电子宠物"可以休矣！/267

"打通堂"竟重见于今日/269

读经问题刍议/271

我看所谓"国学"/274

"中国文学史"的"教"与"读"问题/276

资历限定与自学成材/280

关于"博导"/283

我对人文教育的三点浅见/286

学术"量化"误尽苍生/289

我对高校公共基础课——"大一语文"的浅见/291

学术规范应坚持"守正"/297

卷五

读报的质量/301

改编现代名作要重视文化素养/303

写书人的感喟/305

自编的一首"顺口溜"/307

文艺的"一窝蜂"现象/309

"不足辨"/311

溯源、掠美与侵权/313

买书的烦恼/315

从整理古籍谈到整理今籍/317

"涮"风何时了？/319

"性""命"之学该降温了/321

今籍的整理、发掘和抢救/323

译风宜正/326
杂文的"主弦律"/328
"开卷有益"与"杞人忧天"/330
武则天有多大学问?/333
"乾隆"学问有多大?/335
古今文化"名人"何以竟不识字/337
也谈一稿数投/339
也谈赠书/341
"主编"的困惑/343
呼唤废名全集问世/347
说"为人作嫁"/350
"精神产品"的浪费与文化垃圾的过剩/353
电视考场的出题人和主持人/355
积极弘扬"猪跑学"/357
　　　附录:丹晨《用错"家书"》/359
"硬伤"与知识面/362
不该出现的硬伤/365
找回传统的文化底蕴/368
明目张胆地造假/371
慎加"按语"/374

卷六

答编辑部问/377
对我影响最大的书/385
来函照登/387
　　——致张永芳同志

读书二题/389
治学与工作需要/391
写文章与改文章/394
溢美之誉愧不敢当/396

卷七

勿把粗话当"雅言"/398
五十句忌语之外/399
为邮政工作人员唱颂歌/401
望不为前僧人所笑/403
我的"世纪遐想"/405
丁丑抒怀/407
"谁的官大,谁的表准"/409
世交与"世兄"/411
不礼貌的称呼/413
答李国涛先生/415
说语言的净化/417
从无糖月饼谈起/418
辞旧迎新祝愿/420
从拥抱病人谈起/422
"以史为鉴"/424
翻书掇感/426
墓志铭·碑铭·祭文/428
给罗文华同志的公开信/430
"汉化"的力量/432

卷八

跟少年朋友谈谈写毛笔字/434

初学楷书要大小字并举/436
——习字札记之一

写大楷也可以从二王入手/439
——习字札记之二

学者墨迹传世务宜慎重/442

浅谈书法/444

书法浅议/448

写毛笔字的点滴体会/451

关于书法博士生/453

写字一得致邢捷先生/456

在"学习吴玉如先生书法艺术报告会"上的讲话/458

马连良与褚遂良/463

习字必自二王入手/465

致谷曙光书/468

自　序

二〇〇二年，我在八十岁的时候出了一本《霞绮随笔》。之后这十年就没有出过新文集。这次北大出版社准备将我这十年间没有收过集的文章汇成一书，所以副标题为"八十后随笔"。实际上，我在董理书箧时，还找到了不少八十岁之前所写或单篇发表的文章，经过筛选，这些文章也大部分收入了书里。

这部随笔跟我以前出的几本书性质差不多，除了读书笔记之外，还有很大一部分针砭时弊的文章，现在看看，它们还没有过时，因此也都收入集子里去了。

二〇〇九年夏，我突发脑梗，随之右手颤得厉害，也没法动笔写文章了。这本随笔的出版，我的写作生涯也到此画上了句号。北大出版社肯为我出这本书，对我个人来说是有纪念意义的，在这里，我要感谢出版社和责编。责编为整理和搜集我的文稿出了很多力，我要特别提出感谢。

二〇一二年八月二日

白化文著《承泽副墨》

——《莎斋闲览》之一

自一九五二年全国高校院系调整以后,北京大学中文系出了两个年级的学生在社会上知名度最高,高材生也最多。那就是一九五一年入学、一九五五年毕业的本科班和一九五五年入学、一九六〇年毕业的本科班(后者通称北大中文系五五级的便是)。这里我主要想谈一下一九五五年毕业的这个年级。

由于这个年级的学生是由北大、清华、燕京三所名牌学校合并后聚集到一起的,故人才济济。不但整个年级人数众多,其中出类拔萃的杰出学生尤不可胜数。印象所及,如在中华书局工作的程毅中、傅璇琮,在商务印书馆工作的李思敬(已故),在中国社会科学院文研所工作的沈玉成(已故)、刘世德,以及后来返校任教的白化文(本名白乃桢),还有学优而从政的金开诚等,今天都已成为工作上独当一面的领导、学问上成就斐然的知名人士、学术专家。当时我做为浦江清先生的助手,曾给这个年级的同学讲过几堂课,权算做"一日之师"。而这些同志对我却总是以礼相待,每以"老师"呼之。其实这个年级的毕业生大都学有专长,上述的这几位更是著作等身,远非我这"万金油"式教书匠的水平所能企及。从我这方面来说,真是"与有荣焉"。因与白化文兄同在北大,过从较其他诸君为密迩,他出版的大著往往能先睹为快。如去年由东南大学出版社出版的《承泽副墨》(收入《六朝松随笔文库》),便是化文兄的新作。此书到手,立即披读一过。今略陈观感,化文其哂之。

在我这半个多世纪的教学生涯中，为了服从工作需要，在学校所开课程往往只是依据教学大纲的内容做些拾遗补阙工作，即该开设的课程一时无适当人选便由我承乏。久而久之，自然不免杂乱无章。于是"文革"一来，遂忝膺"杂家"美谥。其实"杂"也并非坏事，坏在我既"杂"且乱，近于泛滥无归，故至今头童齿豁，一事无成。而读化文大著，感到他虽亦属"杂家者流"，而难得的却在于虽"杂"而能"专"。细绎其晚年治学历程，始终以"敦煌学"和佛学为核心，尽管他写了不少"杂"色之文，却总是围绕上述两大门类学问延伸，向各个方面拓展，如车轮之有轴有辐，变而不离其宗。这就比我这一生总是东一榔头西一杠子，浅尝辄止，十九为应付差事或完成任务而虚度时光强多了。故化文之于不佞，显然有上下床之别。

即使说到化文的"杂"，则不佞也是瞠乎其后的。《承泽副墨》篇幅不大，所收皆短文，而内容竟涉及六七十部大小书籍，其中有哲学、文学、史学、艺术、宗教、民俗、杂览随笔，以及人文科学、自然科学，多属普及性文化常识，但也有极专门且相当僻奥的学术问题。赞之者或谓之满目琳琅，贬之者则嫌其漫无涯际。但我本人却另有看法。曩时曾当面向化文提出："足下为文，何以有美无刺，有褒无贬？"意在病其对人对书，只有善颂善祷之言而缺乏匡谬正讹之笔。化文则以实相告曰："某次对一熟人的文章略施针砭，便招来物议。为了少惹闲气，只好报喜不报忧。"及读此书终卷，始感到自己并非真知化文者。盖化文之文化素养与渊博知识，实远非时贤所及。正如我平时常说的，"即使要捧某人的学问，也要捧到点子上，才能使被捧的人与广大读者心悦诚服"。今化文之每篇文章，大都含有真知灼见，对所评所序之书，都能抉其精华，指出关键，可谓捧人能捧到点子上者。化文正以其"杂"而见出自己的真功夫。然则内容虽"杂",又何伤乎?

复有不能已于言者。化文虽为半个世纪前毕业的"洋"大学生,却能写一手对仗工整、用典自如而合乎四六规范的骈体文,这实在是难能可贵的事。此书所收骈体文多篇,虽偶有用典重复、立意稍浅的不足之处,却是他人所远不能逮的。仅此一端,化文足可傲视侪辈矣。

说到此书缺点,主要在于校对欠精。信手翻去,鲁鱼亥豕即随处可见。如第四三页,"铁板铜琶"误作"钱板";"不佞"误作"不妄";第二五六页,"奎璧焕光"误作"奎壁";第二七九页,"会意象形"误作"像形";第二八二页,"象教"误作"像教";第二八三页,"阀阅"误作"阀阁":皆校对欠精明证。尤其以第三九二页"李光弼"误作"李光璧";第三九四页"教学大纲"误作"教学大钢",则有点不可原谅了。此皆一望而知者,如精心细校,则其失误恐尚不止此。诚为美中不足。寄语出版社责编诸君,是否能对此予以更多关注呢!

二〇〇三年三月,写于沪郊寄庐。

原载二〇〇三年第三辑《书品》

方彪著《镖行述史》

——《莎斋闲览》之二

对此书发生兴趣,是因读了白化文兄为它写的序文引起的。此书于一九九五年六月由北京现代出版社出版,至今在社会上似乎也没有什么反响。其实这本书大有看头。正如化文在《序》的开头所说:"此书可能空前绝后——以前的人没有写过,以后的人写不出来。"化文又说:"小说和历史大有不同。小说家爱怎么写,是他们的自由;……可要读信史,却要靠方君此书了。"可见这是一本史料翔实的书,尽管作者的写作方法有点儿近于稗官野史。

我出生于上个世纪二十年代初,有关保镖行业的点滴常识,首先是从侠义公案小说如《施公案》、《彭公案》之类的书本上略有所知;其次则是从根据小说编成的京剧,如《英雄会》、《贺龙衣》、《恶虎村》、《连环套》等剧目在舞台表演中,得到一点感性认识。至于镖行的真正内情,包括镖局、镖师以及他们的对立面——劫镖的盗匪等,实是从最近读了这本《镖行述史》之后才学到一些系统知识的。于是我联想到,当前爱读武侠小说者大有人在。最好请这些武侠小说的读者在读小说的同时也去浏览一下《镖行述史》,庶几不至于被武侠小说的作者那些神乎其神、天花乱坠的内容所蒙骗。当然,与广大读者发生供需关系的武侠小说作者,就更应好好读一读《镖行述史》,或者可以减少一些向壁虚构、信口开河的缺陷。

其实此书价值尚远不止此。凡有志研究中国近代史(从晚清到民初)、社会学、民俗学,以及近代政治现状(包括宦海浮沉、阶级转化)、经济现状（包括商品流通、金融周转）的诸般学人，都不妨在茶馀饭后以此书作为开眼界、长见识的读物，我相信这样对各位专家们治其专业学问都是"开卷有益"的。

当前的所谓文化领域，作为休闲消遣之用的时尚报刊书籍，堪称五花八门，五光十色，林林总总，层出不穷。但只要你翻阅一下，便会发现它们大抵雷同重复，不是影视明星的生活起居注，就是大款、大腕们的爱情罗曼史，再配上几幅用上好纸张彩印的美女照片，其售价自然不菲。然而时限一过，经不起浪潮的淘汰冲刷，立即成为文字垃圾。与其如此浪费纸张资源，以毫无价值的无聊书刊去掏取青年男女的钱袋，还不如出版几本像《镖行述史》这样雅俗共赏、带有史料性的大众读物，给我们的文化建设工程稍事添砖加瓦。这对国家社会和广大读者都有裨益。希望掌管宣传、出版以及文教工作的同志能认真走到群众中去做一番缜密深入的调查研究工作，并以审慎的、宽严结合的务实态度对各类出版物详加甄别，这也算是为人民群众的精神文明建设办件实事。因读《镖行述史》而信笔涉及题外之言，姑且视为另类的、非正统的"读后感"吧。

《镖行述史》自有其不足之处，这主要体现在文字表达方面。行文流畅有馀，凝炼不足。叙述略病粗疏，传统文学作品中的套语陈词也时时出现。这说明作者在烹炼文字上尚有待提高。我并不主张人们著书立说故弄玄虚，以艰深晦涩文其肤浅寒伧；更不希望把通俗读物硬加上经院式的学术外衣。但语言文字上的斟酌推敲还是必要的。听说作者仍在孜孜不倦地从事著述工作，倘能在这方面多下点揣摩功夫，则无论于己于人，都是大有好处的。

二〇〇三年三月写于沪郊。

原载二〇〇三年第四辑《书品》

《中国学生作文年选·名师评点大全》

——《莎斋闲览》之三

这部《作文年选》（原名《作文年鉴》）经山西教育出版社策划、出版，已经陆续出了好几册（每年一册）。他们的意愿是：通过我国中、小学的作文改革以提高在校生的写作水平，引导学生从主观上自发地有兴趣地去写作，并从客观上体察到现实生活中有东西可写。这个选本累积几年，再精选出一册来，即所谓《名师评点大全》。这一出发点是好的，而且确也收到很大成效。出版社责编同志嘱我写篇文章作为今后此书的"前言"。我在披诵之后，确实也想发表点滴浅见。但这只能叫作"读后感"，如名之曰"前言"，似乎有点勉强。姑且把自己的想法写出来再说。窃以为如被出版社采用，还不如作为"附录"更恰当些。

尽管这个选本中的文章历年都不乏精彩之作，但从全国中、小学的数量来看，毕竟还只是极少数优秀学生的成果。到目前为止，在全国仍有数不胜数的中、小学生怕动笔作文，甚至不知应该怎样应付作文。原因很复杂，是多方面的，不能只怪学生一方面。如果说学生怕作文或不会作文是由于青少年朋友观察生活不够，思考问题不够；那么我想说，从当前实际现状来看，进入新世纪的中学生要比我读中学时那个年龄段的孩子们成熟多了。他们敢想敢说的精神状态也比我们这一代人十几岁时要强得多，生活阅历也不比我们那时少。可见现在的多数青少年朋友并非不善于观察和思考。据我本人不全面的调查，学生们的苦恼乃在于不善用语言文字来表达自己的感受和见闻。即使有时迸出一片思想火花或某些独到见解，却不善于把它们组织成完整而系统的理念。这就要靠老师的循循善诱。从书中诸篇文章具体评点的内容看，请恕直言，我感到其中一部分眉批和总评不够理想。它们有的不免空泛，有的有褒无贬，有的未切中要害，有的只是点到而已，没有把老师本人的意见阐发深透。我以为，语文老师想把作文课教好，首先自己必须能写一手好文章。上个世纪四十年代我当过几年国文教师，每逢命题作文，除了对名家名篇进行导读之外，有时自己也试作一篇，给学生"示范"（当年俞平伯先生在清华大学中文系讲"词选"，就写过《词课示例》，通过自己创作的词教学生怎样填词；记得我本人有一次从何其芳先生的《画梦录》中选出一篇散文让初中学生读，我也用同样的题目试作了一篇，然后让学生各依此题试作）。如果教师自己写的文章还不如学生，那他们对你是不会服气的。因此，教师在审阅学生的作文时，不仅是只站在读者的立场去品头论足，而是要设身处地站在学生写作时的立场，启发他们理清思路，帮助他们组织内容，并教导他们如何驾驭文字，修饰词藻。我个人的经验是，在对学生作文加以评点的同时，我更着重批改。而且当年我为了把书教好，不但耗费心血去批改学生作业，还咬紧牙关学着写文言文和作旧体诗。在课堂上要求学生背诵范文（主要是古文），自己就率先背给学生听。而现在有的教高三的语文老师，连学生作文中的错别字都不改，先不说教师的业务水平如何，至少也是太缺乏敬业精神了。多年来我一直强调，如想真正提高学生的学习，首先必须具备有过硬本领的师资。我的一位世交老友，在中学当了一辈子数学教师。我几次劝他到大学任教，他都婉言辞谢，把整个身心都扑在一代又一代的孩子们身上。而今天的中学老师，包括语文老师，就我所知，具备这种精诚执著的心态去面对学生的，恐怕不是很多，而是太少了。

至于谈到学生作文中能否写出自己的思想感受和生活体验，我也有一点想法。青少年朋友即使成熟得较早较快，毕竟受到年龄和环境的制约，不可能在短短十几年间遍阅人生百态。因此除了老师的诱导启发之外，我建议学生于"减负"政策认真执行的前提下，应该尽量多读书，读好书，读自己专业以外的各种书，当然更要读与自己爱好的专业密切相关的书，以开拓眼界，培养兴趣，锤炼思想，而不局限于课本和指定参考资料。培养学生广泛读书本身就是青少年朋友不可缺少的生活内容。教师在评点作文时应该有意识地引导学生往这方面发展。只要学生能养成认真读课外书的习惯，就不愁写不好作文，不愁作文时无话可说。当然，培养学生读书的兴趣，教师本身也得不断读书。我看到有的中学老师，除了课本和教学参考资料之外，几乎不读什么书，甚至还没有学生读的书多。记得几年前有个中学生，在作文中旁征博引，托尔斯泰怎么说，卡夫卡怎么说，其实都是他杜撰的，只是把自己想说的话冒充名人言论"引述"下来。而老师在评点时竟大加表扬，夸学生读的书多。正是由于这个学生深知老师不学无术，才如此肆无忌惮地欺骗老师。这件事传入耳中，我实在不忍对这个学生严加斥责，相反，倒想劝那位老师能反躬自省一下才好。

当前学风浮躁，这一册册《评点大全》还引起我的杞忧，怕成为某些学生进行剽窃抄袭的渊薮。这恐怕只能从提高人们的道德素养做起，不为追名逐利的歪风所引诱，则这些范文选本才能起到正面影响而不致产生负面效应。

二〇〇三年二月写于沪郊寓庐。

原载二〇〇三年第五辑《书品》

彭国忠著《元祐词坛研究》

——《莎斋闲览》之四

彭国忠君是我南来后结识的青年学者之一。他是在安徽师大刘学锴、余恕诚两位教授指导下获得硕士学位的高材生，并在安徽师大图书馆古籍部工作了七年，故与原馆长孙文光教授是熟人。刘学锴兄是一九五六年北大中文系毕业的校友，孙文光兄则是"文革"前在北大中文系毕业的研究生，都是我的老相识。二〇〇二年暑中，文光兄过沪见访，偕彭君同来，乃与订交。彭君于二〇〇〇年在上海华东师大获文学博士学位，导师是邓乔彬教授，毕业后即留校执教。这部《元祐词坛研究》就是在他的博士论文的基础上修订扩充成书的。此书由华东师大出版社于二〇〇二年十一月出版，承彭君惠赠一册，乃获细读。作为同行，我和彭君可算有缘。彭君年未四十，而学术造诣如斯；我作为一名老教书匠，不禁为"吾道不孤"而感到欣慰。故愿于读彭君大著后略陈管见。拙文所谈只是一得之愚，非为专评彭书而作。间有商榷之处，亦"《春秋》责贤者备"之意，初无贬抑讥损之心也。彭君鉴之。

多年以来，对于读书治学，我一直主张用"点"、"面"、"线"相结合的方式按部就班地前进。以治中国文学史为例，"线"即指从古到今的文学通史，"点"则指某朝某代某一具体作家的全部作品；而"面"则属于断代性质，有点像一株大树主干的横剖面。当然，这个"面"也与溯其上、沿其下的"线"有衔接传承关系，而且只要是"面"，其中必涵盖了若干个彼此相对独立而又互有关联的

"点"。以"元祐词坛"而论，其研究对象无疑是属于横剖面性质的。但在"元祐"这个"面"上，却不仅只有"词"这一个"点"。从传统文学范畴看，至少同时还有"诗"和"文"这两个非常重要的"点"。彭君此书的研究对象是"词"，但他所阐述的中心问题则是"以诗为词"。这乃是他撰写全书的关键。全书共九章，第五章的题目即是"以诗为词"。而从第四章起，以及后面的第六、七、八章，照我的理解，都是在阐释"以诗为词"这个中心内容的。

"词"本是我国传统诗歌中的一体，它与"诗"有着血肉相连的关系。自《诗三百篇》、《楚辞》以降，经汉魏六朝而发展到唐代，诗歌已达到全盛的高峰。为了求得"诗"自身的发展，诗人们乃有意无意地尝试着走上"以文为诗"的道路，这就直接影响到宋诗发展的前途。古今治诗史者每以唐代的杜甫和韩愈为"以文为诗"的代表作家，但实际上，这种"以文为诗"的尝试，在杜甫以前以及与杜甫同时的诗人，还有以韩愈为中心人物的作家群体，都有过具体实践的经验。即如陈子昂、李白、元结乃至白居易，在这些著名诗人的全集中，都能找到很典型的"以文为诗"的传世名作。再往上溯，作为一种诗歌的写作艺术技巧和表达作家思想感情的必要手段，从《诗》、《骚》开始，下而至于曹、阮、陶、谢，我们几乎都能从其具体作品中找到"以文为诗"的创作轨迹。而这一悠远传统到了北宋，特别是到了宋哲宗元祐年间（包括这一时间段之前和之后），"以文为诗"的"诗"乃风靡整个诗坛，也就不足为奇了。在北宋，具有代表性的"以文为诗"的诗人，元祐以前有欧、梅、王安石，横跨于元祐前后的有苏轼及苏门六君子；其中特别应当指出的，是发轫自元祐，而影响竟及于南宋的江西诗派，更是"以文为诗"的突出代表。属于江西诗派的骨干人物，又恰好是苏门六君子中的黄庭坚和陈师道，他们的诗作，几乎以"以文为诗"为创作特色。我们一讲到宋诗，上述这些作家是无法绕过去不谈的。而彭书中所强调的"以诗为词"，实际是从"以文为诗"发展出去的一个旁支。我们如果把这些作家所填写的词加以具体比勘，则凡江西诗派中诗人所具有的创作特色，如诗中多用典故和前人成句，以及所谓"夺胎换骨"、"点铁成金"等艺术技巧和手段，在元祐词人的词作中都有所反映（其中还蕴涵着"以文为词"、"以赋为词"等创作手段）。而这样的词的特色近则影响了周邦彦，远则更影响到辛弃疾。当然，彭书主要谈的是"词"，但他在"元祐"这一层面上却集中力量只谈了"词"，而没有把这同一层面上与"词"同样重要的"文"和"诗"这样的"点"予以关注，并与"词"辩证而深入地联系起来谈。这就不免使读者感到有点遗憾了。

为了发掘彭书的特点，我们不妨再深、再细一点来抉出作者的文心。此书第六章指出元祐词人有文人集团式的酬唱倾向，第七章则阐释元祐词作中几个特定的主题（其实是几个特定的题材），第八章则把当时作为俗文学形式的词（如"调笑"、"商调蝶恋花鼓子词"）加以介绍并分析。照我的理解，这几章的内容应该都与"以诗为词"这一中心内容有关。盖所谓"以诗为词"，实即从民间词转化为文人词，亦即由俗文学逐步转化为雅文学的渐变过程。彭书所引诸词，实皆文人雅士摹拟民间俗曲之作而幸存于今者。从而可见，当时民间流行的属于俗文学范畴的"词"显然不止这几个品种，只是由于没有被文人关注而加以拟作，才终于泯没无闻。而北宋后期（亦即彭书所谓的"元祐词坛"）恰正是"词"这一文学品种由俗变雅的重要转关时期，所以研究元祐词坛（主要是"以诗为词"）仍有话可说。如果我们把"词"这个"点"和北宋后期这个"面"延伸到从古到今的"线"上进行宏观鸟瞰，则各种文学形式的从俗到雅也是一条"史"的规律。读彭书而能因"点"、"面"以及于"线"，即因小以见大,则庶几能收"举一反三"和"启予"之效。读"元祐"而仅局限于"元祐",或未免贻人以"不贤识小"之讥也。

　　以上记彭书读后感讫。下面还想说几句与彭君无关的题外话。在我读中学、大学时,听到研究生读学位,总是说"写论文"。"论文"固有长有短,但总之是成"篇"的"文章",未闻有称之为"书"的"著作"。而今之莘莘学子欲获得学位,特别是博士学位,只写成"篇"的"文章"已嫌不够味或不到位了。于是纷纷以著书(却未必"立说")取代写论文。篇幅既成倍地增长,内容自难免"稀释"。我个人认为,撰写学位论文,篇幅还是宁可少些,但内容却要更加好些,此其一。其二,我曾屡次向有志攻读学位的青年朋友发表拙见,希望他们在做学问时应多向深水处去寻觅和捞取罕见稀有的"鱼",不要贪图省力,只一味捞取水域表面漂浮着的"鱼"。其意盖与顾炎武所说的著书应求"采山之铜"而不宜只买废铜以充数的道理差不多。而今天以硕、博等学位猎取名利者日多,不但不想费心用力去捞取水面上的"鱼",甚至竟如相声演员所讽刺,跑到集市上去买鱼贩子手中早已替你准备好的鲜活成品。夫如是,其不为通人所讥者盖几希矣。

　　二〇〇三年五一国际劳动节沪郊写讫。

原载二〇〇三年第六辑《书品》

檀作文著《朱熹诗经学研究》序

——《莎斋闲览》之五

上个世纪末，檀作文君在北京大学中文系攻读博士生，导师是费振刚教授。费振刚兄是当年北大中文系著名的一九五五年入学的高材生之一，上过我的课，同我是老相识了。檀君在准备写他的博士论文时，恰值振刚兄到香港讲学，便把檀君的事嘱我代管。早在一九五〇年，我讲过一学年的《诗经》选修课；后来在游泽承师指导下，注释《先秦文学史参考资料》时，又大量阅读过历代有关《诗经》方面的专著。现在檀君的论文题目是关于《诗经》的，自忖心中稍有蓄积，不致误人子弟，乃把此事答应下来。从此檀君便成为我的忘年交。论文写好，答辩顺利通过，檀君如期获得博士学位。最近檀君把他的论文重新董理，准备正式出版，又把全稿寄我审读，并嘱我写一篇序。我既曾越俎代庖，自然义不容辞，因为做事总要善始善终。同时也想谈谈个人对研究生写论文的看法。

檀君的论文题目是《朱熹诗经学研究》，实际是对朱熹的《诗集传》的分析与评价。由于朱子之学的影响太大，从南宋末年到民国初年，朱熹的经学著作一直居于学术权威地位，宗其说者固然代有传人，而反对他的更大有人在。当清代乾嘉学派如日中天之际，《诗集传》当然要受到批评；及五四以后，作为宋明以来理学家的代表人物，朱熹更成为学术批判的主要对象，《诗集传》当然也在挨批之列。如今檀君要从理论高度来剖析《诗集传》，既须先从《诗序》、《毛传》、《郑笺》和唐代孔颖达的《毛诗正义》入手，看看朱熹对

《诗经》原始文本的看法与汉儒有何异同；又要综览宋人说《诗》的概貌（主要是朱熹以前的学术著作如欧阳修、苏辙等人的专著），看看《诗集传》究竟吸收了多少同时代人的学术成果。更重要的是，如何全面而深入细致地对《诗集传》做出实事求是的论断，看看朱熹究竟有多少看法超越了前人并影响了后世。这些问题，在我和檀君最初的谈话中，便发现他早已成竹在胸。我只略加点拨，他的思路即已有条不紊，无劳我觑缕细说了。

我同时发现，檀君对整个中国文学史的传承概貌是清楚的；对从古到今群经流传的总体走向也心中有数；对五四以后现、当代学者治古典文学和治经学的几个不同流派的有代表性的学术专著，也都阅读浏览过，并基本上能识别其是非优劣。我以为，这是一个攻读古典文学的研究生必备的起码条件。只有具备这些起码条件，他在写论文时才不致流于"躐等"和"凿空"，才不致使论文内容沦为"空城计"。

檀君这部《朱熹诗经学研究》我前后共看过三遍。第一遍是不成熟的初稿；第二遍是他进行答辩前写成的所谓定稿；这一次又从头到尾读了第三遍。我深知檀君在写作的过程中，用的纯粹是笨功夫。他对《诗序》、《毛传》、《郑笺》和《毛诗正义》，不仅全部逐篇逐条地细读过，而且还把它们分了类，然后找出问题，做出结论。对《诗集传》本身，更是如此。全书的卅五篇"附录"，就是他下了笨功夫的铁证。除此之外，围绕着《诗集传》本身，檀君对朱熹其他的论《诗》著述，也下了仔细爬梳剔抉的功夫（如《诗序辨说》、《朱子语类》等，檀君都锱铢不遗地过滤了一遍）。读者只要翻读一下檀君此书的内容，即知吾言之非妄。譬如在《诗集传》中，朱熹对"赋、比、兴"的"兴"谈得最复杂，也与前人（如《毛传》）观点殊异；一般读者粗看时几难辨析其细微不同的涵义。而檀君竟如治理棼丝，把《诗集传》中有关

"兴"的提法全部梳理得一清二楚。如果缺乏耐性，不肯狠下苦功，是做不到这一点的。通过这种过硬本领，然后上升到理论高度加以阐释评价，这样得出的结论，其说服力和可信程度无疑要比仅做"抽样调查"或自称是"举一反三"的偷懒办法强得多，也大得多。作为指导者，我以为必须教学生下这样的笨功夫。或者这是由于我本人资质鲁钝，反正我在钻研某个问题和想为某个观点下结论时，一直是通过这种笨功夫来解决问题的。

说到这里，我想扯几句题外话。若干年前，我准备写一篇关于"西昆体"的文章。除了读《西昆酬唱集》中的全部作品外，还参考了好几种有关专著。然后开始做卡片、绘图表，把作品分类排比。用了几个月时间，总算理出头绪，个人的看法基本形成。及至落笔成文，感到没有必要把自己清理全书的过程琐屑地告知读者，于是只写了一篇题为《西昆体平议》的肤浅短文，仅有四千字。另一个例子则为时更早。当时我要给同学讲解《木兰诗》，对诗中"问女何所思，问女何所忆？女亦无所思，女亦无所忆"四句感到有疑点，于是想追究一下诗中的"思"、"忆"两字到底何所指。我曾遍检《毛诗·国风》和汉魏六朝乐府民歌，然后断言"思"、"忆"两字有广、狭二义。《木兰诗》里的"思"、"忆"属于狭义，应理解为男女爱情间的相思、相忆。当时真有"踏破铁鞋无觅处"之感，于是如辽东献白头豕的愚夫把它写入文字。孰意不久以前，我在《文史知识》上读到一篇在暨南大学工作的一位学者写的谈《木兰诗》的大作，其中轻描淡写地讲到这几句，说它们指的不过是男女间的爱慕相思。我不敢臆测这位作者是否看过拙文，仅从行文语气看，显然是"得来全不费功夫"的。相形之下，这位作者真是颖悟过人，而我却笨拙得有点愚蠢可笑。根据上述二例，也许有人会认为下这样笨功夫未免有点得不偿失。但我还是勉励檀君，今后做学问仍须下笨功夫，而且要无怨无悔。盖上述两篇拙文早已发表，倘有人问我一个"为什么"，我可以原原本本回答对方，而且感到底气十足，从容毕陈己见。因此我愿向读者坦诚指出：檀君此书所列举的卅五篇"附录"，看上去也许有点枯燥乏味，实际上却是他真积力所在，诚不宜等闲视之，更不宜买椟还珠。盖檀君对《诗集传》所下的几个结论，确是建筑在牢固的基础之上，不是轻易能推翻的。当然，读者或许对檀君谈《诗集传》的局限性方面认为有些不足，这自然有待于檀君今后的努力。但历史唯物主义者告诉我们，研究古人的思想学术成就，不能过高地要求他达到今人所能达到的认识水平；只要他已超越了前人的认识水平，并高出于他同时代人所达到的水平，便足够说明他在思想学术的历史长河中可以占有一席之地。檀君此书对朱熹诗经学的评价，我看已经完成他所应完成的任务了。

还在檀君未完成论文的时候，我就把自己对他的期望如实相告。即如有宋一代，治《诗》者在朱熹之外还有不少富有成果的学者，檀君在他的著作中尚未遑涉及。朱熹之后，自宋末至民初，有众多追随《诗集传》的学人专著，其中也并非对朱熹之说完全亦步亦趋，毫无发明；这也有待像檀君这样的有心人去发掘并进行比较。而与朱熹唱对台戏的非汉学家们，其说《诗》之作就更应受到关注。檀君在给我的信中已明确表态，说目前这本书只是他的"阶段性成果"；关于我曾提到的那些研究课题，他"还会接着做"。檀君春秋正富，前途未可限量，相信他今后做学问，会一步一个脚印走下去的。企予望之！

公元二〇〇三年六月下浣写于沪郊。

原载二〇〇四年第一辑《书品》

唐德刚译注《胡适口述自传》

——莎斋闲览之六

胡适其人，终其身一直是个有争议的问题人物。五四时代，守旧派骂他太"新"；后来革命左派又骂他太"右"。胡氏本人亦不甘寂寞，多次涉足政坛。他当然不算"政客"，却也并非纯粹学者。唐德刚在此书中说胡适想做"纯学者"，其实这只是胡氏本人的主观愿望。近年来骂他的人逐渐少了，而捧他的似乎又多溢美之词。为了弄清楚对胡适的评价，我首先选择了这本《胡适口述自传》，并认真阅读了一遍。第一印象是，唐德刚氏对胡适的态度很值得我们借鉴。胡是唐的师辈，唐在译注中始终保持着"吾爱吾师"的尊师重道的弟子身分。这部《口述自传》是胡适用英语录音口述的，其实只说了他自己的前半生。唐除态度谦和诚恳外，译笔也相当忠实。但唐对胡的学术观点以及《自传》中某些史实却坚持实事求是的看法。因此读者反觉得注文比译文更有可读性。这说明唐德刚也是个很有个性的人。

胡适在五四时代，有些观点实在是"左"得可爱，应了"矫枉必须过正"那句话。现在重新回顾那一段历史，未免使人有啼笑皆非之感。胡适大声疾呼，反对古今传承已久的文言文，说它是"死文字"。但他那篇有划时代意义的名作《文学改良刍议》，却是用"死文字"（文言文）写的。这说明至少在胡适写这篇论文时文言文还没有"死"。胡适尤其反对骈体文，不但指斥骈体文"欠文明"，而且还说这种文体是"中国中古期的杂种"。唐德刚在注文中反驳胡适，引了一段《今古奇观·乔太守乱点鸳鸯谱》里的"判词"，说明即使在通俗小说中同样是用得上"四六文"的（详见华东师大出版社一九九三年四月初版《胡适口述自传》第十二章正文及注文）。鄙意以为要反驳胡适，无须更多地引经据典，只消用胡适自己的名言"大胆假设，小心求证"八个字便足以否定胡适之说。夫"大"、"小"为对文，"胆"、"心"亦为对文；以"大胆"对"小心"，工整得可谓无以复加。而"假"除了有"不真"一义外，还有"假借"一义，则"假"与"求"自属佳对。至于"设"与"证"，俱从"言"义，除平仄欠协外，也是可以对仗的。可见胡适自己常说的话本身即是一副对联。骈俪对仗原是祖国的汉字独有的功能，这是我们的宝贵财富，靠诋毁是磨灭不掉的。

其实胡适本人终生一直以"整理国故"为安身立命之所，一辈子也没有离开文言文。他以行为之矛攻陷了自己的言论之盾。我们还可以从钱穆的《师友杂忆》和胡适本人一九三七年一月九日的《日记》中看到，胡适曾应商务印书馆王云五之邀，准备请钱穆与他合作，着手编一套中学国文教科书。在拟定的计划中，文言文的比重占三分之二。后因抗日战争爆发，未能实现（请参阅柳存仁先生散文集《外国的月亮》第一五一页，上海古籍出版社二〇〇二年五月初版）。可见胡适本人还是希望祖国的青少年从中学时代就应当诵读古文的，"死文字"云云早已不在话下了。

附记：

胡适认为我国"四六文"的产生与形成，是由于古代书籍没有标点符号，用骈四俪六句式写文章，自然易于句读。事实却未必然。试举一例。最近读到一本新出版的《孟小冬传》，是记录著名女演员、余派老生传人孟小冬的一生事迹的。书中引录了由孟小冬署名的一篇骈体文，其标点错误达十馀处之多。可见骈文并不比古代散文易于句读。更须说明的是，当代专业人员，如果标点骈体文，其句读也未必比散体文言文容易点断。这从近年来古籍整理工作中即可得到证明。看来这并不是文字"死"、"活"的问题，而是在于读书多少与基本功是否扎实。

二〇〇三年十一月在北京写讫。

原载二〇〇四年第二辑《书品》

林庚先生著《西游记漫话》

——莎斋闲览之七

我从林静希师（林庚先生字静希）受业，始于一九四八年我在北大中文系读四年级的时候。当时先生是燕京大学国文系教授，受北大之聘进城兼课，讲授"中国文学批评史"，我选了这门课，随班听讲。但我同先生的师生情谊并不限于课堂上旅进旅退听课的关系。远在一九四一年，我高中毕业后随即升入天津工商学院读商科会计财政系。经同班同学杨畏之君介绍，得以拜识静希师的尊人林宰平老先生。那正是抗日战争爆发后平、津沦陷的黑暗时期。宰老因避寇患，隐居天津英租界，寓所与我的住处一街相隔，趋谒甚便。在短短的几年中，我从宰老学作旧体诗、学写章草，并饫闻老一辈学人逸闻往事，获益极大。蒙宰老不弃，许我为忘年交，实际上老先生是我太老师一辈人。抗战胜利，宰老迁居北平。未几静希师北返，我第一次见到静希师，就是在宰老的府上相遇的。静希师和宰老一样，奖掖后进不遗馀力，初相识便以他的巨著《中国文学史》（厦门大学出版）惠赐。从彼时至今，我追随静希师已逾五十五年。他不但授业解惑，教给我学问知识，而且多次从工作上提携指导我，甚至在生活上也不时给以周济帮助。先生不但教书，而且育人，对我的为人处世也屡加训诲，医我褊躁习气。到目前为止，我已成为静希师门下年龄最老的学生了。

《西游记漫话》是静希师晚年的一部精心力作，早在十几年前即已问世，备受读者喜爱和关注。旧版并无序言，静希师本人也只写了一篇"后记"。这次北京出版社重印，为求体例统一，一定要增加一篇所谓的"序言"，而且对写序人提出要求：既要与作者本人情谊深厚密迩，又要对书的内容多少有点发言权。于是出版社和编委们乃想到了我。做为门人，为老师的著作写序，我开始是有些顾虑的。但一再婉谢，终于推脱不掉，实感进退维谷。最后还是硬着头皮答应下来。原想面谒静希师请示此序如何写法，但先生已是九十有三高龄，不便为此琐事前往烦扰，只能勉为其难，请先生恕其僭越之罪了。

这部论《西游记》的专著篇幅并不大，但学术上多年来存在的棘手问题，在书中都顺理成章地势如破竹一般被静希师做出合情合理的阐释，从而得到圆满解决。人们大抵记得，在上个世纪五十年代初，张天翼先生写过一篇有关《西游记》的论文，认为书中前七回描述孙悟空大闹天宫的故事，是现实社会中若干次农民起义（即阶级斗争）在神魔小说中的折射反映。自此文一出，孙悟空便成为农民起义中的英雄人物的典型形象。但问题亦随之纷至沓来。第一，自孙悟空由五行山下被放出来，并受到紧箍咒的箝制，保护唐僧到西天取经，是否也像后半部《水浒》中以宋江为首的梁山好汉的"受招安"？第二，如果真的是"受招安"，那么孙悟空的性格和形象为什么一直备受作者的称誉和读者的青睐？其艺术效果与美学价值何以明显地不同于那位对朝廷俯首贴耳甘愿就死的宋江，甚至读者对这两个人物形象有着爱憎悬殊的印象？第三，"闹天宫"的故事与后面篇幅汗漫的取经历程竟被这样的阐述而分割开来，断成两截，如何使之在一部宏伟的古典名著中得到前后没有龃龉的统一？第四，西天的如来佛和南海的观世音菩萨，与"八十一难"中的妖魔群体究竟是什么关系？第五，如果"闹天宫"故事不是现实社会中农民起义阶级斗争的反映，那么孙悟空的形象在封建社会后期的现实社会中，究竟以何种事物为依据？第六，在上述几个问题没有得到合理的回答之前，最后必将导致人们提出这样的疑问：《西游记》作为一部古典小说巨著，在中国文学史的发展长河中，其思想水平和艺术成就究竟还有没有划时代的意义和价值？半个世纪以来，学术界对《西游记》参加"争鸣"、"齐放"者尽管大有人在，但把上述这一系列要害问题都做出无可置疑而滴水不漏的无遗憾的结论，却只有静希先生的这一家之言。我这样说，也许读者会认为这是弟子对老师"阿其所好"的谀词，那我就先请读者仔细绎读《漫话》全书而不要以我的浅见为准，我相信是非曲直是会自有公论的。

我不想在这篇短文中逐一重复叙述《漫话》的每一论点，却想借此机会谈谈我粗浅的读后感。首先，我十分钦佩静希师在学术上执著追求真理的过人胆识。书中第一篇论文乃是一九五六年发表的，先生对"闹天宫"反映农民起义说已明确提出自己的怀疑了。这在当时多少带有"顶风"谈学问的嫌疑。在"反胡适"、"反胡风"等等把文化学术问题与"革命"、"反革命"这样的政治问题挂钩的大背景下，即使是谈《西游记》与农民起义的关系，也是需要一定程度无私无畏的勇气的。其次，在静希师一生的教学生涯和学术著作中，他留给人们的印象乃是一位研究古典诗歌的专家，是屈原、李白的知音，是从天才诗人的独特视角来看待中国古典文学（主要是诗歌）发展轨迹的一位学者。其实，真正的学术先驱者本应是不拘一格、不受学术畦畛局限的通人，在他独擅胜场的诗歌领域之外，对其他文学品种（如小说、戏曲）也同样是具有犀利的眼光和非凡的见识的。这部《西游记漫话》便是极其生动并具有说服力的铁证。复次，有些人认为，静希师做学问主要体现在他所具有的"职业敏感"（这是先生本人常说的话）和精辟的独到见解上。其实，先生的考证功夫同样精湛，他的每一独到见解都是建立在充分而翔实的文献资料的基础之上的。在这部《漫话》中，不仅先生的每一个论点都是凭材料说话，而且还运用了在目前还算是比较时髦的研究方法，即比较文学方法，来证成他坚如磐石的结论的。这就在治学方法上给读者以一种崭新而又平易近人的启示。换言之，在静希师的学术著作中，是丝毫看不到目前习见的某些荒诞不经并专爱以故作惊奇骇怪之论来耸人听闻的欺世盗名者的市侩习气的。我以为，这才是教育后来人做学问的津梁，是真正昭示青年人治学做人的学术典范。只就这一点而言，便值得我们认真学习、认真反省。这是我反覆研读先生这部《漫话》之后的重要收获。

二〇〇三年十一月即癸未立冬日写讫于京郊。

原载二〇〇四年第三辑《书品》

陈子善著《发现的愉悦》

——莎斋闲览之八

今人每一谈到"乾嘉朴学",往往认为那已是古老陈旧的学问,或竟把它看成过了时的糟粕。其实所谓考据之学,乃治任何一门学问的津梁,其内容有着丰富的科学性。即使治现、当代文学,同样用得着考据手段。远在若干年前,我就认为不但"古籍"需要整理,"今籍"也需要整理,甚至整理今籍的难度还要大一些。我所谓的整理今籍,用陈子善先生的说法,即"在中国现当代文学研究领域里"从事"史料学研究"。当然,从事史料学研究也有不同的切入点。如果对史料进行诠释工作,那就用得着治文字训诂的一套学问,即前人所谓的"小学";如果要从事"辑佚"工作,那就需要掌握目录学、版本学和校勘学等方面的基本功。这就是我读了陈子善先生的近著《发现的愉悦》(湖北人民出版社二〇〇四年二月出版)的第一印象。

陈子善先生多年来一直从事中国现代文学史料学方面的研究工作。这本《发现的愉悦》中的大部分篇章都是他近年通过"辑佚"所获得的成果。一位研究工作者对于一篇佚文或一本佚著的发现,当然会感到欣慰和愉悦。所以子善先生给他这本近著起了个"发现的愉悦"的书名。而我做为一个同行的读者,在读到这些文章时自然也分享了这种愉悦的感情。因为我深有体会,作者的欣慰和愉悦乃是从"踏破铁鞋无觅处"的阶段开始,通过各种不同的渠道和机缘,最终"发现"自己所要寻找的对象,然后才产生了这种感情的。

这其中无疑包含着一个艰辛求索的历程。而在这一历程中，作者所凭藉和使用的方法，基本上是属于自乾嘉朴学发展下来的"考据学"范畴的。试举书中《张爱玲〈天才梦〉和文学奖》一篇为例。《天才梦》（原名《我的天才梦》）是张爱玲尚未成名时写的一篇短文，却获得了《西风》杂志的"文学奖"。在张本人的印象中，这篇文章应该获得应征作品的第一名，结果却排名在后，这使她终其一生都耿耿于怀。这桩公案，从史料看，先后有三种不同说法，包括张本人的回忆在内。而这三种说法互有出入。子善先生费了一番爬梳搜检功夫，终于找到当年刊有"设奖征文启事"的那一期《西风》杂志（一九三九年九月一日出版），并把这篇启事"全文照录"。根据这份第一手的文献史料，澄清了张爱玲本人和其他两人在一九九五年发表的回忆文章互有出入且不够准确的说法。这种谨严可信的论证正是沿用并发展了乾嘉朴学实事求是的考据方法。仅从这一件事来看，子善先生是具有"辑佚"和"考据"的基本功的。这不只是一个方法和材料问题，而是有原则、有规范的"辑佚"和"考据"。可见在中国现当代文学研究领域中，要想获得有效而可信的成果，继承并发展乾嘉朴学家们的治学方法和态度，是符合客观事物的发展规律的。而当前有的青年人，却以鄙夷蔑弃的态度对乾嘉朴学不屑一顾，声称自己根本不去读那些书，而同时又采用一笔抹杀的办法予以否定，认为那些书毫无价值。这种主观武断的作风，说他狂妄无知也许言重了，但说他心态有些浮躁总该是事实。希望持这种心态的青年人能静下心来读一读子善先生这本朴实无华的近著，或许不无裨益。

读子善先生的"辑佚"文章，使我联想到清人马国翰的《玉函山房丛书》。这部丛书又名《玉函山房辑佚丛书》，编著者马国翰从先秦至唐代古籍中辑出经、史、子各类佚书六百馀部，可谓是"大

陈子善著《发现的愉悦》 025

工程"。尽管后来人也有批评它不够尽善尽美的,但动口的人总比动手的人来得容易。平心而论,古籍虽多毕竟"有涯",而近、现代人的著作和近百年来的报刊杂志,虽不敢说"无涯",但从中爬梳剔抉出佚文、佚著来,至少难度不比整理古籍小。愿学术领域中能多出现几位像子善先生这样的有心人,为我们现当代文学领域多开垦出一些有价值、有意义的新的土地。

二〇〇四年三月写讫。

原载二〇〇四年第四辑《书品》

孙养侬著《谈余叔岩》
——莎斋闲览之九

去年读沪上许某所撰《孟小冬传》，发现书中引述署名孟氏为孙养侬著《谈余叔岩》一书所撰序文，标点多误。顷读孙氏原书，始知其句读误处全袭此书所载孟序。以讹传讹，已成积重难返之势。故撰此拙文，聊正视听而已。

此书于上世纪五十年代初印于香港。老友刘曾复先生得其复印本。二〇〇三年为余叔岩逝世六十周年，余氏内侄陈志明、志清昆仲与叔岩的外孙刘真，为了纪念余氏，乃以"内部资料"形式重印《谈余叔岩》，自费出版，以光大余氏艺术，并保存一些历史资料。其书在梨园书店寄售，工本费十二元，我是托熟人买到的。书中有关戏曲艺术与梨园轶事部分，拟另撰他文评述。此文所及，仅限于孟《序》与孙氏《自序》文字句读方面，并略涉艺人姓名考订问题。

先谈孟《序》。据刘真《重印附言》，书前的孟《序》和孙氏《自序》，所有标点都是此次重印时加上去的，"目的是便于现在的读者阅读"。结果却适得其反，由于标点错误太多，反误导了读者。今将两序原文句读有误处节引并订正如下：

……营开细柳，曾服微官；社结春阳，推为祭酒。固已菊部尊为坛坫，令闻遍于公卿矣。（孟《序》）

原书标点误将"社"字归于上句，以"结春阳推为祭酒"为一句。

又误将"令"字与"坛坫"连读，而以"闻遍于公卿矣"为一句。考余叔岩于民国初年，曾在袁世凯政权下挂名任小武官，"服微官"即指此。当时余氏一度嗓败，息影歌坛，以票友身份参加"春阳友会"，故《序》云"社结春阳"。"令闻"犹言"美誉"，以"令"字属上文，于文义欠妥。

> ……孔门侍教，愧默识之颜渊；高密传经，等解诗之郑婢。谬蒙奖借，指授实多。……椿树巷中，每停车盖；范秀轩内，时为佳宾。……近以所撰先师传记，举以相示。展诵一过，前尘宛然，悲言笑之莫亲，痛风徽之永隔。……（孟《序》）

原书误以"颜渊"连下文"高密传经"，于义难通；而又于"郑"字断句，以"婢"字归于下句，标点之谬，莫过于此。今按，"颜渊默识（应读 zhì）"，典出《论语》，《序》意盖以孔子与颜渊喻余、孟之师徒关系。"高密传经"即指郑玄，因郑玄是高密人。"解《诗》之郑婢"典出《世说新语·文学》。故事说郑玄家中奴婢皆读书，婢女彼此问答说笑，都引诵《毛诗》，出口成章。此处孟以郑玄喻叔岩，而以"郑婢"自居，谓己与郑玄家婢女的学问相等同。"车盖"是一词，原书误以"盖"字属下文。"言笑之莫亲"，指余氏已死，再不能亲闻其"言笑"，原书以"莫亲"连下，亦误。其他句读不误而标点不合者，限于篇幅，不再枚举。

此外，孟《序》有"及登秀英之堂"，当是"英秀"之误，谭鑫培以"英秀"名其堂也。《序》中又有"憔悴茗锞"句，"锞"为动词，磨琢之谓，此处疑当作"鑪"。"茗鑪"，犹言茶炉。又有"钟毁斧鸣"句，"斧"是"釜"字之误，此用《楚辞·卜居》"黄钟毁弃，瓦釜雷鸣"典，喻正声雅乐之衰歇。

孙氏《自序》句读失误略少。今但举正一节，其他部分标点未

洽者从略:

> ……以余与叔岩交往颇密,且曾承其指授,必有可述者。悠邈成此,庶以追念叔岩。且于叔岩之学,就余所知,一鳞半爪,公之于世,俾世之研余剧者,知正法眼藏之所在,而不为俗伶陋技所炫。……

原书于"密"下无标点,非是。"就余所知"是一句,原书以"就"字属上句,未妥。至于"正法眼藏"乃佛家禅宗语,指至高无上的真谛妙旨,后借指学术上或艺术上的正确标准(参阅刘洁修先生《汉语成语考释词典》第一四六七页,商务印书馆一九八九年八月初版)。原书在"眼"字断句,显然不知此语来历。凡此种种,足以见标点(包括句读)文言文(特别是骈文)诚非易事。这种文化现象实在令人担忧,倘不急起直追,挽回颓势,前途真不堪想象也。

下面就艺人姓名考订问题再说几句。京剧老生开山"三鼎甲"为程长庚、余三胜、张二奎,孙氏未尝不知;但特标出"余三盛"与"张二魁",同时也说明通作"三胜"与"二奎"。其说当有所本,惟未加说明其来何自。今特表而出之,以俟专家考订。

余叔岩一生由三位琴师伴奏(在小小余三胜时代则由其长兄余伯清伴奏,姑不计入),即李佩卿、朱嘉夔和王瑞芝。李早卒,中间一段时间则由朱伴奏。抗日战争军兴后始改由王操琴。笔者在上个世纪五十年代初,曾与朱有数次盘桓,曾当面请教其大名为哪两个字。朱说:"是'嘉奖'的'嘉','夔龙'的'夔'。不过有时也用'家夔'。"故拙文每涉及朱氏,皆作"嘉夔"。而于他人著述中,往往只用同音字,如"家奎"者有之。今读孙氏书,正作"家夔"。即此一点,正如孙氏《自序》所言,"幸记载勉称翔确,可告无愧",

孙养侬著《谈余叔岩》

便知此书价值所在了。

二〇〇四年二月写讫。

原载二〇〇四年第五辑《书品》

蔡东藩著《历朝通俗演义》

——莎斋闲览之十

一九三二年我初到北平，最先去的地方是琉璃厂。我在那儿买到的第一部书，就是会文堂新记书局（当时厂肆有这家书店的门市部）出版的蔡东藩著的《前汉通俗演义》（封面标明"起秦"，意谓从秦代开始写起）。此书定价现洋二元六角，按七折出售，售价银洋一元八角二分，在当时已相当昂贵。此书石印线装十册一函，比后来的排印本显得庄重得多。接着我又买了《后汉通俗演义》（封面标明"附三国"，意思是写到魏蜀吴被西晋统一为止）、《两晋通俗演义》和《南北朝通俗演义》，每部装帧册数售价均同。当时我只有十周岁，这几部书确实称得上我在中国古代史方面的启蒙读物，从秦统一到隋统一，这一段历史知识都是从蔡书中获得的。由于《两晋演义》涉及五胡十六国，《南北朝演义》一会儿写宋、齐、梁、陈，一会儿又写北魏、西魏、东魏、北周、北齐，头绪纷繁，读来吃力，乃对蔡书兴趣大减。这时我已小学毕业，对隋唐以后的历史知识可以从其它渠道获得，便没有续读蔡书。直到晚些时候，我又随意浏览了明、清两朝的蔡著《演义》，但那已是闲览翻阅，不那么严肃认真了。

成年以后，阅历渐多，才知道蔡氏写这部演义小说，乃是从《清史通俗演义》开始的。一九一六年《清史演义》正式出版，故成书或尚早于一九一六年一两年。其它诸书（写到民国初年为止）皆以后陆续完成，至一九二一年搁笔。前后不足十年时间，竟完成五百余万字的巨著。且立言有体，史实可信，无论其天赋与功力，皆非常人所能企及。二〇〇四年第五期《书屋》月刊发表了罗以民先生一篇题为《话说蔡东藩的讲史演义》，结尾处有这样一段话：

> 至于蔡东藩的历史演义，自两汉至民国一气呵成，至今能玩此大器者前不见古人，后尚不见来者，就这一点来说他可称是中国第一人。

这话看似夸大，确属的评，并非过誉。而在此之前，只有老友邵燕祥兄因与蔡氏是萧山同乡，深具桑梓之情，故有文章对蔡加以揄扬。而罗先生此文更足为蔡氏张目。罗文又云："可是如今之一切中国现代文学史、中国现代小说史均对其作品未作任何一字之评述，就连……陈平原煌煌四十万言之《二十世纪中国小说史》……也不愿置喙于蔡氏一句，似乎其从未存在过。何也？笔者以为这是因为蔡氏的历史演义于今人看来已经不能归类于小说，而又无法归类于史学的缘故。"并认为："蔡东藩就此被历史埋没是很不公正的。"不过，江苏教育出版社二〇〇〇年五月出版的《中国历史小说通史》（齐裕焜著）第二二四页上倒是有一段有关蔡书的评述：

> 一九一六年，蔡东藩出版了历史演义小说《清史通俗演义》，到一九二六年，他先后出版了元、明、民国、唐、宋、五代、南北朝、两晋、前汉、后汉的历史演义，总其名曰《中国历代通俗演义》，全书共一〇四〇回，五百余万字，叙述了从秦汉到民国共二千一百六十六年的中国历史。但是，这些作品却不被视为"历史小说"，而被认为是通俗历史读物，起普及历史教育的作用。因为它们只是历史著作的通俗讲解，完全附庸于历史，而缺乏小说的独立品质，并且未能表现出时代精神。

罗文也说："蔡氏的历史演义基本无整体的艺术构思，无性格鲜明的人物，更没有一部书有贯穿始终的人物……"而罗氏的正面意见，则认为蔡氏写书是用的"随笔"体裁，名之曰"历史大随笔"；他认为蔡氏的"章回体"只是一种装饰，并以"演义"的外形来吸引读者而已。归纳以上意见，无非只有一点，即不承认蔡书是"历史小说"，甚至根本不是"小说"。用罗以民先生的说法，"小说"本属于文学作品，而文学作品是需要有"虚构"成分的。这样的看法窃以为实有待于商榷。

今按，治中国小说史者皆知自宋元以来流行于民间口头的"讲史平话"（写成文字则称之为"演义"）是历史小说的源头。但今所见传世文本，任何一种讲史演义都有虚构成分。于是给"小说"界定其范畴时，虚构成分便成为小说的一个重要因素，这也就是上引《通史》文中所说的"小说品质"。但我们要提出质疑：我们说历史要求真实，不容虚构；但即使最具权威性的"前四史"，也还免不了有虚构成分，甚至在内容上还有歪曲、改窜乃至讳莫如深、弄虚作假的地方。相反，人们都承认文学作品是允许虚构的，但从来没有人顽固地要求文学作品必须虚构。难道没有虚构成分的作品便不算小说，甚至连文学作品也不算了吗？自唐人刘知几撰《史通》，提出"六家"、"二体"之说。"二体"者，指编年体与纪传体。到宋代，又有"纪事本末"体。而蔡氏之书，既非编年，又非传记，亦不属"纪事本末"体，而是把史籍所载的头绪纷繁、错综复杂的内容，加以融会贯通。大体以时代先后为经，以章回目次为纬，把"廿四史"中的人和事经过精心组织，编纂成文，除"十六国"、"南北朝"两部分受到史实制约外，其它各朝的人和事都还写得有条理，有眉目，有特写，有重点。既有一定可读性，又无当前所谓"新历史小说"不良的胡编乱造的"戏说"风气。即此一点，便极其难能可贵。读者既为书中所写的人物品格和故事情节所吸引，而所得到的历史知识又较为真实可靠，不管小说史家和文艺理论家承认它是"小说"与否，反正它所具有的小说特点与功效则是无可置疑的。至于蔡书是否体现时代精神，这也要加以具体分析研究。罗以民先生的文章曾引述蔡书原文三大段（见二〇〇四年第五期《书屋》第三十三页），文字较长，此不赘述，但罗氏对蔡书的评价却是："其实蔡东藩也是有不少新思想的。"平心而论，蔡氏的思想虽未超出近代旧知识分子的制约和局限，而比起当前有些人甚至想给袁世凯、蒋介石翻案和对汉奸文人如胡兰成之流大加美化，其精神境界之大相径庭还是一望可知的。这样的历史演义竟遭贬斥，认为它不是"历史小说"或"不是小说"，而那些"怪力乱神"、"添油加醋"的"戏说"之类却备受小说史家和文艺理论家们的关注（乃至青睐），这至少也应属于本末倒置的现象之一吧。

至于说蔡书无虚构成分，亦不尽然。不过蔡氏是在"求真"与"核实"指导原则下适当加进一点虚构成分而已。如写董卓、吕布交恶内讧，即采纳了罗贯中笔下的貂蝉这一虚拟人物。而蔡氏写明、清两朝及民初史实，其旁搜博采稗官野史和民间传闻以充实其内容，更是显而易见。窃以为这都是人们头脑中积重难返的固有的理论框框在作怪，才有这种"厚彼"而"薄此"的主观的有所轩轾的偏见。因此，我在举手赞同邵燕祥、罗以民两位对蔡氏所发表意见的同时，还想强调补充一点：蔡东藩的《历朝通俗演义》应该算作写得相当不错的历史小说。

原载二〇〇四年第四辑《书品》

读《论诸葛亮》

——《周一良集》札记之一

近十徐年来，在老一辈专家学者中，我同周太初先生（一良，一九一三至二〇〇一）过从应属最密。说来话长，太初先生长我九岁，谊在师友之间，我自当师事之。但先父玉如公久客津门，与太初先生尊翁叔弢老先生生前时有来往，从父辈友谊论，我们可算世交。而太初先生姐丈严景珊先生，昔年在南开大学工作，与先父同事，却曾受业于先父。一九三八年暑假，景珊先生在天津办暑期补习班，先父与太初先生同受聘为补习班教师，故太初先生叙及旧话，每言曾与先父同事。而太初先生最小的弟弟景良，比我年轻，一九四六至一九四七年，我们曾在清华大学同学。当时我是中文系三年级插班生，景良是哲学系一年级新生，彼此在校中来往甚频。而太初先生的二弟珏良先生，彼时亦在清华，同我亦有来往，尽管他已是教师而我还是学生。太初先生的妹倩穆旦（查良铮）则与我同隶沈从文师绛帐，谊属同门。而太初先生的三弟艮良先生，曾在一九三八年的那个暑期补习班上教过我英文，论理我应是艮良先生的学生。此外，太初先生的从弟绍良先生（叔迦老先生的哲嗣）乃是我的至交。而太初先生的表兄弟李相崇、相璟两位，相崇先生毕业于南开大学西语系，曾受业于先父，目前在清华大学任教；而相璟兄（已故）则是我在天津时经常与之聚首的好友也。尽管太初先生的哲嗣启锐世兄一直称我为吴伯伯，而我对太初先生则一直以"先生"称之，不敢妄攀为平辈也。

一九八三年我由北大中文系调到中国中古史研究中心，太初先生和邓恭三先生（广铭）皆与有力焉，我至今由衷铭感。拙著《读书丛札》在北大出版社出版，我力主请太初先生通审全书。在此之前，先生的新著《魏晋南北朝史札记》将在中华书局出版，则由我先睹为快，审读全书。偶有献疑，先生均予采纳。尽管中华书局未付我一文审稿费，我却以能通读先生书稿为荣。这些年来，举凡我需要查阅日本图书资料，每向先生请教，先生无不倾囊以授。有时先生不耻下问，以古典文学中词语或掌故的出典垂询，我亦以肤浅之闻见竭其鲁钝以报先生。近年先生患帕金森症，与山妻病况相同，彼此交换医药消息，尤为常事。先生逝世前数日，犹嘱其哲嗣启博世兄来电话询及山妻病况，其情谊深挚可感。及十月廿三日凌晨，先生溘然与世长辞，骤闻噩耗，震悼殊常，欲哭无泪。其时先生新著《郊叟曝言》刚刚面世，承先生惠赠一册。我通读一过后，有些地方正拟举以求教，不想先生遽归道山。今后不论论道论学，皆请益无从，呜呼痛哉！

于是检先生遗著，自定一时间表，逐一读之。倘有一得之愚，拟陆续写成短札，做为追思先生的雪泥鸿爪。窃以为这是纪念先生的最好方式，也是督促自己研索先生治学方法和科研成果的最好途径。因此即从先生写成于二十世纪五十年代之名篇《论诸葛亮》开始，读者鉴之。

这篇《论诸葛亮》我曾读过两遍。第一遍在此文初发表时，草草经眼，已无印象。第二遍是收入《魏晋南北朝史论集续编》中，一九九一年五月，承先生惠赠一册，此文列于篇首，故又及之。此次三读，则是带着悼痛之心，意若与先生相晤对，重温旧作，以陈鄙见，故极感亲切。读后掩卷长思，细味文中发前人所未发之处，盖有两端。第一是先生认为诸葛亮晚年频频北伐，乃受封建思想局限，以刘氏为正统，力图恢复汉室统一政权；而没有考虑如此频年征战，对休养生息发展生产力不利。尽管蜀中号称"天府之国"，其实在诸葛亮开始北伐时已自言"益州疲弊"，足见民力艰难。夫生产力毕竟是经济基础，基础不牢，欲求上层建筑即政权上的拓展与统一，也是不可能的。第二是文中用大量史实证明，诸葛亮对西南诸族并非执行怀柔安抚政策，而是采取高压手段，以武力进行镇压，从而指出习凿齿《汉晋春秋》和司马光《资治通鉴》所记，在七擒孟获之后所谓"南人不复反"的说法是虚夸溢美之词。这两个观点正是这篇论文的精华所在。关于后一点，我从近、现代民间传说中亦可找到一些旁证。如滇剧中的诸葛亮形象即有被丑化、被讽刺的地方（滇剧《空城计》即是如此）。可见千载之下，诸葛亮其人在我国西南一带的"群众关系"并不是很好。民心向背，还是有迹可寻的。

旧说三国均势之形成，由于魏得天时，吴得地利，蜀得人和。此语似亦不尽确切。我对三国史实不熟，不敢妄议。仅从陈寿《蜀志》所列诸人传记来看，我以为诸葛亮最大的失策是在刘备身后他本人事必躬亲，没有培养出理想的接班人。即如诸葛亮《出师表》中所提到的文臣郭攸之、费祎、董允，以及继诸葛亮执政的蒋琬等，大抵墨守有馀，开创不足。武将方面，诸葛亮只提到一个向宠，"性行淑均"。其为人品德不错，却未必能运筹帷幄，决胜千里。蜀方于关、张、赵云之后，只有魏延是个将材，而他的意见却不被诸葛亮采纳，从而导致魏延后来的悲剧。史学界前辈吕诚之先生（思勉）早就提出过为魏延雪冤平反的意见，认为说他"谋反"是当时蜀臣内部彼此倾轧的结果。溯其起因，恐怕还是诸葛亮不信任魏延的缘故。陈寿评诸葛亮"应变将略非其所长"，总该事出有因，而未必为贬抑之词。反观魏、吴两方，却是人材济济，不似蜀方之独木支撑大厦。窃以为这实在是诸葛亮为政严重不足之处。这一点为《论诸葛亮》一文所未及，姑妄言之，聊博治史学的专家们拊掌一笑。

二〇〇一年十一月，于周太初先生逝世半月后写讫。

原载二〇〇二年第一期《书品》

治史宜通"小学"

——《周一良集》札记之二

我是教古典文学的,自一九四九年以来,教了几十年的中国文学史(包括分体文学史及作品选)。但我一向主张治古典文学者应懂一点文字声韵训诂方面的知识,即昔人所谓的"小学"。及读周一良先生史学论著,发现他在"小学"方面亦有深嗜,且创见很多。于是我们的共同语言便多了起来。一良先生是史学大师,我则是教古典文学的"万金油"干部,虽说我国古代学术文、史、哲不分家,其实读书重点很不一样。而我们都对"小学"发生兴趣,真可谓有缘。从而我进一步认识到,真正治史学的大师必须同时也精通"小学"。一良先生就是这方面的楷模。

我的这一认识是逐渐感受到的。一九八三年我从北大中文系调到历史系,还未正式报到,邓广铭先生即当面嘱咐:"系里研究生本有一门《左传》选修课,原定请杨伯峻先生兼授。伯峻先生多病不能出城,你这学期要马上补他的缺。"接下任务,只备了一星期的课,就仓促上阵。我讲课每有涉及题外话的毛病,有一次不知怎么一来就扯到"小学"上去。我由"背叛"的"背"在古书中多写作"倍"字谈起,谈到《资治通鉴》里经常出现的"备"字,它实是"赔偿"的"赔"。当时不过即兴发言,岂料课后有好几位听课的同志都对我说,每读《通鉴》,遇到"备"多少财物或马匹的记载,往往不知何意。这次听讲后,乃豁然贯通。后来陆续读一良先生所著书,尤其是他晚年的著作(如《魏晋南北朝词语小记》、《读〈敦煌变文集〉札记》、《王梵志诗的几条补注》、《说宛》诸篇,均见《魏晋南北朝史论集续编》及《魏晋南北朝史札记》等),始知大史学家必有"小学"深厚功底才能真正读懂史学文献,或者说,一个有"小学"基础的人如果去治史,亦会收事半功倍之效的。

下面我想举个例子,说明自己因腹笥俭啬从而误读了古书,且公然撰文公之于世。及读了一良先生的大著,始自感惭愧而追悔莫及。盖昔年有小文诠释鲍照诗《赠傅都曹别》,于"风雨好东西,一隔顿万里"二句感到费解,乃引钱仲联先生《鲍参军集注增补》云:"按'风雨'句'好'字去声。语本于《尚书·洪范》:'星有好风,星有好雨。'伪《孔传》:'箕星好风,毕星好雨。'孔颖达《正义》:'箕,东方木宿;毕,西方金宿。'"然后我加按语云:"'好'与'善'无论为名词、形容词或动词,皆属同义。如言'好谋善断',即善谋善断也。《洪范》之意,盖言东方箕星善于引起刮风,西方毕星善于招来下雨。鲍照此句则近于倒装,言东方之星善风,西方之星善雨,风雨方向不一,则鸿与雁亦随之不得不分飞两地,故下文紧接'一隔顿万里'。"读一良先生《王梵志诗的几条补注》,于第一百九十六首"爷娘年七十,不得远东西"条下有云:"案,'东西'作动词用,意为离去、逃走。"又引《唐会要》卷八十五"暂时东西"句,谓"'暂时东西',犹言暂时逃亡离去"。后更引《旧唐书》及敦煌文献以详释之(见《续编》第二九一页),语义甚明。因知"东西"一词,南朝已有之,鲍诗盖谓人生如风雨,动辄离散,故一别即相去万里。"好"虽读去声,作爱好解,此处犹言风雨最易聚散无常耳。拙文初不知"东西"可作离散解,引述既牵强而辞费,诠解更迂曲而难通。如一良先生说,则诗意迎刃而解矣。

《读〈敦煌变文集〉札记》中所释词语甚多,读后获益匪浅。这里试举一二条为例,并略作补充。如第二八四页有"软脚"一条,引蒋礼鸿先生说释为接风、洗尘的酒宴。鄙意此"软"字殆与"煖（暖）"字义近，"软脚"犹"煖脚"，与"煖寿"、"煖女"、"煖屋"、"煖痛"之"煖"字义相近或相同（参阅拙著《读书丛札·释煖馔》）。第二八五页有"前头"一条，释"前头"为今口语所谓的对方。并引旧本《辞海》"前途"条下第二义云："书翰中对人称与此事有关之另一人曰前途。"然后先生下断语云："这是旧时常用的一种说法，'前'字的用法和变文的'前头'，王梵志诗及书仪的'前人'实一脉相通。"小如按：今湖北、河南、陕西诸省中有些地区的方言，每读韵母收"u"的字为收"ou"的字，如"徒"读"头"，"苏"读"搜"，而与"收"、"勾"等字同韵，亦即十三辙中"由求"辙字每与"姑苏"辙字相通押也。然则"前途"之与"前头"，实亦一音之转。"前途"犹"前头"也。

《说宛》一篇，一良先生以多方实例考订出"宛"乃日本文本中"充"的俗字。其文成于一九八七至一九八八年。至一九九〇年春，先生在纽约哥伦比亚大学东亚图书馆借得日本学者新井白石（一六五七至一七二五）全集，于其所著《同文通考》卷四《误用门》中发现新井氏已言及"宛，俗充字"。先生曰："此书成于日本正德年间（一七一一至一七一五），虽只一语，实先我二百七十馀年矣。"今按，王念孙未见帛书，而考《战国策·赵策》"触龙"非"触詟"，"盛气而揖之"为"而胥之"，结论悉与出土帛书同。此与一良先生考"宛"字正相类。然则一良先生之"小学"功底，即此一端，已足可与高邮王氏相伯仲矣。

二〇〇二年元旦脱稿。

原载二〇〇二年第二期《书品》

读《魏收之史学》

——《周一良集》札记之三

《魏收之史学》是一良先生有志治魏晋南北朝史开宗明义的第一篇论文。他在晚年所写的《学术自述》与《我和魏晋南北朝史》两篇自传性文章中都提到了它。它是先生就读燕京大学历史系本科三年级时写的一篇学年论文,时在一九三三至一九三四年,先生年仅二十一岁。论文是用古汉语写的,后来发表在《燕京学报》上。一个本科生用文言文写学年论文,文章的内容又非常充实丰富而有说服力,而且发表在当时极具权威性的学报上(当时刊载于《燕京学报》的文章是不付稿酬的,但必须是高学术水平的著作;不少学者皆以能在它上面发表文章为荣,如钱穆先生的《刘向歆父子年谱》即首刊于该学报),这在今天,恐怕已近于"天方夜谭"。说句不客气的话,当前在职的博士生导师们倘能有一良先生七十年前的水平之十一,恐怕已属凤毛麟角了。

二十世纪三十年代的文化学术界,大抵可分为"信古"、"疑古"和"释古"三派。北大是以疑古学风驰誉学林的,清华则以"释古"学派自居。一良先生自己说:"魏收的《魏书》受人诽谤,我从几个方面论证了《魏书》并非'秽史',实际上是替他平了反,做了一篇反面文章。"(见《郊叟曝言》第七十八页)可见先生撰写论文的最初动机也还是从"疑古"的角度发轫的。但论文写成后,却完全以具体文献资料为立论依据,且力求史料全备,基本上仍属乾嘉朴学的学风。不过在写作方法上已注意到有条不紊的逻辑性,在观点上尽量做到客观公正，不轻下断语。这种治学方法可以说是很传统、很典型的，直到今天，仍受到中西汉学家的普遍重视。遗憾的是，今天有些所谓做学问的人已不讲求基本功，因此每感底气不足，于是立论往往破绽较多，以主观武断去取代谨严周慎的科学性了。

《魏收之史学》全篇分六部分：一、魏收之为人；二、今本《魏书》；三、《魏书》之取材；四、《魏书》之体例与书法；五、《魏书》之事实与论断；六、结语。根据我个人的读后感，窃以为撰写这篇论文的难度实在很大。首先是北魏王朝立国时间不短，既与南方各个王朝（自东晋始）有犬牙交错的关系，又与北方各不同部族所建立的大小政权有着千丝万缕联系，史料的钩稽已大不易。其次，一个北魏王朝由于分别受到高氏和宇文氏的挟制，又分成东魏和西魏；魏收处于王朝政权变异之际，由东魏入北齐，其所处的人际关系自然十分复杂。何况《魏书》取材非一，除北魏本朝国史资料外，尚有《晋阳秋》、《续晋阳秋》及《十六国春秋》等。要想"还历史以本来面目"，的确大非易事。加以《魏书》本身自唐宋以来亡佚甚多，连撰史的"序例"部分也已不传，有些已佚史料还要凭借李延寿的《北史》去填补。这就给研究工作带来更大困难。还有一项需要加以甄别的，即《魏书》本身并非仅出自魏收一人之手，好几个合作者不但史才史识不能与魏收相比，甚且连起码的水平也不够。因此这部史籍的质量自不能由魏收一人负责。一良先生面对上述这些研究中的困难，耐心细致地爬梳史料，进行剖析和判断，做出了实事求是的结论，给这部曾被以"秽史"污名的著作基本上还它以历史的本来面目。我在反复阅读一良先生这篇"少作"时，深深为他扎实的基本功和卓越的史才史识所折服，并敬佩不已。记得先父玉如公曾说："一个人能否成材，从年轻时就看得出来。这正如一根竹子的成长。竹子有节，却不是一节加一节长起来的，而是它从小就有多少节，然后每一节都发育起来，最后成长为高大粗壮的竹材。"一良先生终于成为史学大师，从他撰写《魏收之史学》的时代即已头角峥嵘了。

话说回来，"还历史以本来面目"并非一件容易的事。一良先生晚年写了一本自传体著作《毕竟是书生》，意在还历史以本来面目。此书一出，反应强烈。虽博得广大读者的同情，却也招来个别人的非议。先生之所以撰写此书，以及得到一些负面反馈意见之后，心理上总有些不平衡。近二十多年，我和先生交往一直持续，这种不平衡的心理我在默默中已体察得到。只是与先生谈话时不想引起先生不快，始终未正面说破而已。先生往矣，我是多么渴望后来的具有史才史识的学人，撰写如《魏收之史学》这样史料翔实、论点精辟的论文，来评价先生一生的坎坷处境和学术成就啊！

二〇〇二年三月写讫，时在燕郊。

原载二〇〇二年第三期《书品》

我和《十二史札记》

——《周一良集》札记之四

一良先生晚年的力作是《魏晋南北朝史札记》（下简称《札记》）。由于这部札记上限始于《三国志》，包括南朝的《晋书》、《宋书》、《南齐书》、《梁书》、《陈书》，以及北朝的《魏书》、《北齐书》、《周书》、《隋书》，再加上《南史》和《北史》，共十二部正史，故在朋好中每简称之为《十二史札记》。据我个人记忆，先生于"文革"后期被网罗进"梁效"，至一九七六年遭到被集中审查的厄运，于一九七八年始获得自由。而在这一段"新牛棚"期间，先生已开始动笔撰写这部《札记》了。被审查当然是一件极不愉快的事，直至先生易箦前仍未释然于怀；但在那种受人歧视的艰难岁月里，竟能毅然读书著述，亦足见先生襟怀之坦荡。一九七八年以后，先生已进入撰写《札记》的高峰期；至一九八一年全书脱稿，拟交中华书局出版。在此期间，先生曾不断同我接触，对《札记》内容彼此进行交流切磋，使我学到不少知识。当时中华的责编张忱石兄是我的学生，知道我读过《札记》部分原稿，便嘱我通审全书。我于一九八一年大病一场，直至一九八二年才读完全稿。因此一良先生的这部大著同我的关系是很深的。今就记忆所及，姑举《三国志札记》和《晋书札记》两部分为例，略陈我与一良先生交流切磋的经过。惟需要补充的是，这部《札记》共有两种版本，初版是中华书局单行排印本，这次我重读并用为依据的是辽宁教育出版社出版的五巨帙"全集"本。二者在文字上是略有异同的。

熟读《三国演义》的人都知道张飞鞭打督邮的故事。实则其事乃刘备所为，而且在《蜀志·先主》本传中只有"解绶系其颈，著马枊"的记载。其关键字是"枊"。《札记·马枊》条引《说文·木部》："枊，马柱，从木，卬声。"（辽教社"全集"本竟印为"邛声"，实属误植。"邛"读如穷，而"枊"读昂去声也）"卬"为今"昂"字下半部，即古"昂"字。"枊"字生僻，人多不识，且易误为杨柳之"柳"，故《三国演义》乃演变为张飞折柳条鞭打督邮的情节。一良先生撰写此文时，曾嘱我代检群书。我乃详引桂馥《说文义证》大量文字以为佐证。今《札记》有云："桂馥《说文解字义证》十七引《华阳国志》以下诸书所记马枊事甚详。"又言"枊字亦多误为柳"，即概括我所提供的资料而简化为一二语耳。

我曾写小文考辨并强调苏轼《念奴娇·赤壁怀古》中的"羽扇纶巾"句乃指周瑜而非指诸葛亮。一良先生深韪其言，并以《晋书札记》中"白羽扇"条见示。拙著《读书丛札》初印本（香港中华书局出版）曾引录全文。及拙著修订本在北大出版社重印，先生的《札记》单行本已由中华书局付梓问世，故《丛札》中乃将此条删去。然先生之隆情厚谊则至今铭感也。

在《晋书札记》"名教自然'将无同'思想之演变"一条中，有一段引文乃属于"阙疑"待补正者。辽教社"全集"本第二卷第九二页引朱熹评陶渊明语云："晋宋人物虽曰尚清高，然个个要官职。这边一面清谈，那边一面招权纳货。陶渊明真个能不要，此所以高于晋宋人物。"这段话在我一九四八年评萧望卿《陶渊明研究》的拙文中即尝引用，其出处乃据清人陶澍注《陶靖节集》所附录的"诸家评陶汇集"所转录，未遑搜检朱熹原话的最早出处。及审读一良先生此书时，发现先生乃转引自中华书局出版的《陶渊明研究资料汇编》，实为第三或第四手材料。当即向先生提出意见，希望核查原书。与此同时，我和一良先生均托人遍索《朱子语类》（因其言甚似语录体），结果仍未找到此话的原始出处。先生乃问我："你当初是依据什么书引录的？"我便据实以告。今重读辽教版"全集"本，发现先生已改注为转引自陶澍之书，则与昔年拙文相同矣。这实在是无可奈何的办法。为存其真，故今备述颠末，希望海内外诸位专家学者及广大读者凡知其最早出处者不吝见示，则存殁均感也。

在这两部分札记中，凡属文字训诂的条目，如"牙与分"、"逡巡"、"挼"等，一良先生皆曾同我磋商过，并参考了有关的拙著。如"挼"字条，篇末云："案，字又作捼。"即采自拙文也。

二〇〇二年立夏日于沪读写讫。

原载二〇〇二年第四期《书品》

读《钻石婚杂忆》

——《周一良集》札记之五

近时收到一良先生哲嗣启锐世兄寄来的《钻石婚杂忆》，一气把它读完。这是一良先生的最后遗著，于先生逝世后半年（二〇〇二年五月）由三联书店出版。它与几年前先生所撰写的《毕竟是书生》同属回忆录性质。此书以先生与夫人邓懿教授六十七年间相濡以沫的共同生活为纲，按时间先后记录了先生一生的主要事迹。除详细描述先生的家庭、恋爱、婚姻生活，以及先生与父母、子女、兄弟姊妹之间的亲情关系外，还有相当篇幅涉及先生的治学历程和学术活动。本文所谈，自以后者为主。

今年是东南大学百年校庆，我应邀到南京讲演两次。其中一次讲题为《学术规范与学术道德》。关于学术规范，我以为不宜用整齐划一的办法强行规定，而是不同的学者根据自己不同的治学方法、治学方向自行立下的学术行为守则。当然，自订的守则还应得到社会公众特别是业务同行们的广泛认同。如陈寅恪先生所强调的"独立之精神，自由之思想"，即成为陈先生本人以及追随陈先生的诸多学人的学术规范。又如胡适所提倡的"大胆的假设，小心的求证"，同样是另一种有影响的学术规范。一良先生的治学途径与治学方法，除得到洪业（煨莲）和邓之诚（文如）两位先生的教导外，应该说受陈、胡两位先生的影响最大也最深。尽管一良先生并未具体提出自己的治学准则，但从他全部著作中体认他的治学路数，无疑是忠实地遵循陈寅恪先生的学术规范来进行科研工作的。因此，他对陈先生本人也充满了知恩感德的崇敬之情。另外，一良先生在本书中也谈到其立身处世的行为准则，那就是传统的"忠恕之道"。根据我同先生几十年来的交往，也深知先生待人接物确乎如此。夫"尽己之谓忠"，"推己及人之谓恕"，亦即先秦儒家所主张的"己欲立而立人，己欲达而达人"，"老吾老以及人之老，幼吾幼以及人之幼"。这是从积极方面说的，而从消极方面说，则是"己所不欲，勿施于人"。我个人认为，这后一条似更为重要。令人意想不到的是，自上个世纪五十年代以来，这一套道德行为准则被"亲不亲，阶级分"所取代，也就是说，非无产阶级出身的知识分子必须对自己的思想言行进行脱胎换骨的彻底改造。遗憾的是，在当时竟出现了一种不平衡（也可以说不平等）的社会现象，即大多数人是被改造的，而一部分人乃是专门改造人的。于是人际关系开始紧张，造神运动和极左路线也就随之变本加厉。一良先生于一九五六年入党，入党前是积极分子，入党后更是对自己从严要求，紧跟党走。这样一来，陈寅恪和胡适自然而然便成为一良先生必须批判的对象了。一良先生在书中痛苦地回忆了自己当时的矛盾心情和事后多年以来的无比悔恨。这就是本书的重点内容所在。我不想为一良先生的心路历程做任何辩解，但我做为同样的过来人，姑妄谈一点个人看法。我以为，这种对老师和前辈学人的批判，还算不上违反"己所不欲，勿施于人"的准则。因为在批判别人之前，首先是对自己的彻底否定。这是一种带有原罪感的否定，根本不考虑是非对错，不加任何判断分析，反正自我否定总不会有错。一个有良心的知识分子（姑且这样说吧），在彼时真不惜自轻自贱，把自己骂得狗血淋头。然则把教诲过、提携过自己的师长骂上一顿，又算得了什么呢？问题是无论痛骂自己还是批判别人，如果从灵魂深处去挖掘，实事求是地说，十之八九是违心之论。说得难听一点，就是我们这样的读书人甘心情愿做个缺乏学术道德的口是心非的两面派。如果在运动中对你要批判的师长留点情面，或者说不忍心把事做绝，为日后相处留点馀地，那就说明你自我改造太不彻底，从而产生严重的自卑感；于是在你上下四旁的人也就把你看成冥顽不灵的落后分子，让你感到一辈子都抬不起头来。尽管一良先生内心一直存在着矛盾和歉疚，但在"文革"前，他在社会上始终被认为是一位有学术成就和学术地位的老专家、大学者。而我自己的学术成就当然不配与一良先生相比；就连我的社会地位，包括在多数正面人物眼中，也是个卑微不足道的半瓶子醋。因此"文革"伊始，我被谥为"反动文人"和"杂家小丑"。半个多世纪以来我所受到的漠视与歧视，恐怕不是一般人所能想象得出的。而当我下决心要离开北大时，是一良先生和邓广铭先生（还有当时在位的党的领导人王学珍同志）坚决挽留了我。这件事，一良先生在这本书中也提到了，我感到荣幸。二十多年来，我对一良先生、邓广铭先生和王学珍同志，一直是心怀感激的。

　　读书要"知人论世"。一良先生病逝后，我心里一直不平静。至今每一念及先生的音容笑貌，还不禁泫然欲涕。因此乃以读书札记方式，通过学习先生的著作来纪念先生。但使我更为尊敬景仰的乃是先生的道德操守。正如范仲淹所说："先生之风，山高水长。"因此我希望，凡有志研索一良先生的学术著作的，最好先读一下先生的两本回忆录——《毕竟是书生》和《钻石婚杂忆》，然后才能从深层面体会到，一良先生在学术上的巨大成就，绝对不是偶然的。

　　二〇〇二年六月下浣写讫。

原载二〇〇二年第五期《书品》

《郊叟曝言》

——周一良先生的最后一本自选集

上个世纪的最后二十几年里,在老一辈的专家学者中,同我过从最密的要数周一良先生。八十年代初,我从北大中文系调到历史系(彼时正酝酿成立中国中古史研究中心),是当时系主任周一良和"中心"负责人邓广铭两位先生鼎力促成的。邓先生是我的师辈,因我从未向邓先生问业,不敢妄自攀附,说是邓老的学生;而一良先生长我九岁,谊在师友之间。由于先父与一良先生的尊人曾有交往,一良先生的诸昆季又多与我相识,因此先生一直以朋友关系相待。我则始终不敢以平辈自居,总是称他周先生。先生近年患帕金森氏症,与我妻子患同样病症,彼此经常交流医药及治疗方面的信息。就在先生逝世前一个星期,他还嘱咐哲嗣启博世兄打电话给我,告知有一种治帕金森症的新药,并殷殷垂询我妻子的病状。这些年来,每当我想了解有关日本文化习俗方面的资料,向一良先生请教时,先生总是倾囊以告。有时还代我查书,把日文译成中文抄录给我。偶尔先生也嘱我查一些古典文学方面的掌故出处,我亦竭诚稍尽绵薄。先生每有新书出版,总要惠赠一部。就在今年九月(下距先生逝世不足一月),由新世界出版社出版的《郊叟曝言——周一良自选集》刚一面世,先生即命哲嗣启锐世兄送来一册(其中还附入一篇与先生商榷的拙作)。没有想到,这竟是先生生前出版的最后的一本书了。

由于书中所收文章有一部分我已读过,我拿到后很快就把全书读完。原说抽时间去探望先生，把点滴心得向先生汇报。不想先生于十月二十三日凌晨遽归道山，从此失去一位可以问业论学的良师益友，初闻噩耗时震悼之馀，真是欲哭无泪。今撰此小文，一则用以哀悼先生，二则也把未及当面奉陈的肤浅看法写出，权做纪念吧。

这本书中最有意义，也最有价值的，窃以为应推《学术自述》、《我和魏晋南北朝史》和另一篇带有回忆录性质的《史语所一年》这三篇自叙平生治学之作。这几篇文章虽篇幅不长，却反映了先生一生的学术道路和治学方法，足以垂范后学，从中可得到不少启发。其中《我和魏晋南北朝史》一篇的撰写过程还小有曲折。几年以前，原中华书局编辑张世林君转入朝华出版社，主编了一套以当代学者自述其治学经历为内容的《学林春秋》，曾向一良先生组稿。而先生正因骨折卧床，无法动笔，只口授了三首短诗，聊申己志。后来先生小愈，便采用自己口述，由学生笔录的方式撰写文章，终于补写成此篇。而《郊叟曝言》的出版，恰好亦由张世林君担任责编，乃将此文编入。总之，这几篇述学之作，既是先生一生学谱，又是供后人借鉴的治学津梁，值得研索玩味。故表而出之，特向读者推荐。

书中还有一篇先生的旧作，题为《评〈秦妇吟本事〉》。《秦妇吟本事》作者徐嘉瑞，一九四八年一月由华中大学出版。一良先生的书评基本上是与徐氏立论进行商榷的，原文具在，这里恕不转述。惟就笔者所知，撰写有关韦庄《秦妇吟》的考证文章，实肇端于陈寅恪先生。一良先生此评，虽未明白点出，而其视角似亦以陈寅老之论为准绳。然二十馀年前，先师俞平伯先生曾有专文考证《秦妇吟》本事，其内容较陈寅老所言更为广泛深入。俞文初刊于中华书局出版的《文史》辑刊，后收入上海古籍出版社出版的《论诗词曲杂著》，俞老身后乃编入《俞平伯全集》。记得往时曾与一良先生谈及平老此作，惟不悉先生曾否寓目耳。附记于此，聊备读者参考。

一良先生晚年在病中曾多方搜求方地山先生所撰联语。方地山先生自号"大方"，久居天津，以善于作对联驰誉当世，时人称他为"联圣"。他是一良先生的老师，故先生对其遗作特别关注，辑佚补亡，用力甚勤。今先生已将所辑方氏联语载于《郊叟曝言》篇末，更有"附录"四页。据此书先生所撰《前言》，这些联语是由先生长公子启乾世兄整理的。我粗略披览，其中稍有误字。如"附录"所载赠妓上联，有"因甚平康甘坠落"之句，"坠落"显为"堕落"之误。又引录王伯龙《不易此楼联话》，原文有"谣缘繁兴"之句，"缘"亦显为误字。整理者疑为"喙"字，而"谣喙"亦为不词。窃疑"缘"乃"诼"字之误，"谣诼"一词见于《离骚》，于词义亦顺畅。日前已将几处误字告张世林君，世林允于再版时改正。

　　公元二〇〇一年十二月写于北京，上距一良先生仙逝已逾月矣。

　　　　　　原载二〇〇二年一月二十五日《文汇读书周报》

《俞平伯全集》出版志庆

古人说："一日为师，终身为父。"我追随俞老，从他受业四十馀年。俞老对待自己，俨如子侄之辈。今天自己在学业上能有点滴成就，都是老师所赐。今天捧读先师《全集》，一则以喜，一则以惭。先师九秩大庆，我曾以印章一方为祝嘏之敬，文曰："千秋事业在名山。"今《全集》问世，先师道德文章永垂不朽，彪炳人间，诚足以喜。但自己忝列门墙，于《全集》成书未能稍尽绵薄，使我内心惭疚交并。河北省花山文艺出版社肯承印并出版这样皇皇十卷巨帙，不仅识见高、眼光远，而且胆略非凡。看着这装潢精美而高雅爽目的卷帙，真令人由衷感佩。

综览《全集》，先师集外遗文搜罗得堪称全备。这是大工程，也是大功德。而在编排上次第井然，眉清目朗，尤具匠心。《全集》的完成，润民兄贤伉俪付出了不少心血；而编委中陆永品先生、孙玉蓉女士以及林乐齐同志，也都各自费心尽力，终观厥成。谨在此向润民兄伉俪和编委们表示诚挚的敬意。

先师一生，兼诗人、学者与教育家于一身，十卷遗著，嘉惠士林，沾溉后学，此皆人所共睹。先师治"红学"固然蜚声海内外，但他生前曾几次对我说，他不愿仅以"红学家"自居。现在《全集》出版，足以证明先师的学术成果博大精深，先师的研究领域浩瀚无涯矣。

不过先师的诗词创作，在"十年浩劫"中损失极多；亲友间书信往来，从目前看收集得也还不够。今后的辑佚工作，还要仰仗群策群力，广泛搜求。这应该是大家的共同心愿。此外，我个人还有一个小小要求：希望能够给这部《全集》编个详细的索引，以便后人阅读检索。这两个心愿，都盼能尽早实现。除仰仗编委成员和先师的至亲好友门人弟子多方出力外，更希望花山文艺出版社给以鼎力协助。

读严中《俞平伯与周汝昌》书后

近承南京严中先生惠寄其大著《红楼丛话》和近作《俞平伯与周汝昌》（原载南京师大编印的《文教资料》，因是复制件，故不详其载于哪一期），发现作者是周汝昌先生的忠实崇拜者，并自投周先生门下请收为弟子。窃喜治红学者后继有人，不论是对学术界还是对周汝昌先生本人，都是值得庆幸的。

我是俞平伯先生的学生，又是周汝昌先生的老友，但对他们之间有关《红楼梦》问题的纠葛乃至恩恩怨怨，却十之八九不甚清楚。偶有一得之愚，已陆续写入《关于曹雪芹生卒年问题的札记》（见拙著《古典小说漫稿》，一九八二年上海古籍出版社初版），对俞、周两先生的观点各有取舍，并未因师与友的关系便影响自己对学术问题的看法。大体上说来，我于曹的生年倾向周说，于其卒年则同意俞说（认为曹雪芹卒于壬午除夕），直到一九八〇年读了香港梅廷秀先生的《曹雪芹卒年新考》（载《红楼梦学刊》一九八〇年第三辑），才对曹雪芹卒于"壬午除夕"说发生动摇。在这之前，我是一直同意"壬午"说的。因此，俞平伯先生在五十年代初所写的不同意周汝昌先生曹卒于"癸未"说的文章，我也是赞同的。但我一向主张，学术观点的异同与人际关系的情谊根本不应混为一谈，更不应由于学术观点上的分歧而影响师友间感情的疏远乃至破裂。在我同俞、周两位的长期接触的过程中，相信他们两位也从无"交恶"之事（"交恶"字样见于严文）。至于周汝昌先生从燕大研究生毕业后分配到四川大学，不久又从川大调回北京人民文学出版社做编辑，就我所知，实不仅为了请周先生主持出版《红楼梦》这一个因素。其中还包括周先生是北方人（原籍天津），过不惯南方生活；同时周先生虽毕业于燕大西语系本科，其夙志仍在于治中国古典文学，故在川大任教有学非所用之憾。调到人民文学出版社工作，确能展其所长。因此，在严中先生文中有这样一段文字，做为当事人之一，实有站出来澄清一下的必要。严文是这样写的："先是，俞平伯的友好闻聂绀弩等调周到京，以为是为了'报复'，很紧张，遂由启功、吴小如等邀俞平伯、王佩璋……周汝昌宴会——当系寓有'打和'之意在。"我相信，这段话严中先生肯定是听周汝老讲的，但难免加入了严中先生个人的想象。第一，我和启功先生并未详知聂调周回京的"动机"，根本不存在什么"紧张"情绪，更无所谓怕"报复"的顾虑，故这些都是悬揣之词。第二，那次聚餐，确由启老和我合伙作东道主（各出资一半），但动机和目的是一致的，即俞、周两位以前从未正式见过面，都是红学专家，恰好又是与我和启老相熟的人，便由我们出面邀饮，借以联络感情。至于"打和"云云，因既未"交恶"，自然也就用不着"打和"了。启功先生今健在，当可证实鄙言不谬。

最后，我想补充的是，周汝昌先生在文研所召开的为俞平老平反的会后确写了《满庭芳》词，我记忆所及已发表在当时的《团结报》上。我不久也和了周先生一首［满庭芳］，话题扯得略远，也未正式发表。现在附录于文末，以证实周先生所言之确凿可信。词云："三十三年，春花秋月，匆匆几阅沧桑。劫灰难烬，休怨鬓毛霜。畴昔酒朋诗侣，凭谁问，生死茫茫。君犹记，未名湖畔，携手话炎凉。逢场，权作戏，盟山誓海，舌剑唇枪。任装旦装孤，邦老称王。羡子书生本色，因证果，脂砚凝香。伤形秽，文坛学府，迟暮独彷徨。"一九九五年重阳节作。

原载一九九六年一月二十九日《天津日报·满庭芳》

《中华活页文选》活了

从一九九八年开始，《中华活页文选》在停刊多年后又恢复出版，好像动植物经过冬眠之后又复苏过来，草木返青，蛰虫出土，给人以耳目一新，欣欣向荣之感。这是我说它"活"了的第一层意思，也是最表层的意思。

"新官上任三把火"，"新修的门脸三天光"。恢复后的《中华活页文选》，翻开一看，满纸生机，具有蓬勃朝气。这说明承担恢复这本小小《文选》的编辑部一班人马正在励精图治，想把它办得更好，"譬如积薪，后来居上"。夫事在人为，要想把事办好，先得有一批得力的人手。人有活力，刊物才能有生意；人肯开动脑筋，刊物才能日新月异。从这个意义来讲，《中华活页文选》的活力确实增强了。这是我要说的第二层意思。

从版面和栏目的编排看，过去的《中华活页文选》在我的印象中只是把一篇篇文章或一首首诗编选出来介绍给读者而已，内容虽扎实，版面却比较死板。新恢复的这本小小《文选》，却改变了过去千篇一律的固定模式，无论是"初中版"或"高中版"，除选讲一定篇幅的诗文外，还辟有五六个专栏，介绍有关文、史方面的各种类型的知识。这不仅扩大了读者的知识面，还增加了富有趣味性的文字，提高了这本小册子的可读性。所谓"活页文选"，于是显得灵活、活泼，而且气氛也大为活跃改观了。我在本文的题目上所提到的"活"，第三层意思，也是最主要的意思，就是指刊物的灵活多变化，活泼有趣味，从而调动了读者活跃的思路，而不是简单地把这本《活页文选》当作范读的诗文选本来看待了。这就是《中华活页文选》复"活"后的新面貌与新气象。

最后我想谈一点希望和表示一点顾虑。希望是在编辑部内部对《文选》今后发展的途径有一全盘考虑，使之能在五花八门或千门万户的外观背后有个内在的系统性。至于顾虑，则是不希望把它办成变相的或微型的《文史知识》，后者也是中华书局的一种有特色的刊物，因此我不希望使这两者出现性质上的雷同。

一九九八年

祝贺《古典文学知识》出版百期

《古典文学知识》是双月刊，一年只出六期。现在出到百期，这说明它已走过十六年以上的旅程。一本刊物能维持到十年以上，并不容易。可见为这份刊物，出版社、编委、主编、责编以及为这个刊物曾经撰写过文章的作者，都付出了大量劳动和心血。我是这个刊物的忠实读者，十多年来，我是亲眼看着它一步一个脚印走过来的。我自己也编过报纸副刊，至今还在担任一家学术刊物的编委。深知从组稿、催稿、审稿、编稿、校稿到刊物面世，中间是有不少的沟沟坎坎，并非一帆风顺的。现在，第一百期已奉献在广大读者面前，这不能不说是《古典文学知识》这本刊物的胜利，是值得欢忭祝贺的。我由衷希望，在新世纪伊始，这个刊物仍旧能一步一个脚印地出下去，出到二百期、三百期，直到它成为文化界的"百年老字号"，跨进下一个世纪……

由于刊物出得时间久了，在选题方面，水面上的"鱼"已被捞得差不多，于是乃求诸深水、水底，进而向另外的水域发展。这种"面"上的扩大乃是必然的趋势。即以手头的这本二〇〇一年第五期（总第九十八期）为例，"文苑人物"专栏谈的是大历诗人严维和金代文学家李纯甫，在文学史上只能说是二、三流作家；"名作赏析"专栏共有五篇作品，除介绍苏轼、周邦彦外，其余三篇谈的是曾公亮、徐祯卿和徐灿的诗词，就类似深水里或水底的"鱼"了。题材是拓宽了，而在文学史上的重要性和影响面却相对地降低和缩小了。"文学史话"专栏也有类似情况。在"名作赏析"栏的五篇作品中，只有周邦彦的《西河·金陵怀古》是公认的名作。当然，介绍徐祯卿的诗和徐灿的词也是有必要的，可是徐昌谷的这首《偶见》究竟是否像分析鉴赏者说的那么精彩，恐怕就不免仁者见仁、智者见智了。故鄙见是，拓展题材领域是完全必要的，但同时也要注意到作家作品在文学史上的重要性和影响面。有些大家、名作还是要给予相当的注意，不要因怕炒冷饭便专门向犄角、角落（读 gā lár）里去寻寻觅觅。这是我的一点个人看法，请恕直言。

在北方，中华书局办了一个普及性刊物《文史知识》，是月刊，性质与南方的《古典文学知识》相类似。上个世纪末，《文史知识》在内容上进行过一次较大的改革，内容不限于文学、历史，而是把文化史、民俗学、考古、艺术等等多方面的东西都包罗进去，看上去有点"杂"，但收效却比以前大。而《古典文学知识》虽说也是普及性刊物，我个人却不希望它的内容向《文史知识》看齐，而是盼望它真正能从"古典文学"这块领土上向纵深发展，办成更有深度和力度的寓提高于普及的一份名副其实以"古典文学"为主的刊物。这样，人们就会把南北两种刊物兼收并蓄。而南北两家刊物则寓竞争于互相配合之中，使彼此各得其所，两全其美；而读者也能从中受益，得到更完美的享受。如果一家刊物只在亦步亦趋，跟着别人的足迹走，是不可能有很宽广的出路的。《古典文学知识》在这方面已做出相当可观的成绩，把刊物办得很有特色，因此我在祝贺的同时，也提出个人的点滴希望，供出版社、主编和编委们参考。

二○○一年九月写于北京西郊。

《文史知识》二百期志庆

《文史知识》创刊伊始,由于编委中北大校友有好几位,都嘱我为刊物撰稿,因此有很长时间我同这份刊物结下了不解之缘。后来为节约开支,不再赠送刊物,同时也不再有人向我组稿,所以近几年对它比较生疏。但隔三差五,还是有机会读到它的。总的说来,这是一份颇具特色的月刊。能够坚持出版了两百期,而且今后还要继续出下去,这是很值得庆贺的。

我说《文史知识》颇具特色,是指它兼有普及与提高两种职能,因此读者层面比较宽广,基本上做到了雅俗共赏,开卷有益。这是一个好传统,希望今后能一直保持下去并日益发扬光大。

在刊物出版二百期的喜庆日子里,我想提一点希望,或者说建议,供编委们参考。即在今后的一定期间,组稿的计划性应有所加强。比如"文学史百题",每期的文章往往各自为政,缺乏连贯性。如果组稿时心目中有个统盘考虑,则发过若干期后便可辑为一个或几个专集。倘一任作者来稿即发,自然易流于各自为政。又如名作赏析,编辑部应按作家或作品粗拟一个范围,使这些赏析文章有内在联系。尽管每一期发表的文章花色品种繁多,但久而久之,经过分门别类,这些文章便可形成一个或几个体系或单元,给读者以较完整的印象和较系统的知识。如果编委思想中有此打算,并在刊物上公开把这一想法发表(同时也可征求读者意见),则刊物自然形成连续性,等于一个文艺刊物有长篇连载一样,读者自然更会欲罢不能了。

此外，我还希望编委们在稿件的选题和内容方面要坚持深入浅出，不宜深一脚浅一脚。过于生僻和过于浅俗的选题和内容都有可能导致读者败兴。所谓保证刊物的质量并非一句空话，主要体现在每一篇稿件是否使读者感到确有所获。当然，这里面也就体现出编委们的苦心孤诣和为"上帝"竭诚服务的精神。这样，编者、作者和读者的心就会更加贴近。

我衷心祝愿《文史知识》越办越好。当它出版到三百期时，如果我还活着，一定以更饱满的热情向它祝贺！

《文史知识》二十年

中华书局出版的《文史知识》杂志，自一九八一年创刊，每月一期，到二〇〇一年末，荏苒已跨越了二十年，共出版了二百四十六期。由于编委会中有不少人是我的老相识，从一创刊就向我组稿，因此我不但是它的忠实读者，也是一个唯命是从的撰稿人。说句倚老卖老的话，我是亲眼看着它从无到有，从孩提时代长大为成年人的。二十年过去了，回顾一下它成长进步的历程，感到这份刊物竟能维持这么长久，而且今后还将不断地延续发展下去，是有其必然原因的。现在我以一个普通读者的身份，即以一个旁观者的冷眼观察，略谈几点个人体会，说明它之所以能发展进步的道理。

首先，记得这一刊物初创办时，所谓的"文"，主要侧重于古典文学；所谓的"史"，着重在介绍史学常识；刊物名叫"知识"，是名副其实的，甚至是比较狭窄范围的常识，其内容多数侧重于"述"而较少有"作"（发明创造性）的成分。到上个世纪末，这个刊物有了比较大的飞跃。它把"文"的范围从"文学"扩展到"文化"，包括对戏曲、民俗以及名胜古迹的介绍；而于"史"的内容，也从对通史的"述"与"论"延伸到与文化史内容相适应的各个专业学科，包括对宗教、考古、经济、法律等多种科学部门的史与论的结合。这从原有的"文学史百题"扩展为"文化百题"的专栏名目即可看出其变化。内容看似庞杂了些，实际上却扩大了读者的眼界，满足了各个层面、各种不同专业的读者的需求。但这种变化乃是悄悄地逐步在积渐中进行的，多数读者并未感到突兀，老读者不因此而辍阅，新订户却不断在增加。这份刊物的寿命也就自然而然延长下去了。

第二，这份刊物从一开始就组织了一批专家学者做为它的基本撰稿人，同时又十分注意吸收和发掘年轻的新秀。就我所知，现任浙江大学中文系教授的朱则杰博士，他读本科时最早的习作，就是发表在《文史知识》上的。以二〇〇一年各期的这份刊物为例，上面就刊有南京大学、安徽师大等校在校硕士生的文章。在一次《文史知识》举办的座谈会上，有学者呼吁请"大专家写小文章"。其实这份刊物从创刊时就具有这一特色。如刚病逝不久的老教授周一良先生，即为该刊物写过普及性的题为《何谓敦煌学》的文章。这类文章恐怕是一般刊物组不到、约不来的。再如刊物创办之初，曾邀请多位老专家撰写其本人"治学之道"的专文。后来就发展为由刊物记者亲自登门采访年事已高的老专家，听取谈话后经笔录成文，也备受读者关注。如上个世纪八十年代对俞平伯先生，九十年代对林庚先生，都曾用这种方式记录下他们宝贵的治学经验。记得刊物上还发表过若干篇追记已故大师们的"治学之道"。如天津社科院历史所的卞僧慧先生就应邀撰写过有关陈寅恪先生的治学方法。因为卞老上个世纪三十年代在清华大学历史系肄业时曾受到陈寅老的亲炙。上述这些文章，可以称为《文史知识》独家采辑到的专文，不仅开启后学读书的法门，而且还为学术界留下了宝贵的历史文献。

第三，也是最重要的一条，就是这份刊物从来不因赶时髦而改弦易辙，不迎合低级趣味而降格媚俗，更不因徇个人私情而发表低质量的作品。季羡林先生曾当面表彰过《文史知识》的内容不羼"水分"。据我所知，这份刊物在一段时期里也遇到过不少困难，发行量一度走向"低谷"，我本人在一篇笔谈的拙文中也给它提出过较尖锐的意见。而它终于挺过来、跨过来了。编委们没有气馁，始终未改变初衷。相反,正由于刊物坚持了正确导向,才披荆斩棘一直走到今天。在当前期刊如林、杂志如海的市场大潮中,有这样一份二十年如一日、寓提高于普及之中的期刊,是值得我们深思并表示由衷敬意的。

二〇〇二年一月写于北大。

品书宜读《书品》

——评《书品》季刊

中华书局出版的季刊《书品》，包括一九八六年的试刊本，转眼就满两年了。两年中虽只出了薄薄的七八本小书，却刊出了不少篇好文章。通过这些评介图书的好文章，使广大读者获得了新书的出版信息，并对一些不大被人注意的学术专著有了比较清晰而深刻的印象和了解。《书品》之引人入胜处正在于此。

目前出版界的状况确实令人一则以喜，一则以惧。自党的十一届三中全会以来，祖国的文化学术领域大大开拓了，知识分子（从专家学者到自学青年，包括广大的中学生）的积极性大大被调动起来，写书、读书、治学、求知的风尚大为普及，短短十年中，我们出版了大量的学术著作和普及读物，古籍整理工作也迅速有计划地展开，翻译介绍海外名著也大幅度地增长，文化学术界的繁荣昌盛确与"万马齐喑"的"十年动乱"时期形成了天壤之别。这是值得人们额手相庆的。然而，曾几何时，一些不伦不类的书刊充斥坊间，仓库饱和，资金周转不灵，于是出现了坏书把好书挤出了市场的不良现象。人们面对这一现实，纵未杞人忧天，至少也感到出版业前景不那么顺畅了。

于是读者在买书和读书之前，迫切要求有人指导，以便有所选择。《书品》这一刊物便是为满足读者的此种需要应运而生的。根据我两年来阅读《书品》的体会，窃以为这个刊物有三大特色：一曰信息灵通，及时介绍新出版的各类学术专著和新整理出来的各种古籍；二曰正确评价各种有阅读钻研价值的图书，不仅对一般读者有启蒙作用，就是对专业工作者也有着指南的效益，比如《沈兼士学术论文集》一书，我就是看到今年第三期《书品》上一篇题为《述要》的文章，才迫不及待地买来披阅的；三曰除了从《书品》中获得大量版本目录的知识外，还能了解到不少专家学者的治学心得和著作经历。比如杨伯峻先生谈他译注《论语》、《孟子》二书的经过（一九八七年第一期），汤一介、王守常两位同志介绍熊十力先生的生平事迹和著书背景（一九八七年第三期），都起到了知人论世的作用。在"洛阳纸贵"的今天，好学深思的读者如果想品味一下学术名著，我建议不妨先读一读《书品》。这样，既不致浪费金钱错买了无用的书，又可以不失时机地买到你必需的书。每年花费两三元钱订阅《书品》，我看还是值得的。当然，目前这个刊物还只限于评介中华书局一家的出版物，但我认为，如果全国各兄弟出版社出了好书和名著，《书品》似乎也可以有选择地酌予品评介绍。这不仅对宏扬祖国文化学术大有好处，而且对《书品》本身也会增长销售量呢。

一九八七年十一月。

一本玩物而"尚志"的好书

——读周佣著《古玩市场今昔考》

我是怀着忧喜交集的心情来写这篇小文的。先说"喜"。在我的熟人中,精通鉴赏古玩文物的专家应推王世襄、朱家溍两位先生。他们都是"米寿"高龄的国宝级人物。王老的《锦灰堆》,朱老的《故宫退食录》,这两部大著是两位先生毕生心血的结晶,是蕴涵着祖国传统文化艺术精华的知识宝库。朱老曾戏称王老"玩物而不丧志",盖王老除对古玩文物如红木器、漆器等精于鉴赏外,还对鸽子、蟋蟀等花鸟草虫之类有专门研究,事实上他是一位博物家。这样的专家如仅称之为"玩物而不丧志",提法未免消极。相反,他们虽"玩物"却"高尚其志",所以我把这句成语改了一个字,认为他们是"玩物"而"尚志"。我对王、朱二老在敬佩仰慕之馀,也时兴后继乏人之叹。最近读到周佣同志所著的《古玩市场今昔考》(中国文联出版社二〇〇一年二月初版),才发现在我的学生一辈人里也还有精研此道的专家。从担心后继乏人转而看到后继有人,这就是我深感喜悦欣慰的原因。尽管周佣君也已是望七之人,早从工作岗位上退下来了,但他毕竟有志于此,确属难能可贵。有文章称誉周佣君"玩物不丧志",我也认为评价低了;其实他是一位有心人,志向很高呢。

《古玩市场今昔考》共分三大部分,第一部分从纵横两个方面来谈古玩市场的现状。"纵"即所谓"昔",可以上溯到远古时代,然后依时间顺序一直写到目前(即所谓"今")。而"横"则是周君以他当记者、编辑的本职经验亲自到全国各大城市如北京、天津、上海等地进行实地调查研究,然后再综合分析判断,其视角是多方面的。作者在文中表彰了天津的一位李副市长,认为他在处理古玩市场文物交流方面做出了深得民心的合理决策。第二部分总题为《收藏入门》,除介绍各种古玩文物的鉴赏知识外,作者还表彰了上个世纪无私奉献的四位大收藏家,即张伯驹先生、朱家溍先生、郑振铎先生和钱君匋先生。最后作者谈到一个所谓"收藏家"如果想借收藏古玩的手段以"短、平、快"方式发财致富,那就无异于市侩,最好到地摊上买一本畅销的《发财秘诀》之类的书去翻读,而不必看他写的书。关于这一点我本人也略有感受。记得上个世纪末,南方有位大款附庸风雅,把他收藏的时贤书画印制成册分赠与人,借以自炫。其中独无先父玉如公的遗墨。老友谢蔚明先生曾为之向我疏通,希望我卖给他一件,我当然不肯。蔚明先生真是忠厚长者,竟把他自己珍藏了几十年的先父赠他的一副对联(这件遗墨在"十年浩劫"中竟未遗失)慷慨地转赠给这个人了。谁想到了二〇〇一年,北京的一位朋友竟在拍卖市场见到此联,随即通知了我。等我筹钱想买回它,拍卖期已过,早不知去向了。自幸当时没有把家藏的东西出卖,否则我真成为不肖子孙,罪孽深重了。

《今昔考》的第三部分主要是介绍世界各地的古玩市场,如美国、韩国、瑞典以及中国香港等地古玩市场的现状,其中大部分章节都是周君亲自远游异邦进行调查访问的实录,并非简单地从书面到书面的耳食之言。从以上简略的介绍中,已足见此书内容的丰富而精彩,连我这地道门外汉也被他那流畅而生动的文笔给吸引住了。

就在欣慰喜悦的同时,我还被作者的拳拳爱国热忱所打动,并感到作者的近忧和远虑绝非无的放矢、杞人忧天,而是从国计民生的大处着眼的。这就是我之所以忧喜交集的原因。为了节省篇幅,这里我只援引孙轶青先生为此书所撰《序言》中的一段话，以取代我啰嗦的转述：

> ……周倜同志立足于当代，付出极大的热情和精力，对当今文物古玩市场的购销状况，管理体制，政策法规，以及社会各方面人士的愿望呼声，作了周密而深入的调查研究。他根据大量调查材料，运用邓小平理论和锐敏的洞察力，深刻揭示了文物古玩市场开放不足的现状与社会需求之间不相适应的尖锐矛盾，一针见血地指出市场管理体制及现行政策法规中保守落后、垄断畸形等种种弊端，并明确提出了改革开放的具体主张。（书中）关于"怪圈"的论述，关于"三个扩大化"的概括，关于"三十年一贯制"的批评，关于"违反宪法"的指责，则尤其发人深思。……一句话，时代在前进，文物古玩市场和民间收藏事业也必须前进。那些仅仅适应于计划经济时代，而有悖于市场经济时代的文物古玩的管理法规，已经到了非改不可的地步了。

轶青先生曾任国家文物局局长、全国政协副秘书长，对古玩文物的管理与流通，其发言自然具有权威性。窃以为：国家除了制定具有可操作性的《文物保护法》外，还应考虑制定《文物流通法》和《文物收藏法》，使古玩市场和私家收藏各方面都能有法可依。此外，我以为对执法人员掌握一定古玩文物知识（甚至一般文化常识）似乎也应做点普及工作。姑举一例。我的一位朋友是严几道先生的曾孙，他手中藏有若干件几道先生的手书墨迹，不料一夕之间竟扫数被人窃去。失主去报案，执法者竟不知严复为何许人（大约他们早已不读《毛选》中的《论人民民主专政》了），当然严复的遗墨也就算不上古玩文物，于是这桩失窃案便稀里糊涂地不了了之。试看今日，在古玩市场上执法者动辄向人罚款，而真正需要破案的文物失窃事件却被置若罔闻，读周倜君大著，真不禁要废书而叹、感慨系之了。

公元二〇〇二年三月，写讫于北京西郊。

原载二〇〇二年四月二十六日《文汇读书周报》

去国·思乡·怀旧

——读於梨华《别西冷庄园》

《别西冷庄园》是美籍华裔女作家於梨华的第一本散文集,初印于公元二〇〇〇年,台湾瀛舟出版社出版。据说二〇〇二年由四川某出版社重印,惟我尚未见到。书前有袁良骏兄写的《序》,题为《小说家的散文杰构》。我是承良骏惠假,才得拜读此书的。

我读於梨华女士的作品,始于十年前在德国海德堡。当时我应邀到海德堡大学汉学系讲学,在图书室中看到於梨华的全集。没有读了几本,即返回北京,心中总有此欠缺。幸北大英语系陶洁教授帮我联络,竟承於梨华女士惠赠全集一部,才获读全豹。在这部《全集》的几个单行本中,已收入了她的九篇散文,现皆归入《别西冷庄园》,在本书《后记》里已一一标明出处。但另外十五篇却是《全集》所未收,读来感到新鲜、亲切。良骏兄在《序》的开头说:"散文家未必是小说家,但小说家往往是散文家。"并且举出若干作家为例,从鲁迅到张爱玲。这层意思我在一九四七年写的一篇书评中即已谈及,而我所列举的作家与良骏亦大体相同(见拙著《今昔文存》第二〇页)。看来这已成为公论。於梨华的小说,基本上属于现实主义范畴(当然具有时代特色),笔触虽细腻蕴藉,却不失其天真朴茂的爽朗本色。这种文字风格从写小说移用于写散文,当然显得格外娓娓动人,比小说内容似更贴近生活。今天的中、青年作家(包括大陆及港、台与海外文艺界),其创作文本大抵有两种不大好的趋向:一种是浪费笔墨,有话就说,对语言不知撙节、提炼,对文字全然不加控驭、修饰，一任其滔滔不绝，泥沙俱下，有时甚至以重复啰嗦为"美"；另一种则是卖弄才华，堆砌辞藻，明明华而不实，自炫其小聪明，而本人却自我感觉良好，实际是故作深奥，有以艰深文浅陋之嫌。而於梨华的散文，犹存五四以来传统风范，既不矜才使气，也不搔首弄姿，于平易近人中体现出她本人特有的精神风貌。具体评述，良骏《序》中已详，我不想多所饶舌。

这里所要谈的，乃是试图从於梨华作品这一"个例"检验一下半个多世纪以来海外作家们的心路历程。由于客观原因，五十多年前离乡背井者诚不乏其人。实际上他们都是炎黄子孙，华夏苗裔。只要用传统的"忠恕之道"或西方人道主义的眼光来看待他们，应该说没有什么解不开的结，算不完的账。偏偏在漫长岁月里，就大陆本土而言，连对寻常百姓也以政治划线，仅"海外关系"这一特殊字眼，便弄得人心惶惶不可终日，其甚者还导致妻离子散，家破人亡。而那些背井离乡者，纵有乡思与亲情，也只能望洋兴叹。人所共知，在海峡彼岸的台湾也并非王道乐土，于是不少有识之士和精英之才，乃更远游异域，侨寓他国。这些不仅离乡抑且去国的人，久而久之，自然产生了怀旧之情。怀旧的范围有广狭之分，有的怀台湾客居之旧，有的怀大陆本土之旧，其所怀内容固因人而异，但本质上是一致的。思乡也好，怀旧也好，却又缘于种种客观条件，不是"有家难奔"，就是"有国难投"。有人在海外功成名就，至少也是成家立业了；你让他们抛弃一切回归故土，不仅不现实，而且有实际困难。有鉴于此，那些能用笔来抒情言志的作家便在作品中曲绘出各式各样的去国、思乡与怀旧之情。於梨华的作品自然也不例外。而她的文章之所以耐读，不仅由于其笔墨文采斐然，而且在于其内容情真意切。更值得揄扬的，乃是她几十年如一日始终从事写作，体现了一位作家的表里如一的敬业精神。我以为，这倒是当前不少中、青年作家应该虚心学习的。

　　遗憾的是，今天国内年轻的一代中，仍有不少有识之士和精英之才一心一意想远涉重洋，侨居异域，对祖国和故乡，似乎缺乏依恋眷顾的思想感情。这就使我想到钱锺书先生"围城"的比喻。他是以"围城"比喻人间婚恋生活，外面的想进去，里面的想出来。而今天某些人在选择自己人生道路时的心态，也不免存在着未出去者一味想出去，已出去者想回来又不情愿回来的矛盾。因此我的结论是：这大约就是於梨华的作品至今犹具有较强生命力的根本原因吧。

原载二〇〇二年七月十九日《文汇报·书缘》

读徐凌霄《古城返照记》

《古城返照记》的作者徐凌霄先生（一八八六至一九六一），是我平生尊敬仰慕的前辈学者之一。早在读初中时，就爱读先生的文章。上个世纪五十年代中期，我有幸到先生寓所当面拜谒，同时还见到先生的令弟一士先生。当时一士先生脑血栓症初愈，言语已较艰难，故聆听凌霄先生的教言独多。所谈话题，以评述京戏为主。盖先生不仅是老顾曲家，而且能粉墨登场，所谈自然悉中肯綮。惟事隔多年，其内容今已不能省记了。

凌霄先生本名仁锦，字云甫，别署凌霄汉阁主，原籍江苏宜兴。幼时就读于济南高等学堂，旧学功底很深，为业师宋晋之所激赏。及长，入京师大学堂（北京大学前身）土木工程系。后以国势阽危，民生憔悴，乃思以文章报国，终其身以著述为业。上个世纪三四十年代，经常于报端读到凌霄先生的专栏文章，每天数百字，谈古论今，品戏评艺，言简意深，精美无匹。惜未经裒辑，今已成广陵散。其仅存者，只有先生于一九二八年在上海《时报》逐日连载之长篇说部《古城返照记》，惜当时亦未单行付梓。至上个世纪末，始由先生之从子泽昱先生就报刊复印件进行董理，将原书上下两编八十万字略作删减，凡六十余万字，并冠以回目，仍分上下两编。今北京同心出版社即将出版此书，乃嘱笔者通读，并撰写序言以为介绍，披诵既讫，谨约略言之如下——

此书虽似自传体"纪实"小说，实不以故事情节为主。书中主要人物有余姓名陆贾者，即作者自谓，犹《老残游记》中之老残，即其书之作者刘鹗本人也。盖"余"字即取"徐"字之半以代作者之姓氏（书中人物姓名多用此法，如康有守即康有为，袁开士即袁世凯皆是）；而"陆贾"者，乃取西方电影界两大笑星陆克和贾波林（今译卓别林）中译名的首字以为己名，藉以自我嘲讽。其书上编自作者入京师大学堂写起，然后拓展开去，写到学界与政界，举凡学校风光，师生动态，以及官场丑态、政界风云，作者皆涉笔成趣。一直写到辛亥革命，清帝退位为止。中间则穿插老北京各种世相及风俗人情（如饭庄、茶肆、妓院、戏园、商店、医院之类），而以清末时事嬗变为主线。下编则着重写清末民初活跃于北京戏曲舞台上的皮黄和梆子腔两大剧种的诸多名演员的演出实录，其间自然也写到作者对艺人品德的月旦，艺术水平的高下以及各个剧目的演出特色等。总之，上编内容对研究近代史和清末民俗的人有参考价值，下编内容则对研究戏曲的人有较高的文献价值和美学价值，是极为珍贵的戏曲史料。其中作者谈到京剧流派的传承问题，有一精辟见解。他认为谭鑫培、汪桂芬、孙菊仙三人，都是程长庚的传人，但同时也具有他们各自的特色。如果这三人都死学程长庚，那么这三位表演艺术家就不可能独自开创一派了。此外，他对杨小楼、梅兰芳等也有类似的评价。

作者对当时社会名流，只突出肯定了天津南开学校的创办人严修（字范孙），认为他品德高尚，学问渊博，办教育事业嘉惠后世，在上编结尾处对他表彰不遗余力。而对戏曲演员，则对梆子演员贾璧云（后亦兼演皮黄）赞誉备至，不仅评论其艺术水平高，而且对其人品更揄扬不已，是彼时德艺双馨的表率。从而看出凌霄先生在老一辈学者中，无论是思想水平还是价值观念，都是位居前列的。

此书我前后读了两遍。窃以为它是一部可读性很强的"纪实"

小说，值得用一点时间去披阅玩味。现在同心出版社把这部沉埋已久的优秀读物付梓问世，确是一件功德无量的事。

公元二〇〇二年岁次壬午谷雨前五日写讫。

原载二〇〇二年七月十五日《北京日报》

旧文不妨新读

——谈余英时《红楼梦的两个世界》

上海社会科学院出版社于二〇〇二年二月出版的《〈红楼梦〉的两个世界》，是海外学者余英时二十多年前的旧著，书中最后一篇论文《曹雪芹的反传统思想》是一九八〇年写成的，距今也有二十二年了。最近我把它当作新书买到，逐篇细读，不但耳目一新，而且还感到它至今仍有现实意义。这种感觉，说句不客气的话，乃是由于国内这二十多年对《红楼梦》的研究成果实在不够理想的缘故。

话要从头说起。去年读刘梦溪兄的《〈红楼梦〉与百年中国》时，我就感到我们的红学界有一不大正常的现象，即以"曹学"取代了"红学"。最近更听说，有的学者公然宣称："'红学'即'曹学'。"这正如余英时所言，这些研究者不是把《红楼梦》做为一部文学创作——小说来研究，而一直是把它"当作一个历史文件来处理的"。做为一名普通读者，我以为即使是"曹学"也罢，研究的路子也嫌越走越窄。为了曹家的祖籍究竟是丰润还是辽阳，持这两种不同意见的人竟形成水火不容的两派，笔墨官司（乃至人身攻击）打得不可开交。我想，就算把曹家的祖籍问题搞得一清二楚、确凿无疑，这对《红楼梦》本身的思想和艺术究竟又有多少裨益？不从作品本身进行探讨分析，只纠缠于曹雪芹祖上的籍贯，岂非舍本逐末？

余英时的这本旧著之所以使人耳目一新，正由于他是根据原书文本来立论的。他既不像"索隐派"那样"猜笨谜"，也不同于"考证派"（主要是"自传说"）的钻牛角尖和"对号入座"。他的基本观点是把《红楼梦》中的大环境分成"理想世界"（指大观园，亦即"太虚幻境"）和大观园以外的"现实世界"。尽管这一观点有不少人持异议，但毕竟是"言之成理，持之有故"的，做为一家之言总该允许其存在。一九八一年初，我写过一篇题为《闹红一舸录》的文章，曾谈到曹雪芹把他书中的几个重要人物如宝玉、黛玉、宝钗等都"理想化"了，是用浪漫主义的创作手法来进行描述的。我还提到浪漫主义本身即附丽于现实主义（可举巴尔扎克的《驴皮记》为例），而"现实主义的创作方法如人物的典型化、个性化以及细节的真实等，其本身就包含着理想化、想象化、夸张、浓缩等属于浪漫主义的东西"。余氏的"两个世界"说只是提到《红楼梦》的大环境、大背景，却没有涉及人物形象的塑造和人物思想性格的典型意义。我当年并未读过余氏的任何文章，但我的看法却可以同"两个世界"说起到互补作用。这绝对不是什么"所见略同"，而是都以原书文本本身为基础来进行研究、探索的结果。

余英时是史学家，他对于乾嘉考据之学是下过功夫的。这本书里有好几篇文章都展示了他这方面的本领，如《敦敏、敦诚与曹雪芹的文字因缘》一文即为最佳例证。但考据的结果却与"考证派"的专家学者们的结论大相径庭。我戏称之为"以考证之矛攻考证之盾"。在这种有趣的现象背后，似乎也有值得人们进行反思的地方。

最后，我想说几句题外话。二○○一年末，我读到王湜华兄的大作《俞平伯的后半生》。湜华对一九五四年那一场有关《红楼梦》的大批判做了详尽的分析，认为当时的批判锋芒近于无的放矢。在余英时的这本书里，他也提到了俞先生。余氏明确地指出：一、俞先生一直认为《红楼梦》是一部小说；二、俞先生从一九二○年起即对"自传说"表示怀疑了；三、俞先生在上个世纪五十年代初发表的《读〈红楼梦〉随笔》是治红学不可多得的好文章。准此,我以为今天完全可以下这样的结论,即一九五四年对俞先生的暴风骤雨式的批判简直是文不对题;而且把俞先生与胡适联系起来"一锅煮",更是牛头不对马嘴。

二〇〇二年六月在沪郊写讫。

原载二〇〇二年十月一日《人民政协报》

《林屋山民送米图卷子》流传始末

由钟叔河先生编订，于二〇〇二年四月在岳麓书社出版的《林屋山民送米图卷子》确实是一本好书。今年五月在南京出版的《开卷》（第三卷第五期）上，周实先生已有专文介绍推荐。值得引起注意的是，一九四八年六月由北平彩华印刷局用珂罗版影印的初印本，封底版权页的题字是先师俞平伯先生的手迹。寒斋旧藏一本即平伯师所赠。我对这一图卷付印原委略有所知，谨据回忆简述如下——

一九四七年（丁亥）冬，暴春霆先生从河南到北平来，最先访晤的是当时任北大校长的胡适。胡先生发现暴家与德清俞氏有世谊（卷子中先有曲园老人和俞陛云先生祖孙两人的题字，暴家还收藏了曲园老人的手札若干件），随即介绍暴春霆去拜访平伯先生。据我所知，卷子中朱光潜、朱自清、游国恩、浦江清、沈从文诸先生所题的诗或记，都是经平伯师代为邀请撰写的。原件由彩华承印，平伯师可能亦参与其事。今传世之平伯师手写本《遥夜闺思引》及跋语共二册，都是由彩华印刷局承印的。一九四八年上半年，先师与暴春霆过从较密，这是我亲自听平伯师提起过的。《送米图卷子》印成后，若干位题词者所得赠书，皆由平伯师分送，故先师手中仍有馀书。"文革"前夕，我曾向平伯师打听暴春霆的下落，先师告以彼仍居河南，在一家信用社工作，近况尚可云。

至于把彩华版原件借给钟叔河先生的赵国忠同志，则是一位有心人。他经常从废旧冷摊上搜集有保存价值的文献资料。数年前，承赵国忠同志惠赠俞氏家刻书数种，及先师手写印本《遥夜闺思引》

与跋语各一册。这些书显然是先师逝世后，由俞氏家属当做废品卖出的。故我推想，这本《送米图卷子》影印件，也是他在彼时一并从先师遗物中购获者。可庆幸的是，另一位有心人钟叔河先生终于让它重见天日，这不能不说是缘分。但平伯师在此书流传过程中实为一位关键人物。做为知情者，我不得不在此饶舌，补充几句。

岁次壬午仲夏台风袭沪之晨写讫。

原载二〇〇二年八月九日《文汇读书周报》

读扬之水著《先秦诗文史》

我初识扬之水君,她还在《读书》月刊做编辑。承她介绍,为我出版了拙著《书廊信步》,这样便从只有编务往来的泛泛之交进而成为可以坐而论道的朋友。这中间还有一条友谊的纽带,即蒙她不弃,我也属于她第一部专著《诗经名物新证》(后来由北京出版社出版)在结集出版前得以先睹为快其初稿的人之一。接着她又出版了《诗经别裁》。这两部谈《诗》之作,尽管前者偏于名物考证,后者属于文学鉴赏,其主旨则一:主要是揭示作为文学作品的《诗经》的本来面目。作者几次希望我写文章谈谈对这两本书的看法,我一直逊谢不遑。盖作者撰写这两本著作的终始过程,我是略有所知的。其用力之劬勤,读书之精博,思考之邃密,都远非某些急功近利、凌轹浮躁的时贤所得比拟;要让我写评价文章,至少也须下一番心潜神玩、旁搜远绍的功夫才敢动笔。而我自七十岁以后,日感神疲体惫,已无力认真读书,当然更难以专心致志,写稍具含金量的文章了。犹忆一九四八年为纪念朱佩弦先生逝世,在写定拙文《读〈诗言志辨〉》时,举凡佩弦师书中所引述的古今典籍,我都一一检读原文,有的还通读全书。然后写成文字,才感到心里踏实。间有一得之见,说出话来也比较有底气。而今天若想为扬之水君大著写出书面评价,显然已力不从心,惟有向作者致歉而已。最近她的《先秦诗文史》由辽宁教育出版社出版(二〇〇二年四月第一版),又承惠赠一册,并附小柬云:"小书一册呈上,虽心中盼望它能够在五彩笔中稍现身影,但又深恐不入法眼,而不敢为请也。"细玩其言，实是在自谦与捧人的字里行间隐含着以退为进、以守为攻的"策略"。如我再无反应，则未免太不近人情，且将贻人以"倚老卖老"、"恃才傲物"之讥了。

说良心话，这部《先秦诗文史》可读性很强，一编到手，快速读完，且印象清晰。这样就使我减少畏难情绪，终于敢贸然动笔。况且此书论点，诚"于我心有戚戚焉"。盖不佞自启蒙受书，开始接触《论》、《孟》、《左》、《国》时，便立意把它们当作文学作品来读。后来入大学教书，对先秦古籍，亦试图只"论"其"文"，从"文章"视角切入，然后再考虑其"内容"如何决定"形式"，更进而研求其"艺术形式"是如何体现其"思想内容"的。其实以这种立场观点来研读群经诸子也是"古已有之"，金圣叹的《唱经堂才子书汇稿》便是典型先例。然而圣叹才思聪慧有馀，学养根柢不足，所言终不免浮泛纤巧。而扬之水君却有上承乾嘉馀绪的一面，基本上做到义理、考据、辞章三者兼而有之。故"夫人不言，言必有中"。如说《战国策》富有"平民趣味"，其文风与《左》、《国》迥异。这实际是证明先秦文化自"王官"之学转入"士庶人"之手的关捩所在。又如说《老子道德经》与《周易》文风有传承关系，而不把它与《论语》的语录体相提并论（前人每以为《论语》和《老子》皆篇幅短小，故往往并论），亦独具卓识。作者是研究《诗经》的专家，故此书谈《诗》部分尤为精彩。五四以来，时贤论《诗》大都扬"国风"而抑"雅"、"颂"。而扬之水君独能抉出"雅"、"颂"诸诗的文心诗旨，使读者在感到耳目一新的同时体会出其持论之公允平实。作者《后记》中说："把此书放在文学史之列，实在很觉得不像。"鄙意亦云然。倘许易名，不如径改为《论先秦古籍的文章美》，乃更为贴切也。

书中有个别论点似可商榷或补充。一是关于"左史"、"右史"

问题，我倾向同意《礼记·玉藻》之说，认为应作"左史记事，右史记言"。盖"左史"之"左"，即《春秋左氏传》之"左"也。二十年前我在北大历史系讲授《左传》，当时研究生张辛同志（今张君在北大考古系任教）同意鄙说，曾撰专文考证之。后来经我推荐，论文在《文献》杂志上发表。扬之水君似未读到此文。书中仅据《汉书·艺文志》及金毓黻先生说，疑《玉藻》之文"左"、"右"误倒，理由恐不充分。二是关于韩非子思想的负面作用（或曰反动性），王元化先生在《九十年代反思录》和《思辨随笔》中均有精辟论述。如扬之水君加以检读并参考之，则可补其所论之不足也。

二〇〇二年八月在沪郊写讫。

原载二〇〇二年第六期《书品》

读止庵编《废名文集》琐记

一

搜集、整理、编纂、出版先师废名①先生的遗著是我企盼已久的事，为此我写过不止一篇文章进行呼吁。有一次严家炎兄读了拙文，曾介绍废名师的哲嗣冯思纯先生惠临寒斋。后来北大研究生王枫（他当时正在搜集、整理《废名全集》）又偕北京出版社编辑韩君来访，告以《废名全集》即将出版。但至今似尚无消息。最近承安徽师大研究生谷曙光同学惠赠一册《废名全集》（止庵先生编，北京东方出版社二〇〇〇年二月初版。此书把废名先生一九四九年以前所写散文基本上搜罗齐备），乃抓紧时间读了一遍。阅读过程中浮想联翩，多少旧事涌来心上。于是泚笔成此小文，名曰"琐记"。盖既非书评，亦非书话，只是随想随记耳。

二

往时读孙玉蓉君编写的《俞平伯年谱》，便联想到废名师。窃谓倘为废名师撰写年谱，恐怕是比较困难的事。盖先生一生中，早年和抗战期间在故乡的农村生活，一九五二年到长春后的教学生涯，与中间自二十年代至四十年代两度在北京读书、执教及从事创作的

---

① 废名（一九〇一至一九六七）原名冯文炳，湖北黄梅人。一九二四年入北京大学英国文学系，参加语丝社，并从事小说、新诗创作。主要著作有：《竹林的故事》、《桃园》、《枣》、《桥》等。其小说富于诗意，充满禅道的趣味，在中国现代小说史上独成一家。

丰富经历，共分为几个不同的时间段。而先生的亲属和门人，却罕能自始至终追踪描述各阶段中先生的重要事迹。至于文献资料，仅依据先生早年创作的小说（何况小说是不能作为真实史料来使用的）和后来一些回忆儿时故乡生活的散文，似无法写成一部完整的系年著作。现在有了这本《文集》，人们从编年顺序的具体文章里面至少可以勾画出先生在一九四九年以前教学和创作生涯的一个大致的轮廓。对广大读者来说，止庵先生此编之成真是功德无量。

三

从《文集》中可以大体看出先生两度在北京期间比较重要的交游对象。二十年代，师辈中有鲁迅、周作人、沈尹默、胡适等；在同辈朋友中，最早有杨晦（慧修）、冯至（君培）；稍后有程鹤西、梁遇春；进入三十年代，则与俞平伯先生来往最密。当时《世界日报·明珠》版的执行编辑是林庚先生（约在一九三六年至一九三七年初），林庚先生比废名师小九岁。《文集》中虽只有一篇文章涉及林庚先生，但在废名师的《谈新诗》中却有专章谈林庚先生的诗，足见废名师是引林庚先生为同道的。林庚先生今年已九十有二高龄。不久前我曾面谒林庚先生，先生曾道及有人想把他过去写的散文（当然也包括《明珠》版上发表的短文）结集出版，而先生对此却兴趣不大，持无可无不可态度。我听后当然感到遗憾，但实不想勉强说服先生。因为林庚先生去年冬天大病一场，今春刚刚康复，过分拂其意难免要惹他心烦，还是持"不违如愚"态度为好。不过我深信，总会有像止庵先生这样的热心人，为林庚先生编纂散文全集的。

贯穿整部《废名文集》有一中心内容，即废名师对知堂老人的毕生服膺和无限尊敬。一九四五年以后，周作人入狱，废名师犹不遗余力地推重和颂扬乃师，真是五体投地。《文集》中所收的《我怎样读〈论语〉》（原载一九四八年六月二十八日天津《民国日报·文艺副刊》），即充分显示出废名师尊师重道的思想。当时这份副刊是由朱光潜先生主编，稿件则是常风先生直接寄往天津的。而《民国日报》副刊的主编刘叶秋先生，与我也是熟人。故废名师这篇文章在发表前我已读过不止一遍。记得原文中曾明确写到知堂老人是继承孔夫子的今之"圣人"。叶秋为此还同我相互议论过，认为这样发表出来是否对撰稿人的清誉有损。这次从《文集》中重读此文，上述的那样的话已不见了。究竟是在哪个环节上被人改动，还是由废名师自己改写过才发表的，今已不得而知。叶秋殂谢已十馀年，常风先生亦于今春辞世（享年九十二岁），这桩旧事已鲜为人知了。

四

一九三六年十月初，废名师在《明珠》版发表的《蝇》和《莫字》两篇，对我并不陌生。一九四七年我在北大选修平伯师讲授的《清真词》，于讲［阮郎归］（即废名师提到的［醉桃源］）时即谈及这篇《蝇》。我当时的直感是，"蝇"之为物固令人可憎，但作为典故，则人们每不避其可憎而竟自喻为"蝇"。我们常说的"附骥尾"，其主语实即是"蝇"。周邦彦这首词也正是用的"蝇附骥尾"以行千里的典故，只是末句作"不辞多少程"，不过以"多少"取代"千里"而已。这也是填词用字的特殊手法。至于李煜的"独自莫凭栏"（［浪淘沙］下片），平伯师在初版《读词偶得》中即如此解。晚年撰写并改订《唐宋词选释》，乃接受废名师主张，改释为"暮凭栏"了。记得平伯师在北大讲《词选》课，还特意提到废名师同他的分歧意见。两位先生是至交，对于一字之异说虽各抒己见，却互相尊重。及意见一致，平伯师不仅从善如流，而且不掠人之美。这对于他们的学生来说，不独长了见识，而且从老师的"身教"中大获裨益。

五

废名师一九四八年二月发表在《华北日报·文学》上的两篇文章：《立志》和《散文》，是我特约先生写的。自一九四八年元旦起，沈从文师把这个副刊交给我负责组稿、编辑，至同年十月止，共编了十个月。创刊以来，朱自清先生、余冠英先生（以上清华）、俞平伯先生、废名先生、游国恩先生（以上北大）、林庚先生、高名凯先生（以上燕大）、梁实秋先生（北师大）、顾随先生（辅仁大学），以及李荒芜、孟志孙、卞僧慧诸先生，都曾赐稿。最年轻的撰稿人要算邵燕祥。《立志》一篇，废名师所说他的侄子是指冯健男（今已故）。但我当时也只有二十几岁，读了先生的文章不禁汗颜。文章发表后，我曾向废名师表达过自己的惭愧，并对平伯师谈及。记得两位先生都教导我说，只要把用功读书放在第一位，写点文章并不算没有志气，也不能说就是沾染了习气。（《立志》结尾处有云："少年人贪写文章，是不立志。原因是落在习气之中。"）而沈从文师的观点稍有不同，他再三强调："一定不能放下笔。不写文章，自己就无法长进。一个人书读得再多，如果不把它写出来，终归不是属于自己的学问。"说句该打的话，老师们的这些教诲因年深日久，早已淡忘；倘非重读《文集》，根本就想不起来了。为此我要再一次感谢止庵先生的功德。

六

最后我想谈谈废名师四十年代在北大开的课。这是为了补充止庵先生的《废名佚文续考》（见《废名文集》"附录二"）而写的。一九四六年至一九四七年，废名师除教一班"大一国文"外，开过《论语》、《孟子》两门专书。我曾旁听过《论语》。一九四七年，先生讲了一年陶诗，我是正式选修了的。与此同时，先生还讲了一年"大二英文"（专给中文系本科二年级开设），教材选用了《维克斐牧师传》。我因在清华已修完"大二英文"，故未选听。只听说学生对这门课颇有意见。一九四八年秋季开学，先生同时讲授《庾子山集》和《李义山集》，我都正式选听。上课前我去谒见先生，先生问："选了这两门课没有？"我答："都选了。"先生说："应该听一听。再不听，恐怕以后不会有机会了。"照我当时的理解，似指一旦学制改变，这样的课程便不会再开设。果然，一九四九年春季开学，这两门课都被精简了。

北大选修课中一直有杜诗。但我在北大只听过俞平伯先生讲杜诗，没有听过、也未听说废名先生也讲过。至于专门讲温庭筠（应该是讲温词），则自一九四六年至一九四九年，无论平伯师或废名师都没有开设过（如开设，我自不会放过）。记得我旁听《论语》后曾向平伯师汇报，认为听课的学生程度差，连字句训诂还未理解，听废名师讲课实嫌太深，故多不得要领。平伯师同意这看法，对我说，他讲《论》、《孟》就先从训诂讲起。平伯师讲《论》、《孟》，我都旁听过。手头还保存着一本别人借给我的平伯师讲《论语》的听课笔记，确乎从训诂讲起。两位老师讲课的风格是截然不同的。

废名师讲陶诗，以及讲庾子山赋和李义山诗，都只拿着原书一句一句地讲，事先好像并未写成讲义。黄裳先生说的《玉溪诗论》，彼时我并未听说过。一九五〇年我在津沽大学开《诗经》专书选修课，曾向废名师借来他写的《诗经》讲稿，是通过彼时在南开大学外语系读书的先生的女公子拿到的。我当即把全文过录在一个笔记本上，然后尽快地完璧归赵。"十年浩劫"中我手头所有的文字材料都全军覆没，只在自己劫馀的讲稿中留下了先生讲《关雎》的一段话，后来曾附于拙文之后，发表在中华书局出版的《文史知识》月刊上。这当然也应算是废名师的佚文了。惟这份讲稿是先生在一九四九年以后写成的，不属于止庵先生搜罗、辑存的范围之内，这里就不再加以引录了。

公元二〇〇二年八月，于沪郊写讫。

原载二〇〇二年第十二期《文史知识》

实事求是地看待武侠小说

——为袁良骏著《武侠小说指掌图》序

袁良骏兄近年来颇致力于武侠小说问题的研究,其研究目的是力求给予武侠小说以公正合理的评价。但武侠小说是我国古今小说作品中的一个分支,而且它的具体内容又是负面影响远远超过值得正面肯定的内容的一个分支,因此研究的结论往往很自然地就把这类小说作品归属于被否定的范畴之内了。其实这样的评价并不算错,而且应该说还是比较公平合理的。但近年来吹捧武侠小说的风气甚嚣尘上,于是良骏兄的一些有关武侠小说的评论文章就每遭物议,有些不同意良骏观点的文章立论还相当苛刻,甚至歪曲了良骏论点的原意,在行文上近于深文周纳,甚者还带有人身攻击的味道。基于在这种学术风气笼罩之下,良骏乃有《武侠小说指掌图》之作。从书名的标题看,仿佛这是一本普及有关武侠小说一般常识的读物,实则此书的真正主旨还是为了阐明良骏本人对武侠小说的一贯看法的。此书脱稿后,良骏曾寄来部分章节让我先睹为快,其中不少论点原是他近年来的一贯主张。我作为一个热心读者,可以说对这些论点早已烂熟于胸中。不久前良骏来信,嘱我为他这本大著写篇序言。我和良骏相熟已四十年,我又忝为一日之师,他的这个要求我当然义不容辞。而且借此机会,我也想谈谈自己对武侠小说的粗浅看法,以就正于当世治武侠小说的专家们,也算是一举两得吧。

我想先从文体名称的界定说起。我以为,旧时称为侠义小说者与今之称为武侠小说的作品并不完全相同。除了"侠"是共同特点外，侠义小说的内容多着重在"义"的方面，即所谓"行侠仗义"；若从反面说，则为"多行不义必自毙"。而今之所谓武侠小说，"义"的比重乃大大缩小，更多的篇幅大都放在"武"的方面。不仅着力描写武技，而且有的还异化为法术和剑术，以及利用各种致人死命的毒器和狠招（这个"招"实应写作"着"字，即"棋高一着"的"着"，因声调变化而改写成"招"字），而这些施展法术者也就由正常平凡的"人"转而成为"超人"，乃至把社会背景也变成"神仙"或"魔怪"的世界了。至于"义"与"不义"，早退居于次要地位；当然"义"的装潢还是需要的，但只是一种点缀而已。此外更有一个重要差别，即旧式的侠义小说每与公案故事搭界，侠客们多帮助"清官"除暴安良，平反冤狱（当然他们同时也为官府镇压反抗统治阶级的起义者），故又统称"侠义公案小说"。而今之所谓"新武侠小说"，"侠客"们已基本上同"清官"脱钩，而改为附丽于最高统治者（如蒙古族国王或清朝的康熙皇帝）了。说句难听的话，"侠客"们的本质已从官僚的"鹰犬"上升为国王或皇帝的奸佞宠臣和权豪势要了。

再从传承关系方面来看。今日之谈武侠小说者，总要追溯到《史记·刺客列传》和《游侠列传》，我昔年谈《三侠五义》及今日良骏兄撰写本书，亦皆不例外。其实《史记》里所描写的人物如聂政、荆轲、朱家、郭解，虽带有传奇色彩却仍是一些生活在现实社会中的十分平淡无奇的普通人。他们诚然具有"士为知己者死"的牺牲精神，却没有一个能飞檐走壁、出没无常的。而出现神人、仙人、奇人、异人以及具有特异功能的"超人"或荒诞离奇、神乎其神的妖魔鬼怪（包括能变成白衣素女的田螺姑娘），乃始于六朝志怪，至唐人传奇则有更巨大的发展变化。从此一发而不可收，到了清末民初，以迄半个多世纪前，大抵从上个世纪二三十年代直到今天，包括那些一写起来就没完没了、无尽无休的《蜀山剑侠传》、《青城十九侠》之类和至今犹在大量读者群体中热火朝天不胫而走的金大侠《全集》，书中所见到的几乎没有几个离不开人间烟火的"凡人"，除了"超人"就是"异人"，而普天之下，也到处是他们活动的领域。而这些人的武艺、剑术乃至法术亦愈演愈奇，甚至连孩子们看的科幻作品如《哈里·波特》也望尘莫及，远不如那些武侠小说离奇怪诞。我想，爱读这些荒唐怪异武侠小说的读者，其欣赏水平究竟与对卡通画着迷的幼儿园小朋友孰高孰下，似乎也很难判断了。

文学作品不论优劣良莠，实际都是现实社会形形色色世相的微缩的折射投影。自从以《封神演义》为代表的神魔小说大行其道，明明是殷周两个王朝因失道与得道而产生的政治斗争，却硬要塞进阐教与截教两个教派之间"正"与"邪"的斗法。这就给后世武侠小说中帮派斗争开了个不良的端，成为"始作俑者"。这种看上去似乎"神通广大"的斗法故事乃逐渐演变发展为武侠小说中为其作者们津津乐道的宗派主义（包括宗教、武林、帮会等之间的不同派别）、山头主义、小团体主义（终于发展成黑社会）的斗争故事，而这种种斗争故事既成为所谓"新"武侠小说里必不可少的曲折情节，当然也就成为它们必不可缺少的"新"的特色。这实际上就是从古到今社会上朝野间的党同伐异，官场上的相互倾轧，军阀割据势力间的明争暗抢，以及黑社会"老大"们的"黑吃黑"与黑白道之间的你死我活……种种矛盾斗争的折射与缩影。但出现在"新"武侠小说中的这些明争暗斗的描述，并未得到它们的作者的否定或批判，而且反而推波助澜，借此吊起读者的胃口，使读者急于看到下文的结果。于是这一类帮派斗争的情节乃愈演愈烈，火上浇油。回顾近代百馀年的历史进程和社会现状，本已长期处在水深火热，民不聊生，颠倒黑白，矛盾重重，动荡失衡的民族危难之中。在这种局面下，绝大多数的武侠小说的作者们（当然我指的不是全部）不仅不去激励民志（即使有点冠冕堂皇的正面说教，也是"劝百而讽一"），从积极方面引导民心走健康向上、团结爱国的正路；而且反而是让广大读者放弃正当的理想而耽溺于荒谬的幻想，把久已凌轹浮躁的心态鼓励得更加迷惘错乱，认为只有"超人"们的法术和剑术才能给人以精神上的寄托与慰藉。古人讥弹某些自暴自弃者为"玩物丧志"，而今天不知有多少被武侠小说的内容牵着鼻子走的读者，却在"玩"由剑术与法术所编造的荒诞之"物"而丧掉了具有一颗平常心的凡人的做人之"志"。如果从这个视角来审识武侠小说的功与过，则有些专家学者（包括袁良骏兄在内）对武侠小说做出较为严肃和严厉的评价，恐怕也在情理之中，而不能算是杞人忧天或以个人之好恶为转移吧。

  从我个人读武侠小说的过程来进行反思，也是走过一些曲折弯路的。我是从读小学三、四年级时开始读《施公案》和《三侠五义》的（同时也读了《水浒传》和《三国演义》，那恐怕不算是武侠小说范畴之内的作品吧），到初中时，所谓"南向北赵"的作品已读得差不多了。始而觉得这些书里的故事情节很好玩，对自己有一定的吸引力；继而读得愈多，愈感到千篇一律，千人一面，逐渐产生了厌倦心情。最终乃觉得这不过是一堆堆文字垃圾，深悔少年时代为之浪费了多少时间精力。马克思主义者曾斥责宗教是麻醉人民的鸦片。读武侠小说如果着了迷上了瘾，实际上跟吸毒的瘾君子和废寝忘餐不惜倾家荡产的赌徒并不相上下。我后来逐渐把兴趣转移到五四以来的现代文学作品和汉译世界文学名著上来，总算把武侠小说的瘾戒掉了。由于自己也是从武侠小说的旧"营垒"中"走"出来的，因此对它们多少有了些理性上的分析辨识能力。现在姑且把这点滴的不成熟的看法写出来，勉强供读良骏兄大著的广大读者充作参考资料。当然这只是"一孔之见"，连"一家之言"都够不上。倘专家学者们对鄙见加以讥讪乃至进行无情的批判，好在我已做好充分的精神准备，甘愿低首下心地敬聆麈教。

二〇〇二年十一月十一日沪郊写讫。

原载二〇〇二年十二月十日《人民政协报》

读《邵燕祥自述》

邵燕祥兄近日自京惠寄其新著《邵燕祥自述》（大象出版社二〇〇三年三月初版）。披卷展读，图文并茂。此书虽题为《自述》，其实自叙其平生经历并不系统，而以追记其亲眷友好的佚闻往事为主要篇幅，当然所记内容还是有所侧重，或者说是有倾向性的。全书章法结构亦较新颖，一反一般传记和回忆录的以时间先后为主要脉络的写法，而以北京城内外大小地名（即空间）为"经"，以其本人自童稚之时到古稀之年（即时间）为"纬"，每篇自成起讫，构成一幅幅记忆的画面。从文体看，则是一篇篇情韵不匮的散文小品。燕祥本是诗人，这本《自述》颇具"以诗为文"的特色。但由于年龄关系，其文章风格已有由绚烂渐趋平淡之势，行文冲和平易，朴实无华，不复以才华横溢的情采取胜了。

所谓书中有倾向性，我试以八个字概括之，即"感旧怀人，忆甜思苦"是也。所"感"与所"怀"，大都是燕祥一生里不易从记忆中抹去的人和事；而"忆甜"云者，指孩提少年生活，自新中国成立前夕参加党的外围组织至迎接新中国成立并投身革命伊始的一段美好回忆之谓；"思苦"云者，则指自一九五七年"反右"开始（用燕祥自己的话，即自他本人"沉船"时开始），经"十年浩劫"，在倒行逆施的大环境中他所遭受的苦难之谓。燕祥小我十一岁，我们订交逾半个世纪，彼此都是从同一时间段里入而复出、死里逃生的过来人，故他的所见所闻在我的经历中也往往感同身受。其中在生活上比较贴近的，乃是他曾就读过的育英小学和汇文一小，我都在那儿上过学，不过我是先读的汇文一小，后在育英小学毕业，然后直升育英中学初中一年级，至一九三六年暑假，才转学到天津南开中学的。及抗战胜利，我重到北京读大学，乃与燕祥同住古都。因此，汇文一小的尚文锦（绣山）校长以及孙敬修老师、刘介平牧师等，在我记忆中同样有深刻印象。我没有上过刘浩然老师的国文课，却在图画课上多次挨过刘老师的"瞪"（我只知他外号"瞪眼刘"，其本名则是读了燕祥的书才记起的）；而燕祥谈到汇文的老师"英文赵"，则是当时教英文的赵炽久老师，燕祥可能已忘记他的名字了。我是一九四一年从天津工商附中高中毕业的。从初一到高三，所历凡三校，即育英、南开和工商附中。在初一，与我同座的是张象耆，他长我两岁，今犹健在，即从中央党校离休的艾力农同志。与艾同赴延安的同班同学还有王湘、徐伟等，上个世纪末我们都还有来往。坐在我前一排、与我的位置成对角线的是马毓良，和我同庚，后毕业于辅仁大学历史系，与史树青先生同班，比来新夏先生高一班。可惜二〇〇二年秋在北京猝以脑溢血逝世。在南开初中二，同班的钱宗澜（即宋硕）不幸于"文革"中含冤逝世。另一位赵恩沐，"文革"后期含冤逝世于张家口。在工商附中，同年级的同学中有两位名气最大，一位是张垿（即张大中），一九三九年转入北京育英中学，是北京前市委的领导人之一，今犹健在，惟一向与他无来往；另一位是毕基初，抗战期间在沦陷区是出类拔萃的作家，直到他一九七六年病逝于北京垂杨柳医院，同我一直有来往。燕祥《自述》于《双桥》一章篇末曾提到基初，当时却未必了解他和我之间的友谊。至于我的其他同学可追忆者尚多，因不是我在写回忆录，这里就从略了。

近些年由于自己亦步入老境，熟人们（包括老妻与子女）往往也劝我写自传或回忆录。自问平生乏善可陈，不想浪费笔墨，制造文字垃圾。何况一涉笔，即难免臧否人物，实际上等于自我吹嘘。记得邓广铭先生远在他未退休时同我闲谈，曾表示不愿健在时为自己"树碑立传"，既不想亲自操觚，更不愿外人动笔。我深韪其言。邓先生是前辈大师，尚不作此想；我何许人，这点自知之明还是有的。因读燕祥书而联想及此，聊用表态。燕祥是我老友，当不致疑我对他有所讥弹，毕竟他是他而我是我也。

二〇〇三年八月沪上挥汗写讫。

原载二〇〇三年九月五日《文汇读书周报》

古典文学的"使命"

——重读《窥天集》

一

二〇〇三年四月十一日,是常风先生逝世一周年;同年九月二十六日,又值先生九十三周岁冥诞。自上个世纪四十年代中期,获识先生于北大东斋住宅时开始,迄老人病逝,我与先生过从已逾半个世纪。在拜谒先生之前,便读过他的书评专著《弃馀集》。我从一九四五年抗战胜利后学习写书评,心目中的楷模就是常风先生;因此我应该算做先生的私淑弟子。及一九四七年,我作为插班生考进北大中文系读本科三年级,先生当时是西语系副教授,即使未在课堂上亲聆教诲,尊先生为师长也是名正言顺的事。但从我认识先生那一天起,尽管我比先生小十二岁,先生却一直以同辈朋友相待,而且一见如故,每次见面必促膝长谈。记得一九四九年我离开北大前,专程去看望先生。先生知道我性情褊狭,年少气盛,待人接物容易暴躁光火,曾一再叮嘱我要韬光养晦,学会"善与人交"。遗憾的是江山易改,我却积习难除,一生中确实为此碰了不少钉子。甚至在党的十一届三中全会以后,我的处境也并未随着大好形势而否极泰来,然而像常风先生这样以诚相见,循循善诱地告诫后生的忠厚长者,在我一生中却并不多见。

自一九四九年别后,我先在天津教书,后来于一九五一年调到原燕京大学国文系当助教。由于"三反"、"五反",运动一个接一个，我再没有时间和心情进城去看望北大的师友。及一九五二年院系调整前夕，北大的老师们曾出城到燕园听报告，我因陪侍俞平伯、冯文炳两位老师而竟与常风先生失之交臂。直到一九七九年秋，常老应老同学辛安亭先生之邀，到兰州大学讲学；而我亦应门人齐裕焜君之召为兰大中文系讲课，于兰大招待所才又与常老重逢。一眨眼已过了整三十年。这真是几经沧桑的风风雨雨的三十年！常老自然比当年苍老得多，就连我这所谓的年轻人，也自"镜中衰鬓已先斑"了。所幸这次晤聚，朝夕相处近两月之久。每晚灯下长谈，品茗话旧，感到无比温暖。从谈话中得悉常老历尽艰辛，我也向老人汇报了多年来煎熬之苦。后来常老因参加清华校庆来过北京，我除留老人在寒斋小酌外，还陪他到协和医院探视正在住院的沈从文先生，并亲送他到东城罗念先生寓所。不久我到太原开会，又去常老府上盘桓了一天，当时老人陪我参观山大校园，步履尚健。可惜进入二十世纪九十年代，常老频频生病，终于长期卧床。开始常老还能亲笔写信，后来只能由家人代笔。最为难得的是，尽管常老缠绵床蓐，还写了若干篇怀念故友的长篇回忆录，其精神毅力实非一般人所能企及。二〇〇二年四月，我准备南迁就养，突闻噩耗，常老以九十有二高龄不幸辞世。当时行色匆匆，虽想写一点悼念的话，心却一直静不下来。二〇〇三年春天，常老的女公子常立同志坚嘱撰写纪念文字，我自己也感到有话要说，便答应下来。孰意先因传染性非典型肺炎肆虐，搞得人心惶惶；及疫情渐缓，江南梅雨与酷暑又接踵而至。明知常老对我的深情笃谊非区区文字所能酬报于万一，但不写点什么就更无法使心情平静。只好触热为文，信笔所之，想到什么就写什么吧。

二

多少年来，我一直有一种想法：对于已故师友的怀念，最好是学习他们的遗著，从中汲取营养，受到教益。半个世纪前，我曾为常老的《弃馀集》写过书评。后来《窥天集》出版，承常老惠赠一册，记得当时也写过读后感之类的文字。然而事隔多年，不仅自己旧稿无从寻觅，就连昔年常老所赐的旧版《窥天集》也久已无影无踪。于是我决定重读新版《窥天集》，想通过读书以抒感，说明常老远在半个多世纪前的文艺观点和学术成就，藉以提高自己，启迪来者。《窥天集》原书虽仅收入十几篇文章，内容却相当丰富，涉及方面亦广；近年重印，又由陈子善先生广为搜采，补入卅篇集外文，这就不是随便翻阅一下即可率尔操觚的了。下面我就把这次重新学习的点滴感受做一简括汇报。

新版《窥天集》从大的方面划分，可分为中西文学两大板块。进一步细分，关于西方文学方面的文章又可分为有系统的专门评述和对世界文学名著的介绍和短评。前者如对亚里士多德、雷兴（今译"莱辛"）、尼采等大师的思想和成就的专门评述；后者则对如《你往何处去》、《父与子》、《白痴》、《傲慢与偏见》等经典世界名著的原作和译文一一加以介绍并略加评论。这些名著在上个世纪三四十年代的读者群体中还不像今天这样普及，为它们写评价文章是完全必要的。

在关于中国文学这另外一大板块中，又分讨论古典文学名著和评介现代文学作品两个部分。前者的有关论文多属"以史带论"性质，即以具体作品中的人物和情节为依据，发表自己的独到见解；后者则多与《弃馀集》中文章性质相近，主要是书评。我对西方文学所知甚少，没有什么发言权；故这里只想着重就常老在古典文学方面的某些独到见解略加评介。

窃以为常老对吴敬梓的《儒林外史》是情有独钟的。他先后写过《杜少卿》和《马二先生》两篇分析文章，都表达了他个人的独到见解。人所共知，《儒林外史》里的杜少卿，是吴敬梓以其本人生活实况为蓝本，所塑造的一个典型人物形象。但常风先生却凭藉这个艺术形象从一个特殊视角提出了他的观点，即小说里的典型人物是可以用来同现实社会中的真实人物相类比的。现实社会中的人物过去历史上有，当前社会生活中也有；于是常风先生便用东汉初年马援眼中的杜季良来同小说中人物杜少卿相比，实际是同吴敬梓本人相比。这样的类比，看似违反逻辑，可读者却能从中体认出古典小说所蕴含的深层面的涵义。用常风先生的话说，马援是历史上一位"通达人情的温厚长者"；而在《儒林外史》中批评、奚落杜少卿的高翰林，却是一个"卑俗不堪的俗物"，也就是吴敬梓在书中所讽刺批判的市侩式的封建知识分子。尽管马援和高翰林两人的议论看似"殊途同归"，而"两个人的认识"却"各不相侔"。常风先生正是这样来引导读者从对文学作品的审美评价上升到对"文学与人生"、"文学与道德"等更有深度的问题的认识与领悟。先生的结论是：

> 若是辨识出人生中有文学，文学中也有人生；现实人物中也有以欣赏文学的态度来欣赏人生的（如马援之爱重杜季良），想象的人物中也有持着现实生活的态度的（如高翰林），这种问题便可以得到一个合理的解决。文学上的道德与人生中的道德有时也许相符合，有时也许冲突。所以冲突，因为文学上的道德是依照更永恒的或然律，所以能超越为狭小的时间与空间所造成的现实世界中的道德。表面上文学上的道德是与现实世界中的道德相背谬的，实则它更广大、更完美、更健全，因为它

更切近真正的人生。马援对于人生采取文学的态度,这个是最健全的态度。诵读文学作品就在要培养这种态度,造成一个完美的、健全的、广大的道德,将现实世界中的高翰林都变化熏陶成虞博士、伏波将军一流人。(新版《窥天集》第六八至六九页,山西教育出版社一九九八年六月第一版)

常风先生在《马二先生》这篇文章里也发表了一个与众不同的观点,即"马二先生"其人并非吴敬梓的讽刺对象;相反,先生还强调地指出:

> 马二先生的立身处世才更使我们,才更使作者,肃然起敬。……马二先生这种行为哪一样比不上虞博士,哪一样比不上杜少卿?作者写到这些时是与他写虞博士杜少卿一样的真诚,一样的怀着崇敬之情。看完了《儒林外史》谁能觉得马二先生不令你钦敬爱重?看完了马二先生的行事,谁能把他的迂阔来嘲弄?他的迂阔岂不是也变得可爱?(新版《窥天集》第二七一页)

除上述两篇"人物"专论外,书中还收入了其他几篇有关小说创作的文章,取材主要来自中国古典小说,如《小说的故事》、《小说的技巧》、《人物的创造》等。特别值得今天的读者引起注意的,是先生远在一九三六年写的一篇短评:《从张恨水的小说谈起》(新版《窥天集》第二七二至二七三页)。在这篇短文中,先生指出张恨水的小说尽管"差不多都是跟着传统的步伐走",但张的作品却比新文学的创作"易为一般的读者接受"。先生公正地说:"假若从事于新文学的人肯抛弃鄙夷旧小说的成见,肯在这客观的真实里花点工夫研究一下",则将会"有点收获",并"有助于"他们的创作。从这里引发出的结论是:"我们的新小说家也应该以此自惕","我们从事于新文学的人应该有点惭愧"。作为一个受到五四影响并从上个世纪三四十年代走过来的新文学读者，我至今仍感到常风先生上述的这些话并未过时。而令我感到有失落感的是：一方面，我们今天成百上千的当代作家至今还远远未能超过五四以来的大师们，而他们却一个个自我感觉良好，认为在当代文坛上"舍我其谁"；另一方面，连像张恨水写的这样曾受到新文学家鄙夷过的作品，今天的业内人士（或者应该说是"内行"）都读不懂它们并在诠释它们时露出马脚或歪曲原意（这有经过改编的《金粉世家》电视连续剧为证）。难道我们还不应该"自惭"和"惭愧"么！

  从上述这些论述中，我个人的感受和体会是：（1）常老的文艺观是比较传统的，然而同时又是经过独立思考并一切从实际出发的。从常老的文章中，我们很少看到不切实际的空谈泛论，不仅言之有物而且针对性很强。（2）人们把常老的文艺观归之于"京派"，这有一定的依据，因为他继承了文学研究会派"文艺为人生"的观点，并关注文学与道德的关系。用今天的话说，即文学作品应考虑到精神文明建设并要讲求社会效益。尽管有人把这看做老生常谈，但我却认为，无论是文学作家还是文艺评论家，都不能生存在真空之中，更不能孤立于社会群体之外，当然更不允许丧失一个知识分子的良知。常老的著作之所以到今天仍值得我们学习阅读，正是由于其中包含着颠扑不破的道理，从而也看到常老人格中不可磨灭的精神。（3）《窥天集》第一篇文章《关于评价》可以说是常老著作（包括论文和书评）的理论基础。作家的创作是表达（或说"传达"），读者的接受是欣赏，而这中间却离不开评论者的"评价"。常老的遗著尽管并不很多，但他却给古今中外的文学作品，为后人做出了实事求是的公正坦诚的评价，成为学术界的模范。

三

在《窥天集》的"集外文"部分，常风先生有一篇很重要的论文：《新文学与古文学》（写于一九四七年六月，发表于同年八月出版的《文学杂志》）。按照我个人的体会，这篇论文应该是自五四新文学发展以来对过去近三十年间文坛现状的回顾与反思。先生在文章里提出的几个重要论点，今天看来也许已不成其为问题；但在当时却具有振聋发聩的意义。第一，他认为胡适、陈独秀等人提倡的文学革命实际上"是从戊戌（一八九八年）的维新运动继承来的"。这样提法对五四运动的主将们似乎有点不敬；尤其是自一九四九年以后，我们讲近代史是把戊戌维新运动划入资产阶级改良主义历史范畴的，而五四运动则属于新民主主义革命历史阶段，两个历史阶段性质截然不同。如果说新文学运动是继承了资产阶级改良主义思想而引起的一场"革命"，就会有被扣帽子的危险。直到上个世纪末，这一提法似乎才被学术界由默许而逐渐公开承认了。然而上距常风先生撰文时已荏苒过了半个世纪。这不能不使我们佩服常老的远见卓识。第二，先生在论文中强调，自五四以来出现了"创造新文学与研究古文学"彼此脱节的现象，他主张二者应该"并行而不悖"。文章中有一段十分精彩的话：

> 新文学因为与古文学脱了节，不禁令人觉得它不是生长在"土"里的，我们担心它生命脆弱，缺乏它所需要的土壤。新文学纵然完全袭用了外国的形式与一切，既然是中国人用中国文字写作的，它不应该，而且不能，与中华民族过去的生命割裂开，它甩不掉那个延续的历史的传统。古文学在中国历史上所负的与所尽过的使命，与现在的新文学所负与所要尽的使命一

样：都是把我们这个民族在某一时空中的活动与生命，内在的与外在的，用美丽的形式记载下来，给后世的人一个连续的生动的文字画面。……我们一方面创造新文学，一方面要研究古文学，……不要认为它们彼此截然无关系，而是要警觉它原是一个有机的整体。

如果我们把先生提出的下一个论点（即第三点）联系起来看，就能把问题看得更清楚。先生在文章里主张应当认真研究西方的文学发展史，因为"外国文学从古代文学到现代文学并没有我们新文学与古文学之间的那种脱节的现象"。这是一个非常清醒的提法。近四分之一世纪以来，我们乘改革开放的东风，已开始全方位地接受西方文化（包括外国文学在内）。但在吸收过程中却产生了饥不择食和数典忘祖的弊端。首先我们只忙于进行"横向联系"，却忘记了所联系的对象也是从它们的老祖宗那里"纵向"发展下来的。同时，我们只顾把别人的看似新鲜的东西尽快拿来并大口吞噬，却忘记了对自己的土特产进行追根溯源的考察与回顾。这样一来，不仅使自己的新产品缺乏固有的源泉和土壤，以至于弄得先天不足；而且从"横向联系"吸收过来的东西同样也是"皮之不存，毛将焉附"的一鳞半爪，其后天也还不免呈失调状态。我真诚地奉劝今天有志于研究我们自己的新、老文学并想认真从西方吸收"他山之石"以"攻"我们自己的"玉"的学者专家们，不妨抽点茶馀饭后的时间读一读常老的遗著，看看半个多世纪前的前辈学人是怎样对我们拳拳告诫和谆谆嘱咐的。我想，这对我们今天的学术研究和文学创作肯定会有始料所不及的启发与收获。

总之，常风先生这篇论文的中心思想是如何对待我们的文学遗产的问题。从当前的文化学术的现状来看，我以为这个问题并未真正得到解决。几年前我曾写过一篇题为《倾斜与偏枯》的小文,谈到即使像北京大学这样的高等学府,在文史各系,也出现了倾斜于现、当代而在古代方面呈现出偏枯现象。事实上这是另一种情况的古今脱节。这不能不引起我们的忧虑和思考。

敬爱的常风先生离开我们已一年有馀,每当想起老人的音容笑貌,内心总有一种抹不掉的思念和忧伤。与其徒托空言,不如认真学习先生的遗教。我之所以不惮烦地引述先生著作中的一些精粹文字,目的在于使老一辈专家学者在半个世纪前的名言至理能有得到今人认同的机会。如果真能通过这篇拙文引起读者对常老遗著的关注,则作为后死者,也算多少尽到自己的绵薄之力了。

原载二〇〇三年九月二日《人民政协报》

重印《论雅俗共赏》前言

一

　　一九四六年西南联大复员,我以商科二年级肄业的学历报考清华大学中文系三年级插班生,侥幸被录取。当时朱佩弦先生(自清)是清华中文系主任,因此我有幸成为佩弦先生的学生。入学之前,已由俞平伯先生为我写了介绍信,从而得以拜识佩弦师和竹隐师母。及报到注册,先生对我关怀备至,亲切指导我选课及办理住宿手续。我在清华只读了一年,虽旁听过佩弦师讲授的"中国文学史",却没有选过先生的课,不能算先生正式的学生。尽管先生曾嘱我可随时到他府上闲谈,而我知道先生太忙,总不好意思登门打扰。但每次路遇,先生都要停下来询问我的近况,关心我的生活和学习。在我的心目中,先生确是我由衷敬爱的一位慈祥的师长。一九四七年暑假,由于沈从文先生想帮我解决生活困难的问题,希望我转学到北大来,于是我离开了清华。据闻佩弦师听到我转学,曾对人说,中文系招来的好学生,竟然留不住,还是转到北大去了,实在可惜!一九四七年底,从文师想在当时报纸上再开辟一个文学副刊,并决定由我直接负责。为此我写信给佩弦师,准备面谒先生求他赐稿。很快便接到先生的回信,嘱我不必出城,说他正在写一篇文章,写好就寄给我。现在这本集子里有一篇题为《"诗"与"话"》的文章,就是发表在我当时负责编辑的文学副刊上的。一九四八年元旦副刊创刊,先生还特意写信给我,说第一期编得不错,很有内容,鼓励我好好编下去。足见先生对我的厚爱和支持。可惜先生这些亲笔信札都在"十年浩劫"中丢失了。这年的八月，先生因胃病住院手术，不想术后全面心力衰竭，竟与世长辞。从此再没有受到佩弦师亲炙的机会了。记得在我编的副刊上，还发了一个悼念先生的专版表示自己的一点心意。后来我又竭数十日之力写成一篇纪念佩弦师的学术文字，发表在当时一家报纸副刊上。这就是我追随佩弦师的全部经过。

二

《论雅俗共赏》最早是由观察杂志社于一九四八年上半年出版的，应该是佩弦师生前的最后一本书。书中共收文章十四篇，有三分之一是谈诗歌的，主要是谈朗诵诗。先生早年创作新诗，晚年多写旧体诗，是宋诗一派。但先生一直关注新诗的发展前景，故晚年常写有关这方面的研究文章。先生对新诗创作有个基本观点，即诗歌语言固然应当通俗易懂，明白如话；但更主要的是新诗必须有节奏。盖中国传统诗歌与音乐有密切关系，而"节奏"是从音乐来的；尽管新诗已脱离了音乐，却不能没有节奏。既称为诗，总要读来琅琅上口，因此节奏是不能缺少的。这本书中谈诗歌的文章大抵从不同角度来阐释并论证这个观点。

这本书中的力作自当推《论雅俗共赏》和《论逼真与如画》这两篇具有创见的学术文章。上个世纪八十年代，我曾运用先生后一篇论文的观点诠释过唐人贺知章的七绝《咏柳》，此不赘述。这里我想着重谈谈《论雅俗共赏》。

佩弦师撰写论文，经常结合中国文学史的发展脉络来谈问题，此文自不例外。这篇论文的观点是有倾向性的，即以古今的名著名篇为例，要求今后的作者能照顾到广大的读者层面。也就是说，文学作品不能只供文化程度高的读者阅读,而应该争取多数人(亦即一般文化水平的人)都能欣赏,这样的作品才能传之永久。这就是我对先生论"雅俗共赏"的粗浅理解。其实我以为,雅与俗并非彼此不能相容的矛盾对立面,其间更没有不可逾越的鸿沟。在先秦文学中,《诗三百篇》应该是最古老也是最典雅的作品了,但其中"国风"和"小雅"两大类,有不少作品最初也应该是比较通俗的,且曾在民间广为流传。后来经过上层文化人进行加工,才成为文学史上经典之作。《楚辞》中的《九歌》,也应该是这样。其后的汉魏乐府、五七言诗以及词、曲、谣讴,散体文中的话本、平话,其发展过程亦大抵如是,不妨说都是由俗变雅、或先俗后雅的。清代中叶,我们的传统戏曲有"雅部"与"花部"之分。即如至今犹能见于各个剧种的舞台上的《思凡》、《借靴》之类,当时皆属"花部"即俗曲,而今天则已成为高品位的高雅古典艺术了。我们的国歌《义勇军进行曲》,在我读初中时几乎每天都唱,确是一首通俗的爱国流行歌曲;流传至今,它已成为一首高雅严肃的经典歌曲了。清末谴责小说,如《官场现形记》、《二十年目睹之怪现状》、《老残游记》、《孽海花》等,在当时不过是流行一时供人消遣的"闲书",现在则不仅列于鲁迅的《中国小说史略》,而且还成为近代文学史中必须予以评价的古典名著。可见"雅"与"俗"只是相对而言,不宜划分得太刻板、太教条、太绝对。

如果从读者这方面说,则从俗到雅,实即"在普及的基础上提高",主要还是希望广大群众的文化素质和艺术鉴赏能力从低处向高品位、高水平发展,而不是把品位和档次高的文学艺术作品硬拉下来迁就低素质、低水平的读者和观众。当前有一种风气,即强调属于古典范畴的文艺作品非经过人为地改动不可,即使是已被公认为经典之作如小说中的《西游记》、《红楼梦》或戏曲中的《牡丹亭》、

《桃花扇》也要对它们妄施斧斤。理由是不"改"的话就不算"与时俱进",并认为群众也看不懂。我则认为,这是不科学的,因此也是行不通的。但有权势在手的人却一味专断逞臆,任意妄改。试问,马克思的《资本论》、屈原的《离骚》和《天问》,以及五四以来经典之作如鲁迅的《野草》,不下苦功夫是读不懂的。可是谁敢擅改《资本论》,并对《天问》或《野草》乱删乱改呢?成功的作家和艺术家是有责任提高读者和观众的鉴赏能力和艺术水平的;相反,人们却不应要求作家和艺术家随意迁就读者和观众的低水平,从而降低作品的质量或擅改传世已久的经典之作。如果拿"雅俗共赏"做挡箭牌,而一味迎合时尚的低级趣味,最终是会葬送我们一切文学艺术创作的前途的。

 一部成功的文学艺术作品能产生"雅俗共赏"的效果,乃是品位很高的美学境界,是一般人很难做到的,绝对不可能是一蹴而就的。不能由于作者的水平低或演员的艺术表现力不足,写不出或演不出达到一定水平的作品和剧目,便以"雅俗共赏"为借口而替自己文过饰非。要知道,大量的文化垃圾是永远不能够由"俗"变"雅"的,更不要说这些垃圾可以传之久远,永垂不朽。在当前这种社会浮躁风气下,在文化滑坡日益严峻的形式下,请读者耐心读一读朱自清先生这本《论雅俗共赏》旧著,窃以为是大有好处的。

公元二〇〇五年元旦后五日写于北京。

原载二〇〇五年第三辑《书品》

《沈玉成文存》序

日居月诸，春秋代序，沈玉成兄离开我们眨眼间已十年了。四十年师生厚谊，当时噩耗传来，不禁惊愕无言。即使十年后的今天，每一念至，仍觉悲从中来，不能自已。记得玉成有一次在寒斋便饭，曾对我诚挚而慷慨地说："先生百年之后，整理文集的工作请由我来做。"当时听了心头一热，不胜感激。孰意曾几何时，做为已成老朽的后死者反倒为玉成的遗文撰写序言，其内心的辛酸悱恻可想而知。人世无常，竟有如此令人意想不到者，夫复何言！

尽管如此，这篇序文还是我主动要求动笔的。因为玉成在众多门人中确是真知我者。他曾受九三学社刊物主持人之命写过一篇文章，描述了我这当老师的一生为人处世的轮廓。而在文中，他竟直率地对我身上的缺点进行了虽似含蓄却很中肯的批评。我读后不但毫无责怪之心，反而对玉成增加了敬意。师生关系能达到如此坦诚无间的程度，求之古人亦不可多得，而玉成则真称得起是今之古人了。

玉成是通过一九五二年高校院系调整，于一九五五年从北大中文系毕业的。他在校的最后一年，我做为浦江清先生的助手，曾在课堂上分授过一部分明清文学史，因此与他们这一班多数同学比较熟。而这一班高材生又特别多，玉成也是个中翘楚。玉成喜欢京剧，天赋很高，读书每能得间，因此课馀总爱到寒斋闲话，于是彼此逐渐熟了起来。毕业后，玉成留在北大中文系为先师游泽承先生（国恩）做助手。而我彼时也正在注释由泽承师主编的《先秦文学史参考资料》,经常到游老府上问业受教,乃与玉成亦朝夕相见。这样一来,除师生关系外,与玉成且有同门之雅。就我所知,玉成在追随游老的短短一两年中,基本上掌握了老一辈学者(特别是带有北大传统学风的学者)的治学方法。这种方法,人或视为不过是继承了乾嘉朴学的老一套,其实它要比乾嘉朴学更具有科学性。简单地说,即如果研究某一课题,首先必从历史文献资料入手,从广搜证据入手(包括主要证据及若干旁证),以当时的社会大背景为依据,逐步论证出自己所研究的课题的结果,并一再进行检验,看看这结果是否符合当时的客观事实。当年胡适先生所提倡的"大胆假设,小心求证"的八个字治学规范,上一句话实际上多为疑古学派学者所继承;而真正为历届北大精英学人所继承并付诸实践的,倒是"小心求证"这下一句话。表面看来,这一治学路数确很像乾嘉学派考据家们做学问的方式方法;而究其实际,多数北大学人无论是研究义理之学的(即治哲学思想的),还是研究辞章之学的(即治文学的)和史学的,其治学步骤大都从搜求文献资料开始,从寻求各方面的证据开始,然后凭藉各自的"小学"(即文字、声韵、训诂)功底向纵深层面探索钻研,最后抵达每一位学人所期望达到的彼岸。就我本人的师辈而言,如朱自清先生、俞平伯先生、冯文炳(废名)先生,当然更包括游国恩先生,他们都是治文学即辞章之学的,甚至后来改行从事文物考古之学的沈从文先生,其治学的途径与步骤均大同小异,殊途同归,极少例外。而这一统绪,特别是游老本人的治学方法,同样也体现在玉成和我本人的身上。当然,游老学问博大精深,功底丰厚,非我和玉成所能望其项背。但由于得受亲炙,耳濡目染,对我们这一代人做学问的方向和方法,还是有着深切影响的。这从玉成的这本遗著中很明显地看得出来。

玉成先后在北大中文系、中华书局、文物出版社工作过。那一阶段他的治学范围大抵属先秦两汉阶段,如对《诗经》、《左传》和《史记》,他都曾付出大量心血。及入中国社会科学院文研所工作,由于工作分配需要,他开始致力于魏晋南北朝文学史的研究和写作,并与曹道衡兄合作,彼此相得益彰。这在本书中都有反映。从诸多长短文章的内容看,玉成始终是治辞章之学的。然而从他立意开题到形成具体观点,总是从第一手原始材料出发,然后多方求证,最后水到渠成,得出结论。这正是我前面提到的北大学人的传统学风。试举两个极琐细的例子。一是考证"面首"一词并非专指男性,只要其人年轻貌美,面目娇好而秀发浓密,无论是男是女都可称为"面首"。这个结论看似迥异古今群贤,却确凿可信。二是解释李贺名诗《雁门太守行》开头两句"黑云压城城欲摧,甲光向日金鳞开"。玉成认为是城外和城上双方战士军装的颜色,即城外军士衣黑色,城上军士衣黄色。作者虽自言是"别解",却更接近原诗本意。此类文章在书中不一而足,不得以其琐细而少之。相反,玉成对于某种似是而非的伪科学现象却表示了异议。例如他在一篇书评的小注中说:

> 举例说,前不久的京剧大选赛,出现了一批有前途的年轻的好演员,但是评分出入却是在 0.01 到 0.05 分之间。古人所谓争胜于毫厘,评委们的评分可以当之无愧。艺术的天平上居然可以把 0.01 分的差别都标示得清清楚楚,这不能不说是一种奇迹。

其词诚婉而多讽,其意实不以这种现象为然。盖所谓毫厘之差,看似很科学,其实完全是随心所欲不负责任的表现。举一斑可窥全豹,玉成的治学之道和行文之风格,从上述诸例足可以想见了。

玉成曾说:"六十岁以后是学者的第二黄金时代。"但他本人刚刚六十出头，即猝然辞世，这不能不说是学术界相当沉重的损失。我自七十以后，每因师友先我逝去而引起曹子桓曾经发过的感慨："既痛逝者，行自念也。"这篇小文，姑算做对玉成的一篇迟到的唁词，同时也算是向死者寄托哀思的一片雪泥鸿爪。凡与玉成有旧而又略谙区区之为人者，当不以吾言为无病呻吟也。

岁次甲申岁暮即酝酿动笔，至乙酉上元后五日始勉强脱稿，亦以见鄙怀之抑塞难抒耳。

原载二〇〇五年第四辑《书品》

读《北京城杂忆》[①]

《燕都》上很少发表书评。由于主编先生屡次光临寒舍组稿，我们终于成为谈得来的朋友。他曾嘱我为这本刊物想点儿翻新的花样。我想，把一些谈北京的好书介绍给读者，也是这本刊物应尽的一份职责。过去北京古籍出版社印了一批明清人谈北京的书，人们未必都能看到。如果有人写一点有关这方面的介绍和评论的文章，读者岂不也开拓了眼界！不过现在我还是想从现、当代作家谈北京的书说起。

萧乾先生的大作《北京城杂忆》，几年前曾在北京晚报上陆续读过，印象不深。这次重读单行本，真有点爱不释手了。它不是回忆录，也不是风土记，而是一篇篇有血有肉有个性的抒情散文，或称为美文。它的好处主要在于：用精练的普通话写成了有风趣的文章，里面羼杂着相当浓郁而亲切的京腔。"老北京"看了固然"如见故人"，即使不住在北京的异乡人，也会从中嗅到北京城的泥土气息，仿佛也曾亲身经历了大半个世纪北京城的生活百态。

贯穿于这十篇（包括《〈杂忆〉的原旨》，共十一篇）抒情散文中的主导思想，是做为一位北京公民所最最关心的首都荣誉感。这在《杂忆》的最后两篇中作者已有明确的阐释。照我想，无论市容也好，市风也好，以及人人有责的社会主义精神文明建设也好，要想把它们体现出来，都离不开用以表达个人意愿和交流人际思想的

[①] 萧乾著，人民日报出版社《百家丛书》一九八七年五月初版。

必要工具——说话。作者在开宗明义的《市与城》里，和另一篇题为《京白》的文章里，都严肃郑重而平易冲和地涉及这个问题。我读了深有同感。记得新中国成立初，八路军刚进城时带来的许多朴素语言使人至今念念不忘，尽管那不一定是北京话。如"老大爷"、"老大娘"、"同志哥"，同北京原有的"您"、"怹"、"老爷子"、"小姐儿"汇合到一处，很自然地溶成一泓清澈池水般的文明用语。现在则不论哪行哪界，经常听到的敬称大都是"师傅"或"老师"；相形之下，称"同志"、"先生"，反倒觉得耳生了。然而也有不能令人满意的一面。多少年来流传于众口的"劳驾"、"借光"、"留神碰着"、"给您添麻烦了"这一类北京人习用的词语已渐被"嘿"、"喂"、"说你哪"、"你没长眼哪"、"找死呀"等话茬儿所取代。孩子们的流行用语是不分老中青、不管大小辈的"叔叔"、"阿姨"，这当然也不错。但有的人明明比自己小二三十岁，却让他的孩子称我"叔叔"。有时弄得我啼笑皆非，只好对孩子说："不必了，还是叫'同志'吧。"做为一个七十老人，我最怕听人从老远的地方对我大声疾呼"老头儿"。当我在熟人中偶尔对此发点牢骚时，朋友却说，这是"敬称"；君不见小伙子们对别人自称其父亲，也说"我们家的老头儿"嘛！至于儿女们（特别是儿媳妇和女婿），往往不管当面和背后，都把"老东西"、"老家伙"做为父母或公婆（还有岳父母）的代称，也已屡见不鲜——连电视屏幕上都不时出现呢！而不论男女长幼，幼而自小学生，长而到文化层次相当高的人，动辄以"他妈的"为口头禅，则更是司空见惯。如果根据上述种种语言表现形式来对照一下萧乾先生的文章，我以为，他的《北京城杂忆》写得真够含蓄蕴藉，简直颇有绅士风度了。

总之，好的、美的、内容有价值的文章，必然写得留有馀地，给人以无尽的回味。这本《北京城杂忆》自不例外。可惜的是，当初编辑部却未能把这一系列《杂忆》组织进来,在《燕都》上发表。今撰此小文特加推荐,希望爱读《燕都》的朋友也把这本《杂忆》找来一读,那我也算为本刊做了一点"亡羊补牢"的工作,想来主编先生是会同意的。

《中外大事日历辞典》序

顾名思义,这是一部工具书,也算是一部资料书。但在编排上与一般工具书略有不同。它是把一年中的三百六十五天按月日顺序排列,凡是在某一天里发生的古今中外历史上重大事件(包括古今中外各个历史时期的重要人物的生卒日及其主要活动),都按年代先后逐项分条叙述,列在这同一天的下面,另编条目索引以便查找。这是受中央电视台播映过的和某些报刊揭橥过的"历史上的今天"这一专栏的启发,扩大为一部大型工具书的体例而编纂成书的。但历史上重大事件的发生并非都能系以日期,只能系月而不能系日的事件便附于每月之末,只能系年而月日无从稽考的则附于全书之末,仍按时间顺序排列。当然,限于我们的学识水平,对古今中外重大历史事件不可能网罗该备,巨细不遗,更不可能一无讹误。但我们确已尽了最大努力,尽量把工作做好。在此,谨代表本书主编、编委以及每一位撰稿人向读者诚挚地提出:希望大家在阅读和使用本书过程中,如果发现有错误和不足之处,一定给我们提出宝贵意见,以便再版时修改补充,使之臻于完善。因为只有读者才是真正的"上帝"。

说到我们编纂此书的动机和目的,我想对亲爱的读者讲几句心里话。"文革"结束之后的这十几年,无论在物质文明和精神文明的建设方面都取得不小成绩,这是有目共睹的;但由于"十年浩劫"使国家元气大亏,至今还有不少后遗症有待我们每一位爱国的志士仁人去匡时救弊、拾遗补阙。即以对待我国优秀而悠久的传统民族文化和古今中外的历史知识而言,恐怕就需要认真而扎实地进行补课。举几件近时发生的小事来说吧。有人为了查找谢灵运和龚自珍的诗，竟然翻遍了《唐诗三百首》；由于找不到，还埋怨为什么当初这个选本不选这两位作家的作品。有的单位出时事测验试题，问"新从苏联独立出去、并已加入联合国的三个前加盟共和国的国名叫什么？"有一份答案是英、美、法三国。还有人把季米特洛夫说成他是俄国一个沙皇的名字。读者以为这是说笑话么？不，这是不折不扣、并无半点虚夸的事实。也许有人以为这很可笑，而我本人做为一个有四十多年教龄的教书匠，却由衷感到欲哭无泪。类似上述的种种现象和事实，在近十多年来的社会上，在每一个文化角落里，都远不止一次两次地出现过。从我本人讲，我最不擅长的就是组织一个写作班子进行集体科研工作。这次应几位北大校友之邀，同我所在的单位一批中、青年同志合作编写这部书，原属"打鸭子上架"，力不从心的。但我还是硬着头皮干了。其动机与目的就是希望为建设社会主义精神文明尽一份力所能及的微劳，以提高我们广大青年人的文化素质，使他们或多或少能增长一点古今中外的文化历史知识。而同我一道参加这项工作的每一位同志，也都是抱着同样的心愿来孜孜矻矻地各尽所能的。这就是我要说的几句心里话。

　　就在今年本书即将脱稿之际，党中央领导同志在讲话中提出了要对青年一代加强爱国主义教育和国情教育的号召。我在学习这些具有深远意义的文件时，不禁拊掌赞叹中央领导同志们的高瞻远瞩和真知灼见，真是想到广大老百姓（包括我们这些知识分子）的心坎儿里去了。我想，这部工具书面世之后，如果能在传播古今中外文化历史知识方面，在了解国情的特点方面，能产生一点社会效益，也算是用我们的实际行动对中央领导同志的号召的一种响应吧。是为序。

　　一九九一年十一月，北京。

《郑孝胥传》

自友人处借来一本从美国得到的荒谬书籍复制件，是伪满洲国于一九三八年出版的《郑孝胥传》。此书为"东方国民文库外编"之一种，由所谓"满日文化协会"发行，"满洲图书株式会社"出版。编者署名叶参。全书分十篇，计：本传、年谱、政绩、学说、文编、诗编、诗话、佚事、国葬、挽辞。大抵钞撮郑氏本人晚年诗文及当时伪满有关文献资料而成，从材料上讲也算保存了若干当前不易见到的东西。只是编者水平不高，而其观点更是荒唐透顶。姑举"诗话"中一则为例，以概其馀。

先生（指郑孝胥本人）初与侯官严几道（修）交情甚厚，自辛亥国变后，二人志趣不同。袁世凯僭位时，修且为文劝进，而公深恶之。按集中卷九载《答严几道》七绝二首，有句云："群盗如毛国若狂，佳人作贼亦寻常；六年不答东华字，惭愧清诗到海藏。"又云："侯官严叟颓唐甚，可是遗山一辈人？"盖讥其失身民国，有如元遗山之不死于元也。

这段文字在史实上有一大谬误。严几道名复，不名修。严修字范孙，是天津有名的教育家，张伯苓氏创办南开学校，严范孙先生大力资助，南开学校旧有范孙楼，即纪念严范老者。编者竟把严复和严修混淆为一人，其无知亦可知矣。

关于严几道晚年入筹安会依附袁世凯事，据先师严孟群先生（孟群先生单名群，曾任燕京、杭州两大学教授，为几道之侄孙。已逝世）及其哲嗣等所藏第一手资料，云与事实有较大出入，今不具论。仅就严几道在清末通过翻译介绍西方资本主义民主思想，及所著《辟韩》等文章而论，即视郑孝胥之尽愚忠于清帝，已有天壤之别。而郑于辛亥革命后，始则以遗老自居，继则甘愿附日本军国主义者为逆，卒至于身死之后为天下笑，又有什么资格去讥笑严几道呢！如果说郑孝胥因忠于溥仪而出任伪国务总理，那么以郑孝胥的学问，难道不知道石敬瑭向契丹出卖祖国河山而为"儿皇帝"的故事？因知编《郑孝胥传》之人不独昧于史实，其见地亦属荒谬绝伦也。

《工具书带来的困惑》校后附记

拙文《工具书带来的困惑》在《文史知识》发表后，接到署名"一读者"给编辑部的来信。编辑部转给我拜读了，我表示不想在刊物上公开答覆。现既收入拙著，理应对读者有个交代。原信已退还《文史知识》编辑部，他们准备摘发，读者如有兴趣，当有机会从刊物上看到。这里只说说我个人的意见。

这位读者显然是站在维护国家语委的权威地位为《新华字典》和《现代汉语词典》辩护的，即他们所编的工具书并没有错，而我所感到的困惑根本不成其为困惑，其他读者是不会感到困惑的。至于吴小如，则由于不懂声韵学和训诂学，所提的意见自然也就站不住脚。遗憾的是，这位读者对我文章里面这儿不懂声韵学、那儿不符合地方方音的挑剔比较多，正面回答我所提的要害问题谈得比较少，给人的印象只是暗示给读者们吴小如在这方面不过是个十足外行，而外行的意见是没有什么意义和价值的。这就釜底抽薪，把我的意见无形中给否定了。对此我不想多所辩解，只想就其来信中有关具体字音的问题再啰嗦几句。

来信说，"竣"确是读"七伦切"的，但今天百分之九十九的人都已读"俊"，因此不能再改读了。我则认为，如果《新华字典》一开始就读"七伦切"，我相信人们自然不会读"俊"。这百分之九十九的读者乃是根据《新华字典》来读这个字的字音的，现在反过来把责任推到多数读者身上，这是倒果为因的诡辩。

至于"屿"字，我强调的是声母应发"xi"的音而不应发"yi"

的音，这位读者却从声调上跟我兜圈子，说什么今天厦门人读此字为"阳去"声。其实平上去入四声均有阴阳之分，此乃专门之学，古之阳上声今音每读为去声。我虽是外行，也略知一二，这并不是我所针对的焦点；而只是说"屿"字应读"xu"而不读"yu"而已。因此我所感到的困惑依然存在。

说到"邈"字，本应读 mò，而不宜读 miǎo。但我提到"邈"字有时可与"藐"字相通。这位读者抓到了这个把柄，强调"藐"也有训"远"的时候，因此"邈"读 miǎo 也是对的。但我要向这位读者补充一点，即"藐"字也有读"mò"的时候。如果训"远"，似乎也以读"mò"为宜。因此，我主张"邈"和"藐"应做为两桩个案办理，不要硬相牵附。至少，"渺邈"连用，"邈"字不宜读"渺"音，"渺邈"当然也不能等于"渺渺"。现在的《现代汉语词典》实不免有误导之嫌。

我的文章里还提到"傅"、"付"两个字是否同一个姓的问题。这位读者在《康熙字典》的训释中找到了"付"字有"姓"这一条注释，总算捞到稻草，说我主张把"付"训为"姓"这一条解释废掉为非是。我则要问，姓傅的和姓付的究竟是一个姓还是两个姓。如果真有姓"付"的而明确他们与姓"傅"的不是一码事，那我一定收回自己的意见，承认错误。如果"付"只是"傅"姓的俗写，则《康熙字典》的那条训释也该废掉。《现代汉语词典》擅自改动《康熙字典》的训释远不止一条两条，这回为了战胜吴小如，竟祭起《康熙字典》这一法宝，亦足以见其护短之心，使人感到这位读者不无色厉内荏之嫌矣。

还有一件事要补充说明。拙文在《雷喜福的全部〈雪艳娘〉》中曾提到一位丑行演员秦锁贵，据张古愚先生来信，说秦抗日战争初期曾在上海演出。顷接沈阳市著名演员李麟童先生来信，谈到秦于一九四八年十一月沈阳解放时，曾任四野属下的东北文协工作团京剧团演出科长。后来长期在沈阳工作，六十年代因患腭下骨癌病逝。虽赶上"文革"，却未受到冲击与迫害。只是做手术截去左侧下颚骨，为病魔所苦。现今沈阳京剧界还有不少同志知道秦晚年的工作和生活的详情。然则拙文所言秦晚景潦倒云云，皆属推测之词，理应更正。谨向李麟童先生致谢。

　　一九九九年二月作者附记于北京。

初读《书城》

进入一九九七年，我荣幸地接到两种期刊的赠阅：一种是长沙出版的《书屋》，另一种是上海出版的《书城》。《书屋》的副主编郑清源先生很快就同我取得联系，向我组稿，于是我又多了一块可供饶舌的园地。而《书城》之名，虽屡曾寓目，却直到今年才获读其书。无功受禄，每觉不安。最近收到今年第三期，看到第三十九页上《关于本刊的赠送》的补白，内有"本刊创刊以来，也寄给一些作者，意在请他们赐稿。但相当一些作者没有任何回音"的话。我这才恍然，原来编辑部是通过赠阅希望受赠者写稿。我虽未从《书城》创刊号读起，可是今年已白白领受了三本期刊，倘无"回音"，未免辜负感情。于是便以这第三期为例，谈点读后感，以答编辑部的雅意。至于今后是否赠阅，倒是无关紧要的。

在第三期中，有两篇大作我最感兴趣。一篇是金克木先生的《难在第一字》，另一篇为赵玉山先生的《校书而书亡》。本文便就此两文略陈管见，以就教于金老和玉山先生及广大读者。

金老的大作是以对话体来谈《左传》的，虽从《郑伯克段于鄢》一文开头第一字"初"说起，却是涉及《左传》诸多方面的深入浅出之作。而对"初"的解释，金老的意见是最早的《春秋》与《传》文连书，而在"郑伯克段"以前补叙了大段史实，故用"初"字。其实这只要一检坊间影印的《四书五经》一书，其《春秋》与三《传》的款式体例已昭昭在目，读者一看便知。值得研究的倒是"今文学派"所提出的疑点，即《左传》与《春秋》究竟有无直接联系，因为自刘歆已指责当时太常博士的观点，所谓"《左氏》不传《春秋》"。可见"今文学家"认为《左传》并非解释《春秋》的书。因此这篇文章的"初"实以"郑伯克段"为坐标中心，在"克段"之前发生的事以一"初"字领起；在"克段"之后发生的事则自"遂置姜氏于城颍"以下加以叙述。至于中间插入的解"经"的话：自"书曰：'郑伯克段于鄢'"至"不言出奔，难之也"，今文学派如康有为等以为是刘歆所伪造，我们姑置勿论；但我们却不妨把这几句看作文章的分水岭或坐标中心。那么，前面一个"初"，后面一个"遂"，文章段落分明。即使不从作八股文的角度来分析或看问题，我看也是应该如此理解的。

现在我要谈的倒是今文学派提出而至今未能圆满解决的一个问题，即《左传》中有不少记载不见于《春秋经》，而"经"文中有些史实，在《左传》里并无记载。因此从西汉以来即被人怀疑的"《左氏》不传《春秋》"便值得考虑了。而把"经"和"传"捏合在一起的，除东汉的服虔、贾逵、郑玄等人都有可能做了一些工作之外，真正完成这项"任务"的恐怕就是西晋的杜预。那么，金老所提出的观点便很可玩味并给人以启发了。

另外，《左传》修辞之妙，从金老文中提出的那个"遂"字亦可见一斑。盖此"遂"虽为连接词，但上下文却可能并无必然因果联系。如"庄公寤（牾）生，惊姜氏，故名曰寤生，遂恶之"一节，小儿逆生难产，本为一种生理现象；做母亲的担惊受罪，也在意中。但由此便对孩子感到讨厌乃至憎恶，似乎也非正常现象。看来姜氏对段偏爱，憎恶庄公的理由不过是个借口，而这个"遂"字便起到这种作用。下文的"遂置姜氏于城颍"、"遂为母子如初"的"遂"，都与上文无必然的因果联系（在《左传·秦晋殽之战》中有一句"秦师遂东"的"遂"，也属此种用法），从中见出郑庄公处理事件的

初读《书城》　129

主观随意性，亦即根据个人感情爱憎倾向来办事。这正是后人所常说的"春秋笔法"。

赵玉山先生的《校书而书亡》是一篇谈校勘的文章，竟写得逸趣横生，毫不枯燥，称得起嬉笑怒骂皆成文章；却又含蓄蕴藉，不动声色，足见高明。但钱锺书先生的大作之所以印得讹误层出，窃以为还不仅是校勘不细问题；各出版社粗制滥印，争相出版，而不讲求书的质量，唯利是图，才是问题症结所在。灾梨祸枣，此为显例之一，真该提请有关方面加以注意了。

从校对讹字于是联想到这一期《书城》中出现的舛误，窃以为有些字是不应该错的。如谈谢刚主先生的藏书和著书一篇，从目录到正文标题，都把"瓜蒂庵"的"庵"印成了"阉"，这是个不小的失误。"阉"者，宦官也，昔人称魏忠贤为大阉巨憝。这个字看上去就很刺眼，而竟堂而皇之印在刊物的明显位置，实在令人感到十分遗憾。

再有，上述金克木先生的大作中，把"鲁桓公"印成"鲁恒公"，也是不该出现的错误。而在《鲁迅推荐的写中国人的两种书》一文中，把"尤炳圻"印成了"尤炳圷"，亦令人啼笑皆非。尤炳圻是一位通日本文学的翻译家，有一定知名度，照理讲责编和校对文字的同志不会不知道。而一个人是不会把"圷"字做为自己的名字的。

《书城》的质量、品位都是上乘的，而这一期在校勘工作上却存在着明显失误，做为一个忠实读者，理应无所忌讳地指出。我相信，《书城》编辑部的负责同志是略迹原心的。

一九九七年五月在北京写讫。

《宋诗精华》序

一九八七年我曾为北大古文献研究所《全宋诗》研究生班讲了八次宋诗,讲到北宋为止,南宋部分就从略了。其中第一讲就是这篇《导论》,一共谈了下面的四个问题。由于我在讲课时是夹叙夹议的,现在写成文字也还是史论结合,不完全是宋代诗史。我不是研究宋诗的专家,难免说外行话;有些提法的角度也同讲文学史不一样,姑且美其名曰"一家之言"吧。希望读者能提出批评指教,幸甚。

一、我是怎样开始阅读和逐步学习宋诗的?

我虽不是专门研究宋诗的,对宋诗却有感情,也有一些不成熟的看法。我教了一辈子中国文学史,诗歌、散文、小说、戏曲我都讲过。但自己最感兴趣,体会心得比较多的还是诗词。我从小读古文,对学写桐城派古文下过一点基本功,因此对古代散文有点发言权。戏曲是我的业余爱好,虽略有发言权,却不敢以内行自居。后来治古代小说,那纯粹由于工作需要,时至今日,发言权已愈来愈少。至于诗词,始而我比较喜欢《毛诗》和汉代乐府五言诗;及年齿稍长,发现最有兴趣的还是唐诗,词也只喜欢读唐五代北宋词。说到读宋诗,也算是工作需要。因为既讲文学史,就必须认真读书,仔细备课。

但我毕竟对宋诗不算陌生,而且为什么既有感情,又有看法呢?原来我年轻时有很长一段时间喜欢读清诗,从乾、嘉时代的黄景仁、舒位、王昙、孙原湘、张问陶,直到道光时的龚自珍,最后是同光体和南社诗人，对他们的诗我都很感兴趣。由于清人学宋诗者多，便上溯到宋诗。比如清人厉鹗、查慎行以及袁枚、赵翼等，都受苏东坡影响；张问陶（船山）的七律，更是直接得自陆放翁的那些爱国诗篇。龚自珍的诗我以为有些作品很像王安石和王令（逢原）。这样，我同宋诗也就有了一定缘分。七十年代末，北大中文系责成我和另外两位同志编《宋元文学史参考资料》，曾大量阅读了宋人诗集。可惜这工作我没有做完，对宋诗也未能进一步深入研究。总之，我是在先读清诗的基础上开始阅读并钻研宋诗的。然后由于教学需要，又从唐诗往下推及宋诗。两头吃得比较透了，再把宋诗摆到唐以后，元明清以前，这就逐渐体验出宋诗在整个中国诗歌发展史上的地位，以及它的特点究竟是什么了。

二、宋诗在中国诗歌发展史上占什么地位？

我曾把中国古典诗歌归结为以下几句话：它源于《诗》、《骚》，兴于汉魏，盛于唐，变于宋，衰于元，坏于明，回光返照于清。当然这是我个人的观点，算不得定论的。

上面这段话，还应补充两点。一是从汉魏到唐，中国隔了个南北朝，这三百年是从量变到质变的过渡阶段，但其总的趋势还是向上的，从而出现了我国诗歌史上的高峰——唐诗。二是从南宋后期经元到明，也是个从量变到质变的过程，不过其倾向却是越来越差劲，越来越糟糕。到了清代，诗坛确实有点起色，可惜时代的大气候变了，一切封建文学从内容到形式都受到根本影响，颓势已成，无法挽救，只能算是"回光返照"。但相对来说，清诗清词胜过明代。只是清代散文由于受八股文影响太深，我以为不如明代。这是题外的话。

宋诗继唐诗之后，它的特点只能是"变"。唐诗是我国诗歌发展的高峰，这连宋人也不能不承认。在这样一个高峰之后，诗人还要写诗，要么躲开唐诗另走新路，要么在继承唐诗的基础上有所变化发展。躲是躲不开的，即使要躲避也不会躲避得很彻底，这在宋诗中有例可查。那只能在继承的基础上求新变。所以要我谈宋诗在我国诗歌史上的地位，可以概括为一句话：宋诗在唐诗之后，确实形成一个不大不小的高潮，产生了仅次于唐诗（也可以说不大不小吧）的影响。说它不大，因为宋诗的成就没有大过唐诗；但在唐诗之后，从诗歌盛衰的形势看，从诗歌本身的价值和味道来看，宋诗又确实比元、明、清几代的作品高出不止一等，所以也不算小。通过纵向的比较分析，察其脉络，观其趋势，我们逐渐懂得，没有唐诗不会有宋诗。但宋诗毕竟产生在已经形成高峰的唐诗之后，宋人也只能写出具有一定特色、但毕竟不及唐诗出色的诗。可见文化艺术的继承与发展是密切相关的。总的说来，在唐诗以后，能在中国诗歌史上独树一帜的，只有宋诗；能有资格与唐诗相颉颃，基本上可以分庭抗礼的，也只有宋诗；对于后世，除了唐诗，能给予诗坛以重大影响的，还是只有宋诗。因此，我们可以这样说，宋诗是唐诗以后在诗歌史上居于仅次于唐诗的重要地位的一代诗歌。

三、宋诗的主要特点是什么？

我们一谈到宋诗的特点，总说宋人以文为诗，以学问为诗，以议论为诗。所谓以文为诗，即诗歌日趋散文化。所谓以学问议论为诗，就是说诗到了宋代，不完全诉之于形象思维而经常诉之于抽象思维即逻辑思维。特别是以文为诗这一点，既是宋诗的特点，也有不少人把它看成宋诗的缺点。因此不得不多讲几句，而且话题要扯得远一点。

诗与散文的关系是对立统一的。诗是韵文，韵文与散文是一对矛盾，但它们都受汉语汉字的制约。汉语是单音缀，因此汉字也是一字表一音、一音表一义的。我们今天所能见到的最早的散文，是刻在甲骨上或铸在铜器上的。由于上古时代生产力不发达,生产手段比较简陋,在甲骨上锲刻的或在铜器上范铸的字数必须尽量精练简括,数量越少越好。而涵义的容量和密度却要求越大越好,同时还必须要使人看得懂。这是汉语汉字的特点,也是我们用来表达思想感情的工具的特点。汉字产生后,反过来对汉语又产生制约作用。诗也好,文也好,都以简练浓缩为主。最古的诗是二言、四言;一篇短文不过几十字;几百字已是长文章了。由于汉语是单音缀,写成汉字,必须有声调,可对仗,于是出现了格律。诗有律诗,文有骈文。骈文的四六言句法,是从《诗》、《骚》的四言、六言的形式发展过去的;而诗里可以寓哲理、发议论,又是从散文的内容吸收过来的。散文要诗化了才美,诗要散文化了领域才宽。发展到今天,白话诗基本上实现了散文化,而今天的散文却嫌诗化得不够,没有文采,不够精练,不能以少量的文字表达丰富的内容。过去写千把字的散文已经是鸿篇巨制,今天写"千字文"仅属"微型"小品。当然时代不同,古今语言不同,不应一概而论;但作者主观上的文化素养问题也是应当考虑的。

贯穿整个中国诗歌史,包括词、曲以及一切押韵文字如戏词、歌词等,其发展同三个方面分不开。在体裁格律方面同音乐分不开,其思想内容同社会思潮分不开,这两点我们放到后面去讲。而就诗歌本身的内部发展,包括题材的扩展、形式的变化、诗歌生命的延续以及根据什么趋势、倾向往前行进等,则与散文分不开。今天称之为横向联系。其实一切学问、思想、科学,从来就离不开横向联系,不过前人称之为"交流"、"融合"或什么什么"化"。苏轼说王维"诗中有画"、"画中有诗",实际就是诗与美术的联系,或者说诗与画的融合。添一个或换一个新名词不等于我们的学术研究向前展多少。一谈起中国诗歌,我们很自豪,说中国是诗的国度。这话当然不错。但从现实生活和社会功能的应用范围来看，散文可能更为重要。因为除了韵文就是散文，撰写论文，发表文告，写文学作品除韵文以外的其它品种，都用散文。当然，我们说中国是诗的国度，不纯粹指诗歌的数量（固然数量也有关系，一个国家的诗歌的数量能与散文平分秋色已经很了不起了）。所以这样说，主要是指以下两层意思。一是说，中国的一切文化艺术，无不渗透了诗的特点，即诉诸形象思维的事物占很大比重。比如说汉字，是从象形文字开始的；汉语有声调上的抑扬起伏，即平上去入的不同。在我们各类艺术品种里面，一定要讲求诗情画意。而在我们古老的中国，连写哲学论文、军事论文，也大量运用形象思维，用艺术性很强的譬喻和诗的手法来完成之，来发议论讲道理，这就把哲学、科学也给诗化了。为什么我们讲文学史先秦部分，总爱说那时"文"、"史"、"哲"不分，实际是"史"、"哲"中间都渗透了"文"的成分、"文"的因素，亦即诗的成分和因素。简而言之，在我们的民族传统文化的非诗领域中也能找到诗，至少能找到诗的因素，诗的手段；反过来，用诗的表达方法和艺术手段也能表达非诗的内容。二是从先秦到今天，不管眼下思潮有多新，而我们的理论核心，至少有一点是源远流长的，即我们的真、善、美的原则标准是统一的。我们的美学思想同真和善不可分割。孔子说诗可以"兴"、"观"、"群"、"怨"，汉人解诗主张美、刺，提倡诗教讲究"温柔敦厚"，都是与真和善紧密结合的。传统理论中我们强调的是"诗言志"、"歌咏言"，并描绘诗与生活的密切联系："言之不足故嗟叹之，嗟叹之不足故歌咏之，歌咏之不足则不知手之舞之足之蹈之也。"可见诗在一切文化艺术领域中是统帅，是核心。从上述两层意思说，中国确是诗的国度。何况从先秦到现、当代，无代无诗，尽管诗的形式屡变（如词、曲、白话诗），内容也各不相同，但作为诗的共同特点，所谓抒情言志，所谓共鸣，所谓"声入心通"，却是始终如一的。读者从诗里可以得到特殊的美的享受，也是人同此心，心同此理的。

我们从这里出发，再来看诗与散文的关系。因为尽管我们说中国是诗的国度，可它在文化领域中却被散文的汪洋大海包围着。我们固然承认诗的因素、诗的手段可以渗透到其他艺术和科学领域以及哲学思想领域中去，那么，其它领域里的东西也必然会渗透到诗的领域中来。于是有的诗作被称为"诗史"，说明诗中存在着史实；有的诗里有哲理，优秀美好的被称为"理趣"，拙劣说教的被称为"理障"；此外，诗中可以有议论，有说明，有名言警句，有对古今人物事件的评价……。在我们的文学批评史上，常出现《论诗绝句》、《论词绝句》、《论曲绝句》这样的属于理论阐述性质的组诗，以及长长短短的古近体诗，它们所讲的内容，本质并不是诗，却是用诗的形式表达出来的。这就说明，诗与散文的关系从来就是十分密切而相互融合的。

说到"以文为诗"这一特点，只要我们平心静气仔仔细细研究一下，就可以看到，从《诗经》、《楚辞》开始，诗里就已有议论说理的成分了。《雅》、《颂》不必说了，就连国风里的抒情诗，也还是有发议论的地方。"彼君子兮，不素餐兮"，是不是发议论？至于《离骚》、《天问》和《九章》，讲道理发议论的大段文字更是俯拾即是。汉代五言诗，下及建安、黄初、正始，许多著名作家的诗中都不乏以文为诗的显著例证。晋代玄言诗固不待言，就魏晋南北朝这一阶段的诗人的作品而论，陶渊明的成就最高。偏偏陶诗中议论最多，散文式的诗句也最多。唐代诗人对宋诗影响最大的凡四家，即杜甫、白居易、韩愈、李商隐。试看他们哪一家的诗里没有以文为诗的作品？可见以文为诗原属古已有之，不过于宋诗为烈而已。盖《诗》中《雅》、《颂》与金文铭辞互为影响，《楚辞》受诸子散文影响；而汉以后，直至唐人，作为诗人的作家、学者，有几个不受经、史、诸子百家的影响？这里面还有一个规律。一个人写诗（主要指唐朝人），要想跳出齐梁唯美主义（宫体诗）和形式主义（基本上指格律诗）的束缚，就得求助于诗歌的散文化。陈子昂首先提倡"建安风骨"，李白继之而发扬光大。而他们的作品，就都存在着诗歌散文化的痕迹，如陈的《登幽州台歌》和李的《战城南》。杜甫的《北征》，白居易的《勤政殿老柳》，竟以史官笔法入诗。韩愈和李商隐的例子就更多了，可以说不胜枚举，这里姑从略。可见把散文的特点向诗中"引进"（另一方面，诗的特点也向散文领域中"输出"，这就是横向联系，互为影响或互相融合），原是我国诗歌发展的必然趋势。只是到了宋代，这一趋势由自发的成为自觉的，由个别的成为集中的，终于形成了宋诗的一大特点（即宋代诗人作品中的共性）。这一特点反映在诗歌语言上，又形成两个极端，一个语言的通俗化，二是用典、事的大量增加。所谓以学问为诗，正是指在诗中大量用典用事。不仅西昆体作家爱用典，江西诗派的诗人也爱用典。就连欧阳（修）、王（安石）、苏（轼）、陆（游）这些大诗人，诗中的典故也要比唐诗多得多。这也是一种不得不然的"走向"、"趋势"。

宋诗的另一特点是一方面脱离了音乐而成为纯粹的"徒诗"，另一方面在近体诗上确比唐诗发展得更成熟、更活泼了。所谓脱离音乐而成为纯粹的徒诗，那显然是由于词的兴起和发达的缘故；至于近体诗的成熟，我是指七律和七绝。在唐代，七律是新体，并未发展到极致。李白几乎不写七律，王维的七律也有不少是不合格律的。杜甫的七律脍炙人口，但在杜诗中五律要比七律多出四至五倍（《十八家诗钞》选杜律，五律与七律的比例是六百比一百五十）。直到晚唐，许浑、温庭筠特别是李商隐，他们写的七律才算比较成熟。而宋人的七律，在用典用事上，在语言的灵活和对仗的工巧上，都不弱于唐人，而且有明显特色。至于七绝，宋诗绝对不比唐诗差。上面所说，主要是从形式与技巧的角度来谈的，但形式与技巧不是孤立的，它对内容题材也起着制约作用。比如宋诗中属于游子思归、相思离别、男欢女爱这一类题材的作品相对的少了，有人认为都"撤退"到词里去了，特别是以女性为抒情主人公，在宋诗中几乎绝无仅有；但如果从另一个角度说，又何尝不是由于词的兴起与发达，而把这一部分内容从诗中给侵占、掠夺去了呢！所以有人说诗比词的题材广、大、宽，这只是就其荦荦大端言之；相对来说，有了词，诗的风格反而定了型，有些题材在诗里倒不见了。

从社会思潮方面看，中唐以前，读书人的思想还是比较自由活泼的，诗人写政治诗、爱情诗以及讽刺诗，都比较随便，不大有顾忌。中、晚唐以后就差多了，但有些诗人仍然写了大量政治诗、爱情诗以及讽刺诗，尽管手法略带隐晦。李商隐的作品就是一个很突出的例子。宋代对文人士大夫的思想统治，我以为似宽而实严。表面上似乎没有什么文化专制政策来箝束作家，但儒家道统观念从北宋起即已对士人产生影响，这样就对诗歌内容在无形中设置了一些条条框框。到北宋后期，从潜在的舆论压力逐渐转化为公开的政令控制，有些趋炎附势之徒还无中生有地进行深文周纳，于是出现了"乌台诗案"这样类似文字狱的事件，政治上的派系斗争影响了诗歌的自由发展。南宋时代，由于民族矛盾上升为社会的主要矛盾，诗歌中爱国主义思想有所发展；但儒家思想作为一种统治思想则贯穿整个赵宋王朝，人们从诗歌中是很难找到异端思想的。这确是宋诗的一个很明显的特点。

这三个方面汇集到一起，很自然地就形成了宋诗的特点。宋诗继唐诗大盛之后，不变是不行的；而所谓变，实际又受到以上三个方面的制约，仍有其必然存在的局限。这就是宋诗之所以为宋诗。

四、宋诗的分期问题

过去我在课堂上讲文学史，把宋诗分为六个阶段，即北宋、南宋各三个阶段。我没有用"分期"这一词语，因为说"分期"就有划时代的意思。我把北宋分为三个阶段，是以欧阳修和苏轼为标帜的，欧阳以前为一个阶段，苏以后是一个阶段。到南宋，仍以作家来划分阶段，即尤（袤）、杨（万里）、范（成大）、陆（游）为一个阶段，江湖派与"四灵"（"四灵"虽亦属于江湖诗派这一大范畴中，但其诗风与江湖诗派大多数作家并不相同）为一个阶段，宋末爱国诗人与遗民诗人为一个阶段。这基本上依照史的发展顺序，没有什么新见。到一九八五年，我在北大历史系讲"中国诗歌史"，把欧阳修以前称之为"宗唐"阶段，欧以后称之为"变唐"阶段。"变唐"阶段发展到苏轼是高峰，然后倾向于追求纯技巧，这就是江西诗派的形成，从而进入另一阶段。到了南宋尤、杨、范、陆创作期间，又是一个新阶段。尤诗虽佚，但他的诗成就不高是可以肯定的；其他三人各有特色，而以陆游成就为最高。再往后，宋诗就走下坡路了。江湖派多数诗人都比较"粗"，而四灵诗又"细"得可怜。到宋末，诗人已不大注意艺术技巧，不过思想内容还有值得肯定之处。我原来的考虑就到这一步，除了想出一两个新名词（如"宗唐"、"变唐"）之外别无新意。

到一九八六年，从《文学评论》（中国社科院主办的双月刊）上看到近年来有关宋诗研究的综合报导，其中谈到了宋诗分期的不同提法，有分四期的，有分五期或六期的，使人眼花缭乱。后来北大历史系一位博士研究生在《文学遗产》上发表了《宋诗的分期及其标准》一文，把宋诗分成六期，即沿袭期、复古期、创新期、凝定期、中兴期、飘零期。从分期的阶段看，大体不错，只是所用名词有欠妥当。我曾当面对这位研究生谈了我的意见。首先是,复古与创新二者不能截然分开。文章有复古,由骈复散之谓也;诗而复古,是复到哪朝哪代呢?复唐之古吗?那么北宋初年的作家包括西昆体作家何尝不是摹仿唐诗呢!复唐以前之古吗?可是欧阳修、苏舜钦、梅尧臣都写近体诗,显然也不对。唐宋两次所谓古文运动实际上都是以复古为革新(或称创新),陈子昂、李白提倡建安风骨,实际上也是创新。欧阳修主宰诗坛时,与其同道者梅尧臣、苏舜钦等对诗歌并没有强调复古。但欧宗李白、韩愈,梅宗陶渊明,苏(舜钦)古诗近于李白、杜甫而近体接近晚唐,似复古而实际都在追求新变。何况复古与创新不能断成两橛。王安石、苏轼并未否定欧、梅而是继承了欧、梅。如果把王安石、苏轼与欧、梅划归两个时期,显然是不妥当的。其次,把江西诗派产生以后的一段时间说成"凝定期",认为这一段时间里没有好诗,这是没有把时代背景和文坛动向结合起来看。北宋末至南宋初,时代动乱,文坛自然无法出现正常发展局面,这是一个侧面;但大动乱以后也给文坛中兴创造了条件。宋诗所谓的"中兴期",原是时代的产物,这是另一个侧面。吕本中(居仁)作《江西宗派图》,并没有把黄庭坚、陈师道、陈与义算进去,后来才有所谓"一祖三宗"的说法("祖"指杜甫,"宗"指黄与二陈)。可见所谓"凝定期"没有好诗,并不是诗"凝定"了,而是在这一阶段中没有产生大作家。诗坛的一度死寂是时代动乱、民族矛盾大爆发所造成的。从文学史本身的发展看,根本不会出现静止不动的"凝定"局面。然而即使如此,北宋、南宋之交有三个作家仍必须引起注意。一个是"三宗"之一的陈与义,一个是道学家所推崇的刘子翚,还有一个是被公认为政治家的李纲。当然,他们的成就就不及杨万里、范成大和陆游。于是在诗坛的发展过程中出现了"马鞍形",因而才有宋诗所谓的"中兴期"。这些意见,那位研究生本人也不得不表示值得考虑。

如果要我分期，我就这样分——

一、宗唐期。指自宋初到十一世纪四十年代这一阶段，亦即以欧阳修为中流砥柱，大抵以宋仁宗庆历年间作为分界线。而宗唐的诗人也有三种不同派别。一是以白居易为宗，如王禹偁；一是以李商隐为宗，即西昆体作家，杨亿、刘筠是其代表人物；还有一派则以中、晚唐隐逸诗人为宗，具体地说就是以贾岛、姚合和一些诗僧为宗，代表作家有九僧和林逋等。近四十年讲文学史，对这一阶段的三派太强调王禹偁的作用，并把它抬得很高；同时却把西昆体作为对立面，把它当成挨打的靶子；而对九僧诗派则只字不提。其实这一诗派与南宋的"永嘉四灵"（翁卷、徐照、徐玑、赵师秀）的诗风是一脉相承的。林逋因受到欧阳、苏等大师的推崇，在文学史上还不算太生僻。

二、变唐期。从宋仁宗庆历年间算起，直至南宋初年。这一时期诗人最多，大家、名家云集。欧阳修、王安石、苏轼、黄庭坚应该说都是北宋诗坛上第一流的诗人，苏轼的成就尤为突出。其次则苏舜钦、梅尧臣、王令、陈师道、张耒等也各具独特的风貌。再如有些政治家如范仲淹、韩琦、司马光，他们的诗也不应忽视。还有一些在当时颇有影响的诗人，而在文学史上连姓名都几乎湮没了，如宋祁、文同、郭祥正等。最后，还要考虑到有些学者、古文家甚至理学家，也不应轻易置之诗坛之外，如李觏、曾巩等，有些词人则因诗名为词所掩，搞得连诗集都失传了，如柳永、周邦彦；而秦观、贺铸及南宋的姜夔等虽有诗集传世，也大不为人关注。这些作家的诗有一共同特点，即尽量把诗写得或多或少区别于唐人之作，而使之具有宋朝一代特定的精神风貌。这就是我所谓的"变"。

三、中兴期。如上所述，在第二、第三两个时期之间，宋诗的发展出现了"马鞍形"。而当杨万里、范成大、陆游这几位大诗人崛起于南宋诗坛时，自然形成中兴局面。可惜的是，这一时期杰出的诗人并不很多，没有形成作家群（而南宋词人却不少），除杨、范、陆等大家外，即使有其他人，成就也不高。这就自然而然步入了第四阶段衰落期。照我个人的看法，尽管在南宋后期涌现出的作家并不少，而从诗歌的质量看，不仅是宋诗到了衰落时期，甚至整个诗歌也日趋衰落。而这一衰落趋势竟成了一个大滑坡，直贯元、明两代。当然，元、明两代也出现了若干有成就的诗人，但已无法挽回整个古典诗歌走向衰落的颓势。到了明清之际，出现了陈子龙、顾炎武、钱谦益、吴伟业等一大批诗人，古典诗歌才有了新的起色，然而这已不是本文所涉及的范围了。

　　这篇拙文初稿成于一九八九年，这已是第三稿。陶文鹏同志最近主编了一部有关宋诗的著作，向我索序，主要是想介绍一点宋诗的概貌。我想，如果重写，也无非是这些内容；便以旧文略作修订，塞责交卷，以代序言。诗者谅之。

　　一九九一年五月。

初读《吕碧城词笺注》

　　李保民先生以十五年之功力，完成《吕碧城词笺注》（上海古籍出版社二〇〇一年六月初版），辛勤著书，令人感佩。吕碧城是近代才华洋溢的女词人，我自志学之年即深喜其倚声之作。不意今已衰耄，得观全豹，诚为乐事。草草披览，不禁有所欲言。今略陈管见如下。

　　一、《笺注》本卷四有《祝英台近·怀故都作》一首，涉及碧城儿时踪迹。上片云："驻宸京，留翰苑，椿荫溯先世。玉𬭎桥边，久寓鸣珂里。斜街灯火离离，秋香炒粟，空记取儿时风味。"下片更有"白发高堂，剪烛话稗史"之句。《笺注》本末附《吕碧城年谱》，知吕生于山西，三岁即随父返安徽原籍。若以上引词考之，则作者儿时应在北京居住过一段时间，其时当在碧城之父从山西学政卸任后至返皖前这一两年中，否则"宸京"、"翰苑"、"玉𬭎桥"等语便失去着落。此有俟续考者。

　　二、上引词校文亦有可商榷处。"久寓鸣珂里"句，《笺注》本有校文云："原作'比珂里'，碧城《金缕曲·孰肯黄金市》词有云：'征轺曾访鸣珂里。'因据改。"小如按："鸣珂里"，《笺注》本于《金缕曲》注引《新唐书·张嘉祐传》，是也。但此处作"比珂里"，谓己之寓所与达官贵人的宅第比邻而居也，说自可通，不烦改字。卷四另一首《祝英台近》有"无情驼陌，又绿遍前番芳草"之句。《笺注》引陆机《洛阳记》，谓指铜驼陌。则"珂里"为鸣珂里之简称，与铜驼陌之简称"驼陌"，句式正同。又，"秋香炒粟"，似当作

"秋香炒栗",炒栗自是古都风味。作"炒粟"则不可解。此疑手民误植。又卷五《玉楼春》第二首,全词以"路"、"度"、"谱"、"苦"为韵脚;而上片第四句作"委鬼茄花无处觅",显为"无觅处"之误。"处"与上下文皆协韵,"觅"字则不协也。

三、关于笺注方面。上引"驼陌"云云,《笺注》除引陆机《洛阳记》外,似宜同时引《晋书·索靖传》,即成语所谓"铜驼荆棘"是也。盖索靖所见而叹息之铜驼,与陆机所记之铜驼,本为一物。词云"无情驼陌,又绿遍前番芳草"者,正词人化用索靖语,而以"芳草"之"绿"易去荒凉之"荆棘"耳。又如卷二《浣溪沙》末句"欲随风雨入中条",《笺注》似宜引许浑《秋日赴阙题潼关驿楼》:"残云归太华,疏雨过中条。"乃切。

以上所陈皆恒钉琐碎,近于毛举细故。然刍荛之言,大雅君子所不废,保民先生其宥之。

二〇〇二年清明节写讫。

黄节《诗学》、《诗律》讲义之价值

黄节字晦闻，广东顺德人。在北京大学任教多年，北大知名教授如俞平伯、游国恩诸先生皆出其门下。其讲义如《汉魏乐府风笺》、《魏武帝文帝明帝诗注》、《曹子建诗注》、《阮籍咏怀诗注》、《陶渊明诗注》、《谢灵运诗注》等，原皆由北大自行排印，后均公开单行问世，对学术界影响至钜。至今研究或讲授中国文学史及古典诗歌者，犹必以先生诸著作为主要参考读物。其《诗学》、《诗律》两书，则为补充上述诸书之重要著作。因黄节先生于一九三五年即逝世，此两种讲义乃未及公开发行，沉埋已久。《诗学》一书，言简意赅，历叙先秦至明代诗歌发展脉络，无异一部诗史，并重点加以评论，成一家之言。其学术价值足与鲁迅《汉文学史纲要》、刘师培《中古文学史讲义》媲美。今得以公开付印，实有嘉惠后学之功，且以见当年北大文科师资之盛与教学水平之高。

黄节先生本身即为杰出诗人，诗中充满先进爱国主义思想（先生早逝，即因痛感"九·一八"之后日寇侵华势益猖獗之故），有《蒹葭楼诗》行世。故《诗律》之作，乃先生生平创作实践之切身体会，具有较高之学术性与实用性，非泛泛谈论我国古近体诗格律之作。其缜密精细处堪称微入毫发。近年以来，写作旧体诗词之风大盛，而真能理解诗歌格律并用于创作实践之人并无几个。先生《诗律》如公开问世，不独对研究诵习古代诗歌的读者大有裨益，且对染指旧体诗之一般作者更有具体帮助，实属功德无量之有益举措。

二〇〇六年十月写于北京。

《初唐诗歌系年考》序

仆昔年为诸生讲授古代诗词,尝以"通训诂"、"明典故"、"察背景"、"考身世"四事为阐释作品前提。通训诂与明典故,意在理解作品;察背景与考身世,意在理解作家,亦即《孟子》"知人论世"之谓。然悬的虽高,力初未逮。讲授时每就某一作家之某一作品为言,而未及于此作家之全部作品,尤未能考订此作家于其所处时代中之位置。诚如张炎之评吴文英词,所谓拆下七宝楼台而不免失之支离破碎,终不能成片段。今通读彭庆生兄《初唐诗歌系年考》,乃知考订作家作品,必先有一全局观念,然后入于深层次,而逐一求此作家成诗之确切时间,始获探骊得珠之效,而治学之乐,亦在其中。比之今人治学,或浅尝辄止,或游谈无根,相去直不可以道里计。此仆所以欢喜赞叹,不避"戏台内喝彩"之讥,而乐为庆生之大著弁一言之由也。

庆生毕业于一九六一年北大中文系本科(当时为五年制),复从林静希师读研究生,以治唐人诗为终身事业,且锲而不舍,善始善终,非淡泊于名利,曷克臻此!盖庆生虽学成于文学专业,而竟以考据之学擅胜场,鞭辟入里,追本溯源,于一人一事,必穷其究竟而后已。北大学风,用兹不坠。此书之成,不独广徵博采,遍引古代正史野史,且及于诸种类书,如《天中记》、《渊鉴类函》之属;更尽量吸取时贤治学成果,无门户偏见。于旧说每有厘订,不独有物有据,且条分缕析,立论公允;佐证不足者则诸说并存,或阙疑俟考。其治学态度之谨严周慎,于兹可见。文辞虽似枯燥,而以有无懈可击之充实内容，读之能使人忘倦。称为佳构，绝非溢美；谓予不信，请读全书。是为序。

公元二〇〇八年三月病中写讫。

关于顾炎武研究的主要读物

一位女青年编辑为组稿和采访惠临寒斋,顺带问我,她想从事有关顾炎武生平和思想的专题研究,应该读哪些书。这引起我的思考。

我首先想到的是《书摘》的负责同志要我写"荐书"稿件的事。这笔债我已欠了很久。但迟迟没有缴卷的原因,是我有所考虑。我平时读书并无系统性,完全从兴趣出发。把我爱读的或正在读的书推到读者面前,读者未必有兴趣,这样的"荐书"似乎近于无的放矢。而当前读者爱读或想读的热门书,一则我不大了解行情和信息;二则纵略有所知,自己却未必爱读,勉强读了也写不出心得体会。我总认为,"荐书"应多少有点目的性才好。

其次,我认为这位青年朋友想要研究的课题确实很有意义。明末清初真是一个不平常的时代。陈寅恪先生写《柳如是别传》,正是为研究这一段历史打开一个突破口。而顾炎武其人其文,其思想与著作,不仅在十七世纪当时具有代表性,甚至影响了有清三百年学术思想的传承与发展。有些人认为,乾嘉学派考证经史诸子风气之兴起实始于顾亭林,并以为这是受了他影响的消极方面。撇开消极与否不谈,清人的考据之学确是由顾炎武"开山"的。但顾氏更大的影响乃在于他还是近代启蒙思想的"开山"者(当然还有黄宗羲和王夫之与之相配合呼应)。我们不能说龚自珍、魏源诸人以及晚清的一些思想家不曾受到顾的启发和影响。因此,顾炎武乃是一位在近三百年学术领域转捩关头的代表人物。基于这种认识,我就请那位青年朋友先读梁启超的两本普及读物，即《清代学术概论》和《近三百年学术思想史》。好在《饮冰室合集》近时已重印面世，梁氏这两本在五四前后影响较大的读物现在并不难找到。如果能同时也读一下钱穆的《国史大纲》（近已重印）和《近三百年学术思想史》（与梁书同名而异趣，新中国成立前商务印书馆"大学丛书"收入此书，平装二册。近时是否重印不详）就更好。恰好那位朋友正在读《国史大纲》。我想，如果她能从宏观方面先把上述几部书读完，即使不作顾炎武的专题研究，也是很有益处的。当然，有志于涉猎近三百年来文化学术领域中动态的读者，最好也能读一下这几本书。

说到读顾炎武本人的著作，清光绪年间刻本《亭林遗书》最为全备，但不便初学。一九八三年，中华书局重印了《顾亭林诗文集》（由四川大学华忱之先生点校，忱之是我的老朋友了）是目前较易找到的本子，遗憾的是没有注释。《亭林诗集》有清人徐嘉的笺注（我只见过刻本），而《文集》迄今尚无注本，还是一块空白。

顾炎武的《日知录》是一部家喻户晓的名著，它体现了顾氏治学的精神、志趣、态度与高度成就，我们从中能看到顾氏学术思想和政治态度的闪光点。版本以清人黄汝成的《日知录集释》最为流行（当然，如果想对《日知录》进行专门研究，则尚有《日知录补遗》四卷，以及丁晏的《日知录校正》、李遇孙的《日知录补正》等等，我看初学者似可不忙着去读它们）。另外，顾氏还有一部《菰中随笔》（三卷，《亭林遗书》本），篇幅不大，有可读性，读者如有兴趣，不妨找来翻阅一下。至于顾氏的《肇域志》和《天下郡国利病书》，则部头太大，又太专门，倘不治史地专门之学，可暂不读。它如治音韵学的《顾氏音学五书》（有扫叶山房石印本），治《左传》的《左传杜解补正》（有《皇清经解》本），都非初学者所必需。除了有志对顾亭林的学术进行全面研究外，一般读者均可缓读或不读。

当然，研究顾炎武还有个横向比较问题。首当其冲者当推黄宗羲（略先于顾），王夫之次之（王船山遗著晚出，顾炎武未必及见）。黄的《明夷待访录》，王的《读通鉴论》，新中国成立后皆有新印本，可以参阅。这里不想开列黄、王两人的专著详细书目，免得节外生枝。读者谅之。

关于顾炎武的传记和年谱，我只想介绍全祖望的《亭林先生神道表》和张穆的《顾亭林年谱》，因为它们算是最重要、也最有权威性的。全氏文见《鲒琦亭集》（有《四部丛刊》本），张谱见《粤雅堂丛书》，都不难得。当初哈佛燕京学社编有《三十三种清代传记综合引得》（一九三二年十二月印行，一九五九年中华书局影印重版），如果读者想多读一些关于顾炎武的传记资料，就请先查《引得》再按图索骥，这里就不一一详举了。

一九九七年六月在北京写讫。

跋文二篇

跋范洛森藏谭复堂遗诗手迹

　　范子洛森，吾皖无为人。毕业于安徽师大中文系，尝受业于门人孙文光教授，与仆为忘年交。洛森好学而从政，节衣缩食，深察民间疾苦，服务于农村基层者垂十年。雅嗜书画，惜无馀资奉珍品。近驰书见告，于旧肆购得晚清谭复堂诗稿遗墨。承远道寄示，嘱题识数语，亦雪泥鸿爪意也。仆唯唯。

　　复堂初名廷献，后易单名曰献，字仲修，复堂其号也。道光十二年壬辰生，光绪二十七年辛丑卒，年七十。少工骈体文，于词学尤精。所选正续《箧中词》，晚清词人率奉为桀范。所评周济《词辨》，尤脍炙人口。有《复堂词》，见《复堂类集》，存平生词作若干首，然佚作遗珠时时有之。仆少时尤喜读其日记，以为时见精义云。

　　洛森所藏为题画之作，凡七绝四首。诗境虽浅易而不落俗趣，有馀味。绘者许欣庵，诗前小序谓许"馀事作画"，盖文士之好绘事者，非以画为业也。诗尾题"庚子夏仲三日书于复堂"，盖光绪二十六年，距复堂之卒仅一岁耳。其书在隶楷之间，笔姿朴雅有古意，略似何子贞，殊可宝爱。庚辰立夏茂林吴小如题于燕郊。

跋范洛森藏俞曲园遗诗手迹

　　曲园老人书题画七绝一首，范洛森近藏。老人曾孙为先师俞平伯先生，故平生所见老人遗墨非一。此诗稿所书似非精品，诗则冲淡明快。老人生于清道光元年辛巳，此诗题"癸巳季春"，为光绪十九年，老人时年七十有三。末二句云："最是东风摇曳处，浓青泼到檝头船。"忆五十馀年前初谒师门，平伯师为诵太夫子阶青先生七绝云："残月钟声雁鹜滩，停桡借问小长干。只缘曾系乌篷艇，野水无情亦耐看。"正可与老人此诗比照而诵之。

庚辰立夏皖泾吴小如敬跋。

原载二〇〇〇年七月六日《文汇报·笔会》

两部《谢宣城集校注》

一九九二年秋，我买到上海古籍出版社新问世的《谢宣城集校注》，由上海师大曹融南先生校注并广集众说，未及细读，便启程往德国海德堡大学汉学系讲学。但约略翻阅，已见出校注者功力。卷末有附录四种，一曰佚文，二曰版本卷帙、旧刻序跋、诸家评论，三曰史书本传，四曰谢朓事迹诗文系年。面面俱到，亦称该备。

到海德堡大学后，汉学系本身即有一收藏丰富的图书馆。在我今年将离开德国的前夕，偶然发现台湾中华书局出版的一部精装本《谢宣城集校注》，一九六九年初版（实际只印了这一版），题洪顺隆校注。亟借出披读，发现原来这是洪顺隆先生二十多年前为攻取硕士学位所撰著成书的。作为学位论文，这部书稿的分量确实可观，若以鄙见度之，就是用来作为博士论文也已绰有馀裕了。

由于这本洪注《谢宣城集》使人爱不释手，便委托香港刘卫林君在港岛的中文大学觅到此书。承刘君厚爱，竟将全书复印寄下，从此我算有了两部十分详审的校注本了。

事有凑巧，洪顺隆先生是在台北中国文化大学中文系执教的，不久前到香港参加有关魏晋南北朝文学的讨论会，遇到刘卫林君，刘君以我亟访此书之情见告。洪先生返台北后，竟以初版精装本《谢宣城集校注》惠寄赠我，真使人大喜过望。洪先生后来有信给我，谈及上海出版的另一部曹校本，据云已置于邺架。且云，大陆藏书宏富，比他处在海陬治学要方便得多，曹本必有胜处。言下谦逊有礼，令人感悦。洪本条分缕析，眉目极清，读起来沁脾爽目。

只缘近时顽躯多病，尚未能把两种校本细加比勘，以定其孰为更优。

但我得到洪本后却有一种说不出的感慨。假如海峡两岸在六十或七十年代即已实行"三通"和文化交流，则曹的工作将便利得多。洪校本如在七十年代初即流传于大陆，曹是不会看不到的。从这两部书的校注者互不相知，即可看出海峡两岸的文化交流至今尚未顺畅进行，给我们学术事业带来的不便，该有多么大了。

原载一九九四年二月十八日《辽沈晚报》

分类《太平广记》系列连环画序言

一九九一年春，北京出版社美编室酝酿出版一套以《太平广记》为内容的系列连环画，曾邀我参加了一次座谈会。我认为这一设想非常好，虽就一些具体细节提出了自己的看法，但我总的意见是举双手赞成这一套连环画早日出版面世的。

《太平广记》不仅是一部巨型类书或工具书，而且是一部集唐以前小说之大成的文学作品宝库。现存的六朝志怪小说和唐代传奇小说基本上都被搜集在《太平广记》里面了。鲁迅据《太平广记》编成《古小说钩沉》和《唐宋传奇集》，汪辟疆也据此书编成了《唐人小说》，这三部书早已成为学术界具有权威性的重要读物。我们说《太平广记》是一部古小说的渊海，实在不算溢美过誉。尤其值得注意的是，《太平广记》里大量长短篇故事大都是后世各体小说和各种地方戏题材的泉源。一个人如果能很好地熟悉和利用《太平广记》，认真地探索和研读《太平广记》，不但他有可能成为研究中国小说史和戏曲史的专家，而且还可以从中汲取营养和灵感，为创作新的小说和剧本积累丰富的第一手材料。只是由于这部书卷帙太多，分类又不尽科学，才使它不为一般人所注意，也没有受到专家、学者以及作家们认真的重视。从弘扬民族文化和繁荣文坛创作的角度来看，为《太平广记》做这样较大规模的普及工作，即用系列连环画的方式来介绍这部巨著，我以为是十分必要的。

说到连环画，人们经常呼之为"小人儿书"，总以为它是不登大雅之堂的。即使有人主张推广，也只认为这是一种普及少儿教育的辅助工具，而不把它看成有美学价值的文艺作品。近年来连环画的档次已逐步提高，开始绘制我国古典文学名著和世界文学名著的内容了。这实在是大好事。但由于画面绘制和文字说明的水平优劣互见，在不少人心目中依旧没有把这一特殊的文艺品种给予应有的正确评价。记得几年前，我在北大历史系参加过一次为新入学的研究生举行的面试。做为"主考人"之一，我向某位考生提出一个问题："你看过《三国演义》吗？"这位考生立即面呈愧赧之色，嗫嚅地说："我看过……《三国演义》……的连环画。"看来他本人也没有把连环画当作高层次的读物，才羞于启齿的。我想，要改变连环画在广大读者心目中的位置，并扩大其声誉，首先取决于提高连环画的画面绘制和文字说明的水平。因此我希望，这一套分类绘制的以《太平广记》为题材的系列连环画，能在艺术和文字两个方面都有新的突破，从质量上来一次大幅度的飞跃。这不仅对普及《太平广记》这部巨著做出卓越贡献，也是一次对促进我们连环画艺术更上一层楼的有深远意义的考验。而出版社的同志们如果能从这次尝试中摸索出新的经验，无疑是对我们的出版事业的改革开放创出了一条新路，他们付出的辛勤劳动是非常值得的。

在这一套系列画册即将出版的前夕，出版社的同志们鉴于我去年曾参与并过问此事，坚嘱我说几句话。于是略抒己见如上，并就正于读者。是为序。

一九九二年四月，写于北京大学中关园寓庐。

《红楼梦》连环画集序言

我在少儿时代就爱看连环图画。当时上海世界书局等出版单位所印的古典小说连环画集如《水浒》、《西游》、《封神演义》、《说岳全传》等画工很细，画面也生动，尽管当时已读过原书，但连环画的吸引力还是很大的。大半个世纪以来，除了"文革"期间百业俱废，连环画也跟着遭殃之外，这种雅俗共赏、老幼咸宜的所谓"小人书"，始终是备受欢迎的。不知为什么，九十年代初，连环画竟一度不受重视了，我对此表示惋惜。希望不久的将来，连环画能恢复它从前的盛况。

这里我想用八十年代初所遇到的两件小事说明连环画的作用和影响。有一年我在北大历史系主持硕士生入学口试，问到一位应考者："你读过《三国演义》吗？"那位考生嗫嚅了半天，吞吞吐吐地说："我看过《三国演义》的小人书。"与此事发生相先后，我的年方四岁的孙女已熟读《三国演义》连环画了。我曾问她："三国时代谁最聪明？"她答："诸葛亮。他一个人能消灭曹操的八十三万人马。"她外婆插话道："你指的是诸葛亮借东风吗？"她答："不是东风，是'东南风'。"

这两件小事对评价"小人书"的效益是很有意义的。作为大学生，没读过《三国演义》当然有点遗憾；但他态度诚恳，肯说实话，没有读过原著，能看一遍《三国演义》的连环画也很好嘛！这说明以古典小说为题材的"小人书"在成年人中已起到对原著的普及和补充的作用。而对于少年儿童，特别是易于引发孩子们读书兴趣的连环画，其辅助和打基础的作用更不可低估。四岁的孩子借助于画面上的故事已能细心地断文识字，这对他们将来读原著已无形中打下了良好基础并养成耐心的习惯。果然，孙女在读小学阶段已开始整本地啃大部头古典章回小说了。我相信，只要能善于引导和利用，比之电视卡通或电脑游戏机，连环画完全能发挥它应有的积极作用，完全不怕后者侵夺了它的市场。

我早年曾有过这样的杞忧，即在我国几部具有经典意义的章回小说中，《红楼梦》的故事似乎是最难用连环画的形式来表达的。第一，书中所描写的生活细节虽多，故事性却不够强，如结社吟诗与猜灯谜等，用图画形式来表达是吃力不讨好的。第二，全书头绪纷繁，人物众多，书中对话用双关语来刻画人物性格的地方比比皆是；而用绘画的艺术形式则比较易于表达人物的具体行动和故事的变化发展。只用简单的话语作为图画的辅助文字是不易达到预期效果的。第三，书中年轻貌美的女性人物太多，很难用图画来区分她们之间的性格特征。至如书中的黛玉葬花、晴雯补裘、史湘云醉酒等生活场景，如果用图画手段来反映，很容易变成一幅幅静止无生气的仕女图。我的这些想法并非无的放矢，因为在旧社会，我们几乎找不到一部以《红楼梦》为内容的像样子的连环图画。

然而今天时代不同，条件也大不一样了。电视连续剧和电影故事片都拍摄了有头有尾的《红楼梦》，越剧艺术片《红楼梦》更是不胫而走，几十年流行不衰。社会上阅读和欣赏曹雪芹原著的人越来越多，研究者的论文和专书更是汗牛充栋。九十年代初，十六册的绘画本《红楼梦》已在上海出版。这给后来从事美术工作的人们带来了大量可供参考借鉴的艺术品种。然而与此同时，突破前人的难度也自然随之增大，要想后来居上并且立于不败之地，必须开动出奇制胜的脑筋和付出"人一己百"的辛勤劳动。

北京出版社出于文化竞争的信心和决心，敢于见困难就上，具有一往无前的拼搏精神，推出了一套经过改编而重新绘制的《红楼梦》连环画。这一改编本的特点是：完全忠实于原著，在保持故事情节完整性的基础上加以浓缩提炼；而不是重点人物、重点情节、重点场面的节编。改编本共五十节，绘图三千馀幅，配上文字三千馀条。全书由无为、黄小坚、单三娅、王纪宴等几位同志分工合作，绘制编成。在这部力作即将问世之际，出版社负责同志希望我写几句话留个纪念。我衷心期待着这一部青出于蓝、后来居上的新的连环图画《红楼梦》取得不同凡响的效益，主要是读者的由衷喜爱，当然经济效益也在其中了。

　　一九九八年三月写于北京大学中关园寓庐。

对《汉魏六朝辞赋与纬学》一文的审读意见

文章著述，旨在经世致用。如探讨文学史上的课题，虽可推陈出新，洗毛伐髓，使学术成果向前推进，亦宜就其远者大者先之，不是任何琐屑钉饳的问题都属于同等重要的地位（故学术论文不同于读书札记。"贤者识大，不贤识小"，是客观存在，并非某些人的自谦）。"纬学"在两汉，确属影响巨大，自然影响到汉代最通行的文体——赋。但这两者应有内在联系，而不能就事论事，只从表面现象（包括文体、词句以及片言只字）把两者捏合起来，便成为自己论述的立论依据。

我本人对此并无研究。但知"纬学"与阴阳家关系至密切，而汉代今文家又与阴阳家合流，唱"天人合一"之说，于是"纬学"乃成一时显学。然考溯其源，阴阳家实渊源于战国齐之"稷下之学"，所谓"谈天衍、雕龙奭"，所谈内容固属阴阳家范畴，而其通过宇宙之形象以推衍其说，则大类夸诞宏肆之"赋"体（本文提到荀子的《云赋》，可谓沾了点边，却未深入下去，失之一间，浅尝辄止）。故谈"赋"与"纬"之关系，远可上溯至楚文化，近亦须从《史记·孟子荀卿列传》说起，始为有本有源，有始有终。就汉论汉，未免数典忘祖。此其不足者一。

本文前三部分，谈符命、嘉瑞与天象，固亦"纬学"研究范畴，但即使不治"纬学"，此三者亦早已存在。秦始皇之于符命、嘉瑞，早已注意及之；天象之学，肇自先秦，皆早于汉之纬学，可以说是构成"纬学"的一些原始因素。谈纬学便不能舍此不谈。而反转过来,用"赋"与"纬"挂钩,却又病材料太单薄。《文选》所载"符命"文字,不过三篇。有代表性者只前二篇(《典引》为拟古之作)。摘其中字句与"纬学"联系,亦属肤廓之谈,未能产生深度、力度。后二者(嘉瑞、天象)病亦略同。这样的论文,只是"捞水面上的鱼",而不及深海究竟,即使言之成理,亦病浅薄,此其不足者二。

第四部分尤病牵强。"改制度,易服色,革正朔"云,始于秦之"书同文,车同轨",凡大一统天下者无不如此。姑举一不伦不类之例。民国兴而改用五色旗与阳历,新中国成立而用五星红旗,改用公元,其亦受"纬学"之影响乎?此文章言之不能成理处也。

此文题为"汉魏六朝",独所叙止于《景福殿赋》与《鲁灵光殿赋》,足见其取材之难、之少。亦有名实不相副之病。

窃以为此文即使写得很平实,也无俾于为文学史解决问题,何况所言多不深不透,立论亦单薄少说服力。是否刊用或修改,我无权发言,请编委会考虑。

一九九六年十月十三日。

对于《欧阳修求诗本义之方法探微》的意见

此文可用。

作者对欧阳修《诗本义》一书,确进行了深入细致的研究、探索,这一工作是前人所从未做过的。辩证唯物主义和历史唯物主义的观点一向认为,对于评价一个古人(或过去的一部著作),不能要求他(或它)做到了今人所能达到的水平,而是要看他(或它)是否做到在其当时其他人所未能达到的水平。如果其水平高于他同时代的人,则应肯定其进步性与其著作在学术上的贡献。本文作者对欧阳修《诗本义》的肯定和对其书局限性的批评,基本上是根据上述原则来进行的,方法是对头的。文中强调欧氏是"尊重《诗序》"的,尤具卓识。这一点,正是欧阳修的不足之处。另外,欧氏太相信孔子"删《诗》、《书》"之说,太相信"圣人之言",也是他很大的局限。本文作者在这方面似可多强调一下。

文中个别字句我作了批改,请作者注意改订,免贻通人之讥。

一九九七年六月五日。

《试论章太炎的经学思想》
一文审读意见

此文洋洋近五万言，但所论却凌乱枝蔓，令人读后理不出一条清楚脉络。这说明作者本身对章氏经学并无真正理解。今将其主要缺点略加概括如下：

一、全文只分别谈出章氏对古代经籍中的某些成果，并非其"经学思想"。

二、文中涉及章氏治经的一些看法，但多属章氏的政治思想，似尚不能归之为"经学思想"。

三、全文枝蔓处比比皆是，下笔不能自休，足证作者既未能提纲挈领地抓住章氏本人治经要领，更缺乏控驭自己的思路和行文的能力，故文章根本谈不到逻辑性。

四、即使谈章氏对经学的创见，亦嫌不全面。如章氏对《论语》有不少精辟见解，文中根本未涉及。

五、章氏是小学方面的权威，"小学"固为治经之主要武器，但章氏治文字训诂之学却能与现代方言结合，此亦与其"经学思想"有关。而作者一字未及。

总之，作者引述之文字很多，却见出其读书层面之狭窄。如近代学术研究只引吴闿生一人，实嫌孤陋寡闻。而对章氏之学说加以引述，有时却远远超出经学范畴之外。可以看出作者之治学尚未入门，对章氏之学亦远未窥其究竟。

此文即使修改，恐亦难公开发表。《国学研究》如发表这样文章，恐必贻人以笑柄谈资，慎之！

         一九九七年八月　吴小如识

谈三种《新三字经》

近读《新三字经》三种：科学出版社出版、李汉秋主编的一种，广东教育出版社和河北少儿出版社出版的各一种，谨略陈己见，聊供参考。

首先，应该肯定的是，《新三字经》的编写与出版发行，是李汉秋同志在全国政协会议上倡议的。这一倡议确有见地。盖用群众喜闻乐见的民族传统文学形式来编写传播爱国主义思想的启蒙读物，是建设社会主义精神文明和教育青少年朋友了解国家的必不可少的一个环节。如果跨世纪的青少年一代人通过这样的读物而从中受到教益，那将是国家民族的洪福。但我们祖先留给后世的启蒙读物并不仅限于《三字经》一种，我们应从李汉秋的倡议中得到启发，举一反三，从全方位多层次去考虑，而不宜"一窝蜂"地大家都争走一条路。这样，一则可以避免重复"撞车"，二则也可防止因急功近利而形成粗制滥造。

其次，仅从当前已出版的这几部《新三字经》来看，它们已收到一定的良好效益。从印数多、销路广便可想见其覆盖面之大和受群众欢迎的程度。正唯其如此，我们就更有责任对已经面世的几部新《经》提出更高的要求，以期尽善尽美。当然，对《经》文和解说注释进行缜密周详地斟酌推敲，是为了防止出现硬伤，同时也为了避免句式生硬，以免贻误来者。

也谈《铜官感旧图》

《文汇读书周报》曾载舒芜先生关于《铜官感旧图》的文章,是根据一本近人著作转述的。顷为检索本人旧作,得见一九四七年九月某日天津《民国日报》副刊所刊贺孔才先生《天游室诗》(贺先生于五十年代初猝尔逝世,遗诗似未刊印)。中有七古一首,题为《题祁门黄莲峰〈行乐图〉,附载事状,谓曾公祁门之困,赖君规画而获全也》,首句即云:"铜官感旧长沙章。"句下自注:"曾公靖港之败,自投湘水,长沙章寿麟救出之,有《铜官感旧图》,名流多题咏之。"诗中且云:"岂知时事适相值,未必不值曾果亡。"正指其事。故知舒芜先生所据引之掌故完全属实,贺诗及注文足为旁证也。

《汉语成语考释词典》(修订本)序

　　改革开放三十年以来，坊间出版所谓《成语词典》不知凡几。而仆最服膺者，厥惟刘洁修先生编著之《汉语成语考释词典》。此虽曰工具书，然而征引赅博，考订精细，视泛泛速成之作，无啻霄壤。盖先生用心立意，不惟务蕲取信今日之读者，抑且力图无负著书立说之古人。诚学术界之矩范，而足以昭昭传世也。然仆于先生心仪既久，而迄今竟未识荆。频年以来，但偶于电话中互相寒暄而已，此真所谓神交也。《词典》于一九八九年经商务印书馆初版问世，瞬历二十年。于是馆方有请于先生拟以修订本重印发行。先生不我遐弃，索序于仆。人苦不自知，仆何人斯，殖学荒落，术业无专攻，岂可如河滨之民，效捧土塞孟津之妄！恳辞至再，而先生坚嘱勿拒。乃靦颜谬陈鄙见，以期无负于先生，所谓尽心焉耳矣。

　　夫学术式微，文化陵夷，俗所谓"滑坡"现象，本不自今日始，特于今为烈耳。学术文本伪劣盛行，剽窃成风，紫以夺朱，淆珠玑以鱼目，固不待言；即汉语成语之滥施误用，特定词语之望文生义，滔滔者无往而不在，习焉而不察，更成痼疾。以无他，专业之人既不学无术，柄其事者又从而迁就此辈不学之人，如水之日趋下流，积非成是，积重难返，即所谓滑坡现象也。近且有某高等学府，出版《新编成语大词典》，假"新编"之名以约定俗成为藉口，举凡世所误用曲解之成语，皆予以"合法身份"，是则近于推波助澜，助纣为虐者矣。姑以"差强人意"一语为例。此语源出《东观汉记》及《后汉书》之《吴汉传》，本义当为使人满意。今人但见有"差"字，乃曲解为"使人不满意"。仆尝数作小文，屡言其用法之非是；终以人微言轻，不能力挽狂澜。而此《新编成语大词典》竟罔顾自相矛盾之谬，既引原典出处，又许其公开误用"不满意"之曲解，谓当以"实用"为主。此仆所以称其推波助澜、助纣为虐，而非蓄意有所贬抑也。使为文者事前检《汉语成语考释词典》于"差强人意"一语之外，尚可检得"殊强人意"、"差慰人意"、"差可人意"、"差快人意"、"差适人意"等相类成语（见初版第一三八至一三九页），则必不致误解曲解，可断言也。不此之求，转而为谬误使用者开脱，并从而为之辞，则文化学术之危机已迫在眉睫，非徒滑坡而已。视开国之初，执政者大声疾呼为祖国语言之纯洁健康而斗争，真若南辕北辙，何颠倒黑白、混淆是非一至于是耶！然则洁修先生《词典》之修订本，其庶几为今日之中流砥柱乎！谨引领以望之，翘企以盼之。世有志士仁人，当不负洁修先生数十年之苦心，则尤私衷之所愿也。

公元二〇〇九年岁次己丑闰五月吴小如谨识于北京。

原载二〇〇九年第五辑《书品》

《汉语成语源流大辞典》序

刘洁修先生编著《汉语成语考释词典》既蒇事，复于耄耋之年殚精竭虑，续成《汉语成语源流大辞典》。先生于是书，就古今典籍中凡汉语成语之传世者，倾全力广征博采，穷源竟委，上溯其本根，下析其枝脉，探幽抉微，钜细不遗；不独取材丰赡，抑且考订精审，诚近年学术界扛鼎之伟制。数年前曾公开付梓，惜有三不足焉。我国幅员广阔，兄弟民族各具不同语言，有语言即有成语；书名不标"汉语"，则界画不清；而出版社于书名径删"汉语"二字，一不足也。先生此书稿本都七百万字，书成面世，仅馀六百万字左右，大非完书，二不足焉。未经作者同意，于成语具体内容随意增减，三不足也。今开明出版社乃悉据原稿慨允以繁简二体汉字分别出版，是真学术界之大幸，亦出版界极可贵之辉煌胜业。窃闻开明出版社之前身，为六十年前上海之开明书店。当时不避艰难，毅然印行朱丹九先生（起凤）之钜著《辞通》，泽被士林，蜚声学苑，至今传为盛事。今《汉语成语源流大辞典》之付梓，实远绍前修之美德流风，且造福于千秋百世。仆不惟为洁修先生庆，即开明出版社之壮举，亦当郑重表而出之。故不惮词费而略陈鄙见，是为序。

公元二千零九年岁次己丑闰五月吴小如谨撰。

《启功联语墨迹》序

一九五一年，仆应聘执教于燕京大学。未几即拜识元白先生。先生长仆十岁，谊在师友之间，而先生终始以挚友相待，仆终身不敢忘。彼时课馀多暇，常与先生偕游隆福寺旧书肆。敝箧所藏黄晦闻著《蒹葭楼诗》，即先生所赠也。及"十年浩劫"近尾声，先生居小乘巷，仆与先生往还最密。每造谒先生，谈诗论艺，其乐无穷。其后先生乔迁北师大小红楼，事极繁而诣先生之门者日多，仆不忍以琐屑干扰，相见遂稀。然先生与仆约，或清晨即应召往，或彼此舍午休而快谈，借以避不速之客。先生之笃于旧谊，于兹可见。先生晚年多病，仆亦以山妻久病自顾不暇，乃久不闻謦欬。先生不幸归道山，仆以十字挽先生曰：范世称三绝，垂辉映千春。三绝者，谓先生之诗书画并世无两。而先生手书之楹联，则诗与书之馀也。今北师大出版社广辑先生遗作楹联凡若干件，以为永久纪念。嘱仆以片言弁其端。仆仰先生盛德，又忝为五十馀年前之旧友，不敢辞。然每执笔，辄泫然中辍，以先生之声音笑貌，时时萦迴于心目之间，欲诉衷曲而无由也。今略忆往事，聊识微忱。至先生联语之工，书法之美，有手迹在，无烦觊缕。姑以为序。

岁次丁亥清明吴小如谨撰。

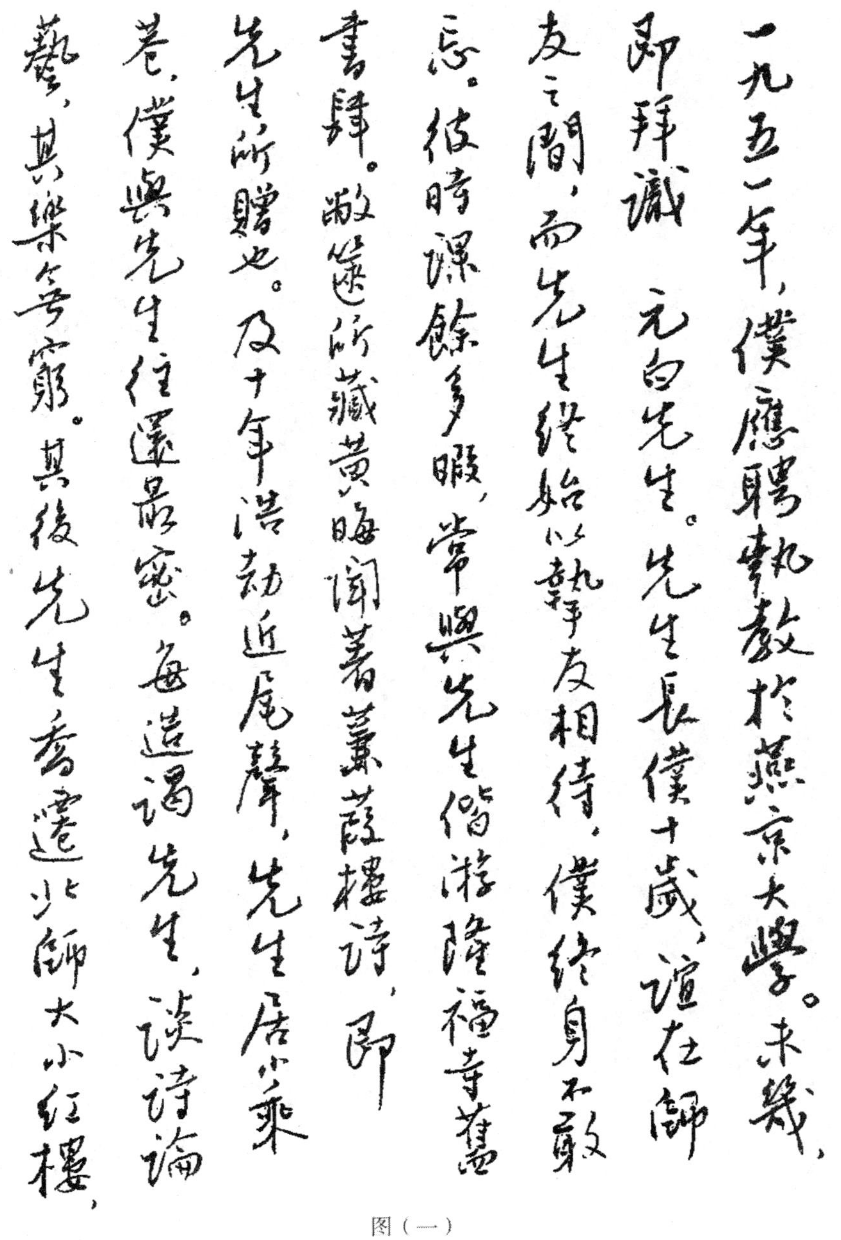

一九五二年，僕應聘執教於燕京大學。未幾，即拜識元白先生。先生長僕十歲，誼在師友之間，而先生終始以執友相待，僕終身不敢忘。彼時課餘多暇，常與先生偕遊隆福寺舊書肆。敝篋所藏黃晦聞著蘦薩樓詩，即先生所贈也。及十年浩劫近尾聲，先生居小乘巷，僕與先生往還最密。每造謁先生，談詩論藝，其樂奚等窮。其後先生喬遷北師大小紅樓，

图（一）

事極繁而語先生之門者日多,僕不恩以瑣屑干擾,相見遂稀。然先生與僕約,或清晨即應召往,或徑此舍令休而快談,藉以避不速之客。先生之篤於舊誼,於茲可見。先生晚年多病,僕亦以出妻久病自顧不暇,乃久不聞聲欸。先生不幸歸道山,僕以十字輓先生曰、範世稱三絕,垂輝映千春。三絕者,謂先生之詩書畫並世無兩,而先生手書之楹聯,則诗与书之馀事也。今北师大出版社广辑先生遗作楹联凡若干件,以为永久纪念。嘱仆以片言弁其端。仆仰先生盛德,又忝为五十馀年忘年之旧友,不敢辞。然每执笔,辄茫然中辍,以先生之声音笑貌,时时萦迴于心目之间,欲诉衷曲而不可由也。今略忆往事,聊识微忱。玉先生联语之工,清书之美,有手迹在,无烦观缕。姑以为序。岁次丁亥清明吴小如谨撰。

《学术文选》自序

这本书中所录文字以"札记"形式成篇的占了相当大的比重。有人会认为这是否不太像学术文集。这同我个人的指导思想有关。这里想说几句题外的话。我是一个京剧业馀爱好者,从小喜欢看戏,后来也学着唱戏。而我在唱戏时总爱唱配角。不是我不会演主角,思想上一直有这样一种考虑:与其演主角使人感到不足,毋宁演配角使人感到有馀。我写文章亦复如是。尽管有充足的材料和有把握的观点,我始终不愿摆开架势、羼入水分写一篇洋洋洒洒的论文;而宁可长话短说,尽量压缩篇幅,写成一则读书札记。一九八七年我为北大《全宋诗》研究生班讲授宋诗,其中有一章讲到两宋词人的诗;两个小时的讲稿再加上一些补充材料,我只用来写成千馀字的短文。我为研究"西昆体",曾做过若干卡片,画过好几张表格,费时近半年之久。最后写成《西昆体平议》一文,发表在《文学评论》上,还不足四千字。这就是我这本选集"札记"多于论文的原因。

还有一点想法,在这里附带谈一下。我一生没有写过一部专书。不是我偷懒或心多旁骛不肯下功夫,而是认为,写一部有头有尾、章节缜密的专著,其中必有若干章节不是自己的"强项",未必能在这些章节中写出真知灼见。那么,为了使一本专著结构完整,势必在自己的"弱项"环节要稗贩前人成说以足成之。与其如此,还不如只把属于自己一得之愚的内容抽绎出来单独成篇。这也就是我这本选集所收文字显得零散琐碎而缺乏完整体系的缘故。然而方面广、头绪多并不等于杂乱无章。在我所曾染指的各个业务领域,我在进行研究或决定写出自己一得之见以前,思想中早已存在这门学问的一个"史"的概念。只是在落笔时没有着意去刻画钩勒其"史"的轮廓线索罢了。

应该承认,我对经史诸子都很有兴趣,也进行过一些研究探索。但我是把这些学术专著都当成文学作品来看待的。尽管如此,关于群经的今古文问题,宋学与汉学的着眼点问题,我也必须进行较细致深入的比较分析。为了治群经和诸子,我不得不先去学习一些有关文字、声韵、训诂方面的知识,运用考据学、校勘学的手段,以达到研究义理(思想内容)和辞章(艺术表现)的目的。这就是我开始做学问的起跑点。

由于我把经史诸子都当作文学作品来读,我必须要努力排除门户之见,而采取"综合治理"或者说融合各家之长的步骤,来对待经今古文、汉学与宋学这一类的问题。比如对《诗三百篇》,我就不专主《毛传》、《郑笺》而旁及三家诗;对《春秋》三《传》,也力求把《左传》与《公》、《穀》融合起来;对待《论语》,只要有卓见胜解,我并不专主汉儒旧说或程朱学派,而是"择善而从"。下而至于对待诗歌、散文、小说、戏曲,也力求其"通"而不做"自我封闭"式的傻事。但只要自己有所发现或有所发明,而且能自信可以"言之成理、持之有故"的,也就不轻易改变观点、动摇主张。我相信,自己的一得之愚,多少是能够经受得起时间考验的。一旦我所持的观点被真正强有力的论据所推翻,我想自己也不会盲目护短,死不认错,而置真理于不顾。从学风来看,我治学的态度宁失之于保守,却不想追时髦、赶浪头,"曲学以阿世"。学术成就大小多寡是客观存在,必须由他人评说;而治学态度则是由自己主观意志决定的,是非优劣,冷暖自知。

总之，我的学术成果是微不足道的。照理讲，我应该有更多更大的成就，可惜竟止于此。这里面有客观原因，而更多的是主观努力不够。我已无力超越自己。严格地说，自一九八五年以来，我便无法再潜心致志去进行学术研究。尽管我一直不停地在撰写一些琐屑零散非学术性的文字，但我可以坦率地供认，那只是在"吃老本"，只是硬挤时间把竹头木屑拾掇到字里行间，勉强地打发我尚未完结的生命。我年轻时曾做过的若干好大喜功的春梦只能听其一个个地破灭。这是我自己的悲剧。

我诚恳地期待着比我更有做为的年轻人后来居上，做出更多的有价值的成绩，并以我为殷鉴。

一九九七年十月，北京。

平生心疚滥吹竽

——《学术随笔自选集》自序

中华书局倡议要选辑一套《皓首学术随笔丛书》，入选作者都是八十岁以上的老人。这些年国力富强，生活安定，人的生命相对延长，寿逾八十者已大有人在。但人老不见得就有学问，更谈不到成就。扪心自省，感到十分惭愧。今年开岁曾作小诗自我批评：

> 平生心疚滥吹竽，晚岁尤惭懒读书；
> 一事无成人老悖，浮名转眼幻成虚。

自走出大学校门，便又迈入大学校门，只是由学生变成教员，本身并无多少长进。回想当年曾从受业的多少位前辈师长，他们的道德文章，我都根本无法企及。而今天层出不穷的新秀，有的早成为当代名家，蜚声国际，读其书而识其人，更是自愧弗如。我不像其他专家学者，一生写出几部系统专著；只是零敲碎打，写一些札记随笔，集腋而并未成裘。今天再裒成一帙，无非"炒冷饭"而已。但愚者千虑，或有一得，不贤识小，却未敢自欺欺人。这才厚着脸皮，选出部分旧作，姑妄充数。内容大抵侧重于饾饤考据，使文章性质较为统一。间有讽世之作，也不外乎介绍一些粗浅常识，正所谓卑之无甚高论也。

此书全部文字仅从已出版的三部拙著中选出，多少或可藉以窥见自己读书趋向，即夙所主张的"治文学宜略通小学"这一条自定的规矩。是否言之成理，还有待读者评说。至于其他方面的文字如谈论戏曲、析赏诗文之类则尽量不选，免得过于杂乱无章，读者当能鉴谅。

为了避免从个人主观偏爱出发，在遴选篇目过程中曾拜托及门北大张鸣教授和任教于首都师大的檀作文博士帮我初选一过，然后由我决定取舍。他们两位付出了辛勤劳动，谨致谢忱。特别是张鸣兄，在翻阅拙著时指出一篇小文中出现硬伤，并及时相告，更使我由衷感激。诤友直言，洵称难得。只有后来居上，才谈得到薪尽火传。求之今日，但苦如张鸣兄者不多耳。

最后还想补充一点。近日拜读已故杨联陞、缪钺两位先生来往遗札（见商务印书馆出版的《杨联陞诗文简》，蒋力编），对曹操诗"慨当以慷"一句别有胜解，与拙见不同。惟尚未能动摇鄙说，不妨两存。读者如有兴趣，可以参阅，此不赘引。

二○○六年二月下浣，北大中关园写讫。

《戏曲随笔集补编》自序

拙著《戏曲文录》自二〇〇五年由中华书局和天津古籍出版社分别厘为三册重印，已近于灾梨祸枣。但自上个世纪九十年代至今，还有一些散见于报刊中谈戏曲的长长短短文字，未及收入《文录》。承天津古籍出版社关爱，愿把它们搜罗到一处，再出一本，这样对读者查找起来会更方便些。于是就凑成了这本《戏曲随笔集补编》。

《补编》共三部分。先谈第一部分。说来话长。我初中未毕业时，便已开始习作剧评文字，那时约在一九三四至一九三六年，是受了我姨外祖张醉丐老先生的影响。当时只是写着好玩，毫无藏诸名山之想。彼时的文风，一个写剧评的人对演员和剧目想批就批，想骂就骂，想捧就捧，毫无顾忌，当然也没有什么标准和原则。我曾用过好几个笔名写这类文字，大都由张老先生拿去略加修改予以发表。这些即兴信手之作，根本未留底稿。这种积习直到一九四九年后，还保留了一段时间。直到年逾而立，才逐渐爱惜羽毛，写文章也比较认真对待了。关于戏曲方面的文字，也开始有选择地留底稿，大部分都保存在拙著《台下人语》里。在这之前所写的任何大小文章（不仅是谈戏曲的），我都没有拿它们当回事。

近二十多年来，随着改革开放大潮与时俱进，社会上对上一世纪整个文化事业和成果不断做出新的评价。好几位热心的朋友在他们搜集旧资料的同时，每逢遇到有昔年发表的拙文，都向我提供线索或把材料复印下来径行惠寄给我，有的好心人更劝我拿出来重新发表。经过再三筛选，认为有一小部分拙文至今还未尽失实效，便辑入《补编》以充篇幅，名之曰"旧文一束"。这只是我三十岁前所写有关剧评的极少一部分（绝大部分文字都找不到了），但基本上可以代表从彼时一直到今天对戏曲艺术（主要是对京戏）始终坚持的观点。至于虽找到或根本找不到的其它那些文字，我自认无异于垃圾，任其自生自灭可也，就不必管它们了。这里特别要感谢龚和德先生和陈志明先生，"旧文一束"中的文章有些是他们两位提供的。

第二部分是比较完整的回忆富连成众多演员（包括几位大师级的艺术家）和某些基本失传剧目的一份资料，最后脱稿于二〇〇三年。文章里提到的一些演员如于世文、王世续、茹元俊等，不久前已谢世，很令人痛悼惋惜。由于这部分文字是分三次发表的，陆续有热心的读者来信为拙文作补充。现在把沈阳青年朋友刘新阳君的一封来信附录于后。另外，四川雅安的王玉柱先生也来信告知，老生孙盛辅是在雅安病逝的，孙晚年一直生活在四川。谨在此对他们深表谢忱。

最后一部分是自上世纪九十年代以来陆续写成的有关戏曲方面的杂文随笔，总名"杂稿一束"。诚如本书责编赵娜君所说："这部分文章可真够杂的。"其实这还不是近十多年来所写戏曲文字的全部，有些仍被我删汰了。我想，这本《补编》似乎可以算作我一生所写的谈戏文章的一个句号了。其中有的观点（如"移步而不换形"）在文章发表之初即遭到批评，但我未予反驳。只要它们还有读者，我想是非自有公论。知我罪我，敬俟来哲。

综观我这一生，可用"窃吹龥宇，一事无成"八字作结。我只是一名普通教员，谈不上有专门学问。虽出版了十几册小书，却没有一本算得上真正学术著作，迟早会成为过眼烟云。因此不论在我生前或身后，我绝对不想出版什么"文集"，更不要说"全集"了。在我生命结束以前，能作到俯仰无愧怍（这已很难实现），便于愿已足。借此机会，谨向我的至亲好友和爱护我的广大读者打个招呼，诚挚地表个态。

这本小书得以出版，多亏了天津古籍出版社刘文君社长和责编赵娜君，除了感激，还允许我向她们表示敬意。

二〇〇六年七月写于北京。

原载二〇〇六年九月二十日《文汇报·笔会》

《吴小如讲〈孟子〉》自序

这本小书实是即兴之作。因此要谈一下缘起。

近些年来，久被淡忘的"国学"一词忽地"热"了起来，不止一位青年朋友曾以此垂询：什么是"国学"？为了找答案，我也多少浏览了一些时贤论著，发现不少专家学者并不以此为然，认为这个概念大而无当，不宜提倡。追根溯源，"国学"之名盖始于晚清，是对"西学"而言的。其实它的内涵并不出清人治学的范畴，即义理、考据、辞章三者不可偏废之论是也。义理之学大概近于哲学思想；考据则以文字、声韵、训诂、目录、版本、校勘之学为主要内容；而辞章之学，则基本上指古典文学作品，当然也包括以古典文学为讨论内容的文论、诗话、词话、曲话之类。用旧的说法，所研究对象不外经、史、子、集四大部类；用五四以后的说法，则研究中国古代文、史、哲三大门类的学问皆可属之。此外别无深文奥义。我这种说法，未免又是老生常谈，说了等于不说；但"国学"一词，原本就是旧有的，不管你再怎么说，也说不出新鲜花样来。它既对"西学"而言，当然是土生土长的东西；而东渐之"西学"，总归是十九世纪末才对我国传统学术产生影响的学问，当然应属于"新的学问"。然则所谓"国学"，除了区别于"西学"之外，还含有"旧学"的意思，即章太炎以下诸贤所谓的"国故"。不过清末民初以来不少学者大都留过学，远者到过欧美，最近的也到过日本，所以他们的治学方法毕竟沾了若干"洋"气，因之研究成果亦不同于清代未出国门一步的学者。代表人物如严复、梁启超、王国维、陈寅恪、胡适等人，他们的著作，终有别于乾、嘉、道、咸以来的戴震、段玉裁、王念孙、孙诒让诸家的学术模式。此盖时代转变、社会发展导致学术风气使然，是不以个人意志为转移的。然而值得注意的是，凡今天被称为"国学大师"的，倒是王国维、陈寅恪以及胡适等人，而清代不少有成就的朴学家，反未被戴上这样的桂冠。可见"国学大师"也者，乃指在新时代研究"旧学"的某些代表人物了。

说到这里，我倒想替自古以来直到清代的一大批所谓朴学家说几句话，即五四以来的新派人物动辄说治"旧学"的人"不科学"，而他们从西方学来的治学方法才是"科学"的。这话不免有失偏颇。如胡适一方面表彰清儒发现一个字的正确讲法不啻天文学家从宇宙间发现一颗新星，一方面又自诩他本人的考证学问才是真正"科学"的，好像历史上的多少名著、多少学人都不懂科学方法。其实照我这读书不多、一知半解的人的认识，只要站得住脚、未被历史长河所淘汰的古今传统名家名著，不论从思想内容还是看问题的视角来观察，都或多或少符合或包含着辩证法。如《周易》、《道德经》、《孙子兵法》等书不必说了，即先秦诸子与历代有眼光有远见的史学著作，如"前四史"和《资治通鉴》等，亦莫不如是。我认为，辩证法的发展乃是与人类社会发展同步的，我们不能轻易说古人不懂科学，更不能说他们的著作中没有辩证法。如果较真，以胡适本人的言论和著作为例，不科学的地方却所在多有。只就他说中国文言文是死文字这一点而言，就是很不科学的。这话说远了，姑不详论。

既然今天社会上对"国学"又"热"了起来，于是随之出现了另一问题，那就是提倡"读经"，多数人且认为应当"从孩子抓起"。这一点我却不敢苟同。理由至少有三点：一、所谓"经"，一般指儒家经典，但《五经》、《四书》对接受九年义务教育制的中小学生来说实在不容易读懂。如果一定要读，师资首先就不易解决。因为现在中小学教师本身读过《五经》、《四书》的就不多,以己之昏昏而欲使人昭昭,实在是一件危险的事。二、用今天的眼光看,对于我国传统古籍可奉为经典者实不仅限于儒家的《五经》、《四书》,有人就提倡读《老》、《庄》,还有人认为《史》、《汉》亦属于传统经典。朱自清先生的《经典常谈》所谈就不限于《五经》、《四书》。从数量讲,今天所谓的"经典"的内容要比儒家的《五经》、《四书》增加了不知多少,中小学生实在吞咽不下。三、所谓读懂读不懂,要解决的问题是必须先克服语言文字上的障碍。而我们的文化人(远不止中小学生)对古汉语知识的理解和掌握,不客气地说,基本上已处于"断裂"状态。要说读经,恐怕先得补习一些有关古汉语(即所谓"文言文")方面的文化课。仅这一点就是成年人也会吃不消,何况初中以下的孩子!

于是一些文化普及性的举措乃应运而生,如中央电视台创办的《百家讲坛》便是非常受欢迎的一个专栏节目。主讲者还把讲稿形诸文字,印成书籍,即使没有直接听过讲述的人也可以从书本上读到所讲的内容。当然,这种普及文化的效果有利有弊,因之舆论的反应也毁誉参半。有些人不甘寂寞,虽未上电视台,也把他在讲坛上讲过的讲稿整理出来,印成书籍。为了吸引眼球,还给这类书起上一个哗众取宠的名字。比如有人把李白说成唐朝"第一古惑仔",并把李白形容得简直不堪入目,就是一个十分荒唐的事例。这种浮躁的文风学风确是令人值得关注的一种带有不良倾向的危险现象。也许我这人太不够"前卫",跟不上"后现代"步伐,但我以为,善意的忠告总应该是"言者无罪"的。

总之,我并非无条件地反对或否定读经,相反,我倒认为,应该在成年人、文化人、特别是作为人民公仆并居于领导地位的中上层官员这样的群体中提倡"读经"。因为这些年来,在我亲自接触到以至于看到、听到的成年人特别是文化人和官员们中间，曾做过一番调查，发现大多数人是既不读马恩之经，更不读孔孟之经的。因此，与其提倡让中小学生读经，还不如先号召孩子们的祖父母辈、父母辈认真读一读马恩之经和孔孟之经，那可能对于建设祖国、改革开放和实现四个现代化更有好处。

　　基于这种动念，我乃想到自己在行将就"火"的衰朽之年也应该贡献一点燫火般的馀热。从我的学历看，我勉强算得上一个曾经染指过《五经》、《四书》的人。正如启功先生的名言，我还是看到过"猪跑"的。我以为，在儒家经典中，《论语》虽简短，却并不好理解；而且讲《论语》的人正在一天天多起来。而《孟子》，应该是儒家经典中在文字上障碍比较少的一本读物。于是我便重新阅读《孟子》，且边读边记下自己的点滴感受。这只是即兴发言，不敢吹嘘是什么"心得"。但要声明，这点滴感受是供成年读者参考的，并设想这些读者已经根据传世的各家注释和译本（如朱熹的《孟子集注》、焦循的《孟子正义》[其中包括了东汉赵岐的旧注]、近人姚永概的《孟子讲义》[黄山书社出版]和杨伯峻的《孟子译注》等）基本上读懂了原文。因此我写得十分简单，尽量节省笔墨，而不去旁征博引。至于所见肤浅与纰缪之处，则诚恳地希望读者不吝批评指正。

　　二〇〇七年岁次丁亥立秋日动笔，三日后写完。

《吴小如录书斋联语》自序

小孤桐轩主人拟辑《书斋联语》，嘱仆助其成。先以七言联为主。今就其已辑诸联中选三十幅，并自余越园先生所辑《宋诗集句联》别选三十幅，更益以仆历年集句及所撰联语四十幅充数，凡百联。然后逐联分别录于便笺，以备用。小孤桐轩主人，姓刘名凤桥，好学喜收藏。仆尝撰一联赠之，联云：凤翥孤桐声自远，桥通广路眼常新。夫辑联事虽琐，而殊不易毕其功，及观其成，固亦功德无量也。

戊子秋暮，吴小如漫识于北大莎斋。

附记：

予为凤桥既辑七言联百幅，凤桥复嘱续辑五言、六言、八言及长联又百幅，都为二百联，今一并付梓。惟此次校阅，七言联中有重复者，乃删去。而仆自去岁七月二十八日，突患脑梗，出院后虽无性命之虞，而右手不能作字，故无法补足百联之数，读者谅之。

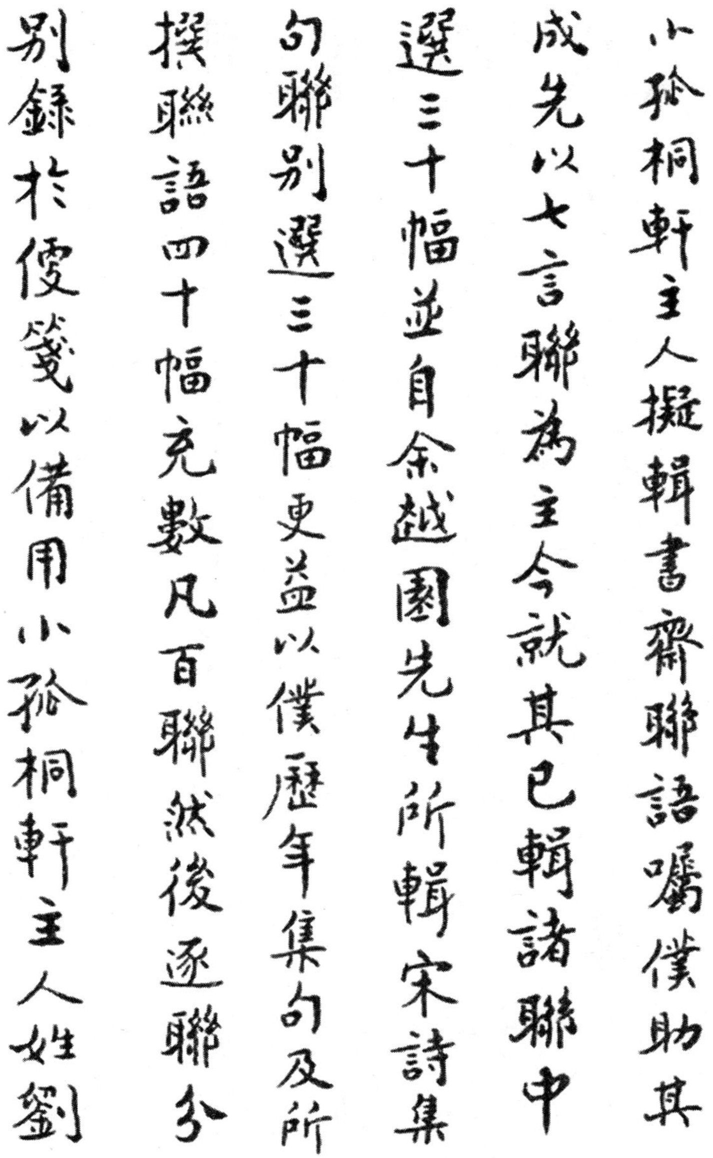

小孫桐軒主人擬輯書齋聯語囑僕助其成先以七言聯為主今就其已輯諸聯中選三十幅並自余越園先生所輯宋詩集句聯別選三十幅更益以僕歷年集句及所撰聯語四十幅充數凡百聯然後逐聯分別錄於便箋以備用小孫桐軒主人姓劉

图（一）

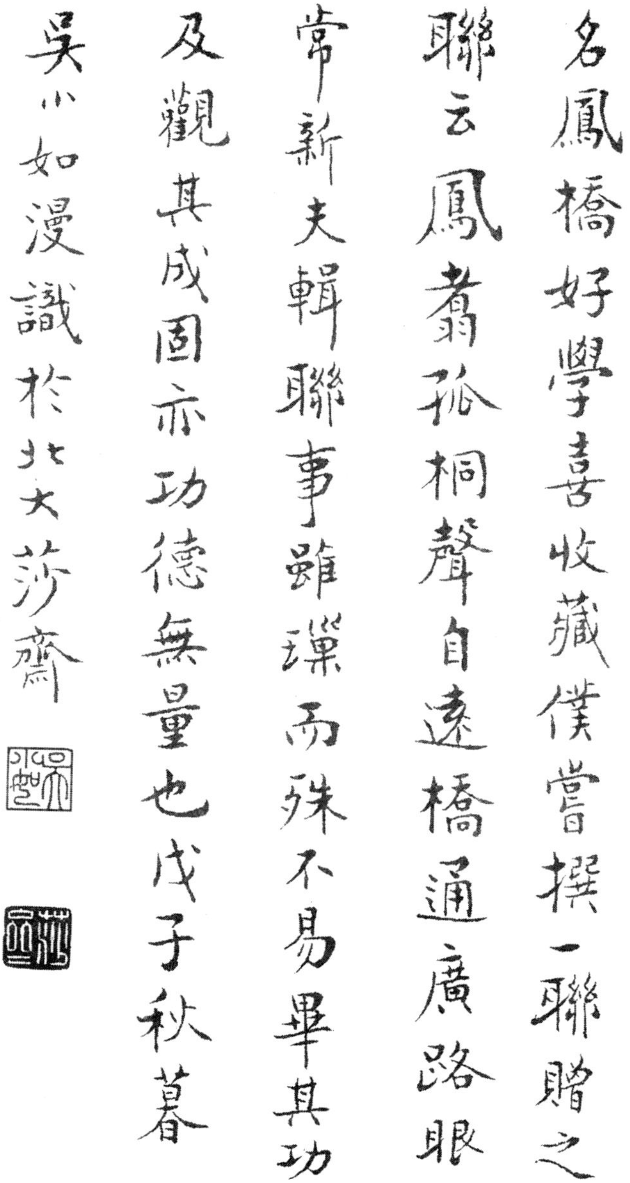

名鳳橋好學喜收藏僕嘗撰一聯贈之聯云鳳簫於桐聲自遠橋通廣路眼常新夫輯聯事雖瑣而殊不易畢其功及觀其成固亦功德無量也戊子秋暮吳小如漫識於北大莎齋

图（二）

《吴小如手录宋词》自序

仆不善倚声之学,然雅爱唐宋词。岁在戊子、己丑间,以体气渐衰而无以遣日,因择素所好及古人以为足可传世之宋词二百首,逐篇写之,初未虑及书体之工拙。惟自童稚之年,历八十春秋以至今日,觇世之所谓书法家者,多高自标置,争以创新自命,而弃横平竖直、规矩准绳于不顾。乃潜心揣摩斯道,自魏晋隋唐宋元明清以来诸家碑帖之菁华,一一取而临摹之,力求取法乎上。而作字点画分明,不以荒诞险怪哗众取宠。故兹编所书,皆属正楷,体貌虽不一,要皆不逾矩,不妄作。惜己天资鲁钝,骨力未充;虽年逾八十,不过老而未死,食粟而已,断不敢以书家自命。盖古贤如米襄阳、文衡山、邓完白,世其家学者如米友仁、文彭、邓传密,虽皆染指觚翰,卒未能绍箕裘与其先人比肩。矧不肖如仆,视先君之直传二王的脉者,又安敢忝颜称习毛笔字为书法也。然旧雨新知,怂恿至再,以为信手弃之,何如过而存之,藉留此一鳞半爪,或可为自娱娱人之具。重违盛情,姑从众议。凡襄助拙书付梓之诸君子,皆敬谨泥首至谢,且千乞读者览者厚宥之也。

己丑春分吴小如谨识。

《吴小如书法选》自序

己丑盛夏,予于七月二十八日突患急性脑梗,住院月馀,幸得苟活。然右手失控,不能作字矣。俟其恢复,不知何年何月,而予已八十八周岁,来日无多。凤桥因取其及友朋所藏拙书若干件,汇集付梓,以慰予之失落,予感其意而从命。乃商诸天津古籍出版社,及予有生之年,得见此帙问世,则区区之心尤感社方之隆情高谊也。

庚寅春分吴小如。

莫把挽联作寿联

近时偶然读到一本题为《婚丧喜庆实用对联钢笔字帖》的读物，是北京一家出版社一九九三年出版的。至一九九六年五月，已重印三次，累计印数达二点一万册，看来流行甚广，影响亦大。遗憾的是，书中有几副是哀悼死者的挽联，竟列入给人祝贺的寿联之中。为了不给送联者和受联者双方带来不愉快的后果，我只好多管闲事，撰此小文，略加匡正。我想，这对出版社和本书编撰书写者会有好处的。

在祝贺男性的寿联中，有一联是："身为老骥常嘶枥，化作春泥更护花。"上句用曹操诗"老骥伏枥，志在千里"典故，尽管"嘶"字用得有点语病，"身"与"化"词性不对仗，尚无大碍；而下句用的却是龚自珍《己亥杂诗》里一首名篇的末句。原诗后二句是："落红不是无情物，化作春泥更护花。"虽有积极意义，用于祝寿却不妥当。盖"落红"即落花，花谢化为泥，象征人虽死而精神长存，对于次年的花开仍有培育作用。这里含有哲人萎逝却永垂不朽之意，怎能用在祝人长寿的联语中呢？

在祝贺女性的寿联中竟公然写入一副吊唁女性的挽联，用于祝寿，效果必适得其反。联云："女星沉宝婺，仙驾返瑶池。""婺"是象征女性的星宿之一，《星经》云："须女四星，一名婺女。"上句说天上的婺女星殒坠沉落了，正是说一位妇女死去；而下句的"驾返瑶池"，原是旧社会习用为吊唁女性死者的礼貌用语，比喻死者为西王母手下的女仙，说她离开人世而返回瑶池的仙班中去做神仙了。

把它用作寿联，实在有点荒唐。

 　　此外，在"寿联横额"一栏中，竟有"福寿全归"字样。这是过去吊唁死者写在挽幛上的习见语，而且限于六十以下的死者才可能用这四个字。我们不能只看表面有"福"、"寿"字样便误认为它是吉祥词语而随便滥用，那是要闹出大笑话的。

　　至于联语中平仄不调，格律不合，措词不当，词性不对仗，以及"书写示范"中的用语欠通等，这里限于篇幅，就不逐一指出了。

评联赘语

　　一九八三、一九八四年，我两度应邀参加中央电视台等单位举办的迎春征联评选工作。佳联获选，是由评选委员会全体成员共同讨论决定的，不能由任何个人说了算。在评选过程中，我感到全国各地广大群众对于这一活动的支持是不遗馀力的，热情是高涨的，这使我深受感动。但每次评选揭晓之后，各位评委都接到不少群众来信，提出这样那样问题，也包括质询和责难。最关键的一个中心内容就是："为什么选上了他而遗漏了我？"现在，我想就两次评选工作中遇到的比较普遍的问题谈一点个人意见，希望读者批评指正。

　　不少同志在进行对仗时不大讲究平仄，至少是对平仄注意得不够。一九八四年第二届迎春征联评选过程中，特邀的顾问王力教授曾特意地向评委会强调这一点："对联一定要讲平仄，平仄不协，就不宜入选。"对联讲平仄，其规律跟作近体诗基本相同，即不论五言或七言，都分"平"起和"仄"起两种。五言句"平"起上联为"平平平仄仄"，下联则当为"仄仄仄平平"；"仄"起上联为"仄仄平平仄"，下联则当为"平平仄仄平"。七言句"平"起上联为"平平仄仄平平仄"，下联则当为"仄仄平平仄仄平"；"仄"起上联为"仄仄平平平仄仄"，下联则当为"平平仄仄仄平平"。一般地讲，还有一条补充规定以增加其灵活性，这就是通常说的"一三五不论，二四六分明"。意思是说，在五言句中，第一、第三两字可平可仄；七言句中，第一、第三、第五三字可平可仄。而第二、第四和第六字则一定要符合规律，凡该用平声字或仄声字的，均不宜擅加改动

（当然也偶有例外，另外还有一些细节，这里就不详论了）。这可以说是对对联应当遵守的起码条件。

但对联还有跟作五、七言近体诗不同的地方。它可以有四言句、六言句的对联和七言句以上的长联。那是否也要讲平仄规律呢？答案是肯定的。四言句的对仗规律，实际就是用七言句的前四个字的平仄；六言句则要求仄声字和平声字两两相间隔，如上联多为"仄仄平平仄仄"，下联多为"平平仄仄平平"。当然其第一、三、五字也可稍有变通。至于八言句，大抵是两个四言句；九言句多为一个四言句、一个五言句，十一言句多为一个四言句、一个七言句；十二言句多为一个五言句、一个七言句。以此类推，自能掌握。总之，只要把五、七言句的平仄规律基本上记熟，其它就比较容易了。

原载一九八四年三月七日《人民政协报》

谈谈怎样对对联

对联旧名楹联。楹是楹柱，旧时对联多悬挂在室中或檐前的楹柱上，故称楹联。今天的建筑物已与古制不同，一副对联，无论什么地方都可以悬挂，我以为还是称对联为好。

对联是我国民族文艺形式的一种。我国古汉语中多是单音节词。汉字是记录汉语的书写符号，既为汉语服务，又对汉语起制约作用，于是形成了一形表一音，一音表一义的方块字。这种特定的民族语言文字就产生了特定的民族文学艺术。我们用古汉语可以写律诗和骈文，而律诗和骈文最明显的特点是讲究平仄和对仗。把律诗或骈文中彼此对仗的两句抽出来，就成为一副对联。从意义上看，一副对联是可以独立存在的；但从形式上看，它却又是律诗或骈文的一个组成部分。因此，写律诗和作骈文的各种规定与要求，主要是字音的平仄和词语的对仗，也完全适用于对联。

对联有四言、五言、六言、七言之分，七言以上的多至几十字、上百字的对联，统称长联。它们都与律诗和骈文有关。比如，律诗分五、七言两种，对联中的五言对和七言对，实际就是两句律诗。骈文以四言句和六言句为主，而四言对和六言对，实际同两句骈文也差不多。律诗讲平仄，对联也讲平仄，其规律跟作律诗基本相同，即不论五言或七言，都分"平"起和"仄"起两种。五言句"平"起上联为"平平平仄仄"，下联则当为"仄仄仄平平"；"仄"起上联为"仄仄平平仄"，下联则当为"平平仄仄平"。七言句"平"起上联为"平平仄仄平平仄"，下联则当为"仄仄平平仄仄平"；"仄"起上联为"仄仄平平平仄仄",下联则当为"平平仄仄仄平平"。此外,还有一条补充规定以增加其灵活性,这就是通常说的"一三五不论,二四六分明"。意思是说,在五言句中,第一、第三两字可平可仄;七言句中,第一、第三、第五字可平可仄。而第二、第四和第六字则一定要符合规律,凡该用平声字或仄声字的,均不宜擅改(当然也偶有例外,因而还有一些细节,这里就不详论了)。这可以说是对对联应当遵守的起码条件。

至于四言句的对仗规律,实际就是用七言句的前四字的平仄;六言句则要求仄声字和平声字两两相间隔,如上联多为"仄仄平平仄仄",下联多为"平平仄仄平平",当然其第一、三、五字也可稍有变通。至于八言句,大抵是两个四言句;九言句多为一个四言、一个五言句;十一言句多为一个四言句、一个七言句;十二言句多为一个五言句、一个七言句。以此类推,自能掌握。初学者只要把五、七言句的平仄规律基本记熟,其他就比较容易了。

既称对联,就要求上下联每个词语都互相对仗,并须力求工稳妥贴,自然浑成,切忌粗制滥造,生硬牵强。无论词类、词性,上下联都必须彼此对应。所谓动词对动词,名词对名词,实词对实词,虚词对虚词,定语对定语,状语对状语。把平仄和对仗都掌握好,就算学会了对对联的基本规律。

对联既是律诗和骈文的组成部分,要想把对联对好,当然要多读古典文学作品,提高知识水平和文化素养。但对对联又是学习作诗或作文章的基本训练之一。早年读私塾,老师一开始就教孩子们怎样对对子。这就使初学者从中学会平仄的规律和对仗的常识。近年来广大青年对此也极感兴趣,这是大好事。因为学习对对联不仅能掌握文字技巧和增长文史知识,而且还能加强爱国主义教育,培养对民族传统文化的感情。所以这种文艺形式是值得提倡和推广的。

我从一九八三年开始，曾连续参加中央电视台等单位举办的迎春征联活动的评选工作。根据实践经验，想谈几点具体意见：一、忌用大字报式或标语口号式的词语，如"展宏图"、"逞英豪"、"东风劲吹"之类，未免司空见惯，过于一般化，缺乏艺术感染力；二、初学者不宜作长联，因联语一长，既难驾驭，又易堆砌，内容往往重复，语气也很难连贯；三、先从工稳妥贴入手，不宜过于求险、求难，那样很容易钻牛角尖，甚至走火入魔；四、出上联要注意周详缜密，对下联要力求警策翻新，既不宜刁钻古怪，更不要滑调油腔。总之，对对联和一切文艺创作的道理相同，生活底子要厚，学力素养要深，应从工整平稳中见巧思，而不宜有意卖弄，哗众取宠。俗语说得好，铁杵磨成绣花针，功到自然成，只要火候到家，不愁对不出好联语。

原载一九八五年第七十五期《语言美》

也谈"对对子"

周汝昌先生最近在晚报副刊就"对对子"的重要意义及其文化效益做了精辟而深入浅出的阐释,深有同感。自从几年前旧话重提,有人说及三十年代陈寅恪先生出高考试题,以"孙行者"求对下联,考生中有以"胡适之"为对者。后经知情人指出,对此下联者是今年春节前病逝的北大老教授周祖谟先生。稍后又经人证实,张政烺先生(中国社科院资深研究员,张先生和周先生都是我的老师)对的也是"胡适之"。

不久前与老友刘曾复教授谈到这段掌故。刘曾老慨叹地说,这在当时并非什么值得大谈特谈的事。原来刘曾老和周祖谟先生都是当年北师大附中的高材生,同年毕业。周先生在师大附中一部(文史科),刘先生在二部(理工科),故同年参加高考,也都对了这副对子。刘先生说:"当时理工科有'三复',即段学复(北大数学系教授)、朱宝复(已故,是水利工程专家)和刘曾复(首都医大教授)。"这三位都与周祖谟先生同一年级。段是数学家,所以一下子就想到了古代数学家祖冲之,便以其名为对。朱宝复则对了"胡适之",而刘曾老对的却是"韩退之"。刘曾老还说,陈寅老所出考题上联不仅"孙行者"一题,还有一句上联是"少小离家老大回",其难点在于把"少小"和"老大"集中于一句之中,对起来更不容易。那一次的作文题是《梦游清华园记》,给学生留有很大的发挥想象力的余地。此事我也听老友卞僧慧先生谈及(卞老是天津社科院研究员)。

拜读了周先生的大作并结合刘老的谈话，使我产生了另一方面的感触。即当时许多学理工科、搞自然科学的中青年学者，大都具备深厚的国学根柢。我们老一辈科学家如竺可桢、李四光诸先生，都能写很漂亮的文章。即以清华大学的老教授而论，刘仙洲、张子高、梁思成等先生，无不能作古文，甚至会写旧体诗。就在我这一辈人中，我的中学同学里面不少位都有很深的文学造诣。时至今日，不要说学理工科的，就连专业文学作家也免不了时不时在笔下出现硬伤。报刊杂志上的错别字更是层出不穷。我想，能消灭错别字就很不简单了，然后再考虑"对对子"吧。

原载一九九五年九月二十六日《北京晚报》

为楹联评委们说几句话

——兼答高商先生

一九九一年十一月四日晚报副刊发表了高商先生《如此征联》的大作,读后不禁想为楹联评委们说几句话。我们不是楹联学会的会员,更不是专家。但我们对近十年来历届征联活动的过程略有所知,应该实事求是地向不知底细的广大读者做一些说明。

每次征联,无论所出的上联或下联,要求应征者去对的,并不全出于评委们之手。而成千上万副应征的联语,经过若干次筛选,评委们也并未参加选阅全过程。评委们所见到的应征对联,只是成千上万副来稿中的百分之几或千分之几。如果其中出现沧海遗珠,评委们不可能负完全责任。如果出联本身有不足之处,评委们也感到爱莫能助,这并非什么秘密内情,凡同征联主办单位如电视台、电台、报社等有联系的人都了解这一点。这次金朗酒家举办的征联活动,上联不是评委们出的,筛选过程也未经任何评委之手。当然,最后评选出获奖的作品,评委们是有责任的,一等奖空缺,说明评委们的处理还是慎重的。至于获二等奖的作品是否有毛病,当然见仁见智,可以讨论或辩难。现只就高商先生所指责的几点谈谈我们的看法。

高商先生认为"朗厦"一词不通。这不能脱离联语具体环境。金朗酒家本身既是大厦,当然可以这样说。何况这一词语还包含建筑本身明朗、广阔的意思。至于"厦"对"风",高商先生认为是"驴唇对了马嘴"。其实只要是名词,不管其词性是什么,都可相对,只要对得好。陈师道《寓目》三四两句云："去帆风力满,来雁一声先。""风"连"一"都可对,难道不能对"厦"?我们不想给高商先生扣"少见多怪"的帽子,只希望他能够平心静气讨论问题。

二、高商先生认为"朗厦辉煌光耀处璀璨千灯"是啰嗦不堪的废话。那我们要问:杜甫的名句"萧条异代不同时",算不算废话?这次征联的出句是由近及远,由眼前的秋风菊花拓开去,说到"婵娟万里";而对句则是由远及近。远望酒店大厦夜景辉煌,及至走近,发现光耀夺目处乃是从"千灯"发出的璀璨光芒。看似重复,却有层次。我们并不知评委们使此句获选的理由,至少我们是这样体会的。

三、高商先生认为"酩酊"对"婵娟"平仄不协,这大约是高商先生把"酩酊"当作平声了。其实这两字均读上声(第三声),只要一翻鲁迅哭范爱农的五律就会知道。

我们本不想评论高商先生本人的大作,只因他出语狂傲,且对这次征联的评委们进行人身攻击,我们不能不多说几句。第一,上联的"婵娟万里"一望而知是化用苏轼词"但愿人长久,千里共婵娟",则"婵娟"指嫦娥,亦即"月"的代称。那么下联用"朗月",便与上联意义重复,这是对对联的大忌。第二,"摩挲"是及物动词,不知作者意指月光在抚摸什么。我们疑心高商先生是想用"婆娑"而搞错了。第三,既说"水静处",则肯定是指波平浪静;但"激滟"的本意是形容水波晃动的样子,这二者的矛盾是无法统一的。至于末尾的"千秋",指千年万代,且与上联的"金风"(秋风)有重复之嫌,用在这里,同上面的月和水真有点"风马牛不相及"了。如果我们是评委,这句下联肯定也会在我们手里落选的。

"不平则鸣"。我们对高商先生和对几位评委都无恩怨可言。如有不当,希望广大读者也说几句公道话,更欢迎高商先生的反批评。

联语辑存

中国楹联学会瞬已成立十年。我自学会创始之日，即被邀请忝为顾问。每年重大评联活动，皆参与其事。为了纪念学会成立十周年，谨将历年所撰集联语就记忆所及分为三部分，发表出来，以就正于诸位联友，亦雪泥鸿爪之意也。一九九四年十一月。

第一部分　自撰嵌字联

贺王金璐兄乔迁
日耀浮金知胜地
月明佩璐识奇姿

赠宋丹菊
是丹非素谈玄易
饮菊餐霞悟道难

赠谌志生
非志无以成学
有生即须读书

赠吴小林
小雨如酥润

林花映日红

赠胡永清
昼永思佳客
时清羡少年

第二部分　自撰联

应李鹤年先生嘱为兰亭纪念会撰联
迈古铄今书尊逸少
流觞曲水盛纪兰亭

又一联
上巳良辰自古山阴多盛概
千秋佳话于今海内集群贤

自题
赏音宁寡和
濡沫自忘言

又一联
立身先求正己
涉世岂尚多言

应李鹤年先生嘱为临沂王羲之纪念馆撰联
海右江左父子名高增地望

三希二妙古今一艺夺天工

西泠印社成立八十周年纪念
八十春秋功昭艺苑
古今书史誉萃钱塘

挽郭仲霖先生
风雅谁绍
人琴俱亡

贺林子上先生哲嗣新婚
华堂好事近
吉日满庭芳

第三部分　集古今人诗句

集毛主席诗句
坐地日行八万里
自信人生二百年

集黄节《蒹葭楼集》诗句
知有鬼神瞰幽独
不辞风露入脾肝

集陈与义《简斋集》诗句
百尺阑干横海立

尽情灯火向人明

集苏轼杜甫句

晚觉文章真小技

春来花鸟莫深愁

集杜甫于谦句

岂有文章惊海内

要留清白在人间

寿俞平伯先生八十集李白张说句

共看明月皆如此

且喜年华去复来

赠包于轨先生集李白辛弃疾句

举杯邀明月

拍手笑沙鸥

赠谢蔚明兄集苏黄句

大瓢贮月归春瓮

长诗脱纸落秋河

赠周南兄集东坡句

相从杯酒形骸外

来往君家伯仲间

集拙句与先父玉如公句
有情含类甦春雨
无际空明浴太阳

一九九四年十一月

《中国对联大词典》序

《中国对联大词典》即将问世了,忝为中国楹联学会顾问之一,真感到十分欣慰。学会自成立以来,就我所知,确实做了大量工作。别的不说,即以这一部二百多万字的大词典而论,如果没有中国楹联学会这一学术组织,没有广大会员集思广益和辛勤劳动,它是无法撰写成书的。尽管这部词典从体例到内容,都还有不能尽如人意的地方;然而,它毕竟是我国第一部有关楹联的大型工具书,在目前,算得上一部比较完备而翔实的筚路蓝缕之作。就我个人的观感而言,它不仅可供读者检索有关楹联的知识,而且还具有一定的可读性。这就是说,它的作用和效益超出了一般的工具书,而成为一部能使读者从中得到美学享受的文艺读物。我常想,我们既已成立了楹联学会,就应该建立起一门称为楹联学的科学,而这部词典似乎就是建立这一学科的起跑点。

楹联是我国特有的民族文学品种。它的形成,固然是从骈文和律诗发展而来,但它并非骈文和律诗的简化,更不能算作骈文和律诗的附庸。它是由骈文和律诗提炼、浓缩而成的,自有其不可掩抑、不可磨灭的特色,而这种特色绝对不是骈文和律诗所能代替的。它迄今已有近千年的历史,早从骈文和律诗的领域中独立出来,蔚为包罗万象的艺术王国。然而,它同骈文和律诗毕竟有着不可分割的渊源。一个人如果想研究和撰写楹联,我以为,他不能没有研究和撰写骈文与律诗的功底,不能不具备渊博的书本知识和丰富的生活经验。如果只是为楹联而楹联,以为懂得一点对仗和平仄的规律,就可以成为楹联专家,那可太小觑这门学问,把它看得过于简单容易了。

我个人对楹联并无专门研究,偶尔染指,也只是业馀爱好。但我已体会到,楹联同作律诗、写骈文都不一样。古人作诗,不一定要发表,即使想给人看,也可能只供二三知己把玩阅读。而撰写楹联的目的却必然要公之于众。作骈文当然要有读者,但骈文中的一副联语是代表不了一篇文章的中心思想的。王勃作《滕王阁序》,其优点与特点绝对不仅仅体现于"落霞与孤鹜齐飞,秋水共长天一色"这一联上。然而,你今天如果要为滕王阁这一名胜古迹撰写一副对联,就必须具备只用上下两句联语足以概括一篇《滕王阁序》全部内容的才能和学力。因此,楹联的特点之一是,它主要悬挂在公开场合,供五洲四海过往之人来观览品评;特点之二,它必须有极大极强的概括力和极其复杂丰富的内涵性,用最短的两句彼此对仗的语言把尽可能具有的内容都包括进去。骈文虽可长可短,却仍有启承转合;律诗至少也还有两副对联;都不像楹联只有上下两句话,即使是长联,也无法像写文章那样可以自由发挥。所以我说,楹联是骈文和律诗的浓缩(即密度大而容积小),而不是它们的简化。

由于环境背景不一,撰写楹联的内容自然也有千变万化。其最起码的要求乃是必须切题,即悬于寺庙殿堂上的对联必不能张挂在餐厅或药铺的门口。同样切题,而楹联的思想内容和艺术成就也还是有文野精粗、深浅高下之分的。公式概念化、空泛一般化和标语口号式的习见套语当然不宜滥用,可是所谓切题也不等于"死于句下"。如描写弥勒佛的形象只用"笑口常开"和"大肚能容"之类的词句就未免流于油滑俗滥。总之,撰写楹联既要紧扣主题使之贴切,又要给读者留有回味和联想的馀地。同时还要注意,悬在特定环境和场景之下的对联,最好能与环境和场景的气氛和谐一致。互不相干固然不好，专唱反调亦非所宜。比如悬挂在寺庙中的楹联，其内容却是反对宗教的，那还不如不悬挂为好。

此外，我还想谈一点肤浅体会。既然楹联大都悬挂于公开场合（即使挂在私人住宅中，来访的宾朋亲眷也会看到的），因此在要求切题之外，我以为还应与现实生活有一定联系。这是由于每个人都是现实社会中的一个成员，在看对联时必然会同个人的身分地位、家庭身世以及生活遭遇有所联系。如果一副对联能使各种不同类型的人物观赏后都得到启发并产生联想，这就说明其内涵性的广阔深远。也只有这样的楹联才能从古到今流传永久而脍炙人口。

如前所说，这部大词典是草创之作，无论是体例还是内容，都有不尽如人意之处。我们衷心期待着广大读者批评指正，使之更臻于完善。这篇拙文乃于病后草草成篇，必多瑕疵疏漏，也盼读者不吝赐教。

一九九〇年岁次庚午处暑前写完。

中国的楹联

一、有关楹联的常识

中国的楹联，俗称对联。从形式看，它是一种特殊的艺术品种，从内容上说，它又是一种特殊的文学体裁。它所能容纳的内涵，可以说兼诗歌散文两者之长，而且天文地理、历史宗教、抒情言志，无所不包。我们要认识中国的民族传统文化，必须有一个整体观念。就拿楹联来说吧，它是同整个中国民族传统文化的发展分不开的。什么叫楹？楹就是柱子。中国老式建筑，不论是帝王的宫殿，还是普通老百姓居住的四合院，不管在室外室内，都离不开柱子。先说宫殿吧，殿外有走廊，走廊就是用柱子支撑的；出入宫殿有门，走进宫殿内部，一眼就先看到上顶房梁下接地面的柱子。柱子很粗，一个人用两只胳臂都合抱不过来，而在这对称的柱子上，就悬挂着对联。尽管楹联又叫对联，可两者还是小有区别。我们说对联，仅指书面文字，写出来未必就挂得出来；而楹联肯定是公开悬挂的。老式四合院也是如此。正房往往是招待客人的厅堂，三大间屋子中间不一定有槅扇，可是正当中的那一间一定有柱子，上面也挂着对联。总之，由于中国古老的建筑室内室外都有柱子，柱子上多数总是挂着对联，因此我们正式称它们叫楹联。

除了柱子上有对联，住宅的大门上也有。在北京，中国老式的房屋的大门总是两扇对称的，门上往往也有对联，叫做"门对"。比如"忠厚传家久，诗书继世长"，"向阳门第春长在，积善人家庆有馀"等等。有些老式商店，也在门上贴对联，最常见的如"生意兴隆通四海，财源茂盛达三江"。有的店铺还结合他们所经营的生意内容写成门对，贴在大门口。我记得四十年代，在黄城根附近有一家酱园，大院子里面摆的全是酱缸。两扇大门上有一副对联："盖严埤雅训，瓿有子云文。"《埤雅》是一部工具书，是宋代学者陆佃的著作。"训"是训诂，用现代汉语说，就是解释字词的涵义。在《埤雅》这部书里，作者曾经讲到用各种粮食和豆类制造各种酱品的程序，他认为应当注意酱缸的清洁卫生，每一口酱缸必须加上缸盖。所以这家酱园的门对的上联，就说到了酱缸应该加上盖子，这是严格遵守《埤雅》这部书里讲的道理。下联用的是西汉扬雄的一个典故。扬雄是西汉末年一位著名学者，子云是他的字，现在也叫"号"，叫"别名"。扬雄曾经模仿《周易》作了一部《太玄经》，书中含有很深奥的哲理。可是同时的学者却瞧不起他，认为他这部著作将来也只能用来盖酱缸。因为古人写书都是写在木板或竹片上的，所以可以拿来盖小口的盛酱的器具。古汉语叫"覆酱瓿"。这家酱园门对的下联就用的是这个典故，意思说我们酱缸的上头还保留着扬子云的文章哪。过路的人一看到这副对子，又明白其中的典故，就立即知道这是一家酱园。这样带有宣传性质的对联过去是有不少的。前几年北京有一二十家名牌老店，所谓"老字号"，曾举办过一次征联活动。目的就是专门要求店铺门口贴的对联能结合自己的营业特点。北京中山公园里面本来有一家著名的茶馆，叫"来今雨轩"。这是用杜甫文章里的一个典故。杜甫在他的一篇题为《秋述》的小品文里曾说，他在长安生病，又赶上秋雨连绵，"旧雨来，今雨不来"。意思说老朋友在下雨天还来看望我，新朋友就不来了。茶馆的招牌反用杜甫文章的意思，说到他们茶馆来饮茶的都是"今雨"，也就是新主顾、新客人。这也是一家老字号了。一九九一年，"来今雨轩"扩建了，在公园里搬了家，还盖了楼，不卖茶了，改成了餐厅，而且专门根据《红楼梦》里面提到的各种食谱,把它们做成一道道美食,叫作"红楼宴"。餐厅的老板托人找到我,要我写一副门对,挂在餐厅的大门口。我因盛情难却,就给他们写了一副对联,上下联是这样写的:

> 迓四海嘉宾,欣来今雨;
> 陈八珍美馔,雅宴红楼。

上联语含双关,既把"来今雨轩"这家字号的几个字摆进去了,从字面上也讲得通。因为这家餐厅广泛接待中外旅游嘉宾,来的客人不少是新主顾。下联点明这家餐厅主要是以制做"红楼宴"为拿手好菜,欢迎大家品尝。这样就比较切题了。这一类对联,其实是起到宣传广告作用的。

下面我们谈谈对联的特点是什么。我在一开头就谈到,要了解传统的中国民族文化,必须有整体观念。对联这种文学艺术,可以说是中国传统的民族文化特定的产物。中国的汉语是单音节,汉字是方块字。也就是说,一字读一音,一音表一义,每个字的字形是单独成文的。这同西方的拼音文字完全是两回事。只有汉语汉字具有的这种特点,才会产生对联这样的文学体裁和艺术形式。既称对联,当然上下联要对仗。首先是上下联字数必须相等;其次是上下联每一个字的词类、词性必须相同,比如用名词对名词,动词对动词,形容词对形容词。再有,下联里面不许用与上联重复的字。更要紧的是,汉字读音是有声调的,分平声和仄声两类。阴平、阳平属平声,上、去、入属仄声。对联的要求是平对仄、仄对平。一般来说,写对联,特别是公开悬挂的所谓楹联,上一句的末一个字总得是仄声,下一句的末一个字总得是平声。至于一般对对子,上句末一个字是平声,下句末一个字是仄声,是可以的;如果为了公开悬挂，念起来就有点别扭了。我们还是要求上一句末一个字用仄声为好。不过也有例外，不能一概而论。比如"海山仙馆"是清朝潘仕成的书斋名，就题了一副门对：

海上神山，
仙入旧馆。

上一句的一、四两字是"海"、"山"，下一句的一、四两字是"仙"、"馆"，这叫"嵌字格"，它们的顺序是不能颠倒的。不过这种对联毕竟不占多数，只能算是楹联中的变格。

说到这里，我想稍稍讲几句中国对联是怎样演变发展而形成的。前面说过，由于汉字是单音节的，这才产生了字和字之间的对仗。而对仗离不开格律。所谓格律，就是要求每个字的声调，或平或仄，都得有讲究。中国方块字的声调是从南北朝时代确定下来的，它的要求也是越来越严格，于是产生了骈文，就是写文章要讲对仗。骈文的句型以四字句和六字句占多数，所以又叫"四六文"。其实，四六文是从古代的诗歌演变发展而来的。中国最古的民歌每一句只有两个字，到了周朝中期，所谓《诗经》的时代，诗歌就以四字句为主了。当然，《诗经》里从一个字一句到六七个字一句的句型都有，但基本上是四个字一句，我们称它为四言诗。到了战国时代，又出现了《楚辞》，《楚辞》的句型特点是每句以六言为主。当然，也有七个字一句的，可是末尾往往是个虚词（多数是用"兮"字），除掉虚词，还是六个字一句。而骈文，正是把《诗经》的四字句和《楚辞》的六字句融合到一起，而且要上下句对仗，形成一种特殊的文体。除了文章之外，还有诗歌。秦汉以后，诗歌开始向五言、七言发展，这就是我们常说的五言诗和七言诗。到了唐朝，五、七言诗发展日益成熟，从而出现了律诗。律诗一般是八句，而且要讲究平

中国的楹联

厌协调，它中间的四句实际就是两副对联。而对联，正是在骈文和律诗产生、发达之后才有的。过去人们一讲对联的起源，总是说从五代时期后蜀的皇帝孟昶开始的。原来中国在古代过年时，要在大门上贴"桃符"。最早贴的是神像，通称"郁垒"、"神荼"，民间叫门神爷，有人说是唐代开国元勋，两员大将，秦琼和尉迟恭。到了孟昶做皇帝，他在过年时给自己的寝宫，就是卧室的门上贴了一幅对子：

新年纳余庆，

嘉节号长春。

从此，民间就有了贴对联的习惯。由于孟昶贴的这副对联是在过年的时候，也就是一年春季的开始，我们今天称过农历新年叫过春节，因此对联又叫"春联"，俗话叫"年对儿"。这个由五代后蜀孟昶开始贴对联的说法，最近被一位在敦煌研究院工作的谭婵雪女士给否定了。谭女士在一九九一年第四期的《文史知识》上发表了一篇题为《我国最早的楹联》的文章，她根据敦煌写本遗书的材料，推论出对联应该产生在唐代，也就是骈文和律诗已经成熟的时代。在她引的材料中，有

三阳始布，四序初开；

年年多庆，月月无灾；

这样对仗工整的四言句，而且有的是说的一年开始的时候，有的是吉祥话，可见都属于春联性质。而且其中还有"书门左右，吾倘康哉"的话，这就证明在那个时候这些吉祥的对联已经贴在大门的左右两侧了。这两句话是说，如果把这些对仗工整的词句对称地贴在门上，人们就可以一年到头平安康乐。我们认为，这些材料很有说服力。因此我们不妨这样推断，悬挂对联的起源，上限可以提早到

盛唐以后，至少也在晚唐以前。这就比孟昶贴春联的传说时间早得多了。

文人士大夫讲究对对子，根据古书记载，北宋时已很流行。相传在宋哲宗元祐年间，宋辽两个王朝彼此互通使节，和平相处为时已久。可是彼此间做为两个统治政权，还是经常要争强斗胜的。据说当时辽王朝的使臣到北宋出使，用"三光日月星"做为上联，说这个上联没有人对得上来，想借此把北宋的士大夫难倒。朝廷便派人来请教当时正在做翰林学士的苏东坡。苏轼对来人说，如果只有我一个人能对得上，那也太显得我们大宋没有人才了，我先告诉你一句下联："四诗风雅颂。"有的书上的记载是"四始风雅颂"。总之，这副对联是对上来了。

我们说，这句上联为什么难对呢？因为"三"是个固定的数目，下面的"日月星"，的的确确是三种发光的物质。你要对下联，无论对什么数目，都不能只用三个字来概括，这就有了一定的难度。这个故事后来发展为另一说法，叫"三才天地人"，性质是一样的，只能用"天地人"三个字来做为"三才"的内涵，你要对下联，必须在数目上与"三"有差别，而在内容上又只能用三个字来概括。否则就不成其为对联。而苏轼所对的下联，"风雅颂"只有三个字，却概括了《诗经》的四部分内容，这就非常巧妙而显得有工力了。原来《诗经》"雅"这一名词下面是有两个内容的，那就是小雅和大雅，所以《诗经》实际上是四个部分。用三个字却能概括整个《诗经》的内容，而内容又是四个部分。这就不仅是巧妙的技术问题，而且看出苏轼的学问渊博了。为什么"四诗"又可以用"四始"呢？原来《诗经》的国风、小雅、大雅和颂，各有一首诗做为这一部分的开端第一首，这就是：《关雎》为国风之始，《鹿鸣》为小雅之始，《文王》为大雅之始，《清庙》为颂诗之始，总称"四始"。这也是一个专门术语。所以用"四始"对"三光"或"三才"也是同样工整。而且这里面还有个平仄协调的问题,我们将在后面讲述。

故事还没有结束。苏轼见到辽国使臣后,对了一个下句,用的是《易经》里的内容,叫"四德元亨利"。《易经》的原文是"元亨利贞",苏轼却只说了前三个字,而称为"四德",显然是有破绽的。辽国的使臣刚要提出质问,苏轼立即对他说:"宋辽是兄弟之邦,我国皇帝的名字你不会不知道,我们仁宗皇帝的名讳(叫赵祯)你难道不知道,这句话最末一个字正是我们仁宗皇帝的名字,我做为大臣,是不能说出来的。"这就比前一个下句更为巧妙了。

上述这样的故事,只是对联中的口头文学或书面文学。而真正流行悬挂楹联,是从明朝开始的。到今天也有五六百年的历史了。其影响和作用之大,可以说绝对不在诗歌散文之下,而且比其它文学艺术更带有普及性。说它是我国文学艺术领域中的瑰宝,一点也不过分。

最后,我想谈一点个人体会。尽管楹联是从骈文、律诗发展演变来的,但它却同诗文有着很大的差异。古人作诗并不一定要发表,即使有读者,也不过是二三知己;而对联写出来就必然要公开发表,供广大读者阅览观赏。作骈文当然要有读者,但骈文中的一副对仗的联语是代表不了一篇文章的中心思想的。大家都很熟悉唐代四杰之一王勃写的《滕王阁序》,其中"落霞与孤鹜齐飞,秋水共长天一色"这最出色的两句尤其脍炙人口。可是,你今天如果要为江西的滕王阁写一副对联,就必须具备只用上下两句联语足以概括整篇《滕王阁序》全部内容的才能和学力。它必须用概括力最大最强的语言把尽可能包括的内容都包括在一副对联之内。它不能像一篇骈文有启承转合,也不如一首律诗还有两副对仗的联语有伸缩转圜的余地。即使是一副长联,也无法像写文章那样可以自由发挥。所以我认为，楹联是骈文和律诗的浓缩而不是它们的简化。创作一副好的对联绝对不一定比写一首律诗甚至一篇骈文容易。

二、怎样作对联

以上谈到对联和律诗的渊源关系，八句律诗，中间四句就是两副对联。下面谈谈怎样作对联，也就是说，应该根据什么模式，讲究什么格律。其实，五七言律诗的中间四句，就是五七言对联的基本模式，它们的格律也就是作对联应当遵守的格律。说起来也很简单，无论五言还是七言，都只有两种模式；它们的格律，也很容易掌握。我们先看五言对联的两种模式，一种是：

仄仄平平仄，
平平仄仄平；

还有一种是：

平平平仄仄，
仄仄仄平平。

七言对联的两种模式，一种是：

仄仄平平平仄仄，
平平仄仄仄平平。

还有一种是：

平平仄仄平平仄，
仄仄平平仄仄平。

从上述这四种模式中，可以很容易发现它们的格律的特点。一是上联末一字都是仄声字，下联末一字都是平声字；二是凡是上联用平声字的地方，下联总要用仄声字来对它，反过来也一样。把这四种模式和这两个格律上的特点记清楚并且把握住，那么作对联的基本规律就算已经掌握了。

但大家会提出这样的问题：根据上述的模式，它们在格律的规定上有没有通融回旋的馀地呢？答案是：有。请大家再记住两句话："一三五不论，二四六分明。"这是写律诗可以通融回旋的馀地，也同样适用于作对联。什么叫"一三五不论"？就是说，无论是写律诗还是做对联，如果是五言的，第一、第三两个字可以灵活变通；如果是七言的，第一、第三、第五三个字可以灵活变通。该用仄声字的可以用平声字，该用平声字的也可以用仄声字。而"二四六分明"，就是说一句诗或一句对联的第二、第四、第六个字，必须按照格律的规定办事，不能随便改动。比如杜甫有一首题为《客至》的七律，它的第三、第四两句是：

花径不曾缘客扫，

蓬门今始为君开。

这同时也是一副对联。按照格律，它应该属于"仄仄平平平仄仄，平平仄仄仄平平"这一种模式。但杜甫的诗句实际用字的声调，却是"平仄仄平平仄仄，平平平仄仄平平"。其中上句第一、第三两个字，该用仄声字的地方他用了个平声的"花"字；该用平声字的地方他用了个仄声的"不"字；下句第三字该用仄声字的地方他用了个平声的"今"字。都在一、三、五的位置上，照理可以通融，所以这两句从格律的要求来说都不算错，都算符合格律要求。这就叫"一三五不论"。又如我们上次介绍苏轼所对的五言对"四诗风雅颂"，它是末字用仄声字收尾的，按照模式来看它属于"平平平仄仄"这个规格，可是他第一个字"四"是仄声字，成为"仄平平仄仄"。由于"一三五不论"，因此仍旧符合格律要求。再如上次提到的孟昶所写的"嘉节号长春"，是"仄仄仄平平"的模式。因为"一三五不论"，他在第一个字用了个平声的"嘉"字，所以也是允许变通的。我想，这个所谓"一三不论"或"一三五不论"的道理比较容易理解，大家也容易掌握，我们就谈到这里。

至于说到"二四六分明"，可就不那么简单了。比如五言句的第四字，七言句的第六字，往往也有改动的时候，要是认定"二四六分明"而要求它们一成不变，有时就感到不容易分辨，不好理解了。其实这句话本身还是可信可靠的。但由于五言句的第三字和七言句的第五字有时可以"不论"而发生了变动，这就不得不使下面的一个字（也就是五言句的第四个字和七言句的第六个字）受到影响，也跟着有所改变。比如上次我们举的孟昶的那句上联，"新年纳馀庆"，按模式看它显然是属于"平平平仄仄"的。可是我们说，五言句"一"、"三"可以不论，那么第三个字该用平声字而用了仄声的"纳"字也不算错，是符合格律要求的。但这个字一变成仄声，下面的两个字按照格律规定也应该连用两个仄声，就成了"平平仄仄仄"，读起来很别扭。因此，每遇到这种情况，只要五言句里第三个字由平声字改为仄声字，那么它的下一个字也就是第四个字，就可以同上面的字互换一下声调，由仄声字改用一个平声字。这样就成了"平平仄平仄"了。这样的例子，在律诗和对联中是完全允许的，因此也就屡见不鲜，约定俗成了。

为了让大家对这种现象加深印象和加强理解，我再举两个七言句做例子。先举一句唐朝杜牧的诗，这不是对联，但道理是一样的。杜牧在《金谷园》中有这么一句诗："日暮东风怨啼鸟。"我在北大讲课谈诗歌格律时就有同学提出质问，说杜牧这句诗不合格律，应该写成"啼怨鸟"，才符合"仄仄平平平仄仄"的模式。我就说，第五个字确实应当用平声字，可是"一三五不论"，作者有权利改用一个仄声字。但一改之后，下面连着又是两个仄声字，那就不是格律诗的作法而成为古体诗了（因为古体诗里经常有三个仄声字连用的作法）。为了避免三仄相连，因此把七言句的第六个字同第五个字的声调互换一个，把"平仄仄"改成"仄平仄"，这是在格律诗中的变格，是符合诗歌格律的一种变通办法。这样，这个问题才算解决了。

另外一个例子，是一九八四年中央电视台春节征联活动中出的几副上联，其中有一句是"万里东风绽桃李"，照理应当写作"桃绽李"才符合"仄仄平平平仄仄"的模式，但出上联的人用的是变格，形成了"仄仄平平仄平仄"。读起来反而显得不那么死板平直。而这种"仄平仄"或"平仄平"的形式并不违反诗歌和对联的格律，则是应该提请学做对联的朋友注意的。

除了五言、七言对联之外，还有四言、六言、八言、九言乃至十一言、十二言以及更长的对联，它们应该怎样作，又有哪些格律要求呢？我说，只要你掌握五言和七言两种对联的作法，其它长长短短的对联都可以举一反三，一通百通。比如"四言"联，实际就是按照七言对联的前四个字的格律来写的。六言联基本上只有一种模式，那就是"仄仄平平仄仄，平平仄仄平平"，其中的"一三五"三个字也可以灵活变通。"八言"实际是两个四言句或者一个五言句上面加上三个字，而这三个字就是用七言对联下半截三个字的格律。"九言"拆开来是一个四言句和一个五言句；"十言"或是三七开，或是四六开，或是五五对开；"十一言"大都是由一个四言句和一个七言句合成的；十二言大都是一个五言句和一个七言句合成的。联语越长字数越多，中间的分句和停顿也随之增加，从作对联的模式和规格来说并无什么诀窍可言，主要还在于作对联的人的素养和工力。今年福建省侨乡安溪县举办了一次征联活动。其中有一副十九言的对联，写得自然生动，很有情趣，现在介绍给大家共同欣赏：

灵樟北向，罗汉西来，树木有深情，众仰名山佛地；
清水东流，游人南至，蓬莱无限意，咸称乐土侨乡。

作者把东南西北四个方位词对仗得如此自然工整，已经很不容易，而其中还蕴涵着当地的几处名胜古迹。如清水指清水岩,蓬莱指蓬莱仙境,都是安溪当地的游览胜地。那里有一株古老的樟树,全部树枝都是向北生长的;罗汉不仅指佛教徒,当地还有一种著名的树木罗汉松,所以也是一语双关。作者把这些具有特色的地方景物都浑然一体地写进对联里面,却丝毫不露斧凿痕迹,看上去平易流畅,却没有庸俗的情调和堆砌的累赘,而格律又十分谨严,完全符合对仗平仄的要求,所以这一联获得了一等奖。当然,精彩的、出色的对联只能供大家参考借鉴,要想把对联作好,还得具有深厚的学问基础,通过经常的实践,才能提高创作对联的水平。正如学游泳的人,不经常下水练习是不可能识水性的。

对联的种类很多,用途也很广。我们已经介绍了过新年时张挂的春联,带有宣传广告性质的商业对联,以及在名胜古迹所在地悬挂的楹联等。此外,贺人新婚的叫喜联,给人祝寿的叫寿联,甚至祝贺店铺开张,给孩子做满月,都可以用对联做为道喜的礼物。当然,如果有人死去,为了表示悼念,也可以写对联致哀,这叫挽联。特别是有些诗人学者,为了抒情言志,为自己创作一副对联悬挂在书斋里,就更有意义。我的老师俞平伯先生,晚年曾作了一副对联,由我父亲吴玉如书写,一直挂在俞老的书房里,曾受到叶圣陶先生的赞赏。大家都知道,俞平伯先生是海内外知名的学者,而我父亲生前,是被海内外一致公认的著名书法家。这两位老一辈的学者合作的这件艺术珍品,确是极为难得的瑰宝。一九九〇年俞老病逝,他的家属把这副对联物归原主,还给我由我保存。这副对联是:

　　欣处即欣留客住,
　　晚来非晚借灯明。

对联写得意味深长。上联说自己遇到高兴的时候不妨就高兴一下,有客人来便留他小住。表面上平淡无奇,其实这里面包含着得遇知音的兴致，却也有人到晚年的寂寞之感，不仔细品味是不大体会得到的。下联用的是《说苑》里的一个典故。据说晋平公有一次向大音乐家师旷请教说："我很想读书，可惜太晚了。"师旷是一位盲人，他回答说："晚了不要紧，点上蜡烛就行了。"晋平公很不高兴，认为师旷拿他开玩笑。师旷说，我怎敢跟您开玩笑，我听说，"少而好学，如日出之光；壮而好学，如日中之明；老而好学，如秉烛之明。点着蜡烛总还有光亮，要比摸黑走夜路强多了。"从此人们就把年老而好学比喻作"秉烛"，俞平老曾写过一首诗，末一句说："秉烛馀光学习时。"也是这个意思。这句下联的意思，表面上说天晚了也不算晚，可以借着灯光来照亮周围；实际上是指人老了也不能算老，借着灯烛的光明仍然可以尽自己一份力量。这还是一种积极乐观的态度，而说得十分含蓄。所以我父亲称赞它没有"烟火气"。写这样的对联，实际跟作诗的境界也差不多，应该是上乘的文学作品了。

对联除了自己创作外，还有一种再创作的方式，叫作"集联"或"集句"，就是把前人的诗句经过自己的选择，把两句或几句不大相干的诗句凑到一起，形成另外一个完整的意思。这种"集联"看上去很现成，其实集联者本人必须熟读前人名篇佳句，肚子里非渊博不可；另外，集联者也必须具有精巧灵活的头脑，构思敏捷，集出来的联语毫不牵强生硬，仿佛是天然对成的一副对联才行。最著名的一副集句长联，是梁启超集宋词送给徐志摩的，这副对联的全文是：

　　临流可奈清癯（吴文英），第四桥边（姜夔），呼棹过环碧（陈允平）；

　　此意平生飞动（辛弃疾），海棠影下（洪咨夔），吹笛到天明（陈与义）。

把六位宋词作家各不相关连的六句词集成上下两联，刻画出徐志摩的诗人性格，无怪长期以来脍炙人口了。

用集句形式写成寿联或挽联，也是常有的。记得俞平伯先生八十寿辰那一年，我把唐人李白、张说的两句诗，集成一副寿联，送给俞老，并略加解释。俞老很高兴，特意把它裱起来，在客房中挂了很久。联语是：

共看明月皆如此，（李白）
且喜年华去复来。（张说）

上句取"但愿人长久，千里共婵娟"的意思，下句用的是俞老本人诗句的含意。他在七十九岁那年曾作了一首诗，末两句说："童心犹十九，周甲度年华。"古人以六十年为一个甲子周期，俞老说自己七十九岁仿佛十九岁一样，所以我用"且喜年华去复来"称颂他。

至于用集句作为挽联，以民国初年方地山的一副作品集得最切合送联者和被挽者的关系。他用的是两句唐诗，是代王瑶卿挽陈德霖的。陈和王都是京剧界旦行著名艺术家，王比陈年轻，关系却在师友之间。所以挽联说：

平生风义兼师友，（李商隐）
一别音容两渺茫。（白居易）

最后，作对联有一种情况必须提醒大家，那就是不要把寿联写成挽联，或者在联语里面出现引起对方或其他读者误解的词句。章太炎先生送给他的弟子黄季刚五十岁生日的一副寿联，结果竟成了黄季刚先生短寿的谶语，他刚过五十就去世了。联语是：

韦编三绝今知命，

　　　　黄绢初裁好著书。

在寿联中出现"绝"字,已经不妥;而下联的"黄绢",原是东汉蔡邕题《曹娥碑》的一个隐语,"黄绢"是色丝,即有颜色的丝织品,也是暗含着指"绝"字。用这样的字眼给人祝寿,实在是犯忌的事。我们作对联,千万不要蹈太炎先生的覆辙才好。

大学生的德育

暑假到了，我因事到几家兄弟院校走走，偶然发现某大学的布告栏中贴有好几名男女学生被开除学籍和被勒令退学的通知。受处分的原因非一，其中有一条就是男女青年乱搞性关系，甚至有一女生公然在男生宿舍中同男朋友同床共寝。当时围观布告者不少。表情也不一。就此，我想谈谈自己的看法。

一九四六年春假的一个星期日，我陪着即将举行婚礼的妻子做了一次远足（我们今年已结婚四十一年），由亡友高庆琳兄作陪，从护国寺附近徒步去逛颐和园。走到燕京大学未名湖畔，实在太疲乏了，便到湖边的男生宿舍（今北大健斋）小憩，记得当时是在老友段昭麟兄（今在新华社参编部工作）的房间里，由于正值假期，又是星期日，除了同房间的陈泽晋兄（已故）外别无他人。但燕大校规很严，男生宿舍是不允许任何女性进入的，违者严惩不贷（女生宿舍当然更不许男人擅入，所以在燕大，必须到了节日，男生才有被允许参观女生宿舍的光荣）。尽管昭麟同我和庆琳是多年老同学，他还是对我们下了逐客令。我们每人大约只喝了一杯开水，便走出宿舍，坐在湖边石上歇乏。妻为此也感到很狼狈。燕大当时是美国气味最浓的高等学府，一对未婚夫妇到男生宿舍去作客都被认为违犯校规，当然更谈不上随便出入了。

读者也许会说，这是"老皇历"了。美国故事片《爱情故事》中，那位男主角不是因为让女朋友在宿舍过夜，连同屋的大学生都给撵到邻屋去了吗？但作为观众，我想反问一句：今天中国的青年人为什么没有看到那个男大学生不倚仗父亲的富贵权势，宁可自己受穷吃苦，也要独立生活；为什么没有看到他和自己的妻子（原先只是同学、女友、情人）那种生死不渝、互相体贴的忠贞爱情呢？如果说，在社会主义中国的高等学府里，大学生们只学会了异性可以在学生宿舍中任意过夜，那可真是把西方的糟粕当成精华，而人家真正值得学习的可贵处却偏偏被我们丢掉了。这到底该怨谁呢？

我认识好几位在邮局工作的朋友。他们在一些大学生寄出的印刷件里，查出了把一本本厚书的中间挖空，藏入彩色照片以及其它必须多贴邮票才能寄出的物品。其目的乃借以少付邮资，"揩"国家邮政的"油"。邮局的同志们慨叹道："大学生怎么把心思全用在这上面了？"

大则违犯校规，小则贪几元几角邮票的便宜，归根结蒂，都是个德育问题。当然，大学生的德育工作党要抓，团要抓，学校和老师要抓，学生会也要管。可是，真正做一名合格的文明大学生，还要靠每一位大学生自己。我做了四十多年的教师（包括在旧社会教中学的一段时间），面对这种个别现象，深感到自己肩上责任的重大。现在写此小文，聊当与大学生同志们谈心，也愿与八十年代的青年朋友共勉！

原载一九八七年七月三十一日《北京科技报》

一个大学生的自白

我一个侄女从外地来北京度假,她今年大学毕业了,分到一座高等学校去教书。她是学师范的,于是她对我讲起了她毕业前到当地一所中学去实习教学的情况。

"临出发以前,本校的任课老师就叮嘱我们这些大学生:'到了各个中学,看到什么,听到什么,特别是有关教学质量方面的情况,最好只说好不说坏;如果说了那里的缺点,明年人家就会不让我们去实习了。有的同学可能去厂办的学校,对工厂就更不要提意见,我们今后仰仗工厂的地方多着呢!'

"我恰好被分到我的母校去实习,我在这所中学从初中读到高中毕业。这是一所重点中学,在全市曾享有盛誉。倒不是由于高考录取名额比例高,而是学生在校期间受到比较全面的教育,也就是说,德、智、体各方面并重。一别四年,老校长已换了一位中年的新校长,全校最负盛名的是跳集体舞比赛名列前茅,而德育,包括课堂秩序;智育,主要指学习成绩,却比四年前有所下降了。

"我上课以前,班主任就叮嘱我,'×××是某局长的儿子,××是我们校长的女儿,你要注意一些,能够照顾的地方……'没等她说完,我就表示,我懂得了。

"第一堂课,校长的女儿就在座位上吃泡泡糖,呼吸间发出啪、啪的声音,我听从班主任的嘱咐,没有管她。第二堂课,她在本子上画小人儿,我就让她站起来,向她提问,答案就是我刚刚讲过的内容,可是她却把课本翻来翻去。我问她:'你拿笔画什么呢?'她说：'我在记笔记。'我说：'请你把笔记本举起来让同学们看看！'她就委屈地哭了。

"实习结束，无论是我们带队老师还是那位中学班主任，都嘱咐我最好写总结时只说优点，带队老师格外强调：'一定不要指出班主任本人业务上的不足。'"最后，我侄女对我说："您在大学教了几十年书，我也要到大学去当教员了，您有什么好经验，向我介绍介绍，好让我少碰钉子，多长阅历。"

我沉默了半晌，对她说："我还是把你的话写下来，让所有的大学生看看，也让中学里的老师和同学看看（因为我估计这样的文章那些'长'字辈的领导同志是未必屑于过目的），请他们回答你吧。"

原载一九八七年八月十四日《北京科技报》

同一年级大学生的谈话

　　我教过的一位北大毕业同学的孩子，今年也考入了北京大学。承她到家中看我，我们进行了一次愉快的谈话。下面就是我们谈话的摘要。A代表我本人，B是这位一年级大学生。

　　A：祝贺你考上了北大，听说你高考成绩不错，你是怎么复习功课的？

　　B：这要归功于我们的中学老师。他教给我们一个"诀窍"：考理工科的一定要考好语文，考文法科的一定要考好数学，这样就容易"出线"。

　　A：你应该理解这位老师所说的"诀窍"的更深用意。除了容易被录取之外，他实际上是希望你们在中学毕业时能有一个较广博的知识面。如果读文科的都成为"科盲"，读理工科的写文章都文理不通，那就等于说在中学没有打好基础。

　　B：（若有所悟）可是我们的同学往往偏到一边去了，爱好文史的大都学不好数理化，希望上理工科的根本不大理会怎样能学好语文。

　　A：进大学已经上了快一个月的课，感到有什么困难吗？

　　B：有。首先是在课堂上听讲不大适应，记笔记有困难；其次是每门课的内容都挺多的，老师有时只讲重点，下了课有点消化不了。再有，如果每门课都预习和复习，时间不够用。

　　A：上大学跟上中学毕竟不一样。中学老师讲什么，学生就接受什么。在大学里学习，根据我当年上大学的经验，首先要养成独立思考能力。如果在听课时善于思考，一面听讲一面就可以分辨老师讲课的内容哪些是精彩部分，哪些是关键部分，哪些是老师个人独到的见解。这样，记笔记就只记这一些，其馀的不必每句话都写下来。其次，对各门课程不宜平均使用力量。自己的薄弱环节当然要采取"攻关"方式把它"拿"下来；自己感兴趣的课程，也不妨多钻研钻研。其它的课程只要随班听讲，步子跟得上就行了。腾出时间还要浏览一些课外书籍，不能只管预习复习那些教材。只学教材上有的东西而不去利用图书馆的藏书条件，那就等于入宝山而空回。

B：您的意思是强调自学。可是图书馆里好书浩如烟海，真不知先看哪一本好。

A：还是先给自己选出重点来。刚才说过对自己的薄弱环节必须用"攻关"精神去征服它，而"攻关"也要靠博览和多思，不明白的地方可以请教老师或者跟同学交换意见，但更重要的还要靠自己多读书、多思考。再有，便是你认为有兴趣的课程，可以围绕这门课程自己找参考书看。这不就有了重点了嘛！总之，我一直认为读书不宜平均使用力量把精力分散，而应该集中兵力打歼灭战。"伤其十指，不如断其一指"嘛！

B：您的意思对我很有启发，可是做起来不一定很顺利，肯定会有困难的！

原载一九八七年十一月二十日《北京科技报》

关于大学生参加社会实践的设想

学习本为了工作。在中学和大学校里从事学习的学生,一定要参加一段时间和不止一种方式的社会实践。过去对此已摸索到一些经验,而且去年已由政府明文规定,作为一种制度确定下来了。这是一件必不可少的好事,是好制度。

但前一段大学生的社会实践,就我所知,不外宣传和学习两大方面。宣传方面,如走出学校接受社会上从事各种行业的人们的咨询,以及宣传法制知识、公共道德、要求公民遵守交通规则等;学习方面,则以访问工人、农民、劳动模范、先进人物以及个体经营者等为主。当然也有一部分同学到基层做扶贫工作和当技术参谋,为广大劳动人民做一些有益的事。这些都应该做,而且应该继续做下去。只要越做越好,越做越细致深入,广大人民群众必然是十分欢迎的。

由于我在大学教书多年,平时对青年学生也还有些接触,我感到大学生的社会实践工作仅限于上述内容是不够的。青年学生最富有爱国心和正义感,他们最关心的是当前社会上迄今仍未销声匿迹甚至某些角落还相当猖獗的不正之风,他们对此十分痛恨,主观上希望越快消灭越好,但事实上却不在其位,又感到力不从心,或有力无处使。因此我大胆设想,我们的教育部门是否能同公安部门、工商业部门以及各有关部门取得联系与配合,让一批优秀的、有正义感的大学生走出校门,协助有关政权机构做一些监督管理工作,纠弹各种不正之风,真正为广大群众做点有成效的好事。如果今后的社会能养成这样一种风气,即哪里有不正之风哪里就有敢于监督纠弹的、认真负责的大学生出现,对坏人坏事进行干涉和制止,并能行之有效、持之以恒,我想我们的精神文明建设就有可能成绩昭著了,社会风气就会逐步加快祛邪归正了。当然,有关权力机构应授予大学生以真正的社会实践之权,保障他们的人身安全和行使监督纠弹不正之风的权力,使他们在为广大人民做好事时背后有着强大的靠山和后盾。我相信,具有这种社会实践能力和确为人民办过好事的大学生是一定受广大群众欢迎的。

除了承担监督纠弹不正之风的社会任务之外,大学生还可以参加另一种建设性的社会实践,即参加企业管理或沟通产销渠道之类的具体工作。试举一例。现在各个出版机构,每出一书,都要通过新华书店的征订来估定销售数。一本书印数多少,完全取决于新华书店的征订数目。而这个数目往往脱离实际,甚至与实际需要恰好是南辕北辙的。这一工作如果通过有专业知识的大学生向各有关对口专业的企事业单位和个人进行调查研究,并参与具体征订工作,那么得到的结果将切实可靠得多。其它产销渠道可以类推,都通过大学生的社会实践,作具体的调查研究,不仅信息灵通,而且情报可靠。在我们的四化建设中,如果把这部分社会力量在他们正式投入实际工作之前即已被培养并有了一定的工作能力,那该是多么强大的一支生力军啊!

上述这两种设想,不仅使大量的有社会实践才能的人有了英雄用武之地,而且还可以做到专业对口,深入社会生活,取得第一手有用资料。目前我们公安部门的工作人员真是太忙了,我们的工商业部门的工作人员也太忙了,但由于人手少事情多,多少事往往总是号令初下,大抓一阵,事过境迁,一切如旧。假如我们能把必须参加社会实践才能取得毕业证书的大学生,以及更多的不参加社会实践就不许参加高考的高中学生一起动员起来,一方面向不正之风猛烈开火,一方面沟通各个有关方面所急需的信息情报,形成一个虽然多层次、多方位然而却有条不紊的网络机构,我相信我们的社会主义两个文明建设,会在很短的时间内取得难以想象的丰硕成果的。

原载一九八八年五月三十一日《团结报》

"望子成龙"与"患为人师"

日常生活中有不少矛盾而又似乎不可避免的现象。如用绳系物，系时唯恐不牢；但解绳时又唯恐其不松活易解。挤公共汽车，自己在等车时唯恐上不去车；及至上车后又唯恐后面的人再挤上来，影响自己。但这些毕竟属于生活琐事，故不必小题大作，分析其动机与心态。

有一种情况却关系到国家民族的前途，值得注意。现在一对夫妇只允许生一个孩子。过去未推行计划生育时，"望子成龙"者尚且大有人在，如今每家的孩子大都是独生子女，盼孩子成大器者当然就更加普遍了。于是人们都愿孩子受到良好教育，争考重点学校，而且学历越高越好，在国内获得硕士、博士不算，还想出国深造，领略一下异域文明。这本无可厚非。为了使子女能成为"尖子"，自然就寄希望于教书育人的老师。做父母的，唯恐孩子得不到德才兼备、学业超群的好教师。事实也确是如此，一位优秀的园丁确能栽培出各种类型的栋梁之材，结出繁茂而丰硕的人才果实。

遗憾的是，做父母的虽亟盼子女成器成才，却不愿他们去考师范学校，当人民教师。做子女的本人也往往把考师范、当教师视为畏途。甚至有的中、小学教师还现身说法，对班上的学生说自己当了老师，无甚前途，应当以自己为前车之鉴，不可重蹈覆辙。如果人人都怕当教师，只想受到良好教育却不想教书育人，这就难怪优秀的师资队伍不易培养，而真正成器成才的青年都从教育战线上"水土流失"了。

应该承认，既"望子成龙"却又"患为人师"，这种被扭曲了的心态之所以产生，是由各种各样的主客观因素造成的。这些因素也不是简单几句话就能说清楚的。我看，只要我们党和政府能从根本上认真贯彻尊重知识、尊重人才的政策，而下面的执行者不是阳奉阴违或只做表面文章，社会上的这种不正常的矛盾心态就会自然消除。听说今年高考，投考师范院校的人多起来了，正是这种矛盾心态转变的开始。

原载一九九〇年十月十二日·《南方周末》

徒弟的人品

有人问我：封建时代有所谓"五伦"，在君臣、父子、兄弟、夫妇之外，有"朋友"而无"师生"，这是怎么回事？我个人的理解是，至少在先秦古书中，"朋友"一伦中实包含师生关系在内。这有《孟子·离娄下》里面的一个故事为证。事情是由逄蒙学射于羿引起的。逄蒙把羿教他的本领全学会了，心想，除了羿，老子便是天下第一了，于是他就把羿杀掉。孟子认为，"是亦羿有罪焉"，因为他在收徒弟时没有先考虑到徒弟的人品。

接下来孟子又讲了一个故事。"郑人使子濯孺子侵卫，卫使庾公之斯追之。"子濯孺子说："今日我疾作，不可以执弓，吾死矣夫！"意思说当两军对阵时，自己没有还手之力，只能等死。及至他了解到追他的人是庾公之斯，便说："吾生矣！"理由是：我曾教给尹公之他射箭的技艺，而尹公之他是个"端人"（即正人、正派人、品德高尚的人），"其取友必端矣"。这里的"友"正是指弟子、学生一辈的人，与今天平等关系的朋友并不完全相等。不过反过来看，即使在先秦时代，师生关系还是比较平等的。这从《论》、《孟》两书孔子、孟子同弟子们的谈话语气便可体察得出。

我在读《孟子》时还有个体会，即孟轲对于做老师的人也提出了要求，"人之患在好为人师"便是一句名言。另外，老师教学生，固然应当"有教无类"，但老师本身首先必须是"端人"，而且选择学生也要"取友必端"，应当"听其言而观其行"。所以逄蒙叛羿，甚至动了杀机，孟子认为羿也是"有罪"的。

但学生毕竟比老师年轻。老师健在时，学生为了学本领可能对老师毕恭毕敬，尤其是对老师的学术成果或艺术成品，也是希望获得到手越多越好，尽管不无据为己有的私心，可是其心目中毕竟还是对老师有一定敬仰之意的。及至老师身后，有的人就可能禁不起考验了。特别是在提倡改革开放的今天，找机会出了一两次国，便成为回来以后傲视乡里的资本。不仅尽弃从老师学来的微薄本领，而且还大放厥词，以狂怪荒诞、"走火入魔"的奇谈谬论来为自己张目，借以文过饰非，实际上假"创新"之名行离师叛道之实。这样的人，在孟子心目中也是认为不足取的。《孟子》"许行章"对陈相、陈辛的批评便是对上述这种人痛下的针砭："陈良（是陈相兄弟的老师），楚产也，悦周公仲尼之道，北学于中国。北方之学者，未能或之先也，彼所谓豪杰之士也。子之兄弟事之数十年，师死而遂倍（背，即背叛）之。"当然，老师已久离人世，无法号召其他门人弟子"鸣鼓而攻之"，但我相信，这种忘本负义、欺师灭祖的自欺欺人者，是不会永远靠鬼混下去而立于不败之地的。

五十五年间两个"初中一"

我是一九二二年在哈尔滨出生的,五周岁入小学。读到五年级,赶上"九·一八",随即辍学。一九三二年秋,从祖母入关,直到一九三三年春季才插班入北平汇文一小读五年级。中间值举家迁往天津,不久我自己又遄返北平,依先母膝下。两次耽延,到我入初中一时,已是一九三五年秋天,那年我十三周岁。我是从私立育英小学升入育英中学肄业的。

我的孙女眼下在上海读书,也是五周岁入小学。她生值太平岁月,没有遇到国难当头,所以一九九〇年她十一岁就进了初中一。从一九三五到一九九〇,整隔了五十五年。

我读初中一时是好学生,上学期考第一,下学期考第二。中间经历了"一二·九",记得我还上过一次街。这些"光荣"史,有我同班同座的老友、现已从中央党校离休的艾力农同志可以作证(今后倘再有内查外调,请走访艾老)。但我的课外生活是丰富的。主要是看戏。距住处较近的东城吉祥戏院,较远的前门外的几家戏院,乃至西单的哈尔飞戏院(今西单剧场),都是我经常涉足的地方。当时育英中学早八点半才上课,下午三点半即放学。不但看夜戏对起早无影响,就是看日戏,三点半下课后由灯市口急趋吉祥看中华戏校演出,还能赶上压轴和大轴戏。从星期六下午到星期日一整天,几乎总是"泡"在戏院里,很少有在家的时候。晚上即使不外出看戏,也经常通过收音机在家里听剧场实况转播。

看戏之外,放学后"闲书"不离手。从武侠、侦探小说看到言情、社会小说，后来逐渐转移到读鲁迅、胡适、老舍、冰心的作品，反正抓到什么就读什么。至于班上留的各门功课的作业，我都及时完成，还经常得好成绩；并未因看戏和读小说而感到有任何压力。

今年四、五月份，我到上海小住五十馀日，发现家里最辛苦的是我的孙女。为了上一所全市重点中学，每天清晨六时半从家中动身，连挤车带换车，要用一小时以上才能及时到校；中午匆忙赶到她姨妈或外婆家吃饭；下午放学，如果车少人多，要将近晚六时才能到家。放下书包，就带着一脸倦容伏案做作业。晚饭后，电视不能看（为了她早睡，全家都尽量早关电视），闲话不能说，"作业复作业，作业何其多！"尽管她父亲为她订了几份少儿读物，我却很少见她翻阅。有一次我提了一下孩子背上的书包，那要比我在北京每天从菜场提回的大菜篮重上一倍。而我在读初中一时，每天从北京东四到灯市口往返四次，手提书包一路跟几个同学边走边谈，十分悠闲自在。说良心话，五十五年前的初中一年级生可比我孙女现在的生活节奏慢多了。而我那时的生活却远不及我孙女这样单调。

每到星期天，孙女几乎要睡一上午，力争把一周内欠缺的睡眠补足。下午偶尔也出去找同学或邻童玩玩，不过她父亲总是在督促她做课外的家庭作业，那是他父亲为她特设的"小灶"。

去年寒假，孙女随她父母来北京过春节，她曾悄悄地对祖母说："奶奶，我真疲倦，实在太累了！人生真没有意思！"我听了大吃一惊。到上海后我才懂得，孩子从十一、二岁就开始在身心两方面承受着超负荷的压力了。可是这些孩子们的家长却一再郑重宣布："只有每学期考进前十名，才可能升入本校高中；只有在本校高中毕业，才可能考上全国性的重点大学。"而我自己，一个在所谓全国性重点大学教了四十年书的人，有一次对孙女竟唱了反调："有学校可上已很幸福，上不上重点大学，我看关系不大。"

一九九一年六月，骤雨乍凉，寂静无哗之夜，在北京寓庐作。

为社会科学呼吁

记得吴组缃先生生前有段名言："近年来社会上重理轻文现象日益严重，大家都认为学文科没有出路，只有从事自然科学的人才有前途。其实社会科学至关重要，文、史、哲甚至比政、经、法更重要。如果一个国家，对民族传统文化都没有人去研究了，那是十分危险的。自然科学可以改进物质条件，被认为是生产力，可是社会科学才是我们国家民族的脊梁。"在组缃先生的追思会上，我复述了上面的话，颇引起与会者的关注。我本人是非常同意这个看法的。谨成此小文，权作呼吁。

目前社会上对文科各门学问确实太不重视。尤其是青年人，聪明才智之士十之八九都向往于学理工科，以致大学文科录取分数标准线在无声无息中逐步降低，无论是本科生还是研究生，文科各系往往招生时即不满员，甚至有些系科根本无人报考。就连在中学里，学校对英语课程的重视都超过了语文课，从而造成非良性循环，文科师资往往都是"学理工不成，弃而学文史"的毕业生，甚至稍有机会便跳槽钻进开发公司或合资企业，不再当"孩子王"或"人之患"，结果文史各科教学水平只能也随之而逐年下降。我是学文史出身的，又教了一辈子中国文学史，深知逐年毕业生水平的升降情况，从我这老教书匠的立场看问题，真为今后培养文科人才捏一把汗。夫人无远虑，必有近忧。今则近既堪忧，远更足虑，希望志士仁人，能在这方面多呼吁呼吁，亦国家民族前途之幸也。

说老实话，我并非由于自己是学文史的，便替社会科学（或谓之人文科学）制造舆论。从实际情况看，一个国家民族想屹立于世界强国之林，只靠声光电化、电脑软硬件而不提倡学习社会科学，是肯定不行的。马克思主义是我们立国之本，请问马克思的著作是自然科学还是属于社会科学范畴？近年社会上形成了学习《邓选》热，请问，小平同志的著作是自然科学还是社会科学？几年以前，江泽民同志便号召全国人民尤其是青年人要熟悉我国的国情，夫国情者，自当以一个国家的民族文化和历史为核心内容。请问，不学历史，不了解我们传统的民族文化艺术，从何处能深入熟悉国情呢？特别是最近，党中央先后提出了三个方面的号召并形成决策，一是提高全国人民的文化素质；二是加强党的建设，加强党的领导核心力量，巩固党的凝聚力，这无疑要大力提倡社会主义精神文明并付诸实践，从而才可以收到廉政勤政的实效；三是在全国范围内大张旗鼓地开展爱国主义教育。请问，这三者哪一个方面不需要我们对社会科学或人文科学（包括文、史、哲、政、经、法，尤其是文、史、哲）进行深入研究和普及宣传？如果没有足够的这方面的人才（特别是即将掌握二十一世纪命运的青年一代），我们将如何继承和发展上述这三方面的工作？我们的小康社会是要靠我们国家民族的脊梁来支撑并维系的，因此，必须向青年人加强教育并认真说服他们，一定要对社会科学特别是文、史、哲方面予以重视并深入学习，才可以使我们的国家永远立于不败之地。否则前途是不堪设想的。

人们对知识分子的价值观

党中央根据小平同志的指示,三令五申,强调举国上下都要尊重知识,尊重人才。这已经是好几年前的话了。然而在全国人民的心目中,甚至连知识分子阶层本身,对知识分子的价值观究竟有多少改变呢?做为知识分子本身,究竟有多少人认为自己已经受到了重视和尊敬?从客观现实看,我斗胆说一句,有相当一部分人在落实知识分子政策这个问题上,看法同党中央并不一致,甚至他们在执行政策时仍旧不免心口不一或口是心非。

先说工资收入吧。全国高等学府中在职的知识分子每月能拿到千元以上的为数实在不多。至于离退休的老知识分子拿到的就更少,而且离退休越早的就越"赶不上趟儿"。然而一个大学本科毕业生,刚出校门,进入合资企业或外商机构,每月工资在千元左右的已属司空见惯,有人还嫌拿得少。一个职业高中毕业生在酒楼饭店之类的行业中每月拿九百多元竟感到委屈,有"怀才不遇"之感。面对这种现实,高等学府想留住优秀高材生充当后备力量就十分困难,有人竟公然宣称当教书匠没有出息。在这种气候之下,人们不禁要问,知识和人才究竟是受到了尊重还是被歧视和冷落,答案似可不言而喻了。

一般中青年知识分子大都上有老下有小,只靠工资,生活有困难,自然在业馀找兼职换取劳务报酬。如果在一般学校任兼课教师,讲一堂课不过一二十元,甚至还有不足十元的。而一位具有中下演唱水平的所谓"通俗歌手",在一次晚会或在什么酒吧里唱上几支曲子，往往就能拿到一位教授（至少是副教授）周年半载的工资总额。如果这位歌唱家已经唱"红"，知名度较高，为"追星族"所崇拜和迷恋，那么，他或她每唱一场，几乎可以挣到一个普通知识分子辛苦劳动大半辈子都不易挣来的钱数。请问，纵使知识分子想自高身价，又有谁会买他的账呢！

  知识分子除了凭学问、技术挣工资吃饭外，还有一条取得合法收入的途径，那就是写文章或写书。写文章号称"爬格子"，如果靠零敲碎打，卖文糊口，我本人是有经验的，即使"稿酬从优"，要想等米下锅或等钱看病，也难免"远水不解近渴"；何况所得无几，一篇文章所得稿费正如昔年农家老大妈拿着积下自家养的母鸡所生的一篮鸡蛋，拿到集上卖掉，换点柴米油盐零用钱。至于写书，则困难更大。仍以我本人为例。进入九十年代，我还未出版过一本书。原因是出版社怕赔钱。我写的书，既无暴力，又无色情，更同做生意、炒股票不搭界。眼下的青年人，看电视看得多了，知道节目主持人中有个小伙子叫程前，却不知道程前的父亲是电影界前辈演员程之。有人告知他程前父亲的名字，他写出来的两个字却是"橙汁"。夫如是，则老舍、巴金为何许人当然他不会了解，也不想了解。而我的书里，除了李白、杜甫之外，还有《毛诗》、《左传》；再不然就是关汉卿、汤显祖，或余叔岩、梅兰芳。请问，这样的书还有谁要看？偏偏我这教书匠又无自费印书的财力自费印书。说句心里话，如果我有几万人民币支付自费印书的钱，那我宁可先用它来贴补家用了。据我所知，有位著名的教授出了书，出版社和书店让他本人推销，至今他的著作还充塞于卧室床下。我想，这种现象也不符合党中央提出的"尊重知识"的精神吧。

  当然，目前国家还穷，知识分子应当具有奉献精神，牺牲一点小我利益，多从顾全大局着想。可是，在全国，每年挥霍若干亿公款去吃喝旅游,而且还心安理得,这又将如何来理解呢?记得有一次我曾发牢骚说:"如今真是斯文扫地了。"我的一位做市长的学生却接着说:"老师您说错了,如今斯文还不如扫地的呢!"苏东坡有句俏皮话:"上可陪玉皇大帝,下可陪卑田院乞儿。"实际上我们知识分子连乞丐也不如,因为他们流窜于大城市以乞讨为生,用不了多久便回家盖新房去了。

最后谈一点做为知识分子的精神状态。一九九四年七月十五日,何满子先生一篇大作发表在天津《今晚报》副刊上,题为《文章的功效》。他认为写文章的功效毕竟有限,并引鲁迅的话说,文章赶不走孙传芳,一炮却把他轰走了。尽管文章写得有点偏激,意思并不错。黄景仁早就写过"十有九人堪白眼,百无一用是书生"的诗句。近年来王朔的作品畅销,我也慕名拜读过几篇。我认为,他的小说有其愤世嫉俗的一面,我佩服他的胆识。有人告知我,在一次座谈会上,一位教师发言批评王朔,并劝大家不要读他写的书,不要学他的文体风格。不料王朔本人在座,随即起来插话:"这位老师,请不要骂我,我是当不了流氓才去当作家的。"(小如按:这层意思屡见于王朔本人的作品。)夫文章无用,文人连想做流氓都办不到,而知识分子的经济收入与元代的"八娼,九儒,十丐"相比,至今也不见得强过多少。然则尊重知识云乎哉!尊重人才云乎哉!孔子曰:"予欲无言!"

在高中语文实验教材研讨会上的发言（节录）

——一九八六年八月七日在太原

这次有机会参加这样一个全国性规模的会议，很荣幸，也很激动。这套高中文学课本（试用本），是昨晚临睡前才拿到的；今天凌晨四点起床，刚把它们粗粗翻阅了一下，现在就来发言，真有点临时抱佛脚。如果有说得不对的地方，请各位老师批评。

我初步印象，认为这套教材编得不错，体现了改革精神，至少比五十年代编写的那套文学课本质量好。可惜在数量上偏多了，如果按照过去常规进行教学，恐怕讲不完。这就要求我们的老师们改变过去疏通字句和死抠字词语法的教法，改用启发诱导的方式去指引同学自己阅读，然后在实践中逐步改进，把教材修订得更完善合理，再推广到全国正式使用。

今天我想谈三点意见。第一点，希望通过这套教材，把中学语文课从"语"的角度逐步过渡、转移到"文"的方面来。至于语法、词汇以及古今词语对比用法等等系统知识，不是不要讲，而是要在讲文学课程时把它们融会贯通到里面，一点一滴，循序渐进地讲。系统性由老师自己掌握，然后不知不觉地把这方面的知识灌输给学生，而不宜把这些东西抽出来枯燥地单独进行讲授。前几年高考语文试题有个偏向，我称之为"有'语'无'文'"。我曾几次向有关方面提过意见，说明我的观点。可是那几年为了应付高考，结果语文老师在课堂上整天教学生分析句子结构，什么主谓、动宾、使动等等。搞得学生头昏脑胀。今年高考成绩已经揭晓，北京市文科考第一名的同学叫赵勇，当报社记者采访他时，问他为什么要考文科。他说，他的语文老师把文学课讲活了，从而引起他的兴趣，报考了文科。这实际已涉及语文课应该怎样讲的问题。我自己也教过中学，从一九四三到一九四六年，三年中从初一教到高三，一周要教三十多节课。一九四九年我到大学教书，还在一所民办义务中学里兼了一年语文课。我一直是把这门课当文学课来教的。当然，我知道自己的缺点。我缺乏关于现代汉语、古代汉语方面那一套套系统的训练，也不善于成本大套地讲语法修辞。但我也有一点经验。一九五九年我给北大中文系古典文献专业一年级同学讲过一年"古文选读"，从最短的《世说新语》、《齐民要术》、《天工开物》一直讲到篇幅相当长的古文如司马迁《报任安书》、白居易《与元九书》、王充的《论衡·自纪篇》等。都是从文章写作的角度讲的。同学们学了一年以后，基本上会读、也爱读文言文了。可见这样讲也还是行之有效的。

　　这里我想补充一点，就是中学生要不要读文言文的问题。有的老专家认为可以干脆不读，并且说读了不但无用反而会出毛病。我不太理解这个意见的真正涵义。说这话的老专家，他本人不是就读了大量古书，而且还会写旧体诗、作骈体文么？我们不要只强调汉语的文和语不一致的一面，还要看到它们的另一面。那就是，由于我国从先秦到晚清，一直用文言写东西，人们才基本上读懂、看懂两三千年间流传下来的大量的所谓古籍；相反，有些作品是用白话写的，比如唐代的变文和民间小赋，比如宋词、元曲，至今还有不少方言俗语读不懂。就是白话小说，其中也有不少词汇令人费解。这些所谓的古白话反而没有用文言写的东西好懂。这就是文和语、难和易之间的辩证关系。从与会同志们意见看，中小学生有必要学一点古诗、古文，似乎已没有什么争论；关键在于怎样给学生讲。

我有个不成熟的想法。我认为，要教好文言文，最好老师本人应该会作几句文言文。我在上中学时就学着写过文言文。现在当然不宜提倡让中学生作古文，可是老师自己应当会作。不说文言文，就说白话文吧，如果老师自己的文章还没有写好，恐怕也不大可能把学生的写作本领提高。因为知和能也是辩证关系，不经过实践的"知"，不算"真知"。这意见不一定对，希望老师们多加指正。

第二点，要提高教学质量，必须提高师资水平。因此，教师的素质、修养是非常重要的。当然，这同中小学老师的社会地位、政治待遇、经济收入、生活保障以及进修条件等等都分不开。今天我只能就业务方面谈点看法。我认为，教中学的老师应该由国内知名的学者来担任，至少他们在不久的将来都有做知名学者和教授的资格。三十年代中期，我在天津南开读初中时，当时的国文老师就有何其芳、毕奂午、陶光（本名陶光第，字重华）、华粹深、孟志孙诸先生。何先生当时已是知名作家，大家都很熟悉；毕先生后来到了武汉，而在当时，巴金编的《文学丛刊》已收了他的集子。陶、华两位先生是清华毕业的，两人既是好友，又都是俞平伯先生的弟子；陶先生当时是我的业师，曾在西南联大任教，可惜六十年代饿死在台北，而华先生则是我的好朋友。华、孟两位先生新中国成立后一直在南开大学任教授。抗日战争爆发，我上了天津工商附中，听过两位朱老师的国文课。一位是今犹健在的朱经畬先生，他和人教社的隋树森先生是同学，都是北师大毕业的，是老一辈学者钱玄同、黎锦熙先生们的学生。另一位是朱星先生，他历任河北北京师院和天津师院的副院长，是当代语言学家，一九八二年才逝世。这些老师，都具有较高的学术素养，有教学经验，有独到见解，不但会教书，也会写文章。我后来懂得一点做学问的门路，就是由朱经畬老师把我"领进门"的。我看，当前的中学师资水平和教学质量直接关系着今天的四化建设，而且更影响着我们的社会主义的明天。在座的老师们肩负重任，我应当很好地向大家学习。

　　同第二点有关，我想谈的第三点是，就目前古典文学教学看学风和文风问题。我以为，我们一定要采取谨严慎重的学风，培养严肃认真的文风，不宜太赶时髦，也不宜一味标奇立异。当然，学无止境，做学问、搞创作都要求发展创新。但这不能成为不用功、不读书、不深造的借口。学术上的创新和发展不能是无源之水、无本之木。我常说，创新要建立在坚实牢固的科学基础上。功底越深厚，学识越渊博，才越有可能创立新的学术流派，产生新的学术见解。只有在广泛深厚的继承的基础上才有日新月异的发展前途。今天有的人对古书读的不多，一知半解，就异想天开自创新说，任意曲解古书，小则自身闹出笑话，大则难免误人子弟。我以为这是极不严肃的，对祖国的教育事业也是非常有害的。比如一位在大学里开"中国美学"这样有难度的专题课，竟把屈原作品里的"余"字，讲成"多馀"的意思。屈原在几千年前，居然就知道使用中华人民共和国颁布的简化汉字了。这可真成了"奇迹"！又如一位专家写赏析文章，讲敦煌曲子词，竟把一个七言句里的衍文（一个多馀的字，全句成了八言）也加以串讲，结果只能是越讲越不清楚，读者也越看越胡涂。至于不少专门供中学语文老师阅读的刊物，有些文章把教材中许多篇章的字句进行讲解分析，有的望文生义，有的主观臆测，有的无中生有，有的生搬硬套，把广大师生反而搞得晕头转向，莫衷一是。我看这都是不够严肃认真的表现。

　　我诚恳地呼吁：不仅要求教育部门把好教学质量关，还应要求各个刊物的编辑部把好文章质量关。而端正学风和文风，更需要得到全社会的关注。总之，尽快扩大师资队伍，提高教学质量，加强文化修养，端正学风文风，各方面齐头并进，这样，我们的教育事业才有更上一层楼的希望。耽误了老师们的宝贵时间,谢谢大家!

附记:

这是根据我在太原大会上的发言事后整理改写的。当时限于时间,有些意见没有谈,这里也都写了进去。发言时举了一些例子,都已写在另外的文章里(请参考拙作《古文精读举隅》和一九八六年《文史知识》第九期),这里就都从略了。

一九八六年八月在北京修订后记。

弘扬华夏文化的前提在于培养鉴别力

我国民族文化艺术源远流长，包罗万象。我们之所以要加以弘扬，唯一的目的乃在于继承和发扬我国固有的优秀文化艺术遗产，以求跻于世界艺术文化遗产之林而无愧，并为当前所大力提倡的精神文明提供营养，使之能健康而顺利地发展进步。为了弘扬，首先必须培养广大民众的鉴别力，让更多的人认识、理解什么是我们民族文化艺术的精华。这不仅是区别精华和糟粕的问题，还包括识别真伪、是非、善恶、美丑的问题。只有能鉴别的人多起来了，弘扬民族文化艺术才算真正落实而不是一句空话。

一谈文化，首先想到的是哲学思想；其次是历史，其中包括经济、政治、宗教、军事诸多方面。而我则认为，文学和艺术是否得到弘扬和发展，乃是体现一个民族和国家的文化发展程度最为明显的标志。文学、艺术同美学分不开，这就要求人们对之能加以鉴赏。而我对"鉴赏"一词的理解，则是必先鉴别其为真伪是非善恶美丑，而后才谈得上欣赏。

文学与艺术本来就分不开。近年来不少戏剧、电影和电视剧，都是根据文学剧本改编的。而改编成功的关键，则在于编、导尤其是演员本身对文学的修养如何。修养深了，气质变了，人的素质提高了，才有真正吃透文艺原作的基本条件。我们经常看到这样的新闻报道：一位演员要演一出从文学作品改编过来的戏，总是说他（她）翻阅了若干材料，并钻研了原著，有的还到故事发生的地方去体验生活，以求把握剧中人物的性格特征等等。这似乎很不错了，其实却远远不够。以钱锺书先生的《围城》为例。我有个看法,《围城》是一部"新"《儒林外史》,它和吴敬梓的《儒林外史》以及鲁迅的若干篇小说都有个共同点,即只可供阅读、研究、探索,而不宜搬上舞台和银幕,用立体艺术形象来反映、表达它。古今中外具有这一特点的文学名著并不少。《围城》诚然有人物和情节,但其内涵却包孕着精深奥秘的人生哲理;即使说它的手段吧,也是十分曲折含蓄的。单从《围城》本身去找特点,很容易流于片面性和表面化。鲁迅的小说也是如此。我以为,无论电影、话剧、电视剧,以前几年为纪念鲁迅所拍摄的一些作品为例,无论是《阿Q正传》或《伤逝》,似乎都未能真正把其中所蕴含的内在的思想真谛和精神实质充分表达出来。做为艺术品,应该承认并不算成功。至于《围城》,乍一看,书中的人物和故事似乎还比较容易掌握。但是从编、导到演员,如果对三四十年代的知识分子(其思想传统可以上溯到《儒林外史》时代,其精神面貌和生话习尚又可以远拓至当时到欧、美去的留学生群体)的思想和心态不能真正有所认识、了解,我看是很难把《围城》吃透的。而更重要的是"知人论世",改编一位作家的创作而不了解原作者本人,也难免隔靴搔痒。而了解钱锺书先生本人,恐怕其难度绝对不小于了解鲁迅。钱先生的创作不多,但《人·兽·鬼》和《写在人生边上》乃是《围城》的姊妹篇,总不能不认真研读。他的学术专著《管锥编》,其博大精深已囊括古今中外,人们一时或许啃它不动;可是对于与《围城》写作时间距离较近的初版《谈艺录》,总该有个比较全面正确的了解吧。而我们的文艺界朋友究竟有多少人能看懂这本书呢,我深表怀疑。所以当我看《围城》电视剧时,始终感到与小说原著差距太大,不免索然寡味,令人不忍卒睹。对《围城》如此,对《红楼梦》、《曹雪芹》等电视连续剧失望就更大。因为它们禁不起同《红楼梦》原著进行比较,

"有比较才有鉴别",一经比较,便不待"鉴"而自"别"。其馀的话就不必说了。

近年来,我总觉得人们对古今文学作品的魅力认识和估计得太不足。时装表演今已成为新潮中的热门,应该也算一个艺术品种吧。姑先不论其实际效益如何(我是指穿上那些摩登衣裙能否实现在北京或上海热闹的大街上挤公共汽车之类。也许人们会指摘我这样说乃是真正的"阿木林"也),即以观赏价值而言,尽管小姐们在表演现场走来走去,在我的思想中却无论如何也超不过《洛神赋》中"凌波微步,罗袜生尘"给我留下的印象。换个角度说,如果这些以时装表演为业的小姐们在精心化妆打扮之馀,也读一点古诗古赋或情操高尚的文艺读物,我看再出场表演时说不定会增添几分高雅,摆脱几分尘俗。

最近我有幸认识了九十高龄的俞振飞先生。俞老对我讲了一句很重要的话:"不但要培养演员,也要培养观众。"我则引申俞老的话:"要使观众水平有所提高,必须先能鉴别演员艺术的精粗优劣。"不久前我从电视屏幕上见到叶少兰化妆清唱了一段《监酒令》。我认为这是十多年来我所听到的少兰唱得最精彩、最规矩、最有准谱的一次。然而台下反应冷淡,掌声寥寥。最近在上海,又从电视屏幕上见到杨春霞演出的皮黄本《断桥》。我认为这是我平生见到的她演得最纯熟、最细腻、最有准谱的一次。然而,她却曾在另外的场合以西洋架子鼓、电子琴伴奏下唱过一段不伦不类的所谓"京戏"《女起解》。我很想了解一下叶、杨二位内心深处的真实思想。如果说他们没有鉴别力,他们不会把戏唱得如此有水平。可见他们心中对是非优劣是有数的。问题在于他们是否敢坚持正确的艺术方向去培养观众的鉴别力,还是有时终不免迎合时尚和那些不可信的所谓"舆论",而把真正有价值的艺术瑰宝给随意糟蹋或抛弃了。也就是说,是甘愿违心而趋时呢,还是对艺术抱着一颗真正奉献的心?我想,这也是我们华夏文化能否得到弘扬的关键之一。

一九九一年五月在上海写讫,同年七月改订于北京。

掬诚跟中学语文老师谈谈心

《语文世界》创刊,编辑部向我组稿。这本刊物的读者对象主要是中学师生,我是半个多世纪以前的中学生,后来也当过几年中学国文教师,因此想借此机会跟中学老师,特别是语文老师,掬诚说几句心里话。

由于时代风气和经济条件的关系,眼下的青年人大都不愿当教师,甚至连在大学当讲师助教也不情愿。当然这各有各的难处。但"十年树木,百年树人",如果考虑到国家的前途和民族的命运,我想总会有一批志士仁人甘愿做园丁和当人梯的。我的老友毕长龄先生,在中学教了一辈子数学,我曾劝他到大学执教,他不同意。至今虽已退休,仍受到各方面的尊敬。古人说"人无远虑,必有近忧",我们不能为了解决眼前"近忧"就忽略了有关国家民族兴衰存亡的"远虑"。这当然不是少数人的事,而是十一亿全国公民,包括从党和国家领导人到每个老百姓都应取得的"共识"。

说到教师生活清苦,我是过来人。直到一九八〇年,我才把几十年的积债偿清。我教中学是抗日战争时期的最后两年——一九四三至一九四五,地点是当时的沦陷区天津。大家知道,算上星期六下午,中学课表也不过每天排六节课,一周三十六节。而我那时每周要上三十七节课,即一周中有一天要上七节。课后还要跑一两个地方教家馆(现在叫"家教"),否则养不活自己。改作文只能利用星期日,备课则利用寒暑假。尽管如此,每周我总要抽出几个晚上去看戏,因为我是"戏迷"。此外还要抽时间读文学名著,杂览一些自己爱看的"闲书"。而一九四三年我只有二十一周岁。

教书同时还要育人，这是做教师的人责无旁贷的。记得我有半年是在一座私立中学里兼充教务员，主要职责是代教务主任维持课堂秩序。有一次，一班初二同学对一位英语教师不满，上课时起哄，并有不少人公开看武侠小说。于是主任派我去"镇压"。我的一条经验是，只能凭自己的言行和业务能力（包括教学效果）让学生心悦诚服，瞪眼"训"学生是无用的。我这次"平息"同学起哄的第一步棋就是向学生列举我所看过的武侠小说的书名，那要比学生多了几倍。然后分析武侠小说为什么受欢迎，而它们又有何种危害性及严重后果。一下子使学生（包括不看这类小说的）全神贯注，下了课都舍不得离开教室。事后了解，大部分学生不再把武侠小说带进课堂，有的还表示，今后要多读老舍、巴金的书，不再为《鹰爪王》着迷了。

至于讲课文和改作文的经验，我也只有一条：要让学生消灭错别字，必须自己先不写错别字；要学生把文章写好，教师本人必须会写文章。我为了讲古典诗文，曾下过功夫摹拟过桐城派的古文笔法，后来又开始学写旧体诗。我始终主张实践出真知，"光说不练"一定达不到预期目的。记得我在一次中学语文教材会议上曾呼吁在座的语文老师（都是来自全国的中学语文老师的代表人物）能写文言文，才能讲好古典散文。而我对中国文学史方面的基本知识，实来自我在高中一年级读书时教我们国文的朱经畬老师，至今犹铭记不忘。

我认为，给学生留作业宜重质不重量，宜举一反三而不应以多取胜。让学生抄课文、抄生词、抄成语动辄多少遍，无异变相体罚。如果在课上教师能讲授一点文字、声韵、训诂方面的知识，学生就会对汉字发生兴趣，从而减少错别字；如果教师能把课文讲活讲透，使学生对语文课发生兴趣，那要比一味抄书抄词有用得多。据我的经验，通过作文，学生与语文老师之间的感情比它科的老师更易沟通；做为"人类灵魂工程师"，语文老师有着更多的有利条件。希望我们的语文老师对正在茁壮成长的中学幼苗能起到言传身教的作用，使他们能健康地走上正确的人生道路。这就是我这当了一辈子教书匠的肺腑之言。

原载一九九四年第二期《语文世界》

为大学师资一哭

我教了一辈子书。抗日战争沦陷期间我在天津教过几年中学。一九四九年走出大学的门又开始进大学教书，在进入古人所谓"从心所欲不逾矩"之年退休。直到一九九九年，我还以"业馀爱好者"身分又回到讲堂教了一学期课。作为一名老教书匠，不能说我讲课写文章完全正确无误，但兢兢业业力求寡过之心始终拳拳在膺，不敢稍懈。我总希望青年一代能胜过我们这些行将入土之老朽，把我国传统文化学术推向一个新阶段，进入一个新境界。但我的主观期望总是事与愿违。身在高等学府，有些千真万确的现象往往"不请自来"，想闭目塞聪、视而不见听而不闻却无法回避，逼着你亲眼看到、亲耳听到。为了青年一代，为了新世纪的主人公，我经过长时期思想斗争，终于写下这篇小文。是非毁誉都在所不计，只求"心之所安"而已。

现在工作在大学和高级科研单位并获得高级职称的人，其所行所为应该是"为人师表"的了，可是我就在一次业务座谈会上，亲自看到一位年近花甲的高级知识分子（据说他还是当代一位学术大师的孙子）。张口闭口说"我就是要'名'"，"我最在乎的就是'名'"，独排众议，舌战群儒，为一个科研项目的署名权争得口沫横飞，脸色铁青。而实际上"争名"到手的后果就是"夺利"，不管理由充分与否，不管廉耻丧尽与否，为了名利把什么人格、道德通通抛到九霄云外。直到最后，我只有请求提前退席，因为我实在不屑与这种争名夺利的人物为伍，陪着他消磨大好时光。事后听说，当前在高等学府和高级研究单位这样的人和事并非绝无仅有，而是层出不穷，屡见不鲜。原来在市场经济的大潮鼓荡中，一介书生可以摇身一变而成为寡廉鲜耻的市侩，真使我这闭目塞聪的落伍者望尘莫及了。

与此同时，在课堂上又出现了什么新鲜事物呢？一位教师对西方文学讲得如数家珍（因为听讲的青年人对其所讲内容并不真正了解，故无法判断其所讲内容是否正确无误），但在涉及中国文化时却露了马脚。首先，此人根本不知先秦的墨子名翟；其次，更不知"翟"字有 dí 和 zhái 两种读法，而认为墨翟之所以被称为"墨 zhái"，乃是俄国人根据翻译法则所作的音译，反馈到中国，才以"翟"字谐音的。我真佩服这位教师的创造力和想象力。这同不久以前，把洋人引述孟子的话，译成一个不知是哪国学者说的什么话，可称"同工而异曲"。另有一位从事古籍整理专业的教师，在课堂上讲授《庄子》选修课，居然读"庖丁"为"包丁"，并把"整饬"读成了"整伤"，弄得听课的学生晕头转向。此外，一位新秀（即破格提拔为教授和博导的青年教师）竟说胡适从小就熟读段玉裁的著作，而段氏的著作乃是《十三经注疏》。呜呼！段懋堂地下有知，也该谦逊不遑，不敢承认他有这么大的学问吧！

一方面伸手要名利，由"高知"变成了"市侩"；另一方面在讲堂上信口开河，在著作中胡说八道，却成为高等学府的骨干！我真为今天的大学师资一哭！

原载二〇〇〇年二月十九日《天津日报·满庭芳》

"救救孩子"新解

"救救孩子"的口号从五四时代就提出了,我以为现在仍有呼吁的必要,只是口号的内涵有所不同了。

儒家的孟轲强调"赤子之心",道家的老聃主张"如婴儿之未孩",明代思想家李卓吾作《童心说》,他们无非都认为孩子是天真无邪的,有一颗淳朴善良的心。然而时至今日,体现在孩子们身上的却是自私、残暴和幸灾乐祸。当然我们会说这是个别现象,不应以偏概全。但见微而知著,窥豹一斑,亦可想象其全貌。下面的三个例子姑且做为我们对今天的孩子的"抽样检查",以唤起人们的注意。

例一。一位小学老师带着一个班的男女学生去春游,归途天热,每个人携带的饮水都已告罄,只有老师的壶中还剩半壶水。老师意在发扬风格,便问学生:"这里面的水只够几个人喝的,我们应该把它让给最需要水的人。大家看,应该给谁喝最合适?"话音未落,全班孩子举手。几乎众口同音说:"应该给我喝!"

例二。父亲带着独生子去串门儿,跟朋友谈话正在紧要关头。平时父亲对儿子百依百顺,这时儿子吵着要吃冰棍儿。父亲便掏出钱让儿子自己去买,儿子不依,缠着父亲同去。父亲因为话未谈完,便没有搭理儿子。不料三岁的儿子随手抓起一把剪刀直刺向父亲后背,登时血流如注。朋友赶紧叫来急救车,拖到医院缝了好几针,幸免于难。

以上二例均见于报纸上白纸黑字的社会新闻,有名有姓,千真万确。以下一个例子则亲自在一位老友家听说的,事情发生在这位老友的外孙女的班上。这个小女孩儿是小学生,她的同班同学一个男孩子的祖父因病逝世了。平时,这个男孩子功课不错,经常由他祖父进行辅导,而他的祖父是一位大学教授。祖父逝世,孩子挺伤心,老师也为这孩子难过,便在班上公布了这一不幸消息,意在唤起全班同学的同情,给这个孩子一点安慰。结果却出人意料,全班同学竟一致鼓掌,老师茫然。事后老师问个别学生:"为什么听到同学的祖父逝世的消息竟然鼓掌?"回答是:"这下可好了,没有人辅导他的功课了,他的成绩肯定会下降,我们可以同他竞争了。"

例一是反映出孩子们的自私心理;例二则体现三岁孩子竟如此残暴;例三则属于幸灾乐祸性质。总之都是对建设社会主义精神文明十分不利的,而这些思想和行为究竟怎么会体现在孩子们身上的呢?值得我们这些成年人深思。为了让孩子们健康成长,成为二十一世纪的接班人,我们有必要采取具体措施,"救救孩子"!

教育子女应先教育父母

一九九四年春间,北京各家报纸曾刊布一则新闻,大意是:每个家庭中的做父母或长辈的应对少年子女进行家庭教育,如孩子应帮助做家务,对父母和长辈要说文明礼貌语言,外出回家时要对家长打招呼说"我回来了",以及对父母、祖父母称呼要尊敬等等。这是我们建设精神文明不可缺少的一个环节,必须从"娃娃"时代就要养成良好习惯。我对此是举双手赞成并热烈拥护的。

时间过得很快。原来贴在各个居民委员会墙上显著位置的这些供参考的"守则"有的已褪色剥落,有的则踪影全无,看来又成为一阵风吹过。我没有深入调查研究,不知这一宣传教育方式效果如何。但从左邻右舍实际生活中冷眼旁观,似乎作用不大。

做为一个老人,做为一个已经当了祖父和外祖父的人,我觉得,仅只这样要求今天在中、小学读书的孩子们是远远不够的。更重要的是,这些应当负责教育子女的为人父母的一辈人,他们是否已具备这样教育、指导孩子的素质和条件,他们本身的精神文明究竟修养得怎么样了,他们自己是否能达到"五讲四美"的标准?正如做父亲的每天非吸两包香烟不可,却不断教训自己的儿子吸烟多么有损健康,应当赶快戒掉云云,恐怕是徒劳无益的。

我教了一辈子书,现在退休了,却仍住在大学宿舍的一个不大不小的楼群里,周围前后上下左右大抵住的是与我年辈相若的老知识分子。有一次我见到一位老同事的儿子,曾面询他久病的父亲最近身体如何。这位中年人的回答是:"还不是那个德行

（xìng）!"试想，如果这位中年人的孩子听到了这句话，能对他父母讲文明礼貌语言吗？

我们不断从报纸上，从邻里间，从亲友处，乃至根据切身经验，经常会听到、见到或亲自感觉到一些令人不愉快甚至令人气愤的事例：父母老了，生病了，有人得的是猝不及防的急性病，有人则患有积年累月久治不愈的慢性病，而他们的子女，不是不知道，而是明知父母亟需照顾，却置若罔闻，甚至视同陌路，即使用PB机呼叫他们，他们连来看望一下都不来。有的两代人或三代人住在一起，做为第二代的子女或做女婿和儿媳的竟公然称父母或公婆为"老东西"、"老不死的"、"老混蛋"以及比这些"雅号"更为有艺术特点的美称，同时在叙家常话中间，几乎每句话（不论对谁）里都带有"他妈的"之类的口头禅，请问，在这种耳濡目染的熏陶下，却想从正面教育他们的孩子（即这些家庭中的第三代）要讲文明用语，要对父母（即对他们自己）有礼貌，要尊敬老人和长辈，他们的子女能恭恭敬敬俯首贴耳地聆听照办吗？至于父子反目，妇姑勃豀，为了钱财、资产、衣物以及比较价值昂贵的家用电器之类而你争我夺，不惜拍桌子瞪眼睛，捋胳臂挽袖子，口出不逊，横眉怒目，无所不用其极；与此同时，却要求他们的做中、小学生的儿子在这种"言传身教"之下，竟能循规蹈矩、恭敬礼貌、谈吐文明、品德高尚，这不真成了天方夜谭、魔法奇迹了吗？

所以我的结论是，要教育今天的中、小学生讲求文明礼貌，最好先让他们的父母受点教育，请他们清夜扪心，反躬自省一下，自己对老人是否做到了恪尽子女之职，是否无愧于当初受父母疼惜自己的一片慈爱之心，然后再考虑如何引导、教诲自己的孩子吧。

我愿把我对自己儿子曾经说过不止一次的两句话做为这篇短文的结语，供广大读者参考："如果你能把'孝顺'你儿子的那种赤诚拿出百分之五来对待父母,我们做父母的就百分之百地感到心满意足了!"不知读者以为然否?

  一九九四年五月初稿写讫,同年九月改订。

是谁"误导"?

在一九九四年十一月四日《南方周末》上读到一篇题为《名人的误导》的文章,认为对古今中外的名人说过的话"要多想一想,然后择善而从",其用意未尝不好。但这位作者所举的例子却颇有"误导"之嫌。这位作者应该说是很有知名度的,是否这也算是"名人的误导"呢?

作者在文章的开头便指摘"美国一位萨克管的演奏大师"名叫金尼(Keeny G.)的说过的一句话:"必须不停地练习,成功的大门才会为你打开。"认为这句话"不能太信以为真",理由是:"如果给谁一支萨克管,即使一天到晚不眠不食不撒手地吹,也不会成为Keeny G. 的。"我以为,这是作者写惯了小说,故作惊人之笔来抬扛。那位吹奏大师明明把"不停地练习"加在"必须……才"的句式之中,逻辑上称为"必要条件";而并未说"只要不停地练习就能成功",逻辑上称之为"充足条件"。我们的作者连起码的逻辑常识还未弄懂,就去责怪人家"误导",是不是有点深文周纳呢?

作者写这篇文章的真正用意,是指责有人对整理古籍、今译古书的人过于吹毛求疵,并援引了若干段鲁迅的话来为其立论做依据。他借古讽今地挖苦那些人,说他们"摇头晃脑","抨击不已,以示自己多么的高明,甚至提出'标点古书而古书亡'的口号。结果如何呢?标点犹存,古书未亡,闹了一阵,徒添笑柄耳"。这里作者却自相矛盾了,"标点古书而古书亡"正是鲁迅说的,原话是:"今人标点古书而古书亡,因为他们乱点一通,佛头着粪:这是古书的水火兵虫以外的三大厄（按，指明人刻书、清人纂修《四库全书》和今人标点古书）。"（见《且介亭杂文·病后杂谈之馀》）由此可见，批判今人粗制滥造地标点和今译古书，并非吹毛求疵而是病其佛头着粪，作者的文章显然带有片面观点，为那些缺乏素养而妄自点、译古书的人开脱，分明是往另一方面误导，也未尝不是一种偏见。作者援引周恩来总理请顾颉刚先生主持标点《二十五史》和《资治通鉴》来说明整理古籍之重要，但今天做点译古籍的人却并非每人都具有顾先生的水平，相反，有些连古书的词义、句读都没有搞清楚的滥竽充数者，把整理古籍的工作当成儿戏，难道对此订讹指谬，就算是"误导"么？我以为，作者如果连鲁迅的文章都没有看懂，那就奉劝他认真读一下他所引述的鲁迅的全文；如果是有意识地对鲁迅文章断章取义，则其贻患将不止于"误导"而已，而且有玷于自己头上的"名人"桂冠呢！

"电子宠物"可以休矣!

近时在我国几个大城市的繁华地段,每见到某些商家展示出这样的广告:"请您领养电子宠物!"所谓"电子宠物",实是一种微缩型的,或者说是袖珍的电子游戏机。一块不到巴掌大小的玩意儿,中有电子装置,供游戏的对象或为狗,或为猫,或为鸡。如果您要"领养",先要破费一二百元人民币,把这所谓"宠物"买回家去。然后按动小小电钮,便可看到画面上的鸡或狗之类要吃食、喝水,弄得不好它们还会生病、求医,由"领养者"给它们打针、服药,病愈则呼呼大睡,病重则可能"死亡",然后由"领养者"为它们起死回生,再行细心伏侍。如果您玩得上瘾,一天到晚可以废寝忘食,百事俱搁在一边,唯此"宠物"是忧是惧。这样一来,不仅旷日耗时,分心于本职工作;而且搞得你精神紧张,力尽筋疲,使"领养者"恍惚不安,梦魂颠倒。这是我曾亲眼目击的事实,绝非夸张过甚之词。谓为"玩'物'丧志",这真是一个绝对恰当的事例。

古人以耽溺于声色狗马(指活狗活马)为玩物丧志;今人亦每指赌博、吸毒、卖淫、嫖娼为玩物丧志。自电子游戏机问世,不少人沉迷其间,乐此不疲。尤以对中小学生为害最烈。盖恐血气未定之少幼儿把大好光阴虚掷,而耽误了他们的学业前途也。但游戏机只能在下班、下课之后找个地方去玩;不能随身携带,随时随地去分心劳神。而这种所谓"电子宠物",则随身可带,随时随地可玩。孩子们一旦"专心致志",身外任何事物都可不管不顾了。其危害性殆胜于正式的游戏机十倍百倍不止。所以这类玩意儿刚一出现,有识之士便呼吁世人宜加警惕。然而在大城市中,此物"方兴未艾",商家亦公开宣传兜售,真使人忧心忡忡,不知其害将伊于胡底。建议抓社会主义精神文明的各级领导,应该认真予以关注才好。

据我所知,此物之"始作俑者",乃自亚洲某一发达国家。该国工作人员素以讲效率著称,生活节奏之频率亦较周边国家为高为速。但他们却把这种耗人精力、损人神智的玩意儿向国外倾销,东南亚乃首当其冲,先受其害。我亲见有到内地来的港台同胞,向其亲友兜售此物。我则以为,即使是贪此小利的向国人兜售者,其本人亦为受害者。他麻痹了国人意志而不自知。我谨大声疾呼:守国门的海关人员应禁止此类"宠物"进口;有职业道德的商家应自觉停售此类"宠物";有觉悟的家长应劝阻自己的孩子不为这种无聊的东西所诱,更不宜花钱去买这类无益之物。我们不忍心看人拿着一位下岗职工每月的生活费(一二百元)去换取一枚"电子宠物",给自己的孩子造成玩"物"丧志的机会。

一九九七年八月在北京写讫。

"打通堂"竟重见于今日

不久以前,一个居住在天津的十岁上下的男孩子向我倾诉了他亲身经历的一件事。他在当地某区一所小学读五年级,一位教英语的女教师是全班同学最惧怕的老师。这位老师的最大特点是动不动打学生耳光。有时还用高跟鞋的后跟踩学生,有一个孩子的脚几乎被踩得骨折。

被打的孩子当然回家向家长哭诉。哪个学生的家长找到学校与这位老师评理,那个学生就很可能遭到报复,受更重的体罚。据说有位家长向区教育局投诉,事情捅出来了,校长在全校大会上宣布了事实经过,责成这位老师写检查并公开承认错误,在检查通过以前先停止给学生上课。谁知此事竟不了了之,原来这位教员有更硬的"靠山"。当她重新出现在课堂时更加重了对学生的体罚。到学期结束,这一个班几十名学生都或轻或重挨过这位教师的踢或打。向我倾诉的这个孩子则因动作迟缓也挨过打。他说:"我和另一个同学在班上最老实听话,我们俩挨了打之后,全班就无一人幸免了。"

我听完这话半晌无言。孩子再三表示,只盼着下学期升级后不再轮上这位老师讲课就是万幸。他知道我不是天津的居民,或许不会给他带来麻烦。尽管如此,他还是叮嘱我最好不要声张。

我随即想到旧社会的戏曲科班。如果一个学生淘气闯了祸,班主就把全科班的孩子召集到一起,一个个给绑在板凳上挨板子,无一幸免。这叫作"打通堂"。不想到了本世纪末,在全国普遍展开社会主义精神文明建设的新的历史阶段,我们的小学教师竟然重演

"打通堂"的故技。而且由于上面有人撑腰,便置法律、道德诸约束于不顾,连校长也奈何她不得。我是一名教了一辈子书的老教书匠,听说之后,从内心感到羞愧。因激于义愤,乃写此小文,希望能为这些孩子讨还一点正义和公道。

附记:

此文写于一九九七年,先后寄给几家报纸,有的扣下不发表,有的不表态便退稿。看来说真话实在很难。近闻这位老师作风依旧,故再将拙文寄出,碰碰运气。

原载一九九八年三月《人民政协报》

读经问题刍议

一九九三年我曾连续写过几篇小文,讨论当前青少年朋友是否要读经的问题;其中一篇题为《读经新议》,就是在《北京日报》发表的。进入新世纪,这个问题又被提上日程,而且有的地方、有的人甚至主张应"从娃娃抓起",要小学生也来读经。所谓"经",当然指儒家所谓的"经典",即《四书》、《五经》。平心而论,小学生读《四书》已很困难,如果让十岁左右的孩子去读《周易》和《尚书》,恐怕无异于给他们套上紧箍咒,不闷死也会烦死。说老实话,我在大学文科教了一辈子书,今已八十,至今犹不敢公然上讲堂,去给本科以上学生讲授《周易》或《尚书》,更何况中小学生!无怪目前在文化学术界对此事议论纷纷了。

为了弘扬祖国传统文化学术,我并不主张把包括《四书》、《五经》在内的历代古籍一笔抹杀,相反,应当承认,历代古籍原是我国一笔财富,是不可磨灭的祖国文化遗产。在今天,一个人读了《四书》、《五经》,也不一定就会受到封建思想的负面影响,甚至会拖社会前进发展的后腿。先秦的儒家思想,也并非全属封建糟粕。问题在于:封建时代的最高统治者推行科举制度,强迫读书人读经,是想用封建礼教和孔孟之道去桎梏他们的头脑,麻醉他们的思想,让他们俯首贴耳为封建统治阶级服务。而彼时的读书人从小就读经,开始也只是奉命惟谨地浑浑噩噩去逐字逐句背诵,读了未必能懂。而不少冬烘的老学究们对《四书》、《五经》的涵义也未必真正理解,并不能把孔孟之道传授给官私塾中的小孩子。有的塾师虽能读懂经文，但也只是依照朝廷"钦定"的几种官书照本宣科。从今天的角度看，这样的读法对读书人只能产生负面影响，对国家民族、对文化学术可以说毫无裨益。而古今不少有识之士，即使是为封建社会服务的人，也都是在他们学成之后，敢于破藩抉篱，跳出官方"钦定"的知识牢笼，才有所建树的。那些封建学者，尽管受到时代和阶级的制约，只要他们真正有见解、有胆略，他们多多少少也都有他们的"独立思考"，并加以"自由发挥"，而不是惟命是从的曲学阿世之辈。明乎此，则今天问题焦点之所在，不是要不要读经，而是应该怎样读，用什么方法读，在什么基础上读，以及从什么时候开始读（是从小就读，还是等年龄稍长，学识稍丰富后再读）。这就不是一两句话可以讨论清楚的了。

　　说到这里，我只想谈一个极简单，然而也相当关键的问题，那就是师资从何处来。如果就这么推广开去，让小学生都读经，则我请问，由谁来教这些孩子呢？让今天的中小学语文老师或大学本科生、乃至研究生去教么？则我更请问：他们本身究竟读了多少经呢？即使读过，是否真地读懂了呢？如果某些人真有这样高的水平，他们肯屈己折节，去给小学生当启蒙的"孩子王"么？话说回来，翻翻今天的报刊书籍，几乎不论什么性质的文字读物，都有连篇累牍的错别字、硬伤和病句；电视荧屏上不断出现读讹音、写错字的现象。这说明文化滑坡已呈一发而不可收的局面。而我们的文化教育主事者对此都顾不上、忙不过来，哪里还顾得上让小学生从"子曰学而时习之"开始，去读《四书》、《五经》？不先从杜绝这种文化滑坡现象开始，不设法尽快地、积极地提高人们的文化素养，却舍近求远地让刚刚"减负"不久（究竟"减"了与否尚待详考）的中小学生去啃《四书》、《五经》，恐怕又会出现另一种"扶得东来西又倒"的怪现象。至少我个人是感到忧心忡忡的。正如我在一九九三年一篇小文的结尾处说:"不是应否'读经'问题,而是有无授'经'的师资问题。"

最后,我想把昔年在《读经新议》那篇拙文结尾的一段话转录于此,做为本文的结束语——

  由此可见,提倡"读经"之议固未可厚非,而怎样读经才能持之有故、言之成理,行之有效而且能学以致用,却是个值得人们熟虑深思的问题,切不可等闲视之,更不宜掉以轻心,贸然从事。

二〇〇一年十二月写于北京西郊。

  原载二〇〇一年十二月三十一日《北京日报》

我看所谓"国学"

北京大学中国传统文化研究中心,自一九九三年出版了《国学研究》第一卷,于是"国学"很快就成为人们讨论的热门话题。又由于《国学研究》内容很有质量,远销海外,据说现已第二次印刷,这就更引起社会普遍重视,上海《文汇报·学林》副刊还组织了专家教授撰写文章,专门讨论"国学"问题。不揣冒昧,我也想就这个题目谈点个人浅见。

为了弘扬民族文化,为了在全民中间普遍开展爱国主义教育,"国学"被提上议事日程当然是好事。尤其是在社会上广大青少年十之八九重理轻文的情势之下,提倡"国学"更是大有裨益,而且颇具远见卓识的。然而我个人是卑之无甚高论的,由于文、史、哲各个学科长期不受重视,已形成积重难返的消极倾斜态势,现在一下子要振兴"国学",未免有脱离现实之虞。因此我主张,还是先从"一二一,开步走"做起,不要把框架拉得太大,标准悬得太高,把年轻人给吓了回去。

我以为,要使"国学"受到重视,首先必须提高中小学文科各项课程的教学质量,加强中小学语文、史地师资队伍的修养素质。《三字经》上说:"教不严,师之惰。"说杜甫是宋朝人,责任不在孩子,我看应该先考核一下教孩子的老师。其次,"国学"的范畴内涵太广,经、史、子、集,天文地理,政治经济,典章制度,几乎无所不包。一股脑儿推之"出台",青少年将无所适从。记得我读中学时,商务印书馆出版过一本《学生国学常识》或者是《学生国学问答》，记不清了，有的中学国文老师即用它来做为课外补充读物，并定期给学生讲授。我的"国学常识"有不少即从这本书上获得。后来我在大学开"工具书使用法"课程，并写成《中国文史工具资料书举要》一书，其中有些内容与其他介绍工具书者不同，其实即糅进了"国学常识"一类的材料。如果一个中学生在课堂内外多多少少已获得了若干"国学常识"，那么等到他高中毕业，无论上不上大学，都有可能涉足于"国学"的领域而不感到艰巨与陌生了。只有循序渐进，在普及的基础上逐步提高，庶几可与言"国学"也已。

回顾我这十多年来写过的大大小小长长短短的杂文，十之七八是指责社会上屡见不鲜的错别字和病句，以及纠正成语的误用等几个方面的问题的。最近读到一篇研讨"国学"问题的文章，作者在文中引述了《孟子》和曾国藩的一篇古文《原才》，把"奚暇治礼义哉"和"风俗之厚薄奚自乎"两句中的"奚"都误写作"希"。如果这是手民误植（现在是电脑输入者的误输），那就说明负责排版的同志有待提高文化素质；如果是责编误改或失校，则责编同志应扩大知识面和加强责任感，如果是撰文的作者写了别字，那就请恕直言，他似乎可以不必侈谈"国学"了。话说回来，要想提倡"国学"，重视"国学"，最好先从消灭错别字、消灭病句和讹读做起，把习见成语的用法弄准确了再说。今天有的人连"交代"和"交待"孰正孰误都弄不清楚（包括大语言学家和权威性的辞典都认为"交待"是对的），还谈什么"国学研究"！

"中国文学史"的"教"与"读"问题

近时拜读袁行霈兄主编的《中国文学史》（高教出版社出版，四册），窃以为确是一部优秀的大学文科教材。联想所及，几年前有复旦大学章培恒先生等编著的《中国文学史》，最近北师大李修生先生等又编著了分体的《中国文学史》，皆属鸿编巨制。即使是林庚先生所著的《中国文学简史》，虽名《简史》，也还有六十多万字。我是一个教了一辈子中国文学史的老教书匠，以我的阅读能力而言，不论上述哪一部文学史，读起来都感到相当吃力。由此想到，正在读大学本科的学生，如果让他们取其中任何一部认真阅读，恐怕更会旷日持久，感到负担沉重。但从著书人的立场考虑，编写一部既名为"史"的专著，总要力求详尽才能名实相副。倘若只写成薄薄一本，非但著者会感到歉疚于中，恐怕连读者也不会满意的。

以我几十年在课堂上讲授文学史的经验而言，则教材愈繁富，教起来可能愈困难。首先是书上都已写出，你在课堂上还讲不讲？照本宣科当然不行，另讲一套更不是办法。其次还有时间与内容的矛盾问题：顾此而失彼，一不宜也；先详而后略，或曰前松而后紧，二不宜也；讲了可讲可不讲的而忽略了必须讲的，三不宜也。有此三不宜，势必造成一种无可避免的遗憾，即在规定课时内根本讲不完一部完整的通史，使听课者无从掌握全面概貌。这不但有负于编写教材者的苦心，也不符合教学大纲的要求。我从半个世纪前开始听课，直到自己亲历教学第一线，这个遗憾始终存在。一九四六年，在清华读书时旁听过朱自清先生讲文学史，听学长们说，朱先生讲通史的进度在诸多授课老师中还是最快速、最标准的,也只能讲到元曲,因为学时根本不够。一九四七年转学到北大,正式选读游国恩先生这门必修课。由于主客观原因,一学年下来,先生只讲到南北朝文学便戛然中断。为此,游先生还在下一学期补开了一门"唐宋文学史"的选修课,结果也未讲完。当然这是上个世纪四十年代的情况,不能以之与院系调整后经过教改的现状相比。但矛盾现象暴露已久,则是无可讳言的事实。

我是从二十世纪五十年代开始教中国文学史的。北大中文系开这门课,先后有三种讲法。第一种讲法是分片包干制,这方式一直延续到今天。具体地说,即把古代文学史分成三大段落:先秦两汉为第一段,魏晋南北朝至唐五代为第二段,宋元明清至近代(五四以前)为第三段(有的院校以唐宋为一段,元明清为另一段,性质大体相似)。每一段由专治这一段的老师主讲,故听课者要分别从好几位老师那里获得知识。原来这门课要讲两年,每周五至六课时;后来改为一年半;目前虽仍讲两年,但每周课时却大大减少。第二种讲法是一包到底制。这一讲法主要是给外系或外专业开设的,全部内容在一年内讲完。课时虽不多,但不分段而由一人从头主讲到底。我本人担任这一讲法的机会较多,时间也较久,虽然讲出一个完整轮廓但内容不免粗疏,无法力求全备。第三种讲法是"一条龙"变"两条龙"制,即从文学史中把作品抽出单独设课,按"史"的顺序讲"散文选"、"诗歌选"等等。这一方式没有实行多久便遇上"文革",自然也就不再推行了。这里只想就目前仍在实施的"分片包干制"谈点儿个人看法。

首先,我认为,一门课由好几位老师"接力式"讲授,而主讲老师之间又往往互不通气,这本身就缺乏连贯性。何况每一段的教学质量又因人而异,如果遇上师资薄弱的环节(其中各种情况不同,有基本功不过硬的,有教学经验不足的,有敷衍了事不负责任的,有自以为大材小用从而一边闹情绪一边照本宣科的,等等),则吃亏的只有学生。其次,每一段的具体内容因课时不够而往往讲不完,讲不完则自然与下一段的具体内容接不上。如果每换一位老师就缺一块内容,那么这门文学史虽说讲完,实际上却真如"七宝楼台"已被拆得"不成片段"了。其三,由于时间不够,教师只能讲"史"的条条杠杠,即使举出了几位有代表性的作家,却无法填充应读的他们的代表作品。故学生对于"史"的了解只有框架,如某一作家的作品总的思想性如何、艺术性如何,而无从直面具体作品。有时甚至连作家姓名与作品篇目也如雾里看花,似曾相识其实是一无所知。我曾问过若干本科生(历年的都有),多数人都认为在文学史课堂上学到的东西太少。这就与教学大纲的要求大有差距了。有人也想用功做些弥补工作,却因一无时间、二无精力、三无老师肯给以帮助,只好得过且过了。

然而问题的要害还在后面。如果一个本科毕业生想求深造,即准备报考研究生并必须参加考试,则将面临一次十分紧张吃力的越过"关卡"的困难(甚至可以说是"风险")。盖为研究生所出的考题却是以整部《中国文学史》教材为内容的,不管是在课堂上听到过的还是根本闻所未闻,只要教材里写上了的,考生就完全有可能在试卷上遇到(何况有时还会遇到教材上所没有的内容)。因此有的学生从一跨进大学的门槛(最迟到大二时)便已咬紧牙关向考研的"关卡"冲刺了。除了每门专业课都必须全力以赴外,还有要命的外文和政治两门"必试课"在等待着考生们。我在"文革"后到退休前的十年中,曾讲授过两次中国文学史。据毕业生事后向我交心,说由于对我讲课的内容还比较感兴趣,同学基本上还没有逃课的。但我讲课时站在讲台上向下俯瞰,发现在座听课的同学几乎在记笔记的同时，笔记本底下都掩藏着外文课本。只要我回过头去写板书，坐在前排的学生背外文生词的喁喁细语总或多或少地传入我的耳鼓。我很佩服他们的"一心二用"。直到进入考研试场以前，他们几乎都要把几册《中国文学史》囫囵吞下，还加上死记硬背，以求过得"关卡"，获得读研究生的机会。而一旦当了研究生，却又不是在忙于为写学位论文努力，而是依旧忙忙碌碌找业馀打工机会去"过"生活"关"，乃至惶惶然东奔西忙跑到社会上去摸底。寻求拿到学位后的职业出路。于是我乃深有所慨，难怪这些莘莘学子在读书时不免心浮气躁了。倘真地从容不迫、平心静气去读书做学问，进行独立思考，又有谁能保证他们的饭碗必然到手呢？

  我是教中国文学史的，只能就这一门课程略陈鄙见。如果举一反三，则对其它课程"教"与"读"的情况如何，或者亦可不言而喻了。

原载二〇〇二年五月十四日《人民政协报》

资历限定与自学成材

尽管每年高考名额因采取扩招办法而有所增加，但由于竞争激烈，从而导致学生、学校和家长三方面年复一年、月复一月，乃至日复一日都处于紧张状态的严峻局面，却变本加厉地持续存在着。但一个本科大学生纵使毕业，也不过是他在人生道路上的"万里长征第一步"，接着还要一层又一层地上台阶，拼上几年，拿到"博士"学位才算有了新起点。盖世人目前看待"博士"头衔，似乎比"劳模"、"十杰青年"以及"××奖获得者"等光荣称号还显得重要。一位已经是"博导"的知名学者，居然还要学攘臂下车的冯妇当一回博士，足见"博士"的含金量真是非同小可的了。

于是有的高校和研究机构便作出如下的规定：凡未获得博士学位者一律不被聘用入大学任教；已在科研机构工作者如未获得博士学位一律不得晋级，即使其学问再好、学术成就再高、贡献再大也无用。看来这比当年的"论资排辈"的办法可要"王道"多了。不久前我同天津南开大学来新夏教授通电话，曾谈到他和我都没有资格当"博导"。而我则进一步发表鄙论：一、我们进大学教书是赶上那个年头机会凑巧，如搁在今天根本就没有资格入大学任教。二、即使让我们这样老朽人物现在去"考研"，只怕也未必能被录取，更不要说拿到什么"博士"学位了。三、夫"以貌取人，失之子羽"，今以"学位"取人，连王国维、陈寅恪、刘文典这些前辈大师都不够资格，何况我辈！

然而国家有明文规定，凡高考落榜者并非没有前途，可以通过成人业馀教育自学成材。从表面看，在今天的社会人人皆有出路。但实际上如果只靠成人业馀教育，则所谓"成材"的制约性却是非常大的，混上高级职称者大约比凤毛麟角还罕见。其次，所谓仅有"一技之长"（或者称之为"偏才"），那肯定也成不了"大材"。因为高等院校和高级科研机构的大门只对"博士"敞开，凡夫俗子是进不去的。倘或侥幸进门，则纵有天大本领和学问也无济于事，只能沉沦为"下僚"。你无"硕"、"博"头衔根本就爬不上去。可是非正途出身而想拿到"硕"、"博"资格，又近于缘木求鱼。此即吾所谓之制约性也。

因此问题也就跟着来了。封建时代靠科举制度选拔人才，至明清两朝只凭八股文取士，其流弊至今犹昭昭在人耳目。今乃以"博士"为量才之标准，而事实上连身为"博导"的人是否有真才实学都成为人们质疑的对象，更遑论从之问业的承学之士！夫前事不忘，后世之师，如今博导如云，博士如雨，是否其中有滥竽窃吹之辈，一如《儒林外史》中所描述的诸般人物，说良心话，我确实是心里怀着一大把问号的。

谓我夸大其辞，我愿举实例为证。自就养于儿孙寓所，久病的老妻已有人照顾。故端居多暇，能以略读时贤学术著作为自娱之道。一本论顾颉刚及其门弟子的书，作者在《后记》中提到有研究生相助，足见是位导师无疑。而于行文间竟说顾先生因口才不好，课堂讲授效果"差强人意"（其意是说"不能令人满意"，与成语原义适得其反）；又把"寄养"写成"继养"。此类语病不一而足，恕不详举。而在另一位作者的一本书的《后记》中，这位写书的专家自称曾带过"十届八届"的研究生。但作者竟把"带"字不止一次写成"代"字，看来似非手民误植。每读到这种有"拦路虎"的地方，便索然扫兴，屡屡废书而叹。导师如此，研究生其不被误导者几希！

这又何责于学生写的学位论文往往空洞无物,勦(这是"抄袭"的"抄"字的本字)袭成风呢!

二〇〇二年九月一日沪上写记。

原载二〇〇三年第一期《文史知识》

关于"博导"

　　我本无资格谈论这个问题,因我本人并非"博导"。但我的学生中确有不少"博导",有时他们之中有人因公外出,由于同我熟识,乃蒙不弃,嘱我在一个时期内代管他们的博士生,因之我也稍稍领略个中况味。夫吃过"布丁"的人然后知"布丁"之味(《反杜林论》),尝过"梨子"的人然后知"梨子"的酸甜(《实践论》)。我虽只代管过几天博士生,总算取得一点发言权,故姑妄言之。

　　据我所知,在欧美各大学中,只要是教授就有资格指导博士生,并无"博导"与非"博导"之分。不过彼方之教授是"物以稀为贵",并不像我们这里的所谓教授多得车载斗量,甚至逾于过江之鲫。数量多则质量上难免良莠不齐。然则在众多教授中区分出"博导"与非"博导"来,本属符合国情,无可非议。问题在于什么样的人才有资格当"博导",其学术上的水平与标准似并无一条明确的"底线"。就我所见到的某些"博导"的专著或单篇论文,其水平是否够得上担任"博导",实在令人可疑。盖剽窃他人学术成果者有之,出现常识性硬伤者有之;甚至有些观点和材料,古今中外的前人早已说过多少次,几乎其内容已成为家喻户晓的事物,而身为"博导"之流却一无所知,竟把他那一点井蛙之见当成稀世之珍和不传之秘,津津乐道而写入其大作之中者更是屡见不鲜。这样的导师"导"出来的学生,其功底与质量如何,就更使人放心不下。由于"博导"多了,于是获博士学位的人数也按照几何级数不断飙升。看上去我们的文化学术事业似乎在日臻繁荣昌盛,其实却难免有"泡沫文化"的成分在内。这就不能不使我这个老教书匠发出杞人忧天之叹，落笔写出这近于杞人忧天的文字，做一个"不在其位"而竟然"思谋其政"的不合时宜之人了。

近时从各种媒体不止一次看到如下的新闻报道：有的"博导"竟在同一时间段内同时指导十几个乃至几十个博士生。我以为这样的"博导"可谓"奇才"。我本人资质鲁钝，平生真正指导过的研究生只有一人。上个世纪六十年代，北大中文系一度成立了一个研究生集体指导小组，由教授二人、讲师一人（即区区是也）、助教若干人共同负责辅导，定期碰头讨论质疑答疑。这一做法曾维持了好几年。而彼时在这个小组集体指导下，于某一时间段内，研究生的总人数最多也未超过十人次。自上个世纪八十年代开始，包括指导来留学的外国博士生和代管过的博士生，在每一时间段内我也只指导一个人；到二〇〇一年，加在一起也未超过五人次。而从我本人的体会来说，只要有指导任务，我这所谓的"导师"即感到无论时间或精力都相当紧张，担子很重。可见我这个人实在才轻力薄，殖学无根，比起当前的某些"博导"来，真是瞠乎其后了。盖一位"博导"同时竟可以指导几十人，这些人总不可能共选同一论文题目。即使在同一专业范围之内，那担任"博导"的恐怕也得"十八般武艺"件件都有两下子才行。我不过只是个凡夫俗子，在学术领域和专业范围内，凡是我不懂或只略懂皮毛的学问，我绝对不敢大包大揽，胆大妄为，对学生胡乱指手划脚。而现在的"博导"竟能同时指导大抵相当于一个班的小学生之数，恐怕即使是陈寅恪、钱锺书也未必有此铺天盖地的知识"涵盖面"。"虽尧舜其犹病诸"，而况"博导"乎？

不过最近我却有点开了窍。不久前我曾看到一份表格，是关于高级知识分子住房面积的标准的。其中院士相当于副部级待遇，一般教授相当于正司局级待遇。把"高知"与政府行政官员等量齐观，是否妥当这里姑不讨论。但既有如此规定，那么一位司长或局长的手下总会统辖着上百人吧。然则一位"博导"能带几十个博士生，又有什么可大惊小怪的呢？遗憾的是，我这个老教书匠天生不是做官的料，所以只能自愧弗如了。

原载二〇〇三年五月十四日《中华读书报》

我对人文教育的三点浅见

首先谈对当前高校人文教育现状的看法。以北京某些高校为例，遵照指示，教育管理机构的全国高校的学生（不分人文科学和自然科学的各个专业，而且主要是针对非人文科学各系科的本科生）都应接受传统文化教育。这说明我们的高层执政人已注意到人文教育的重要性。但传统文化包罗万象，它并不是一个课程的名称。而现在北京有不少理工科高校各系大都开设了一门名为"传统文化"的课程，一学期只有一两个学分，近于敷衍故事。而且各个学校这门课的教学内容也因师资不同而各异。有的讲讲北京的四合院，有的讲点儿中国的饮食文化。我们不否认这些内容都是中国传统文化的一个组成部分，四合院也好，美食城也好，似乎对了解祖国几千年传统文化的精髓并无太多帮助。远在"文革"以前，我就几次呼吁各理工大学应恢复"大一国文"课程，而且至少是一学年六学分的必修基础课。由于人微言轻，无人响应。当年的清华、北大，一直到后来的西南联大，"大一国文"始终是全校性的必修课。开这门课有两种方式：一种是各系分班由著名教授主讲，像清华的朱自清、刘文典、俞平伯、浦江清诸位先生，都各分一个班去教"大一国文"。西南联大阶段师资雄厚，"大一国文"改成大班，上大课，由若干位著名教授分担讲授，每一篇课文由一位专家来讲，听课的学生等于在一学年中遍听所有知名度高乃至大师级的教授讲个人治学心得和独到见解，就像听名角荟萃的大型堂会戏一样。我是一九四一年高中毕业的，中间教了一段中学国文，到一九四七年从清华转到北大中文系当三年级插班生，实际上吃亏一年。就在我上北大的时候，据我所知，俞平伯、废名、沈从文、章川岛（廷谦）这些位老师，仍每人教一班"大一国文"，文理各系一律必修。这门课如果教得有水平，能贯通古今并从实际出发，无疑能具体地传播并发扬传统文化。

再谈对当前人文科学各学科研究课题的看法。由于所知有限，我只想谈一下文、史、哲这三个学科的粗略情况。所谓"传统文化"，必然包含哲学、文学、史学以及政、经、法等各学科的内容在内，这是常识。然而现在人们一谈到传统文化总想到要包罗万象，搞横跨文、史、哲各科的边缘学科，力求内容广泛宽博，无所不包。简而言之，从宏观上看问题的研究者多了，务虚的人多了，搞广而博的所谓理论问题的人多了；相对来说，你只在文、史、哲某一领域中搞某一个方面或某一个问题，不免显得单打一，单薄而单调，甚至于有点嫌简单或简陋。我以为这也有点儿舍本逐末，不从各个专业具体问题去各个击破，只顾大包大揽、大而无当搞泛泛的所谓传统文化，到头来只会像魏晋玄学，空谈误国。我们固然要考虑广博的"面"，要求"与国际接轨"；但做学问必须一步一个脚印地向"精"、"深"发展，要务实，要解决实际问题，才是"人间正道"。只图"走捷径"或"好高骛远"，是会"欲速则不达"的。这里面还包含着文风、学风问题，以及追名逐利、急功近利等流弊。

最后谈如何指导青年学生读书的问题。目前给大、中学生开必读书单又成为旧事重提的热门话题。有人一开书单，就是几十种上百种，至少也开出十几种。不要说非人文科学各系的本科生，就是专攻文、史、哲各系的青年学生，一时恐怕也读不过来。十几年前，我在国外偶然读到美籍华裔学者夏志清教授的一本小书《鸡窗集》，其中一篇文章谈到英国的大学生，不管他们是学理、工、农、医还是学政、经、法的，在校时必须读一年莎士比亚。因此他主张，凡中国青年只要进了大学，不论读哪一系，都要读一年（至少一学期）的杜诗。这个提法我有同感。现在我向全国各高校的本科生提个最简单的读书方案。除必修一年"大一国文"外。在古籍方面，只要求读三部书，那就是《杜诗》、《史通》和《论语》，即文、史、哲三个学科每个学科一种。实在来不及，只读其中一种也可以。此外，清朝对一般读书人要求读《诗》、《四》、《观》三种入门书，即《唐诗三百首》（不是《诗经》）、《四书》和《古文观止》，这也不失为一种方案。总之，这样的书单实在够简单了，只要一名大学本科生能据此两种方案之一认真读下去并把它读完，那我们的人文教育必能收到较明显的效益。信不信由你！

本文为吴小如先生应邀参加东南大学中国人文教育高层论坛的书面发言，题目为《人民政协报》编者加。

原载二〇〇四年一月十二日《人民政协报》

学术"量化"误尽苍生

从《开卷》上拜读刘世南先生的大文，十分钦佩，且深有同感。现在不少高等院校在学生获取学位和教师评定职称时，都要求当事人必须在某几家所谓"核心刊物"上发表论文若干篇，否则前途大受影响。这里面存在好几个问题。第一，这些所谓"核心"刊物，未必即是高水平、高档次的刊物，在那些刊物上面发表的文章，也未必都够得上高水平（据说有人在某"核心"刊物上发表了文章，得到首肯，达到了预期的目的，结果发现那只是一篇通讯报道，并非学术论文，也就矇混过了关）。而某些非"核心"刊物，实际上它们发表的文章却达到国际学术水平的质量（恕不列举刊物名称，免招广告炒作之嫌），但它们却被当权者屏之、拒之"核心"之外。这就存在一个名实并不相符的问题。第二，所谓"核心"刊物，为数毕竟有限，投稿人为了功利主义目的，一味扁着脑袋希望在那里发表文章，自然不免粥少僧多。这就十分可能产生用不正当手段进行不合理竞争的局面，其中难免出现"走后门"、"托人情"之类的弊端。第三，由于拿学位或晋升职称硬性规定论文的篇数和每篇论文的字数，人们出于急功近利的目的，乃纷纷东拼西凑，以次充好，以劣充优，甚至不顾学术道德和职业道德，不惜攫掠他人成果以充自己门面，只求篇数、字数过关，不问内容有无价值。最终结果，便如当前舆论所形容的：教授多如牛毛，"博导"一驳就倒；学校年年扩招，而废品充斥社会。

要想使学术界纯化、净化，实现国家早就提出的"尊重知识，尊重人才"的号召，那就必须改革教育体制，改变培养人才的方式方法，废除学术上"量化"现象而做到真正重质不重量，把伪学术、伪科学、文化泡沫、文化垃圾彻底涤荡干净。

二〇〇四年二月。

原载二〇〇四年三月第五卷《开卷》

我对高校公共基础课——"大一语文"的浅见

一、缘起

二○○四年十一月的一天,《文史知识》两位编辑同志造访寒斋,谈到当前高等院校所开设的"大一语文",这是一门公共基础课。据云,有人认为,"大一语文"应不同于高中语文,它不是高三语文课的继续,从而征询我对这门课的看法。我上过大学,教过中学,后来在大学教了一辈子书,当然也教过这门课。说"看法"带有评判的意思,不敢当;我只能谈谈个人的见闻和我教这门课的肤浅经验,供关心高等教育事业的读者们参考。这只是个人一隅之见,未必适用于今天的现状,有欠妥处,还请读者和专家们指教。

"大一语文"在一九四九年以前称作"大一国文"。后来从中学到大学,课程中凡称"国文"者一律改称"语文",于是乃有"大学语文"之名。我是一九四九年才迈出大学门槛,然后又走进大学门槛的。一九四一年我初读大学时读的是商学院会计财政系,那时读的"大一国文"纯粹是公共基础课,从学校领导到学生本身,对它都不够重视,只是为凑必修课的学分而已。尽管如此,教这门课的老师是朱星先生,他是无锡国专的学生,曾受业于陈垣先生。他教过多年中学,后来担任河北北京师院和天津师院的领导,学术上有成就,也有知名度。可见在当时,尽管"大一国文"不受重视,教这门课的老师还是有学问的。一九四九年我开始教大学时,这门课改称"现代文选及习作",仍是一门公共基础课。顾名思义，它的内容已把古典文学作品排除在外，而重点移到了"习作"上。久而久之，这门课愈来愈不受自然科学各科系的重视，有很长一段时间竟完全被取消。只有文科某些系还设置这门课，而且愈来愈倾斜于"习作"，其性质与旧时的"大一国文"已不大相同了。自十一届三中全会拨乱反正以来，"大一语文"作为公共基础课，才又渐渐提上日程，出现在各院系的课程表上。因此要谈这门课的内容，必须先了解上述这门课设置的历史背景。但无论是"大一国文"，还是"现代文选及习作"以至于今天的"大一语文"，有两点还是共同的：一、它是必修的公共基础课，不专为中文系学生开设，但师资却由中文系提供；二、尽管课程内容有所侧重（如由古今并重到有今无古，由"知"与"能"并重到只强调习作，即实践能力），但"知"和"能"二者原是辩证关系，要想提高学生的习作能力，必须不断给学生"充电"，因为学生不是"作文机器"，在他们的头脑里倘不储存着大量的知识库藏，那是无论如何也写不出好文章来的。这就牵涉到一个关键问题，即讲授这门课的师资力量是否过硬。

二、"大一国文"的两种模式

据我所知，当年西南联大开设的"大一国文"，模式是十分特殊的。由于西南联大是把北大、清华、南开三座名牌大学合并到一处，师资力量之雄厚可以说无与伦比。"大一国文"既是公共基础课，于是便把所有一年级的学生都集中到一起上大课。而当时中文系的教授又是大师、名家如林，数都数不过来，好像一个阵容无比强大的剧团，每一位都是独挡一面"挂头牌"的人物。这些名教授一人担任一讲，轮番给学生上"大一国文"。全体学生在上这一门课时，可以把所有中文系的"老师大儒"的拿手杰作都品尝欣赏一遍。讲授者自然是"八仙过海，各显神通"，每人都有展示自己"绝活儿"的机会，而听众却得到最高水平的学术享受。直到抗日战争胜利，西南联大分头复员，这种模式的"大一国文"也就不可能再现。但得到实惠的是那时在校的学生。以著名物理学家杨振宁先生为例，他从科学家的视角，以批判眼光来评论《周易》，可见他在国学方面的造诣，恐怕比眼下文史哲各系从事专业研究的硕士、博士们要高出几倍。而我们从这一模式中却可以看出至少有两点是非常关键的。一是当时校方的领导者、决策者对"大一国文"这一类公共基础课是重视的，不然就不会采取这样的安排。二是这些知名度相当高的教授（如清华的朱自清、闻一多、浦江清诸先生；北大的罗庸、游国恩、沈从文诸先生）都无条件地投入"大一国文"的教学中去，这无疑就大大提高了课程本身的质量，尽管这一模式后来没有再形成，但还是值得借鉴的。

一九四六年，我以商科二年级肄业的资历考入清华大学中文系三年级做插班生，没有再读"大一国文"，故情况不详。但根据清华的要求，一个本科生必须修完学校指定的公共基础课。当时我应补修的课程不少，这些课程的设置完全可以作为当时"大一国文"的参照系数。我选修了金岳霖先生讲授的"逻辑"，张岱年先生讲授的"哲学概论"（专讲西方哲学），吴晗先生讲授的"中国通史"和李继侗先生（他是生物学界权威，后来担任过内蒙古大学校长）的"大一生物学"。这些课都体现了我前面说的两点，即校方对这些全校性的公共基础课十分重视，和由知名度很高的教授担任。而且从这两点，实际上也反映出学校办学的总方针和知名教授们对讲授公共基础课的态度，也就是他们的敬业精神。这些课程都是全校各系科学生必修的大课，讲起来很吃力，但学生却从中受益匪浅。从我个人来说，一生中能听到这些大师讲课，是极难得的机遇，这使我感到骄傲和幸福。这些课虽不同于西南联大所开设的"大一国文"的模式，但它们的精神实质是相通的。

一九四七年我转学到北大中文系。我曾受俞平伯先生、废名（冯文炳）先生和沈从文先生的亲炙，但同时也知道，这些名教授都各教一班"大一国文"，并配备助手批改习作课卷（如俞先生的助手是吕德申先生，他们合作了一学年），是分小班上课的。这种模式一直保持到一九四九年以后，即使改称"现代文选及习作"，模式也没有变，只是任课教师大都是年轻人，自然不再配备助手，批改作文课卷也全由教师自己包办了。我从一九五一年到燕京大学国文系任教，一九五二年院系调整后留在北大中文系，直到一九五四年始终担任"现代文选及习作"的教学工作，除中文系外，还先后教过东语、哲学两个系的一年级新生。当时我并未感到有任何负担，也没有感到时间上浪费和影响自己的进修，对改作文也未觉得厌倦。因为我是中学教员出身，知道在教学过程中必须要跨过这一磴台阶。当初我读初中时，曾在南开中学教国文的何其芳、陶光、华粹深、孟志孙诸先生，以及读高中时曾在工商附中教国文的朱经畬、朱星两位先生，后来都成为大学教授。可见教中学语文并不是一件坏事，甚至是教大学的一条必经之路。如果没有中学老师给我打下的基础，那我后来读大学中文系，乃至在大学中文系教书，说不定还没有今天这点资本。

三、我教基础课的点滴经验

我教"现代文选及习作"时年龄不过三十上下，没有什么学问，经验也谈不上，不过教得比较认真而已。教东语系一年级时，有过这样一件事，班上的同学不够团结，好像对班主任也有些意见。我是从学生的作文中察觉的。那时并没有人让我怎样做，我也没有向任何人请示，只是感到有责任把学生们的思想疙瘩解开。于是分头找个别同学谈话，并在批改文卷时提出个人意见，希望大家能够团结起来。最后矛盾解决，学生们心情也舒畅了，仍是从作文中反映出来的。事后有同学向我表示感谢，认为我教书不忘育人。我这才从感性上升到理性上来，反而一度有些惴惴然，感到自己教书教出了圈儿。最终认定，我所做的事并没有错，而且这样做是一个教员分内的工作，不能说"出圈儿"。我给哲学系学生也教过一年"习作"，自以为成绩平平。若干年后，有一次同哲学系的张世英教授闲谈，他说他问过留在系里工作的一位教员，读一年级时上"习作"课有没有用。那位同志答："也有用也没有用，要看是谁教课。"而他则认为这门课对他还是有用的。张先生问他那一年的"习作"课是谁教的，他答道："是吴小如先生。"我听后感到一则以喜一则以惧，深幸自己没有失职。看来一个教师只要黾勉敬业，学生们是不会忘掉自己的。

在我几十年的教学生涯中，类似"大一语文"这样的课程我还教过两门。一门是一九五九年为北大中文系文献专业第一班入学新生开设了一学年的"古文选读"，另一门是为中文系本科生开设的"历代散文选"。由于文献专业强调学生的知识面要宽，我便采取了由浅入深的进程。开学之初，我选讲的教材有《齐民要术》（农业）、《天工开物》（工业）、《梦溪笔谈》（自然科学）和《世说新语》（文学）等，学生们听了不觉吃力。然后循序渐进，到学年快结束时，我讲了司马迁《报任安书》、王充《论衡·自纪》、刘知几《史通·自叙》和白居易《与元九书》等大块文章。中间有些文章已见于中学语文课本，如《兰亭集序》、《醉翁亭记》等，学生不想听，我说你们不妨听一听，试试看。结果学生说，同样一篇文章，就是同在中学听讲时感受不一样。可惜这门课我一生只讲过这一次，没有积累下更多的经验。

"历代散文选"我讲过不止一次，多半是"分片包干"讲的，只讲"一条龙"中间的一个片段。而从先秦讲到近代由我一个人讲完，这一生也只有一回。我在讲作品前先用几节课简略地讲一遍中国散文史（有的老师反对这样讲，其实在中国文学史课堂上讲散文史的比重极小，学生并没有感到重复），给学生一个提纲挈领的总印象，然后再按朝代顺序讲作品，学生便不致感到零散琐碎。可惜中国文学史这门课与作品选时分时合，时至今日，因课时愈来愈少，学生已无接触多少作品的机会，甚至连中国文学史也不能完整地讲完，于是连"大一语文"的作用也起不到了。

四、小小总结

归根结柢，"大一语文"毕竟是一门公共基础课。要想让全体学生重视，首先要学校领导人和决策人对公共基础课重视，这是同一座大学的办学宗旨和培养目标紧密相关的。所以要开设"大一语文"这门课，关键在于领导人和决策人如何对待它。如果重视不够，这门课不如不开。其次，给全体学生上公共基础课，并引起学生重视，必须有过硬的师资，也就是说，请知名度高、具有权威性的教授来讲课。第三，任课的教师必须具有奉献精神，任劳任怨，黾勉敬业，并且把教书和育人结合起来，既对学生传授知识，也要培养学生实践的能力。有了这几条，不愁学生对这样的课程不感兴趣。我很快就八十三周岁了，年老体衰，只能纸上谈兵，追溯一点过去教书的印象。如果倒退二十年，我真想主动请缨，再给学生讲一次"大一语文"。现在只能寄希望于后起之秀了。

二〇〇四年十一月。

原载二〇〇五年第一期《文史知识》

学术规范应坚持"守正"

顷拜读汪少华先生近著《古诗文词义训释十四讲》,深感作者学有本源,功底坚实,"夫人不言,言必有中",是一本值得推荐的好书。故不惮词费,略陈鄙见,愿从事学术研究和教育工作的同行们(特别是中青年学者)都能耐心通读一遍,然后对照自己治学的心态和途径,或许有点参考价值。以我本人而论,不仅从这本书中学习到不少知识,且获得反躬自省改正错误的动力。它既是作者学术研究的成果,更是供人们反思自鉴的一面镜子。不得以其所论者只是古诗文中一字一句的小问题,便忽视了它在治学态度与途径方面所起到的导夫先路的作用。

一

在本书的《前言》中,作者开宗明义提出了他撰写此书的实践准则——"守正"。作者说:"所谓'守正'表现为,首先,不轻易否定旧注成说,而应当探究其所以然……;其次,旧注成说有歧解时梳理考辨,审断从善;第三,纠正现代辞书与今人新解的偏误,并阐述致误的原因。倡导'守正'并不排斥发明,但发明的前提是守正。倡导'守正'的意义是,在古籍整理、辞书编纂和语文教学领域乃至全社会语言文字应用中,建立和强化古诗文词义训释的学术规范,阻遏穿凿附会、少见多怪倾向,防止以讹传讹、乱人耳目甚至可能误人子弟(的偏差)。"(《前言》,三至四页)全书分十四讲,每一讲对古诗文中一字一句的训诂,不仅求其准确的涵义,并且从此文此诗写作的时代、当时的社会环境和文化习俗的背景来判定这一字一句的解释为什么应当如此而不应当如彼，这就不是孤立地只从一字一句的单纯释义上来看问题了。由此可见，作者的眼光并不局限于训诂学一隅，而能放开视野，来判定这一词一句究竟应如何理解才符合实际。如果作者没有广博深厚的基本功，是不可能如此有的放矢而一发中鹄的。可我们当前不少的教育工作者和研究工作者，恰恰缺乏的正是这种扎实的苦功夫、硬功夫，从而出现一些对古诗文字句的理解望文生义、臆断妄测的曲解谬论。照我看，这不仅误人子弟，而且要误人父兄、贻误来者了。

二

从"守正"的规范出发，我作为一个老教书匠，首先从这本书中获益的是必须老老实实承认错误，虚心接受作者对自己的批评。我也拟出一条自省的准则，即应以诚恳的态度"服善"。只有真正服善，才能使自己进步，并在今后尽量不再犯类似的错误。仅就本书所指出的，我在课堂的讲义中所犯的错误至少有四条。现逐一列出，除向作者致谢外，还要向听过我的课和看过我的书的"上帝"们致以诚挚的歉意。

1. 我在《国语·召公谏厉王止谤》一文中把"其与能几何"的"与"字讲成实词，认为应作"助"解（见《先秦文学史参考资料》和拙著《古文精读举隅》）。而本书作者除备引各种讲法（如王泗原《古语文释例》等）外，并根据《国语》文本自身的若干句例，把"与"字与上下文连读解为反诘语气副词，这就很具说服力。而我则只是就文论文，没有遍检《国语》和有关古籍，仅凭己意臆断，看似文义可通，却误解了原文。

2. 我在《国语·勾践灭吴》文中把"生三人"、"生二人"讲成生三胞胎、双胞胎，没有如本书作者根据古代习俗制度来理解文义，实在是武断臆测，以致贻害他人。除承认自己无知外，更应向受拙解影响的各家选本的编者和读者表示歉意。

3. 我解释《国策·触龙说赵太后》一文中"持其踵为之泣"一句是望文生义。当时我根本没有细绎《三礼》和其他古籍，不知古代母亲在送女儿出嫁前要给她亲自穿上一双由夫家送来的"屦"（鞋），从而才可能"持其踵为之泣"。而且当时的妇女（包括赵太后这样的贵族女性）是不允许走出"祭门"（宗庙之门）的，当然不会由太后把女儿亲自送上车，所以才出现了强不知以为知的常识性错误。记得本世纪初，与已故门人倪其心教授闲谈，其心说，现在讲文学史不治《三礼》是不应该的。我虽同意他的看法，但我对《三礼》也只是浅尝辄止。尽管我对《礼记》中若干篇曾认真读过并给学生讲过，孙诒让的《周礼正义》中的资料我也充分利用过，但对古代礼制毕竟"不求甚解"。通过读汪君此书，我才真正感到自己读书实在是太少了。

4. 我在拙文《听父亲讲〈孟子〉》中曾强调《孟子》首章梁惠王说的"亦将有以利吾国乎"和孟子答话中的"亦有仁义而已矣"的"亦"字是落实到具体涵义上的，与现代汉语中的"也"字涵义相同。其说早见于金圣叹的《唱经堂才子书》。文章发表不久，便有专家撰文同我商榷，当时我并未再写文章应对。这次读汪君书，他在谈《赵威后问齐使》"岁亦无恙"句时着重谈及"亦"字用法，认为它不过是个加强语气的虚词，并引用了若干同类例句，极有说服力。我回忆父亲当初给我讲《孟子》时，只是强调文章修辞的写作技巧，并非从训诂本身去考虑问题，因此才出现了穿凿性的理解。

此外，我对"滥觞"和《曹刿论战》中的"下视其辙"、"登轼而望之"这些习见的例子，也有过一些似是而非的考虑；这次读了汪君大著，才心悦诚服地赞同他的意见。

三

我认为该书给人以最大的警示，是第十四讲以《汉字拾趣》一书为例提出的"八忌"，即：一忌不明文献体例，二忌引文与叙述语不分，三忌注文与本文不分，四忌以流为源，五忌出处不确或不详，六忌擅改原文，七忌不明文章而破句，八忌误解妄说。其实这些毛病并不限于一部所谓的"学术著作"，只是这本《汉字拾趣》显得太突出了。奉劝今天的某些自命不凡的"学者"，切勿蹈汪君所指出的这"八忌"的覆辙。要想使学术真正规范化，绝对不能借"学术"的幌子作为自己欺世盗名的工具。作者在书中对目前学术界某些心态浮躁、不肯用功读书的人，或举其一片浮夸、哗众取宠；或举其主观武断、少见多怪；或举其缺乏自知之明而妄逞臆说……，其本心还是与人为善，希望当今的教育工作者和研究工作者都能以"守正"为规范，认真做学问，为我们国家和社会做出真正、实在的贡献，为文化事业添砖加瓦。所以我才建议教育界和学术界的同行们，能认真读读这本书，从而因小见大、见微知著、举一反三，庶几不负作者的一番苦心孤诣。

二〇〇八年十月在北京西郊寓庐写讫。

原载二〇〇九年第一期《文史知识》

读报的质量

近年来我是晚报的忠实读者。因为老妻多年久病，枯坐无聊，我便订了若干种晚报供她消遣，当然自己也成为这些报纸的同嗜人。本文主要是谈一点读报体会，并非对各种晚报妄加评论，千万请勿误会。

我看过的晚报，除《北京晚报》外，从南往北算起，计有《羊城晚报》、《武汉晚报》、《扬子晚报》、《新民晚报》、《今晚报》、《辽沈晚报》等。《羊城晚报》和《今晚报》已属日报规模，姑且不谈。这里着重谈谈《新民晚报》和咱们当地的《北京晚报》。

《新民晚报》资格最老，销路也不限上海一地，堪称晚报界里的"执牛耳"者。最近更扩大篇幅，竟多达三十二个版面，分成AB两组，真够红火。可是版面多了广告也随之增多，内容的水分也难免添进不少。除此之外，还有更影响读者阅读质量的地方。一是长期使用六号字，读者中近视眼与远视眼的人占很大比重，近视者摘下眼镜、远视者戴上眼镜，仍难免有雾里看花之苦；最近该报有所改善，某些版面已改用五号字，这应该是一种进步表现。但毕竟还有很大一部分读者在阅读时感到吃力，希望该报能予以考虑。二是该报多年来一直是八个版面合排在一张大纸上，看报时如不裁开简直太费劲了。三是最近篇幅增加，几乎每天都读不完，久而久之，便有浪费之感，令人遗憾。如果能把字体改大，版面裁开，内容适当压缩，或者读者层面会更有扩展亦未可知。

说到《北京晚报》，最近以来（大致说来，从一九九八年开始，尤其从春节以后），内容确实充实而丰富多了，可读性比一年以前增加了很大比重。这是值得大书特书的。但篇幅增加了，八个版面却因而往往印在一张大纸上，让读者自己去裁开，未免使人感到美中不足。且风闻最近有把五号字改为六号字的消息，不禁使人有点担惊害怕。《新民晚报》正考虑把字体由小改大，而我们的《北京晚报》却想着把字体由大改小，这岂不有点让"上帝"（即读者的代称），特别是要戴上眼镜和摘下眼镜才能读报的"上帝"增加思想负担么？万一字体缩小了，读者层面也同时减缩了（这是个实际问题，因为确实会影响一部分人读报的质量），孰得孰失，我们的负责同志不知考虑到没有？目前我们正处在百业展开竞争的大潮中，稍有疏失，就会"败下阵来"，弄个"得不偿失"。到那时再感到走了弯路，可就悔之晚矣！

改编现代名作要重视文化素养

四川、上海两家电视台把巴金先生的名作《家》、《春》、《秋》改编成电视连续剧。我只看了一集，便如骨鲠在喉，觉得有些话非说不可。主要我想提醒文艺界的朋友，从编剧、导演到演员，要改编现、当代名作，必须重视文化素养，免得有沾于原著。

先从读字音说起。"乐"字除"快乐"的"乐"读 lè，"音乐"的"乐"读 yuè 外，还有 yào 的一种读法，那就是《论语》"仁者乐山，智者乐水"的"乐"。《家》里的反面人物冯乐山，既是本世纪初的旧式读书人，他的名字肯定是取自《论语》，那就一定要读"yào 山"而不能读"lè 山"。读成快乐的"乐"就算出了硬伤。电视剧里人们一口一个"冯 lè 山"，说明从编导到演员对古典著作都比较陌生。这不能不使人引为遗憾。

读者也许以为我在大惊小怪，小题大作。我说不然。半个多世纪以前湖南平江的向恺然（笔名不肖生）写了一部《江湖奇侠传》，里面有个主要人物名叫向乐山，当然也应该读"yào 山"。后来电影和戏曲都把这部书进行改编，那就是轰动一时的《火烧红莲寺》。在戏曲舞台上，演员们在演连台本戏《火烧红莲寺》时，称呼向乐山都是读"向 yào 山"的。抗日战争期间，上海影坛曾把《家》搬上银幕，由梅熹、刘琼、顾也鲁三人分扮觉新、觉民、觉慧，扮冯乐山的是殷秀岑，扮鸣凤的是陈燕燕。而在台词中，凡读到冯乐山的名字时，"乐"都读"yào"。看来人们今天的文化素养有时还不及二十年代彩头班演员，更不要说比三四十年代的电影明星了。

其次再说称呼。一般社会习惯，称与父亲同辈的朋友多叫"老伯"，如系世交，则称"世伯"、"世叔"，如系亲戚，则称"姻伯"、"姻叔"，如果称与祖父同辈的朋友、亲戚则为"太老伯"、"太姻伯"，从来没有叫"老太伯"，纯属杜撰。这不但暴露了编、导、演员缺乏文化素养，而且还有冒充有文化素养之嫌，真是欲益反损了。

几年前有人已对电视剧作提出过批评，说父亲不应呼儿子的"字"（今称"别名"），如曹操不应呼曹丕、曹植为子桓、子建。而在《家·春·秋》电视剧中，高老太爷对觉新却一口一声"明轩"。至于扮冯乐山的演员在读旧体诗句时，更暴露了演员对旧体诗的一无所知。

原载一九八八年十一月十九日《今晚报》

写书人的感喟

商业界有一条规律,即劣质商品充斥市场时,优质商品便从市场上被挤掉。这一现象,目前也在出版界蔓延着。有价值的学术著作,出版社由于怕蚀本而不肯出版,无聊的甚至有害的书籍因为能赚钱便争相付印。从而出现了出版社用书刊号卖钱,要写书人自己掏腰包付印刷费、书籍出版只给书不付版税、让写书人自己去推销等很不正常的现象。这些,不少文章已谈到,我这里要说的,是另外几种情况。

这些年,在本职工作外,我曾做了大量评定职称的工作,即审阅某位同志的著作,写出鉴定书,单位再根据几位评定者的意见,来决定被评定者是否定级或晋级。有一种意见认为,出版过一本本书的要比只写过一篇篇文章的人容易被看重(或者说"看中"),当然也就容易晋升。至于一本书的水平、质量如何,却往往被忽略。于是有的同志便只好自掏腰包去出版书籍,而不甘心于只写单篇的论文了。这种重量不重质,重形式不重内容的倾向,我个人认为是不够公平的。我就曾为某人一篇相当出色的论文做了可以越级晋升的鉴定,而招来另一位出版过不止一本书的同志的不满。我自己虽也写过书、出过集子,却反对这种变相的"一本书主义"。这是感喟之一。

感喟之二,就是目前稿酬、版税的标准确实有些低了。而有的歌星一场演出就开价两千元,足抵得上一位写书人写十万字书的代价(何况多数人还拿不到每千字二十元的稿费),难道文章真那么不值钱?

感喟之三,还是按法律办事好。有一家出版社来组稿,由于是自己的学生来联系的,便犯了旧知识分子"口不言钱"的清高毛病,没有签出版合同,更没有问稿酬标准。等到书已印成,所付的稿费却是低标准,低到了想象不到的程度。不过感喟之馀,又不免有"比下有馀"之幸。毕竟还未要我自掏腰包付印刷费和自摆书摊去兜售啊。

原载一九八九年九月十四日《北京日报》

自编的一首"顺口溜"

今年九月间,我同天津两家出版社的编辑同志们进行了两次座谈。除谈及中国的语言文学与民族传统文化的关系外,也简单介绍了我本人担任编辑工作(当然是非正式的)的点滴经验。这些所谓的"经验"是很不成熟的。到今年十一月,又同北京、山西两三家出版社的几位编辑同志见了面,也随意漫谈了一些我对编辑工作的看法。当时有人对我说,是否把谈话内容写成文字,以飨更多的担任这一行工作的同志。不揣冒昧,择其大要写成此文,就正于广大读者。

我几次谈话的内容只围绕着一个中心,即编辑工作者本身应该勤练笔,多写文章,并学会如何适应各种不同作者的不同风格的书稿进行修改文章。我斗胆说了一句,现在不少编辑人员有修改别人文章的权力,却缺乏修改文章的能力。几年前,有一家杂志的副总编,竟把来稿中称呼别人父亲的地方添上了"家父"二字,闹了大笑话。类似这样的事,在今天的书、报、杂志上不但没有绝迹,而且层出不穷,屡见不鲜。

不论著书立说也好,写文章也好,编稿审稿也好,都应注意以下几件事,我在谈话的当时即兴编了一首"顺口溜":"难点不能绕,材料要可靠;文笔须简要,立意必精到。"所谓"难点不能绕",是指读者认为难懂费解的地方,作者、编者都不能回避绕开。现在不少带注释的选本,读者能懂的地方,往往注释得很详细,读者看不懂的地方,却一个字也没有注。据好几位编辑同志说,这已成了通病。至于引用前人文献资料,最忌转手使用间接材料,一定尽量用原始出处的资料。否则别人错了你也跟着错。现在书刊的校对比较马虎,古书标点也常出问题,随手照抄,难免以讹传讹。关于"文笔简要",说来容易做时难,我自己也不见得能做到问心无愧。不过近年来我在写文章抄写后有时还屡加修改,因此对鲁迅说的尽量删去不必要的句和字这一点有了进一步的体会。至于"立意精到",只不过是我个人的奋斗目标,说出来与大家共勉而已。但不管怎样,我一直反对写文章靠"炒冷饭"过日子,更不愿嚼饭哺人。

我以为,编辑工作者的主要职责同治学问的专门家一样,应以"传信"与"订讹"二事为己任。这不仅是个有无能力的问题,而且涉及职业道德方面的问题了。

原载一九八九年十二月二十五日《今晚报》

文艺的"一窝蜂"现象

文艺的"一窝蜂"现象由来已久。五十年代中期,昆曲《十五贯》问世,受到好评。没有多久,几乎每一个剧种、每个城市都有一台或几台《十五贯》上演。每当纪念世界文化名人之际,有关屈原、吴敬梓、关汉卿、杜甫等及其作品的论文,一时汗牛充栋。遗憾的是,一阵热潮过去,说冷就冷下来了。鸟瞰一下近十几年进入新时期的文学创作,始而"创伤文学"风靡一时;接着便认准了只有"意识流"才是最新的创作手法(其实在西方早就几起几落了);"现代派"一度成为艺术界的"热门",不仅写诗、作小说、编剧本要"现代"一番,就连书法、绘画、雕塑也往这条路上走。一说要跳迪斯科,不仅老太太赶时髦,每天起早贪黑扭腰摆胯,连改编汤显祖的《邯郸记》也要出现一群身穿透明薄纱的女郎在台上大扭特扭。最近则卡拉OK大兴其时,说不定不久的将来,连幼儿园都会增设这一项目了。如果有人赶不上潮流,别人自然视之为落伍,本人也难免自惭形秽。

在读者群中,有一阵子忽然刮起"武侠小说"风,金庸、古龙、梁羽生一时甚嚣尘上;没有多久,又掀起一阵"琼瑶热"。很长时期以来,在大小书店的书架上,几乎除了各种各样的"鉴赏辞典"外,竟没有多少研究专著。最近一个阶段,再没有比钱锺书先生的《围城》更受欢迎的了。其实钱老还是几十年前的钱老,《围城》也还是当年的《围城》。难道这部书的价值要在问世半个世纪后才真正被人发现?

当然，也有一些与上述现象截然不同的情况。几年前沈从文先生病故，居然过了近一星期，老人逝世的消息才见报。去年十月，俞平伯先生以九十一岁高龄病逝，揭橥于报端的也只有一条冷冰冰的新闻。除了寥若晨星般的几篇悼念文字，这两位老作家、老学者就这样无声无息地离开了人间，似乎连文艺界、学术界也没有引起多大反响。与此成为鲜明对比的，如女歌星的逃税问题，女影星的离婚费问题，当时的街谈巷议固已热闹非凡，即使事过境迁，而馀音袅袅，至今犹萦人耳际。尤其是台湾女作家三毛之死，简直成了重大新闻，光是东拼西凑、不怕"撞车"，好几家出版社就抢印了好几种印数可观的"专书"。难道俞、沈二老的创作业绩和学术成就还不如一个三毛！

以上谈的只是一些现象。而在它们后面，我发现文艺界有一条无形的规律，即无论社会上的文艺活动，读者的审美趣味，作家的创作倾向，作品的畅销与否，实际都受港、台社会风气的影响。卡拉 OK 便是一例。实际上，港台以及海外侨胞的学术水平和创作成就，也分三、六、九等，也有高下档次之不同。只是我们所亦步亦趋的未必尽属其上乘者罢了。

一九九一年八月挥汗写于北京西郊。

"不足辨"

某出版社继推出伪《古本水浒传》之后，相隔五、六年，听说不久又将隆重推出一本叫做《太极红楼梦》的奇书。回想《古本水浒传》出版之际，一时间小报大报，纷纷扬扬，说是出于施耐庵之手的"真正古本"重见天日，它的出版"既是提供给学者、专家们研究的一个新版本"，"也是给广大读者提供的一件阅读、欣赏的艺术瑰宝"。结果呢？想必读者诸君已经知道，不说了。

这一回，声势可更大了，书还没有出版，就有人在三月十三日的某家小报上撰文宣传，用了一个足以令人喷饭的标题：《震惊人类的发现：〈红楼梦〉应有两部——王国华替曹雪芹完成〈太极红楼梦〉》。于是照例小报大报，纷纷扬扬，都报道起这一个"震惊人类的发现"了。于是照例又有人起来批评，指出《太极红楼梦》不过是违背红学研究常识的、毫无学术价值的假劣产品。上述小报还于五月二十九日以《南方红学派讨论"太极红楼梦"现象》为题，报道了某地举行学术讨论会的情况，并就此事发表题为《我们提倡大将风度的学术争鸣》的文章。看起来，似乎很要热闹一番的样子。

清代史学家王鸣盛有一段话说得好："凡学之谬陋者，不但不可采，亦不必辨。何也？不足辨，故不屑辨也。江（按：指江声）之学甚精，予多从之，而间或辨之者，足辨也，重其学也。"（见《十七史商榷》卷二二）记得若干年前，有人发表文章，举出十证，说明《文心雕龙》作者刘勰"无论是才、学、识都很不足"。你想，这还了得，那么多《文心雕龙》的研究者会容忍吗？可是，几乎没有人与之争论,盖斯亦不足辨者矣。

《太极红楼梦》既然还没有出版,所以对于这一"震惊人类的发现",笔者不敢妄加雌黄。只是由于联想起"《古本水浒传》现象"(恕仿时下"现象"热,妄撰此一名词),因写这篇短文,向学者和读者推荐王鸣盛先生的"不足辨"论如上。诸君以为如何?

一九九二年六月六日。

溯源、掠美与侵权

拙著《读书丛札》中有若干篇是讲文字训诂的文章，多写于"十年浩劫"间蹲牛棚保外就医之际，因此不能遍检诸书。前几年，有读者写信质询，说及拙作中有些观点早见于明末方以智《通雅》，而我全未引述。其实《通雅》一书是我经常披览的，只是原书借自北大图书馆，"文革"一起，凡公家图书我全部归还，在写拙文时只能就手头私有藏书加以引用，故不免疏漏。当即函复，表示接受意见。又如我曾在拙作中论《左传》钼麑触槐事及撰文指出韩愈《送孟东野序》有自相矛盾处，其实这些意见均非我做古，惟因看问题角度不同，遂未溯其源，引述最先发难者之说。而有人或指出应引述原始出处，或讥我为掠古人之美。仔细想想，实应虚心接受这些意见。因为掠美总归是缺乏职业道德的表现。可见著书作文章固难，而读书能旁搜远绍则尤其不易也。

但近时有些情况却远非"掠美"而实属于侵权，窃以为这是非常不道德，甚至应该诉诸法律的。据一位朋友告我，他的一位硕士研究生发现了一件骇人听闻的事。原来这位研究生所在的大学曾有一人前来进修，竟在其进修期间从资料室中遍阅所藏历届研究生毕业论文，然后择其所需编为一帙，把许多人的研究成果变成他一人的论文专集，并在北京一家声誉不算太低的出版社公开出版面世。这当然引起这座大学中不少研究生的公愤，结局如何尚不可知。然而这位窃众多论文为己有的"作者"不仅胆大包天，而且道德沦丧一至于此，真称得起是学术界的败类了。我曾先后写过《谨防学术扒手》与《文章扒手的新伎俩》两篇小文，所列举侵权之例实远不及此事严重。故再写此篇借以曝光，希望能引起文化学术界同行们的关注。

原载一九九四年四月十一日《辽沈晚报》

买书的烦恼

不久前我在本版写过一篇小文，谈到我的藏书，说明我买书只为使用，不求善本。但近十多年来，我买书的数量已锐减。不是不想买，而是困难太多。一是想买书而买不到。近年出版社日益增多，出书五花八门，故买书者往往顾此失彼。加上自己年老体衰，又住在郊区，腿脚不便，信息不灵；要买一本有学术价值的书，总因印数奇少而十分难得。何况各书店在品种配备上也常令人捉摸不透，甚至某些书根本不进货。有时即使向出版社访求，答复也往往是书已售完。至于畅销书，则不等你上门，早被抢购一空，姑以自己写的书为例。拙著《京剧老生流派综说》，一九八六年中华书局原拟印一万册，而新华书店征订数尚不足两千。勉强出版，很快即售缺。这几年海内外读者不断来信催询此书何时重印，亲友索求者更是络绎不绝，我只能频频回信道歉而已。二是想买书而买不起。据说我国书价在国际上尚属物美价廉，但从个人收入来看，我这写书的人实应归于买不起书的人行列之中。仍以自己为例。十多年前每出一书，自购一二百本馈赠亲友是不在话下的；去年由我主编的一本工具书《365天中外名人大事辞典》，每册售价六十元，所赠样书仅两册。如果要我敞开来买书馈赠亲友，不仅稿酬全部贴进，至少还要动用半年工资。因此爽性不买不送。三是住屋狭窄，书满为患。目前拙藏之书，置于橱中者早被塞得"无地自容"，搁在橱外者则已呈顶天立地之势，虽未必"汗牛马"，至少可以"充栋宇"了。因此有的书能不买就不买，免得书堆成山，迟早有天崩地坼之虞。加上出版社贪大求全，每以巨帙多卷本饷人，而不能分册零售。这也是使我买书宁缺毋滥，忍痛割爱的原因。

此外还有一个不以个人意志为转移的苦恼。八十年代初，新点校的《续资治通鉴长编》陆续出版，开头出版社送了几本，后因卷帙浩繁，中止赠送。这恰如钓饵一般，逼得你自费添置。不想书未出完，却告停版，至今依旧是半部残书。又如《全宋文》，首发式上照例恩准赠书一册，此后则恕不续赠。而在我本人，既买不起又摆不下，于是这唯一的第一册便成为弃之可惜的"鸡肋"。再如《唐才子传校笺》，四卷早已出齐，而独缺第二卷，亦属美中不足。至于郭预衡先生的《中国散文史》，其中下卷至今出版社未予付梓。他如《中国历代诗话选》，上卷已出版多年，而下卷则据闻尚未着手编纂。这不禁使我想起当年胡适的《中国哲学史大纲》和《白话文学史》，只能"半部《论语》治天下"了。

原载一九九四年五月三十日《辽沈晚报》

从整理古籍谈到整理今籍

这几年古籍整理工作在勤勤恳恳、细水长流地进行着。即以北京大学出版社而言，《全宋诗》已出了十五册。去年我曾为北京出版社审读《三言》的新注本，遗憾的是我因患脑病而未竟其事，只审了三分之一强。不过从这项工作中却想到了古籍固应整理，而今籍之整理或重印，也不是那么简单的。

大凡参与过古籍整理工作的同志都知道在浩如烟海的古书中有三个部分最不易搞清楚。一是先秦的《尚书》，二是从敦煌发现的各种文献（主要的是"变文"），三是元明以来的戏曲小说。为什么不易搞清楚呢？就因为它们在当时是十分通俗易懂的，恰如我们今天习见的用现代汉语（或称白话文）写成的文章和书籍一样。由于当时的人们一看就懂，当然没有人为它们去做注解。及至事过境迁，当它们逐渐变为陈迹即古籍的时候，再来进行注释分析，就有待于爬梳考证了。

何况古与今之间并无绝对的畛域，再过半个世纪，五四时代的文献即成为"古籍"，而今天所谓的"当代文学"或"新时期"阶段的著作，到了二十一世纪末，恐怕也要被列入"古籍"范畴。所以我认为，古籍固然需要专门人才进行整理，今籍也不是那么简单明了，一看就懂的，要想免于在将来费事，从今天起就应该把这事提上日程。

请勿谓我危言耸听。可以举今天流行的俗话为例。如说"砍大山"，或写"侃大山"，倘无人为此做出确切定义，则用不了三二十年便不易索解。它如"盖了帽儿"、"大款"、"大腕儿"之类，不一而足。说不定将来考证起来，比研究元明时代戏曲小说中所用方言俗语还要费事。记得五十年代初，好几位专家为注释《红楼梦》中的方言俗语，包括俞平伯、华粹深、启功诸位先生，仅就"不当家花拉子"一语便讨论了好几个钟头。我曾在一篇小文中提到目前经常上演的京剧剧目中的用语，看似易懂，却很难作出确切解释或找到可靠出处。如"却又来"，究竟该怎样讲才准确无误，又如"梓童"乃帝王对后妃之称，出处究在何书，至今犹属悬案。可见我们对于今籍，是万不可掉以轻心的。

上述这些想法，都是去年我在审读《三言》新注本时考虑到的。因为《三言》本身就有相当多的词语使注释者煞费苦心，也使我这审稿人踌躇不定。最近受北京市政协文史资料研究委员会的委托，要为吴晓铃师的《剧考零札》撰写序言，我乃又一次想到了这个问题。姑写此文，以就教于世之专家学者和广大读者群众。

原载一九九四年六月《今晚报》

"涮"风何时了？

北京方言，称人受骗曰"挨涮"，"涮人"则指欺人、骗人。最近《北京晚报》刊一文，题为"涮你没商量"。内容说：一位电视剧导演到幼儿园中挑选小演员，一女孩当选，导演随即敲定，并说不日赴西安开拍。孩子本人高兴自不待言，家长也忙得团团转。久之无消息，经多方打听，原来已在西安另外物色了新的人选，连孩子带家长包括这家幼儿园，都被这位导演"涮"了。编者有按语，认为导演打个电话，通知一声另有人选即可解决，这样不动声色就把人"涮"了，而且挫伤了孩子的心，是不道德的。我则认为，今日社会风气，"言而无信"已成家常便饭；这位导演说了不算，从思想上大约就没有提到有无道德这样的高度上来。可见古人说的"言必信，行必果"早已陈旧过时，尔虞我诈反倒是正常现象了。

即如社会上打假扫黄，几乎年年讲月月讲，而伪劣产品仍充斥市场，"黄"书、"黄"影、"黄"碟仍层出不穷。此无它，奸商已"涮"人成风，只要有利可图，管你挨涮不挨涮！就在同一天的晚报上，另外还刊有一篇杂文，说摊贩卖油条讲明多少钱一根。及吃完结账，索价加倍。再一了解，原来他说的是一股的价钱。从来油条都是两股拧成一根，没有拆成单股卖的。此虽小事一件，却看出"涮"风之炽。

"涮"风在所谓"文化人"中间亦在所难免。电视剧《错在重逢》中，一个体书商（当然是奸商）竟对他父亲的老友、他本人的老师进行无赖式的"涮"术，逼得那位既穷困又忠厚的老知识分子走投无路。虽说情节虚构，却属事出有因。在文化圈中这类说了不算的事是屡见不鲜的，我自己就有亲身经历。现任北大中文系副系主任程君是我的学生，有一天专程来访，嘱我为一东南亚国家文化人旅游团讲课，说是某研究所一位所长求他组织人力，他才来找我的，并再三恳求切勿推脱。及日期迫近，程君一再向那位所长催询，才知所说种种皆"谎报军情"，并无其事。程君毕竟是读书人，除向我道歉外，并向对方大讲"人而无信不知其可也"。我相信那位所长连脸都不会红的，说不定还会窃笑程君过于"较真"呢！

与此相反，有人执着于爱情，有人致志于事业，有人宁可牺牲个人利益而顾全大局。其言行不外要践履一个"信"字；结果却遭到讥笑、非难，用季羡林先生在一次发言中的话来说："横挑鼻子竖挑眼"，"说什么难听话的都有！"因此我的结论是：不能只抓生产力讲物质文明，也该把"说话算数"这一条提上日程了！

原载一九九六年一月十日《长江日报》

"性""命"之学该降温了

宋明理学家爱侈谈"性命"之学。他们所谈乃"天命之谓性"的那个"性"与"命"。我这里所说却是另外一回事。所谓"性",指男女色情之事;所谓"命",乃封建迷信宿命论。这不仅是在淫秽书刊、色情录相、占卜算卦、相面看风水以及死人穿戴不伦不类等诸多方面泛滥成灾,连学术研究领域也沾上这种不正之风了。

举例以明之。《论语·公冶长》有一章是孔子批评宰予的,原文是:"宰予昼寝。子曰:'朽木不可雕也,粪土之墙不可杇也,于予与何诛!'"这章书本不难解,惟古人已提出疑问,何以白天睡觉便遭到老师如此谴责。但"昼(晝)寝"又作"画(畫)寝",盖"昼"与"画"的繁体字两形只差一笔,唐以前旧注多倾向于作"画寝"。所谓"画寝",大抵与今日装修房屋的情况相近,在当时是被认为奢侈浪费行为。故孔子对宰予进行了批评。从"木"和"墙"的比喻看,也是针对住房而言,因"木"与"墙"皆建造房屋的构件,故孔子以此设喻。意思说"木"和"墙"的本质如果已朽坏,任凭如何粉刷修饰也无济于事。故我近年来亦认为"画寝"之说于理可通。不料最近读到两本书,一为《中国古代禁忌风俗》(陕西人教社出版)。另一为《传统小说与中国文化》(广西师大出版社出版),竟认为"昼寝"是指宰予"白天与妻子行房事"(后一书第二一二页),并加按语说:"在儒家看来,人一旦好色,对性产生了兴趣,其他一切就全完了。"这一观点确实新奇,耸人听闻。不过我感到"悲哀"的,倒是今天的作家、学者竟对"性"产生了过多的

"兴趣",怎么会一见到"寝"字就联想到同女人睡觉呢!如果这样做学问,则古书中不涉及"性"者几希!

又如《周易》,诚为古之卜筮之书;而后世研究《易》学者,多注意阐释其中的辩证思想和哲学命题,很少再从"象"、"数"方面去重蹈卜筮的覆辙了。孰意近些年占卜相面死灰复燃,不少所谓"专著"竟借口研究《周易》来为封建迷信张目,并找出"学术"上的理论根据。由于多少年来很少有专门研究《周易》的人才,浅学之士往往为这种似是而非、以紫乱朱的牵强附会之说所惑,人们乃因误导而耽溺于封建迷信宿命论中却毫无觉察,其为害初不下于耽溺于淫秽色情的书刊、影像。故谨向有关部门及社会传媒呼吁这种属于"性"、"命"之学的各种形形色色的玩意儿该大大"降温"了。"降温"的办法光靠动口是不行的,还得拿出实际行动来,认真清算一下各种渠道(包括所谓"学术研究"领域)以各种不同面目出现的不正之风!

原载一九九六年三月二十七日《长江日报》

今籍的整理、发掘和抢救

在读《陈寅恪的最后二十年》(陆键东著,三联书店一九九五年第一版)的同时,拜读了本报今年四月十七日发表的北方朔先生的大作《飞掉的文字与历史》,不禁浮想联翩,百感交集。

在《陈》书里有这样一段记载,即五十年代初,出版社准备出版杨树达先生《积微居金文说》时,却因陈寅恪先生的序文不合时宜而被删去。这同出版周作人的《知堂书信》而整段删去一些被认为有违碍的词句实际是五十步与百步之比,性质上是基本一样的。这就使我联想到自己的老师和朋友的若干种尚未刊行的著作稿本,它们的命运可能比上引二例还要糟。我曾几次写过大大小小的文章呼吁对"今籍"的整理与出版的问题应提上日程来了,看来这是远远不够的,还有个发掘和抢救的问题。

先从我的师辈谈起。我很早就认识了林宰平老先生(名志钧),他是今年八十六岁高龄的林庚先生的尊人,于一九六〇年病逝。林宰老是梁任公的挚友,是有名的哲学家和诗人,抗日战争前是清华大学的名教授。在宰老身后,其子女自费出版了两部书,一部是《北云集》,另一部是《帖考》。《北云集》于宰老生前曾印过一次,但第二次付印时有些诗被删去了,如他赠张东荪的七古等。而宰老的哲学论文和大量书信(仅宰老给陈叔通先生的信稿就有好几大本,这是我亲眼得见的),至今还未公开问世。陈叔老已故去多年,其它散落人间的信札还不知有多少,如果现在不发掘抢救,如果不趁林庚先生健在时(他身体精神都好,只是手颤写不好字了)把宰老的遗稿整理出来并设法付印，我看到了下个世纪，恐怕连林宰老为何许人都将不为人知了。

由清华大学而联想到朱自清先生。我在清华大学中文系肄业过一年，佩弦师是当时的系主任。我同朱先生过从的时间不长，但他一直是我钦佩崇敬的师长。《闻一多全集》的出版，朱先生是付出了不少心血的。一九四八年朱先生病逝，整理出版《朱自清全集》的规划很自然地提到日程上来。可是等到快付印时，已是五十年代初，全国解放，因而清规戒律也就多了，《全集》乃一变而为《文集》，直到今天，《朱自清全集》也没有正式出版。特别是朱先生的旧体诗，不知究竟是什么缘故，始终没有全部付梓。朱师母今已辞世，但从先生的哲嗣处似乎也没有听到有操持出版全集（包括新旧诗全稿）的消息。我想，为朱先生出全集，应该比给周作人或陈寅恪先生出书顾虑要少得多吧，然而怎么至今竟也杳无音信呢！

再有就是废名先生。我已写过几篇回忆文字提到为先生整理遗著的事。去年见到先生的哲嗣冯思纯先生。据思纯先生见告，他的姐姐现在国外，手中恐已无废名先生手稿。而由思纯保存的先人遗著，他早已交给他的堂兄冯健男了。偏偏冯健男先生近年病废，长期卧床，思纯不好意思去向他索回，因此至今仍封闭在私人手中。从报纸上看到，三十年代废名先生在《世界日报·明珠副刊》上发表的文章当时并未结集，也不知冯健男手中有无存底，看来要想搜求还得下一番吃力的功夫。不是我个人偏见，辑存废名先生遗作恐怕要比寻找张爱玲的佚文更有价值吧。

由于陈寅恪先生的学术成就近年来已大为海内外学者所瞩目，因此凡陈先生的弟子也多为世人关注。但我的老友卞僧慧先生（现为天津社科院研究员），早年亦陈门高弟，今年已八十有四高龄了。他毕生精力都投入他的一部力作《吕晚村年谱》。八十年代，他这部书稿曾展转"遨游"于江南，找了几家出版社都碰了钉子，甚至在"旅行"途中还丢了其中一本手稿。幸好卞先生有存底，尚未残缺。至于在他生前能否为出版商所接纳，从而获得付印机会，真是天晓得了。

上面所谈，仅我个人见闻所及而言。至于我所不知，恐怕远远超过我之所知。但举一可以反三，世之仁人志士或不以鄙言为"迂远而阔于事情"乎？

一九九六年四月谷雨节后三日写于北大中关园。

原载一九九六年五月二十九日《中华读书报》

译风宜正

半个世纪前我曾搞过一点翻译工作,试译过几篇小说、散文和文艺学论文;新中国成立后只译过一本《巴尔扎克传》。我始终认为译书是件难事,要想不走原样则更须下苦功夫。我之所以"洗手不干",主要是略有自知之明,知难而退。这两年偶然翻阅一些译成巨帙的读物,不禁百感交集。有的译文,翻译者竟连一个人的名字是男是女,是一是二都未弄清楚,居然斗胆秉笔,付梓面世。我认为,这样不负责任地草率译书,无异对读者犯罪,不仅误人子弟,而且贻患将来。

今姑举二例供读者参考。第一例,美国学者韦恩·C. 布斯(Wayne C. Booth)写的《小说修辞学》近年来已成热门书,中译本就有两种。一种是广西出版的,另一种是北大出版社出版的。前者尚可读,后者则宛如天书,几乎无法理解。在原书序言中,作者布斯对他的打字员塞西尔·霍尔维克(Cecile Holvik)表示了感谢。这是一位女士的名字,而两种中译本的译者都把"她"看作男性,以"他"称之。按塞西尔(Cecile)乃塞西莉亚(Cecilia)之异称,这只要查一下上海译文出版社的《新英汉词典》和外研社出版的《大英汉词典》,便可得知这是女子的名字,因为在名字后面注有 f 字样,意指女性(female)。当然,男人也有叫塞西尔的,但英文只作 Cecil,末尾少了个字母 e。而布斯提到的打字员,她的名字分明是字尾有 e 的。这真是失之毫厘,谬以千里了。除了文字上的根据外,还有个生活常识问题。在西方国家,很少有男性打字员,大都由女子担任打字工作。这一错误虽小，而翻译者们却竟然男女不分，雌雄莫辨，亦足以见其仓促草率，太不负责了。

第二例，北京出版社曾出版一本《红学世界》，其中收了一篇华裔学者用英文写的论文，题为《观点、标准和结构："〈红楼梦〉与抒情小说"》，译者顾希春。这篇译文硬伤不一而足，甚至整段地出现讹谬。这里只举一件小事，便足以看出译者是多么粗心大意，草率落笔。论文一开头曾引述了劳勃脱·司考尔（Robert Scholes，译者把姓氏误译为司各脱）和劳勃脱·凯劳格（Robert Kellogg，译者把姓氏译为凯尔格，译音欠准确）两人合著的《故事的性质》（Nature of Narrative）一书中的论点，接着又援引了上述学者布斯在《小说修辞学》中的论点。而这位译者竟把布斯（Booth）误看成Both（少了一个字母），而both这个字译成中文有"两者"、"双方面"的意思。既然是"两者"，那自然就是上文的两位名叫劳勃脱的作家了。于是译者便把布斯的意见硬给加到两位劳勃脱的头上，译成"根据司各脱和凯尔格的主张"。这简直是张冠李戴，甚至连作者是一是二都未分清，居然也动笔翻译学术论文，真令人啼笑皆非了。

对待翻译工作严肃认真，力求忠实于原著，这主要应由译者负责。但一般来说，凡出版翻译著作的出版社，其责编理应懂得外文。而一部译文完稿后，出版社照例应聘请有关专家审读校阅，把好译文关。而在今天，有些出版社的责编根本不懂外文，只照来稿原样付排。至于校阅的工序，有的出版社几乎完全不存在。这当然无法保证译文的质量。因此某些译文的错误拙劣，草率出笼，出版社也应负很大责任。希望在改革的浪潮中，翻译读物也能革故鼎新，拨谬反正，一扫积弊而出现一番新气象。

一九九二年初稿，一九九七年修订讫，北京。

杂文的"主弦律"

最近先后读到从上海寄来的三本"散文"著作：一曰《上海杂文选》（一九九三至一九九五），罗竹风主编，上海文艺出版社一九九六年十二月出版；二曰《〈朝花〉作品精粹》（一九五六至一九九六），上海解放日报《朝花》副刊编辑部编，汉语大词典出版社一九九六年十二月出版；三曰《感受那片森林》（一九九六年《笔会》文粹），文汇报《笔会》编辑部编，文汇出版社一九九七年四月出版。第一本全部是杂文，却不限于上海的作家，也不限于发表在上海报刊上的文章。第二本跨度为四十年，覆盖面广，作品选得确很精粹，虽然文体不限于杂文，但杂文比重相当大。第三本只收一九九六年发表在《文汇报·笔会》副刊上的文章，其中一部分也是杂文。我平时读书很少专读杂文（我经常称之为"讽刺小品"），这一次总算过了读杂文的瘾，因此感想亦由是产生。

近一年多，中央领导同志号召文艺界朋友搞创作要重视"主弦律"。于是我想，杂文的"主弦律"是什么。根据我的体会，杂文的任务不仅是从正面宣传英雄人物的正义行为，而是要配合社会主义精神文明建设，对贪污腐败现象和对不利于广大人民的莠政进行揭露与谴责。其中包括对卖淫嫖娼、吸毒贩毒、售卖假货以及社会上一切违法乱纪行为的无情曝光，使正气压垮邪气，使廉政风得以树立而使一切不正之风无所容于天地之间。看起来好像杂文的内容暴露多于歌颂，讽刺多于表彰，指责批评多于隐恶扬善；其实，如果杂文作家都出于爱国的公心，人人嫉恶如仇，对一切腐朽邪恶进行口诛笔伐,这正是杂文的"主弦律"所在。相反,如果把杂文写成温吞水,失去了"匕首与投枪"的作用,没有锋芒,没有光彩,那只能是杂文的失败,还不如不写。因为它已失掉"主弦律"的特色。

但应该指出,杂文毕竟只能起到讽刺和曝光的作用,坏人坏事不会因读了几篇或几本杂文就改恶从善。甚至文权在握的人为了讳疾忌医还会禁止杂文的发表。因此,要想使杂文真正起作用,还必须有人为杂文做后盾,用行动来支持杂文的主攻方向。

一九九七年六月写于北京。

"开卷有益"与"杞人忧天"

最近读到几本上海出版的散文总集,其中以罗竹风主编的《上海杂文选》(一九九三至一九九五)更有可读性。古人说"开卷有益",诚非虚语。读此书而后知有的人民公仆自称"父母官",有的官员竟读"炎黄子孙"为"淡黄子孙"。平时虽经常看报,却未必巨细不遗;得此一编,近年佳作大抵搜罗在内,真是又经济又实惠。衷心希望这一类文集能继续编下去,实是另一类型的《新华月报》和《报刊文摘》也。

至于小说作品,特别是《文汇读书周报》上有"经理荐书"(指书店或出版社经理)专栏所推荐的畅销书,由于好奇,也总想找来披览一番,免得贻人以赶不上时代潮流之讥。即如英年早逝的天才作家王小波的遗作《时代三部曲》,我只读了第一部《黄金时代》,所得到的感受便不是"开卷有益"而是"杞人忧天"了。其所以"忧",则须把话说得远一点。

我不是禁欲主义者,更不是信奉《太上感应篇》之流的卫道士。记得五十年代人民文学出版社初次影印《金瓶梅词话》在内部征订时,尽管我有教学科研任务需要买到此书,却未立即被批准购买,理由是年龄尚不足四十岁。后来还是有关方面开了证明,几经周折,才买到手。时至今日,不但未删本的《金瓶梅》已非禁书,就连时贤撰写的新作,其色情淫秽描写不知比《金瓶梅》要详尽细致多少倍。而这些新作的读者,据我极粗浅的了解,年龄在十六至二十八岁之间者占相当比重。少男少女都有。我常想,如果把这些文学描述用录相带或光碟形象地摄制下来,然后放映给人看,必属淫秽色情的黄色违禁品无疑。但是用白纸黑字印在书上给人阅读,就成了可以普遍流通的"文学"读物。而撰写这些作品的作家,估计他们也会生儿育女,如果让少年子女们读了他们父母的这类作品,肯定会从中受到其父母所给予的"书本教育"。这种"教育"对青少年的成长究竟有益抑有害,这就是我所说的"杞人忧天"了。

当代的教育家每担心现在的少年儿童早熟、早恋乃至过早地与异性发生关系,我看,这同当前的不少男女作家所创作的"文学"作品是有极为密切的关系的。即从王小波的《黄金时代》为例,书中写男女间的纯真爱情几乎没有,有的只是在各种背景、各种条件下的男女做爱的细致描绘。说得好听点,这是给年轻人在性关系上实行"启蒙",为人们乱搞男女关系"开绿灯";说得不好听,这样的"天才"作品(包括《废都》以及其它专以性爱为描写内容的"文学"读物)实际上是在起着"教唆"作用。我总设身处地替这些男女作家的子女着想,他们在读这类作品时,会不会想到,原来"我们"的出生,就是在父亲或母亲的这种指导思想和实际行动的后果下才来到这个世界的。那么他们对其父母该是怎样的认识,是抱着敬佩的心情抑或鄙夷的念头,我就不知道了。

"幼吾幼以及人之幼",作家们在运用你们的灵魂笔触写下你们的"不朽之作"时,你们曾否考虑到自己的下一代和与你们下一代年龄仿佛的少男少女们的成长问题,他们的人生观、世界观乃至伦理观的形成,是要靠你们所给予的精神食粮来哺育而逐渐成长、成熟的。难道占据你们精神世界、统治你们灵魂深处的东西除了男女生殖器官就没有别的了么?

因此我又联想到出版界和图书的推销工作。一家出版社究竟靠什么样的畅销书来赢利、发财?一家书店究竟要把什么样的书卖给读者才算符合职业道德？我从"经理荐书"专栏中看到连续两次把《时代三部曲》或《黄金时代》推出，不禁感到有点惶惑了。

近来经常听到有这样的指示和呼吁：要在作品中写当前时代的"主旋律"。我个人认为："主旋律"这个词儿的内涵，并不局限在政治内容这一较小范围之内。歌颂真善美，反对假恶丑，永远是作家要把握的"主旋律"。但描写性爱，渲染和描绘色情，以至于除了写性交和阳痿便没有其它内容可写，这不应该成为我们作品的"主旋律"。如果作家们不惜浪费自己的天才而只以此为"主旋律"，则不但"开卷'无'益"，而且抱有"杞忧"者恐怕不止我一个。

一九九七年七月挥汗写于京郊。

"武则天"有多大学问？

电视连续剧《武则天》终于看到了近二十集，但还是看不下去了。记得放映电视连续剧《三国演义》时，我就有难以卒"睹"的遗憾；这次刘晓庆领衔主演则天皇后，原以为这位能洋洋洒洒写文章自我表彰的明星，文化素养应该高于侪辈了，结果还是她口中不时进出的错别字使我不得不打消陆续收视的兴致。我们知道，武则天是个有学问的人，即使从荧屏上看到的，她能代唐高宗李治批阅群臣奏章，懂得诗赋，尽管骆宾王撰写檄文辱骂她，她还是赏识并器重骆的才学，她必然是个有文学修养的"知识分子"。可是，她口中却不时说出连一般普通读书人都读不错的字音。这样的"硬伤"，几时才能从我们的耗资动辄上千万的历史电视剧里彻底消失呢？

这里我举三个不同的例子，恰好是代表三种不同的情况。但我以为，做为领衔主演的"头牌明星"，无论如何是无法推诿责任的。

一种是不常见的生僻字，唯其生僻，就应先查好字典再读，而不能以意臆读。如"婕妤"应读"捷于"，"妤"字不能读"舒"。这是宫中女官名，武则天既在皇帝后宫，不能读错。

另一种是常见字，却不能读习以为常的字音。如"仆射"的"射"，应读"夜"而不能读"射箭"的"射"。武则天既做了皇后，不能不知这个官名的读法。倒是扮演李治的男演员没有读错，因此刘晓庆读成"仆设"就更不应该了。

第三种，责任可能在编剧或抄写剧本台词的人，但这也正说明扮武则天者太缺乏历史常识。汉文帝的母亲姓薄，他舅舅名薄昭，而不是姓溥。请注意，爱新觉罗·溥仪及其兄弟辈排"溥"字者并不姓溥，只是满族人习惯以排行的首字权做姓氏来被人称呼，过去并没有姓溥的人。而剧中的武则天却一口一个"溥昭"，一口一个"溥太后"，显然是搞错了。其实姓薄的人眼下也并不少，薄一波同志是老一辈革命家，有谁听到人们称薄老为"溥老"呢！

也许我的洁癖太深，终于对这部电视剧割爱。因为通过这部戏，我怀疑武则天究竟有多大学问！

"乾隆"学问有多大？

记得在播放电视连续剧《武则天》时，我写过一篇小文，寄给某报，题为《"武则天"的学问有多大》，指出扮演武则天的演员不止一次说了讹音别字。大约由于那位演员"来头"太大，我的文章竟不知去向地被"枪毙"了。这次看《宰相刘罗锅》，又发现"乾隆"这位自号满腹经纶的"皇帝"在文字和言语中也出了硬伤。我不是每集都看的，仅就见闻所及，给我们的"万岁爷"提几点意见。我始终认为，演员念错台词，责任不全在本人，编剧、导演乃至制片人和顾问都有"把关"的义务。

就我觉察到的"乾隆"在剧中一共出现过三次硬伤。一次是对对子，"乾隆"出上联："氷（这是'冰'的一种简化字）冷酒，一点两点三点。"盖"氷"字仅有一个点，"冷"字有两个点，"酒"字有三个点，故下文有"一点两点三点"之句。相传这副联是纪晓岚所对，现移植于刘墉，自无伤大雅。下联是"丁香花，百头千头万头。"盖"丁"和"百"字第一笔都是"一"，"香"字上端包括了"千"字；繁体"万"字上端从"艹"，与"花"字上半截一样。故下文说"丁香花"三字包括了"百"、"千"、"万"三个字的"头"部。而"乾隆"在剧中出上联时，竟说成"水冷酒"，"水"连一个点也没有，所以根本不通了。

第二次是"乾隆"为杏花楼题写对联，那两句话根本不对仗。以乾隆帝的学问，是不会把不对仗的话作为上下联来书写的。这两句话的前四个字还勉强说得过去，后三个字"天然趣"是无论如何不能与"别有情"相对仗的。

第三次是"乾隆"准备禅位召见众臣时，竟称众臣为"衮衮诸公"，这话本身说得就不得体，而扮演者却又把"衮衮"误读为"哀哀"，这岂不成了大笑话？

总之，尽管《宰相刘罗锅》不是敷演正史而是讲述民间传说，但收视率很高，出了这么多硬伤总有点美中不足。

古今文化"名人"何以竟不识字

断断续续看过几集《三国演义》电视连续剧,不无遗憾。几乎三国时代不少文化"名人"口里都不同程度地念着错别字。难道那个时代的文化人素质竟如此之低!

别的不说,就说庞统吧。此人号凤雏先生,在当时是与号称"伏龙"(现在人们都知道他叫"卧龙")的诸葛亮齐名的,其文化修养大抵相当于今天的大学教授或某一方面的专家学者了,而在庞统口中竟把"钟磬"(这是古代两种乐器,凤雏先生不会不知道,因为这是常识)读成了"钟磐"。"磐"是大石头,与乐器不搭界,显然是读错了。我想,从剧本拍成戏,直到推上荧屏,中间是有若干道关卡的,编剧、导演、演员以及艺术顾问和监制人,难道都视而不见,充耳不闻?还是都没有把"磬"和"磐"分清楚,认为它们就是一个字?像这样耗巨资、动员多少人力物力拍成的"大戏",肯定将来是会得奖的。如果我是评委,首先要统计一下这部"大戏"一共出现了多少讹音别字,凡出现一次就要扣一次分。因为这是"历史剧",剧中出现的大都属于上层文化人,而文化人口中竟屡次出现讹音别字,应该说是质量问题。《今晚报》上有位作者说得好,这部电视剧是要拿到东南亚各国和日本去放映的。如果不把好这一关,岂不贻笑于国门之外?要知道当前外国的汉学家人数可观,而能说汉语的各类人物对正音正字的重视是不下于我们的国家语委工作人员的。

无独有偶,在电视节目中有一栏"文化名人专访",而我们的一位著名的"表演艺术家"竟在答记者问时把"弋阳腔"读成了"戈阳腔"。记得《官场现形记》里有一段故事,描写清末官场腐败,做官的不识字,把在水上"游弋"巡逻的船读成了"游戈"。作者李伯元是把这个小官僚的出丑"现形",当作讽刺遣责的对象来描绘刻画的。而今天的"文化名人"竟然在面对全国的电视屏幕上公开这样发表宏论,看来李伯元毕竟少见多怪,甚至有点大惊小怪了。

原载一九九五年二月二十四日《长江日报》

也谈一稿数投

读来新夏先生在本刊发表的大作,他主张一稿不妨多投。我不反对一稿数投,我本人也屡曾一稿两投(我只限于"两投",因为自知拙文没有太大的可读性);但必须有一前提,即只应考虑文章发表后的社会效益,而不宜考虑作者的经济效益。换言之,不是为多拿一笔或几笔稿费而一稿两投或数投。

一稿两投是有客观原因的。我自己就遇到过这种情况——某报或某刊物来约稿,如命完成任务;寄去之后,时隔数月乃至半年不见发表。按照一般规定,一篇文章寄出后逾期不发,作者有权另行处理,改投他处。结果两处都发表了,形成一稿两投。我以为这责任不完全在作者。如果报刊本身不希望作者一稿两投,最好不要过久地积压稿件。

从撰稿人主观方面说,一稿两投还有另外两种情况。一是旧稿新投,即第二次发表时与第一次发表相隔时间较长久。我最近发表了几篇旧文,都是半个世纪前写的"少作"。只缘未失时效,出于敝帚自珍心理,乃把它们重新发表了。此外,十几年前或几年前写的文章,由于客观需要,捡出重新面世,这也是可以的。还有一种情况是空间距离较远,读者对象肯定不同,如城内与城外,或此省与彼市,则亦不妨一稿在两处同时或先后发表。上述两种情况(即"时间差"和"空间差")而形成的一稿两投,我自己都实行过,无论报刊编辑部还是读者,都没有提出反对意见。看来这种做法对社会和作者本人都有利而无害,所以我也投来新夏先生一票。

但有些刊物不允许或不欢迎撰稿人一稿两投，如美国的《哈佛大学学报》、香港的《香港大学学报》和北京新复刊的《燕京学报》等，我以为撰稿人也应该尊重这些刊物的意见，按照它们的规定办事。至于有的撰稿人也不愿自己的文章发表两次，则更应尊重作者的意愿。如拟转载或重新发表，必须事先征得原作者的同意。总之，时代在前进，人们看事物的眼光也在转变。不过有不同看法的人应彼此尊重，才是社会文明的表现。

一九九七年

也谈赠书

《生活时报·华灯版》发表了一篇谈赠书的文章，结尾处引了鲁迅的话，认为作家写了书不一定非赠送给那些教授、学者不可，读了很有同感。

若干年前，读到一篇台湾作家柏杨写的文章，全是不主张写了书便分赠熟人的。理由很充分。如果有人是这位作者的知心朋友或志同道合者，他们应该主动去买这位作者写的书，这才是支持、拥护、热爱写书人的态度。我也很同意这样的观点。

但在我们这里有着不同的情况。以本人为例。我五十年代开始有了一本书，内容好坏不说，反正我已出了学术成果。当时我是年轻人，自己的师辈应该送上呈教。亲朋之间，出于礼貌，也应以赠书表示自己的情谊。等到中年以后，自己从学校里已一批批把学生送到社会，做为老师，如果是与自己友谊较深、过从较密的门人弟子，向自己要本近著，当然也义不容辞，理应赠与。于是年复一年，自己出版的书数量增加了，与之同时，要分赠拙著的人数也随着逐渐多了起来。到目前为止，一书问世，必须用一大笔钱买相当数量的拙著分赠老、中、青三代与自己相熟的人。老妻戏称之为"天女散花"，有时也不免为稿酬无几而买书赠人却费钱不少而使她发点牢骚。倘或真的六亲不认，无论生熟人概不分赠，说不定人们还会说自己架子大目中无人，或者嫌自己过于吝啬，不肯破费。总之是会招来各种非议的。

不过有两种情况自己往外赠书是确实有点不大情愿的。一是交情不深者开口向你讨索,而我在赠书之后又明知对方肯定不会翻阅,只是抱着不要白不要的心理来向你索书。碍于情面不好不赠,既赠之后心里也确感可惜,于是乃有忍痛割爱之感。二是拙著明明已经上市,进书店只要掏出钱来便可买到,他却不想破费,而以你的忠实读者名义给你来了一封吹捧得相当肉麻的信,希望你送他一本。对于后者,我仍毫不客气地告知,请到某书店去买。当然,也有住在边远地区想买而买不到的读者来向你求援,尽管自己手头书已赠完,还是自掏腰包到书店买一本寄给他。即使自己费点事还是值得的。

总之,赠送自己撰写的书必须出于自愿,不宜存丝毫勉强。同时我还想附带说一句,有的人写了书通过某种途径出版,却无甚销路,于是分头向单位按名摊派,硬把书给你寄来,让你购买,并十万火急地向你要钱。我前些年曾一连遇到好几次。我本想拒而不理,但出于同为读书人的关系而不好硬板起面孔,终于掏钱买了几本废品。幸好这类事毕竟不多,借此机会公开表态,从今以后,下不为例。

原载一九九八年八月七日《生活时报》

"主编"的困惑

这是一九九六年的事了。一位一九六一年在北大中文系毕业的校友，由于听过我的课，毕业后又不断有联系，对我很念旧。在他本人退休后，就派他的两个女儿从外地到北京来看望我。他的长女是一家出版社总编室的负责人，见面后便向我组稿。未几，又同我商量，是否由我出面组织一批稿件，出一套丛书。我因前几年曾在这家出版社出过两本书，现在这次来组稿者又是熟人的女儿，盛情难却，便答应下来。我感到自己能力有限，便转恳远在上海的老友谢蔚明先生鼎力帮忙，共襄其事。经过我和蔚明先生一番努力，包括我本人一本书稿在内，先后组织到一共十本散文著作。我邀请到的有北京的张中行、周汝昌两位先生，太原的常风先生和上海的唐振常先生，加上我自己共五人五本书。蔚明在上海则邀请到冯英子、何满子、贾植芳、史中兴四位先生，还有在武汉的曾卓先生，也是五位作者五本书。其中只有满子先生是我的老相识，其余四位都是靠蔚明的面子才俯允供稿的。出版社那位女士最初说定每本书三十万字，内容属半学术性杂文，一九九六年年底前交稿，交稿后八个月出书，并由出版社分别与每位作者订了合同。这十本书稿，除常风先生的一本因由上海陈子善先生代编外，其余九本都在一九九六年年底如期交稿。跟着不愉快的事情也就接连不断地发生了。

唐振常先生在一九九六年八月就交了稿（比约定日期早了四个月），是用特快专递直接寄出版社的。而出版社的负责人竟一搁两个月未予答覆，甚至连邮包都未拆封。唐先生当然很着急。经过我和蔚明多次催促，出版社乃原封未动把稿件给我寄来了。这里附带说一下，我和蔚明并非尸位素餐的挂名主编，凡经过我们约到的来稿，都经我和蔚明分别过目并做一些技术处理，然后由我们寄往出版社。既然振常先生的书稿到我手中，我当然拜读了一遍并建议删掉小部分原稿（由我迳退振常先生），然后把书稿退回出版社。这时出版社对每本书的字数又提出异议，要限制在二十万字左右。经我再三交涉，才说好每本书的印张字数尽量不超过三十万字，如部分稿件超过此数，也应予以通融。及出版社再次收到唐先生稿件后，根本不考虑我的意见，竟又提出若干增删意见，我只好请他们直接同唐先生协商。这是交稿后第一次不愉快的事件。

出版社在审稿阶段，曾特邀了一位社外同志代审，结果几乎对每本书都删减掉一些文章。在我得知这一情况后，立即向出版社提出，删减篇目是可以的，但一定要征求原作者意见，不宜擅作主张。而事实并未办到。姑以我本人的书稿为例。我在交稿时是坚持要求自己看一遍校样的。就是在看校样时，我才发现原稿中篇目被删去一部分，事先根本未打我的招呼。我赶紧催询出版社，希望把已删部分的原稿火速退回，结果据说竟在寄还我时因未挂号而把稿子寄丢了。我只能从原稿目录上发现被删去的是哪些篇目。迄今为止，那些被寄丢的稿子我尚未另行找到剪报存底。这第二次不愉快事件就不仅仅限于不打招呼就删掉一些篇目这一个环节了。

作为作者，一般说都希望在书稿印成以前能亲自看到清样，以求把书中失误减少到最低程度，这对出版社的出版质量也是有好处的。而结果是，出版社并未满足每一位作者的要求，像何满子、唐振常、曾卓诸先生就未能在书出版前亲自看到校样，于是又一次不愉快的事件在这几位作者身上（当然也牵涉到我和蔚明）发生了。我先把何满子先生给我的来信摘录在下面：

>　……以弟之一册论，出版社编辑师心自用，有改必误。如"反唇相稽"改"相讥"，"少安毋躁"改"稍安"，犹可派司；如"功令"改"号令"，"历时"改"历史"，则大有出入；"可必"改"未必"，"丕变"改"不变"之类，则恰成反义，不可通解矣。明明系改错之处达四十馀例。曾卓来信，谓渠之一本亦令他叫苦不迭。蔚明兄谓兄等两主编亦鞭长莫及，奈何他不得，真憾事也。

再看振常先生的来信：

>　拙作想已得见。果如所料，错字惊人。粗为校订，竟达六十一处之多，且有一处竟漏排二十八字，致文义全然相反。其中有数错字，度是编辑所改，非手民能负其责。如"过我"改为"找我"，"耳房"易为"平房"，"反美扶日"变为"反美抗日"……。愤而未平，乃致书责以食言，不交看清样。仍如旧规，书去无覆。便按书底列名，去信向该社社长询问，至今未得该社社长覆函。
>
>　此事已成过去，雅不愿有所纠缠。惟该社此种态度（以某女士为代表），着实令人瞠目结舌。为该社今后信誉计，应有所表示以图挽回。吾兄为此事良苦，后之结果，自非兄始料所及，弟于此深能理解，乞无须挂怀也。

从两封来信可以看出，这家出版社的负责人和责编从工作态度到业务水平，都太不能令人满意了。上述三件不愉快事，乃两年来之荦荦大者。至于出版日期推迟了半年多，中间的一些小矛盾和令人不快的事还有很多，我就不想多说了。倒是唐振常先生存与人为善之心，希望出版社能考虑到信誉而能做一些挽回和弥补的表示，倒真是值得出版社负责人三思的。

至于我本人，在出版这套丛书的拙著中还有一件其他作者所没有碰上的不愉快的事。即拙著的封面，不知美工设计先生为了什么而心血来潮，竟给安排上一位素昧平生的女性玉照，并突出其双手，让那染了蔻丹的指甲和带有明晃晃、亮晶晶的金戒指摆在迎面最惹人注意的位置。这同我本人的身分以及拙著的内容都毫不沾边，使人看了十分刺眼。此书刚一映入老妻和小女的眼帘，便指着照片质问："此人是何许人也？"我无以奉告。我想，这个问题只能请出版社给予答覆了。

前面说过，作为这套丛书的主编，我和蔚明自问并未尸位素餐。但出版社对我和蔚明的多次建议和意见却没有当回事，更缺乏对主编者和各位书稿的作者应有的尊重。我是带着一连串困惑而不愉快的心情来写这篇纪实散文的。反正我已下定决心，今后再也不敢领受"主编"这项桂冠，来做这种既对不住作者又对不起读者的缺德事了。

一九九八年八月写于北京。

呼唤废名全集问世

十几年前我曾写小文向社会呼吁，题为《废名先生遗著亟待整理》。后来知道先生的《谈新诗》、《小说选》都已重印，一九九〇年由冯健男编的《废名散文选集》亦在天津百花文艺出版社出版，一九九二年还重印过一次。看来先生遗著已引起人们关注。但我以为这远远不够。值此五四八十周年之际，不禁又想到废名先生。乃以按捺不住的渴望心情再写此文，权作呼吁。

这几年出版界对五四以来的老作家们做出不少贡献。美学家朱光潜、宗白华、邓以蛰几位先生的《全集》都已出版。《朱自清全集》、《俞平伯全集》也先后问世。沈从文先生的遗作也一直在张兆和师母和两位师弟的关怀下不断地整理、出版。在我的熟人中，介于师友之间的王瑶、萧乾等先生的《文集》也分别在他们身后或生前与读者见面。甚至周作人的全部遗著，也被热心人编纂、整理以非全集的面貌提供给爱读他作品的人们。而废名先生的遗作与上述情况相比，就显得冷落寂寞多了。这应该说是不大公平的。

几年前，承废名师哲嗣思纯先生因严家炎兄介绍曾一访寒斋。问起先师遗稿，思纯说，大部分手稿在其堂兄冯健男先生处，健男多病，故思纯不便往询，更不宜索回。思纯的令姐是在南开大学西语系毕业的，现居国外，手头似无多少先师存稿。今健男先生已辞世，则他手中所存废名师遗著不知如何处理安置。我想思纯兄总该过问，并取回进行整理了吧。我这做学生的只能企予望之，想帮忙也无从帮起。

就我所知，废名师早年几本小说集和一批新诗，是不难物色到的。抗日战争前，北平《世界日报·明珠版》是当时几家高等学府的师生们发表文章的园地，据知情人提供信息，废名师是在那个副刊上发表过文章的。今天似乎应有专人翻阅旧报刊，进行搜索。再有就是抗战胜利后废名师回北大执教，陆续在平津各报发过若干篇散文。冯健男所编百花版《废名散文选集》中的一些文章，即从当时天津的《大公报·星期文艺》和《民国日报·文艺副刊》辑出。但就我所知，没有选入集子的"遗珠"还有相当数量。即以冯健男为《选集》所写序文中引述到的几篇散文，书中就未编入。至于新中国成立后，特别是先生从一九五二年以后调往东北直到病目辞世这一段时间里，究竟发表过多少文章，我就不大清楚了。但六十年代纪念杜甫，先生在《人民日报》上发过长篇论文，印象还是很深的。总之，天下无难事，只怕有心人，世有志士仁人，肯为废名师拓荒抉秘，潜心搜辑，总是会有丰硕成果的。就怕任其荒凉寂寞，时间愈久，便愈不好办了。

除了已经与尚未发表的文章，废名师可能还有一些有待加工整理的讲稿。我曾在课堂上聆听过他讲《论语》、《陶诗》、《李义山集》、《庾子山集》等课程。一九四九年至一九五〇年，我已离开北大，废名师曾讲过一学年《诗经》。我一九五〇年秋在津沽大学开《诗经》专题课，曾通过先生在南开大学就读的女儿向先生借阅他的《诗经》讲稿。承先生厚爱，全部惠借给我过录，我用完随即归还了。这份材料不幸于"十年浩劫"中只字无存。只有谈《关雎》的一篇被我转录在一个破笔记本中侥幸保留了下来。但文字与《废名散文选集》中所选入的《关雎》一篇出入较大。我所存录的可能是初稿，但文字朴实，言简意赅，没有公开发表的那一篇里面的一些标签和套语。新中国成立后废名先生也同大多数旧知识分子一样，追求进步,力图改造自己,这多少却影响了先生原有的神韵和文风。不过无论怎样,先生的全集应力求早日问世,这已是刻不容缓的现实问题了。我诚恳而急切地在呼唤!

原载一九九九年《中华读书报》

说 "为人作嫁"

　　几年前曾撰小文，题曰《责编难做》。但"难做"并不意味着"做不好"。最近我就遇到两位甘心"为人作嫁"的责编，他们的做法不仅使我由衷感激，而且增加了对他们的诚挚敬意。一位是原中华书局的编辑张世林君，他是我一本自选集的责编。另一位是天津古籍出版社的编辑韩嘉祥君，他是我两本旧著（修订本）重印的责编。他们在审读拙稿时，十分仔细认真，逐字逐句都不放过。今各举一例以说明之。《泊船瓜洲》是王安石一首有名的七绝，而我多年以来都把题目写成《船泊瓜洲》，并未察觉有误。这次被世林看出，终于改正过来。在我的旧著中，曾引述了王维的《送元二使安西》（一名《渭城曲》）。这首诗在我十岁以前即经先父口授，我从小就能背诵。由于早烂熟于胸，过于自信，我竟从来没有翻检过王维本集，勘对字句。何况先父口授时早已告诉我全诗每个字应怎样写，我"迷信"父亲有时竟胜过书本。此诗第三句乃是"劝君更尽一杯酒"，而我从受读的那一天起，就认为应作"更进一杯酒"（先父生前曾多次为人书写此诗，皆误作"更进"，我当然更是先入为主），且根本没有怀疑过其中有错字。这次嘉祥竟以几种版本的《王摩诘集》反复互勘，结果证明无一版本作"更进"者。这才把我弄错了七十多年的一个字彻底订正过来。但这两位责编都十分慎重，分别打电话征询我的意见，我当然听命照改。于是我乃感慨系之，如果今天在职的责编的业务水平和工作态度都像他们两位，则当前出版书刊的质量会大大提高。而钱锺书先生生前所慨叹的"无错不成书"，也可能有彻底消灭的一天。我之所以不惮烦地详陈此事，除为了表彰这两位责编外，也想给他们两位的同行们提供一个参照系数。

当然，"为人作嫁"初不限于责编工作。我教了一辈子书，至今还有不少青年朋友跟我打交道，主要是问业务方面的问题。其中有的人还把他们用心血写成的文章拿来找我提意见，乃至进一步嘱我进行批改。近两年因我的两位老相识（都算是我的学生吧）陆续外出讲学，于是把他们眼下所指导的研究生托我代管一下。我当然义不容辞。只要研究生送来他们的论文，我总要认真审读批改。虽说这也是"为人作嫁"，但我却心甘情愿。因为教书育人是当教书匠的天职。其中有一位研究生，曾先后写来两篇较长的学术论文。经过我几次审阅，他又进行了几次修改，终于我心目中认为他的文章足够发表水平了。于是我又进一步"为人作嫁"，向有声望的刊物推荐发表。可是这却不那么好办了。其中的一篇，我连续向几家刊物的主编推荐，都被拒绝刊用。我对退稿并无意见，但希望听听退稿的理由，究竟文章的不足之处在哪里。这不但对文章的作者有帮助，就连我这审读推荐者也是一次得到切磋的机会，盖学无止境，自己也可以从中获益。然而结果却事与愿违。有一家刊物只是把稿件退回，连一个字的意见也没有提。我终于沉不住气，向该刊的编辑请教。答案是无法令人满意的。一、退稿不附意见，是因编辑部人手不足，无力回信。二、刊物的编辑对来稿内容并不内行，无法判断其质量。三、外请专家审稿，审稿人说不能用就不予刊用，也未必都提出意见。我认为这都不成理由。一、既担任编辑工作，竟说对来稿内容不内行，无法判断其质量，这根本就说不过去；倘对本职工作不能胜任，就应自动请求下岗。二、无论请谁审稿，如提不出拒刊理由，就不宜贸然退稿。三、我既然肯出面推荐他人文章，自然应负责到底；我不相信自己连文章够不够发表水平都看不出来。

事实上，一篇被推荐的文章之所以遭到退稿的命运，真正的理由乃是：一、推荐者并非人人都像我这么死脑筋，肯负责到底；有人甚至连文章都没有看，只由于是熟人所写，就随便地推荐出去。二、所请的外审专家也未必都认真负责地审读，更无从体察撰稿人的良苦用心。只凭个人主观好恶任意取舍，当然亦不易提出合理的退稿意见，从而使编辑部逐渐失去对推荐文章的人的信心。三、最主要的关键乃在于：现在刊物发表文章，首先看作者有无知名度；知名度愈高，文章写得即使水平差些也照发不误。倘知名度差或根本是无名小卒，那就要看这位作者是否"关系户"了。倘非"关系户"，即使文章内容很有水平，也会被长期埋没。这种现象正是当前学风和文风的具体表现。

总之，"为人作嫁"实在难，既吃力又不讨好。一位编辑倘想认真敬业，就必须有不怕吃苦、不怕挨骂的思想准备，还必须有牺牲和奉献精神。这当然比不负责任地混日子难多了。而想要提携后进，给青年人当"人梯"，虽自甘"为人作嫁"，却不见得在社会上行得通，甚至会碰壁、"触霉头"，弄得里外不是人。在下就不止一次地遇到过这样尴尬境地。在"有权不用，过期作废"的今天，无权者（如鄙人）连想"为人作嫁"都谈何容易，遑论其他！此所以难上加难也。

公元二〇〇二年元旦后二日晴窗脱稿。

原载二〇〇二年第四期《文史知识》

"精神产品"的浪费与文化垃圾的过剩

最近拜读王楚光先生的大作《小康社会还要不要提倡勤俭节约》（载《中国行政管理》二〇〇二年第五期），使我得到举一反三的启发。楚光先生指出：尽管我们人民的生活已步入小康阶段，由于我国是个"人口大国资源小国"，因此仍必须提倡勤俭节约；特别是今天奢侈浪费的社会风气令人堪忧，如不把倡导勤俭节约提上议事日程，则必将严重影响国家的前途命运。于是我联想到当前文化领域中的"精神产品"，同样也存在着极端浪费现象。我们的文化资源不也正在日趋贫瘠么？

先说图书报刊的出版。据爱逛书店的朋友谈，在大书店里，几乎每天都有一批新书上架；如果赶上书市或图书展销会，那就成了图书海洋，令人目不暇接。然而热心买书的朋友却不时慨叹："好书难得！"而在另外场合，却又经常遇到一本本装帧十分精致而内容又有相当价值的书，只以三至五折的价格出售（实际上成交额并不很大）。即以二〇〇二年七月十七日出版的《中华读书报》的头版消息而论，多少书商为迎合广大青年学生需要，投"高考"之机，一窝蜂重复出版了若干种高考辅导书籍，造成严重积压。这实际就是典型的浪费。当然，大批盗版劣质书籍的充斥市场还没有计算在内。图书如此，报刊杂志就更其变本加厉了。报纸的版面愈印愈多，而可读的内容却愈来愈少。无论大报小报，入眼惟见广告。这已成为当前普遍现象。一天过去，成叠的报纸随即扔到废纸堆中。请问，这对人力物力算不算浪费？

再说演艺圈。一个剧团往往耗资以若干万元计，旷日持久地编出一本新戏，演不了几场就销声匿迹。最佳效益充其量不过是"荣获"什么奖，而广大的老百姓却不买它的账，过不了多久就忘得一干二净了。至于一部电视连续剧，动辄几十集无尽无休；可到了每天黄金时间段，打开电视机，连换几十个频道也未必遇上一部引人入胜的戏。请问，这对人力物力算不算浪费？

与此成鲜明对比的，乃是文化垃圾的过剩。一个浪头来了，一批"名人"纷纷出书；又一个浪头来了，一批"神童"纷纷出书；再一个浪头来了，一批"美女"更纷纷用"身体写书"。时髦的浪头层出不穷，赶浪头的书也层出不穷。等浪头过去，剩下来的只是这里一堆、那里一片的文化垃圾。城市垃圾多了要影响市容环保，文化垃圾过剩则必然有损于精神文明建设。真诚呼吁负责监管"文化环保"的有良知的人，该加强力度认真管一管了。

原载二〇〇二年八月七日《中华读书报》

电视考场的出题人和主持人

近读孔庆东君在《北京青年报》上发表的文章,谈到由他为中央电视台不久前举办的电视歌手大赛文化素质测试出题目的经过。电视台在出题前,便要求孔君不能把题目出得太深太难,只须小学或初中的水平即可。而答题的结果却出人意料的不够理想。由此看出目前这些歌手的文化素养已低到何种程度。

其实这一类通过电视考场来测试现场答题人文化知识水平的节目,几乎各地电视台每天都有。我每周偶然也看一两次。今举上海一家有代表性的电视节目"才富大考场"在文化知识方面的考题为例。所以举它为例理由有三:一、这一节目收视率相当高,最近播放面更布及全国;二、参赛人次较多(每场百人),且来自全国四面八方;三、节目办得还是有水平的,现场气氛活跃,比较够档次、有品味。

遗憾的是,不少答题者对文史方面的一般知识回答得总是很不理想。但我以为,更值得注意并有待提高的乃是出题人的文化水平。这里姑举三例。一、有一道题,引述了古人两句名言,问这是明代哪位学者说的。答题者说是"王阳明",主持人说"错";及公布正确答案,乃是"朱熹"。夫朱熹乃南宋人,岂能是明代学者!这显然咎在出题人。二、问封建王朝的皇帝设立年号从哪个朝代开始。据我所知,应答西汉时武帝。而公布正确答案却是"明朝"。然则唐代的"贞观"之治、"天宝"之乱,宋代的"庆历"新政、"靖康"之变,"贞观"、"天宝"、"庆历"、"靖康"等等都不算是年号吗?我猜想出题者原意，是指一个皇帝在位期间只用一个年号，这确是从明朝开始实行的。但出题人用语不确切，乃致出了错误。三、问"业精于勤荒于嬉，行成于思毁于随"，是哪位古人说的。主持人读题时竟读成"毁于shu"。我想，主持人不至于连"随"字都不认识，显然这是出题人书写有误。我以为，如果题目本身就出错了，却苛责于答题人，恐怕很难使人（包括电视观众）心悦诚服。故以为出题人本身水平亟待提高。

就上述三例言之，则节目主持人也应具有分辨题目是否有误的水平。如果主持人知道朱熹不是明朝人，皇帝设立年号自西汉已有之，韩愈《进学解》开头两句话自己也熟悉，他当场即可加以更正。何况主持人口中有时也出现硬伤，如把"差强人意"理解为"不能令人满意"（原意是"比较令人满意"），把"立秋"前一个节气说成"小暑"（应为"大暑"），都属常识性错误。

总之，要想通过这类节目提高人们的文化素养，主持人出题人以及参赛的广大观众，都不能原地踏步。

二〇〇二年八月一日写讫。

原载二〇〇二年八月三十日《文汇读书周报》

积极弘扬"猪跑学"

启功（元白）先生多年前即称自己给学生开设的课程为"猪跑学"。其意若曰，有的人虽没有吃过猪肉，总见过猪跑。这是元白先生的自谦之词，指课程内容带有启蒙性质，旨在教给学生关于文史方面的一些基本知识。同样，也是若干年前的事了，在一次座谈会上，史树青先生曾呼吁在大学本科文史各系开设"应用文选读"一类的课程。其用意也在于向学生们传授一些社会上至今还用得着的普通常识，如书信应怎样写，对联应怎样做，人际之间（包括家庭、亲友、师生）彼此双方应怎样称呼，一般性的应用文稿（如告示、启事、通知等，目前不少人往往把"示"、"事"二字都混淆误用）应怎样撰写，其基本格式如何等等。记得先父玉如公于一九三七年抗日战争爆发前，在南开大学教书时，曾给文、商学院高年级学生开过一门公共必修课"公文程式"。其实他讲课并不限于旧公文程式中"等因"、"奉此"那一套，而主要是讲"文史知识"和一般应用文作法（包括拟电报稿、写挽联等）。我本人在上个世纪五六十年代，也给北京大学中文系、中国人民大学文科各系（主要给新闻学系）和首都图书馆的工作人员先后讲过"工具书使用法"，其中也捎带讲一点"文史知识"。据刘梦溪先生回忆，有些常识性术语，如《汉志》指《汉书·艺文志》，《隋志》指《隋书·经籍志》等，都是在听我的课时开始知道的。而这一类所谓的"常识"课，在目前各大学文史诸系本科的课程中早已不开，甚至连授课的老师对这方面的知识也不甚了了。但人们总以为这是些鸡毛蒜皮的琐细末节，知道与否无关重要。于是社会上才出现了称别人的父亲为"家父"、称自己的父亲为"乃父"这样的硬伤。说起来看似小事,却恰恰暴露出社会群体文化素养的严重欠缺。有的读者希望《文史知识》月刊多发表一些普及性文章,我看这方面大有可为。故郑重建议,希望能加强力度并长抓不懈地弘扬元白先生所倡导的"猪跑学"。

我写此小文,是由于二〇〇二年八月号《文史知识》上刊载的丹晨兄一篇题为《用错"家书"》的随笔而引起的。丹晨兄在报上看到一个整版都是宣传"中外经典家书"朗诵会的文章,却把"情书"和朋友间通信也都纳入"家书"类,便向编辑先生提出意见。不料得到的回答却是:"我们有意扩大了家书的范围。"及丹晨兄耐心向他做解释,编辑先生始而"有点不以为然",继而才说"转告有关人员,研究研究"。从丹晨的文章中,我更体会到两点:一、编辑先生和"有关人员"对"家书"的概念和范围根本不清楚,连这种"没有什么可以讨论的"(丹晨语)常识,都一无所知,还说什么"我们有意扩大了家书的范围",足见其文化素养的匮乏;二、当有人善意地指出某人在文章或言谈中出现某处硬伤时,其第一反应乃是"文过饰非",即找出托辞来护短,而缺乏从善如流的精神和虚怀若谷的态度。这后一种毛病似乎比出现硬伤本身更加严重,更令人担忧害怕。其实丹晨所谈也还不是"个案"。某名牌大学一位专治文史的教授竟把陈寅恪先生悼念王国维的诗文说成"悼亡"之作,不也是"扩大了范围",把"悼念亡妻"这一专用名词"扩大"为"悼念亡友"了吗?

至于"学术警察"或"文化警察"的说法,那是若干年前某些人读了具有订讹纠错内容的拙文而感到心理不平衡,才把这顶带有反讽意味的"桂冠"加在本人头上的。二〇〇〇年北大校庆时,丹晨他们那一个年级的校友返校,邀我出席并嘱我讲话,我随口说起自己这件"荣膺桂冠"的事。散会后有好几位同志都对我说:"先生这个'警察'一定要坚持当下去。"拜读了丹晨兄的文章,一方面感到"吾道不孤",一方面正如丹晨所说,面对这种到处出现"硬伤"的文化滑坡现象,确是焦虑与失望兼而有之。我想,正如对待社会上各种不正之风和违章违纪现象一样,单靠少数公安人员来进行纠错是无论如何也忙不过来的,何况真正的警察有职有权,而我们这种耍笔杆子的"警察"是"光说不练"的(只能撰写文字进行批评呼吁,手中并无实权),倘那些笔下出现"硬伤"的先生一味"虚心接受"而"坚决不改",你纵写出千言万语也还是无济于事。要想真正"力挽狂澜",还须大家都来重视,集思广益进行"综合治理",或于事不无小补。此即我之所以呼吁要积极弘扬启老所讲的"猪跑学"之故也。

公元二〇〇二年九月沪郊写讫。

原载二〇〇三年第二期《文史知识》

附录: <center>用错"家书"</center>

丹 晨

吴小如先生写了好几篇批评报刊文章中存在的语文知识错误、文理不通以及错别字等问题的文章。吴先生是我的老师,我在北大时曾得亲炙受业的机会,成为他的入室弟子。几十年后读到这些文章,我又像当年聆听教诲一样亲切温暖,并且也感受到吴先生的焦虑。因为,这样的现象太普遍了,一时又难以真正引起人们注意匡正,相反还有人对努力纠错的人讥为"文化警察"。这不能不使吴先生失望了。

其实,现在的报刊图书中的文风比起上个世纪后半期不知好了多少。那是一种解放,从教条主义、假话空话套话废话大话的桎梏中解放出来的。当然，这种旧文风现在依然流行，只是人们已不感兴趣，真可谓"曲高和寡"了。但解放了的文风中又存在着太多的随意性，就如吴先生已经指出的那些问题，真不知怎样才能够有所改善。看来，首先还是需要教育部门认真对待，从提高中小学语文教学水平入手，给青少年打好比较扎实的语文基础；其次是报刊媒体传播行业，要负起责任来，减少这类差错；然后是作者们下笔不走神，写出的文章里不出这类硬伤。这样，与有历史悠久、内涵丰富、优美而又富有表现力之称的汉语文化就比较相称了。

眼前，就有这样一个例子。一家有影响的大报，登了整整一个版面，报道说近期将举行一个大型音乐朗诵会，题为"寄给最爱的人——中外经典家书"朗诵会。这是一个很好的设想。但是一看篇目，有好几篇不是"家书"，如《田汉致郭沫若》、《徐志摩致林徽音》等等。整个一版发表的四篇专家文章又都围绕"家书"侃侃而谈，没有人对此提出异议。这次，是我当了一回"警察"，打电话给报社。编辑答称，我们有意扩大了家书的范围，像《徐志摩致林徽音》是写给情人的，我们也收了进来。我说：且不说徐林的关系，即使写给情人的，也不能叫"家书"，而是"情书"，因为他们并非一家。《田汉致郭沫若》只是给朋友的信，再好朋友的信也不能称为"家书"。"家书"就是家庭内部成员互致交往的书信，是不能随意扩大解释的。编辑好像还有点不以为然。我只得说，这是常识，不深奥的，也没有什么可以讨论的。这样，编辑谢了我的好意，说是转告有关人员，研究研究。

我放下电话以后，沉思好久。这样一个大型朗诵会和整版的版面报道，至少要经过朗诵会的策划者，又经过报纸编辑，又有专家们的参与……这样好几道关，竟然没有人发现这么一个常识性的差错。是什么原因呢？我实在感到很困惑。我又想起，现在文章中称别人的父亲为"家父",称自己的父亲为"乃父"……之类的竟也是常见的。吴先生在文章中指出好多这类例子。但这次,"家书"竟是一个集体出错的个案,似乎就更值得人们重视了,说明吴先生的焦虑并非多馀。试想经过传媒、朗诵会的传播,将是大面积的以讹传讹,其后果会误了多少人的子弟!也许,这只是我的多虑。

(例见《北京青年报》二〇〇二年二月四日 第二十五版)
二〇〇二年第八期《文史知识》

"硬伤"与知识面

手头摆着几本都同我有关系的书。有的作者和主编人是我的胞弟和学生，有的是由我写的序言，有的则曾由我通审过全书初稿。但无论是粗读或细读，却都发现书中存在着"硬伤"，而这些硬伤似皆与主其事者的知识面有关。古人有"内举不避亲，外举不避仇"的话，"举"指举荐、揄扬；现在借用这两句话，把"举"字解释成检举、举报、批评的意思。旨在订讹与传信，不想替自己的亲人或熟人文过饰非。同时也想向写书的时贤们提个醒，包括对我自己的鞭策、督责：著书立说不可不慎也。

先从二〇〇一年出版的书说起。天津百花文艺出版社于二〇〇一年九月出版了一本《中国散文鉴赏文库（古代卷）》，书前的一篇序言是一九九五年应此书主编之一崔承运君之嘱由我撰写的，下距此书面世已历时六七年。书前《凡例》云："本书按朝代分辑，作者以生年先后为序。"随手翻检目录并依页码细阅本文，发现所收的宋代古文作者排列次序大成问题。在北宋王安石与沈括之间竟塞进胡铨、岳珂、谢翱、王炎午四家。这四家虽皆为南宋人，年辈却不相及。胡铨生于公元一一〇二年，应列在刘子翚（一一〇一年生）和岳飞（一一〇二年生）之间（所有作家生年依此书所记，姑不详考，下同），不应羼入北宋诸贤。而岳珂生于一一八三年，应排在刘克庄（一一八七年）之前，现在的排列次序实属进退失据。至于谢翱，生于一二四九年，与文天祥同时，应排在著《伯牙琴》的邓牧之后（邓牧生于一二四七年）。而王炎午生卒年不详，但他入选的文章为

《望祭文丞相文》,可见也是南宋末的人,现在却排在沈括、苏轼、黄庭坚诸人之前,颠倒错乱一至于此。作家排列顺序出现如此硬伤,主编人及编委均未察觉,则书中赏析文字是否可靠,作为读者实亦大可怀疑。披览至此,我深悔当年写序言时未免孟浪。今揭橥其误,亦实含自责之意也。

舍弟同宾著《杨小楼传》,二〇〇二年八月河北教育出版社出版。读此书《序》及《前言》,知这一套《京剧泰斗传记书丛》最早的分册于一九九六年已问世,则本书当是积压了好几年才与读者见面。在此书第三一八页刊有杨小楼《冀州城》剧照,并注明"饰马超"。这出戏至今还不时出现于舞台上,马超虽挂孝,却不带髯口。而这张照片却挂着黑髯口,实为《湘江会》剧照,杨小楼扮吴起(吴起的扮相有勾脸与不勾脸两种,杨派由武生扮,故不勾脸)。故属硬伤。我曾亲询舍弟,告以书中所配照片,他并未逐一核对,悉由《书丛》主编与责编代办。如此,则舍弟亦应负失察之责;而所以出现硬伤,则由于司其事者知识面不足也。

翁思再著《余叔岩传》,与《杨小楼传》同时出版,亦《书丛》分册之一。此书我应负相当责任,因我曾通读全书初稿,并详细提出修改意见。遗憾的是我未能再读定稿。及书已问世,我从头披阅,乃发现还有若干硬伤。除已详告思再,嘱其尽快修订外,这里举两例说明,主要是提醒著书人要注意拓展知识面,非对思再有意为难也。

例一,原书第五八页提到余叔岩初出茅庐,以"小小余三胜"艺名长期在天津演出,曾大红大紫。但作者在行文中却说,余氏于"谢幕时"台下观众向台上扔鲜花、手帕及首饰等。夫观众向台上掷物和钱,确是"古已有之";但"谢幕"之举,在清末民初的戏园或剧场里,却还从未有过。这是梅兰芳、程砚秋等在国外演出,带回来的一种"仪式"。笔者到二十世纪四十年代，才在京戏剧场中偶尔见到。思再写书不免意识超前了。

例二，原书第三二一页，开列杜月笙于一九三一年在上海浦东高桥祠堂落成所演堂会戏剧目时，竟把《马蹄金》解释为"即《取帅印》"，实属硬伤。《马蹄金》乃《桑园会》（亦名《秋胡戏妻》）之异名，与《取帅印》全不相干。据思再见告，实转录自某抄件，故以讹传讹。果尔，则某抄件书写人固不懂戏，而思再对此恐亦不甚清楚，始有此硬伤耳。

二〇〇二年十月写讫。

原载二〇〇二年十一月一日《文汇读书周报》

不该出现的硬伤

我曾写过若干篇小文,指出某些书籍和文章中出现"硬伤"的事实。但这些书籍或文章的作者,有的人殖学根柢不足,有的人"隔行如隔山",有的人学术资历浅,有的人缺乏生活常识和文化常识,总之,尽管在他们笔下出现了不应有的错误,但从目前的文化大背景看,毕竟还是有情可原的。我之所以不惮烦地逐一进行挑剔,看似吹毛求疵,其实从我内心的动机出发,我还是希望与人为善的。当然,我更为当前学风浮躁和文化滑坡现象感到忧心忡忡,于是才不怕得罪人,情不自禁地写出一些招人讨厌的"豆腐干大小"的文字。套用一句《孟子》上的话来为自己解嘲,"余岂好吹毛求疵哉,余不得已也。"

说良心话,这样的文字写多了自己并不舒服。因为作为一名老教书匠也好,或一个普通读书人也好,看到社会上出现"硬伤"的书籍和文章层出不穷,愈来愈多,而且愈来愈"离谱",我心里不禁感到悲哀,甚至思想很沉重。总觉得自己身为教员,却没有尽到应尽的职责。只要自己良知未泯,总希望我们的文化学术一天比一天繁荣昌盛;而不希望在貌似学术风气蒸蒸日上的大气笼罩下,却时不时冒出一些破绽百出、令人心寒齿冷的"硬伤"来。这也正是我要向亲爱的读者们坦率交心的话。

然而积习难除。在退休后比较闲散的时光里,我无法不用阅读图书和翻阅报刊来消磨我所剩无几的岁月。而在阅读过程中,竟不以个人意志为转移地一次又一次发现若干不应出现的"硬伤"。我说它们"不应出现",乃是由于这些书籍和文章的作者不是海外颇有知名度的华裔汉学家,就是国内能撰写洋洋洒洒学术论文的学者、教授。照理讲,以他们的水平根本不应当缺乏一般的学术常识;然而他们竟写出来了,公之于世了,而且在社会上产生了影响。这就使我不得不一次又一次地做攘臂下车的冯妇,不停地向读者饶舌了。下面只在若干"硬伤"中举几个例子,用来向读者证明我不是在捕风捉影,厚诬时贤。

其一是引书错误。在《中华读书报》上我读过一篇海外华裔学者谈《金瓶梅》的文章,文中竟把龚自珍《己亥杂诗》第一首的名句"落红不是无情物,化作春泥更护花"说成是唐诗。另外还有一位史地学专家,在一篇序文中把元人翁森的《四时读书乐》当成清人翁方纲的作品。幸好付印时被出版社审稿人发现,才免使这位专家造成"白圭之玷"。

其二是用词不当。"先帝创业未半,而中道崩殂",这是诸葛亮在《出师表》里说刘备的话,而刘备当时已称帝。"天子死曰崩",原是文化常识。《尚书·舜典》里说尧死为"殂落"。可见"崩殂"一词专指皇帝之死。尽管现在已不是封建社会,但如果说自己的父亲或父亲的朋友逝世为"崩殂",总感到有点不伦不类。而香港某大学一位教授(他是美国哈佛大学的博士)在他的一本文集里竟称他父亲和父执之死为"崩殂",看上去实在有点刺眼。另外还有一位在国内颇有知名度的专家,称他的朋友"身后"如何如何,实际上他这位朋友至今健在。也许有人认为这不算硬伤,可至少是用词欠妥吧。这类例子其实不一而足,姑举以上二例,供读者隅反。

其三是把史实和人物搞错。《文史知识》二〇〇三年首期就出现了把舜的故事都算到禹的头上,由于错误太明显,已在《文史知识》今年第三期上有读者指出了。但我以为责编同志是要任失察之咎的。

无独有偶，认为"烽火戏诸侯"的主角不是周幽王和褒姒而是殷纣王和妲己，二十年前的一位老作家就这样说过，而最近有人的文章又这样提出，却没有人出来指谬。而这篇文章的作者亦非等闲人物。还有一本学术专著，其作者竟把当代著名史学家谢国桢先生当作明朝人。我读到这样的书籍和文章，您说我还能沉得住气吗？

二〇〇三年一月写成，同年三月改订。

原载二〇〇三年第五期《文史知识》

找回传统的文化底蕴

据传媒报道：上海邀请国际知名音乐团体来沪演奏西方古典名曲。演奏中间，乐队几次"罢奏"。原因是，按照西方听古典音乐的"游戏规则"，在演奏前后相联缀的几个乐章中间略有间歇，这时的观众是不应鼓掌的。而我们的观众由于缺乏这方面的文化底蕴，一曲奏罢，便热情鼓掌，于是引起乐队指挥的严肃抗议。这在西方音乐家看来，中国观众未免有点"土"。我倒觉得这种把好事办坏了的现象还是有情可原的，"不知者不怪罪"嘛！当然，既要去欣赏西方古典音乐，事前多少也得具备这方面的常识，不宜附庸风雅，冒充内行。好在有了前车之鉴，今后多加注意就是了。

遗憾的是，当前荧屏上连续播放的各色电视剧，从策划、编剧、导演到演员，也大都严重缺乏我们自己的传统文化底蕴，出现了各种各样可惊诧乃至令人齿冷的纰漏。而观众却"见怪不怪"，甚至积非成是，认为从前人的生活本来就是这个样子。久而久之，后果不堪设想。但我们的文化艺术圈内外的人士对此似很少予以关注。这里只想举几个习见的例子。也许有人会认为我杞人忧天，或者说我"迂腐"。反正扪心自问，我无愧于自己的良知，人们爱说什么就说什么吧。

例一：近时不少电视剧都有在戏院或堂会中演京戏的镜头。有演戏的自然就有听戏的。而过去在听戏场合，观众每情不自禁地要喝彩（即"叫好"），至于以鼓掌取代喝彩，乃是稍后才出现的事。这种"叫好"，其实也有它的"游戏规则"。如果叫得不是地方，等于喝倒彩。而在今天的电视剧里，十之七八的喝彩场面都是值得演员"罢演"的。仅此一端，便足以显示电视剧导演和演员都缺乏这方面的文化底蕴。

例二：从古装剧到现代剧，从康、雍、乾时期到民国初年，凡达官贵人府邸大门口，都千篇一律悬着一块大匾，上写两个大字，如和珅府邸写"和府"，《金粉世家》中国务总理金铨家门口便写"金府"。清朝官邸门口什么样子我没有见过；民国初年大官们住宅门口是什么样子，大约像我这个年龄段而今犹健在的（比我年长的自然更不在话下），见过的人恐怕远不止我一个。我敢肯定地说，根本不是这个样子。比这还严重的，则是门联、楹联以及厅堂中悬挂的各色对联，把上下联位置互相弄颠倒的更比比皆是。甚至有的横匾上的字（从古代到近、现代都有）竟是从左到右排列的。夫汉字横写而顺序从左到右，那是上个世纪五十年代推行简化汉字和印刷品横排之后才大行其时的，而我们的古人却已有超前意识，连古城门上标志的地名也从左到右了（这与鲁迅时代便已出现新简化汉字正是异曲同工）。难道我们今天的文化人连这方面的普通常识也不具备了么？

例三：关于汉字读音问题。先举"识"字为例。此字有两种读法。"认识"的"识"读 shí（本为入声字，今通常读阳平），而"标识"的"识"读 zhì（与"志"同音）。在简化汉字中，凡写"标识"或"标帜"字，已一律写作"标志"。这本不成问题。但有些演员或媒体播音员遇到"标识"字样，却大都读成"标 shí"。最近还听到一位先生在电视屏幕上读出了"标志和标识（shí）"这样的并列词语，我乃感到有在此饶舌的必要了。难道"标志"和"标识"还有什么词义上的不同吗？这正如有人把"交代"写成"交待"，还强词夺理地说这是两个涵义不同的词。难道我们的现代汉语真正发展进步到这种程度了吗?

再举"厂"字为例。这个字在汉字简化方案颁布前并不存在歧义和异读问题。它与"庵"是同一个字。过去写"龚定庵"即作"龚定厂";已故北大教授唐兰先生字立厂,即立庵,我们都称他为"立 ān 先生"。后来把"厂"字定为"廠"的简化字,人们只知"厂"字读 chǎng(与"敞"同音);而且谁也不会用它取名字了。不凑巧的是,张恨水著《金粉世家》,书中金铨的二儿媳竟名"慧厂"。稍具文化底蕴的人总该动一下脑筋,当年给一位青年女性取名字,总不会称她是"智慧的工厂"吧。于是一个很文雅的名字("慧庵")在演员口中竟读成"慧 chǎng",让人听了哭笑不得。而在《孝庄秘史》中,清人进关后张贴的告示竟出现了"留發不留头"的字样(因为"发"字是"發"和"髮"两个繁体字的同一简化字,于是"发财"的"发"和"头发"的"发"便再也分不清了)。敢问:这几部电视剧的编、导、剧务和演员,到底是文化人呢还是半文盲?

不是我危言耸听,我们的传统文化原是有深厚的底蕴的。而这些年竟出现了文化人缺乏文化素养的现象;某些搞语言文字工作的人居然不识字,而且还指手画脚强作解人;一位自称哲学家的哲学研究所所长竟然没有读过《庄子》,当我写文章批评他时,他还用"你只懂'国学'却不懂'哲学'"的话来反驳我,并说他是学西洋哲学的云云。我一想到这些,简直有点不寒而栗。这比鼓掌鼓错了地方的危害性孰轻孰重,我想读者心中是会有数的。

原载二〇〇三年六月十一日《中华读书报》

明目张胆地造假

我不住在天津,但对天津的文化信息还是比较关注的。早就听说先父玉如公的遗作进了拍卖行,而且有时出现赝品。一位艺术大师的作品(不论是字画还是其他)如果被人以假乱真,这不但对艺术家本人是侵权、亵渎,而且对购买者、收藏者也是一种不道德的欺骗行为。当前假冒伪劣之风愈演愈烈,作为玉如公的子嗣,不能坐视不理,听之任之。

最近听天津文化界熟人说起,不久前在拍卖现场就出现了两件所谓先父玉如公的书法遗作,其做伪的笨拙愚蠢程度已到了令人忍俊不禁的地步,结果竟被人买走了。我听到后深表遗憾。购买、收藏的人花了冤钱不说,而拍卖场家竟缺少把关的鉴定眼光,尤使这一行业的前途增加了难以预料的风险。而我个人除感到既可气又可笑外,更为今天文化艺术的滑坡现象和造伪者的道德沦丧感到无尽的悲哀。

所谓先父的遗作是怎样的两幅字呢?据说一件是对联形式,而上下联却并不对仗。其内容实际是摹仿先父临写的魏碑上的字句,稍有常识的人一望便知其出处,那是六朝墓志上的习见语。而不通的地方竟是在下款处题作"某某书旧句"。魏碑上的话怎么会是先父自己的"旧句"呢?一副"对联",上下文不对仗,已不是有水平的读书人笔下应出现的硬伤;而古人墓志上的话竟成为书写人自己的"旧句",难道以先父的水平竟会出现如此荒唐的现象么?这样一件作品,竟暴露出如此不学无术的马脚,我们的文化艺术界和文物鉴赏界究竟是个什么局面，也就不言而喻了。

另一幅作品署乙酉年，即一九四五年，那年先父虚龄四十有八，而印章竟用"迂叟"。陆游诗："丈夫五十未称翁。"当然不到五十岁也不会轻易称"叟"。先父自署"迂叟"，是从他六十岁左右开始的。仅此一点即证明这幅字是赝品。何况印章盖在纸上，过上一年半载便已晾干，不会褪色，而这幅字上的印泥据说还是湿的，轻轻一按便在手指印上红色，懂得鉴别字画的人仅从这一点便可断定时间的久暂，当然其真伪如何也就不在话下了。这种明目张胆的伪造痕迹竟不为人注意，居然还有人竞拍买走，我真替那位购买收藏者鸣不平了。

事情无独有偶。目前在北京，仿造冒充启功（元白）先生的书件据说已成为公开秘密。门人白化文君对我说："老师想买启先生的字么？"我与启功先生已是半个世纪的老相识，知道他最近身体欠安，视力尤弱，已不大能执笔写字。便对化文说："启老身体欠安，我怎好打扰他！"化文却说："不是要您亲自向启老求字。您只要到某某宾馆或某某餐厅，提出要买启老的字，他们当即开出价码。据说两三百元就可以买到启老一副对联，可以题上款，而且还可以立等取件，一手交钱，一手交货。如果您想批量购买，还可以讨价还价。有人用一百五十元就买到了一副对联。"我说："这明明是赝品，怎么这样胆大妄为！"我又问："这样的事启老本人知道不知道？"化文答："您如果去拜访启老，把这事告诉他，他不就知道了么！"我因恐启老生气，没有立即给启老打电话。事后一想，这事太不像话，应该公开说出，让世人都知道。于是便原原本本写了出来。化文同启老也相熟，我想他不会编造故事。而且化文还说："最近自己身体不好，不想去恶作剧。否则一定掏一两百元去那家公开售假的所在地，指名上款写'元白先生'，下款署'启功'，让'启老'自己给自己写副对子。"我听了真是哭笑不得，而且怎么也笑不出来。

　　模仿古人字画，冒充古董骗钱，诚然是古已有之。但过去造假的人还心存愧疚，或千方百计弥缝破绽，怕人识破。而今天的造假者，不但明目张胆，而且脸皮太厚，至于不学无术就更在其次。世风之不古，于此亦可见一斑。

　　　　　原载二〇〇四年七月十八日《天津日报》

慎加"按语"

半个多世纪前读《鲁迅全集》，那是最早出版的红色布面的简化精装本，比稍前出版的《三十年集》增收了书信部分。其中鲁迅有一封信写了"请詧（察）入"字样。"詧入"一词本古人尺牍常用语，并不错；但编者竟加了按语，认为"疑是'詧收'之误"。这就反映出编者的学识与鲁迅不在一个水平上，加了"按语"反嫌蛇足了。

一九九二年我在香港读到一本叶永烈写的《倾城之恋》，是记录梁实秋和他续弦夫人韩女士的恋爱经历的。书中引述了梁氏本人的情书，信中有"泣不可仰"或"笑不可仰"之类的话（手头无书，记不准确了）。梁氏本意，原指哭得抬不起头来或笑得直不起腰，这"不可仰"乃是古汉语中习见的用法，并不错。但叶氏竟在此句之下加了一条按语："'仰'是'抑'字之误"。除了反映叶氏有自作聪明的成分外，主要还是由于他对古汉语用词太不熟悉的缘故。

顷读来新夏先生大著《古籍整理讲义》（鹭江出版社二〇〇三年十一月出版），于《论句读》一章，引录了《史记·孟尝君列传》中的一段话：

> 冯骧乃西说秦王曰："天下之游士冯（凭）轼结靷西入秦者，无不欲强秦而弱齐。此雌雄之国也，势不两立为雄，雄者得天下矣。"（中华书局标点本）新夏先生接着评论说："清人王念孙在《经义述闻》中引顾子明所说，认为应断于'两立'之

下，而下'雄'字为衍；实际上，断在'雄'字下，使下'雄'字属下，则词义通顺，何能谓之衍一'雄'字呢？"（原书第一一五页）据上下文，齐与秦一弱一强，弱者为雌，强者为雄。今成语尚有"一决雌雄"之说。而秦与齐是"势不两立"的，故王念孙以"势不两立为雄"一句为费解，乃引顾子明说以为此处衍一"雄"字。殊不知"势不两立为雄"，应解作秦国自以为雄，它与任何一国都"势不两立"，故终"得天下"。王引顾说而径删一"雄"字，诚属妄改。此虽非王氏按语，其性质实与按语同。以王氏父子之权威，其言犹未可尽信。故鄙意以为，为他人著作加按语，诚不可不慎也。

但新夏先生此处亦小有误。王念孙引顾子明说见其所著《读书杂志》卷三之四，而《经义述闻》乃王念孙之子王引之著，来先生笔误。这里有必要多说几句。王念孙、引之父子是清代乾、嘉时期考据学家里面的权威人士。念孙著《读书杂志》，不谈群经而只谈子、史。史部包括《逸周书》、《战国策》、《史记》、《汉书》等；子部包括《管子》、《晏子春秋》、《墨子》、《荀子》及《淮南子》等。而王引之的书则专谈群经，故名《经义述闻》。《述闻》者，述乃父王念孙之观点也，故书中每言"家大人曰"云云。在《读书杂志》中，王念孙有时也引用王引之的看法，故书中每有"引之曰"云云。足证他父子两人在著作上是有所分工的。

门人朱则杰君在《古典文学知识》二〇〇四年第一期上发表文章，指出《清人别集总目》与《清人别集总目提要》二书均两见"陈琮"之名，而陈琮实为一人。朱君所言有据，宜可信。但他指出陈氏《墨稼堂稿》为"绣慧山房刻本"，"慧"乃"雪"字之误，而未加说明其所以致误之由。考《说文·雨部》，"雪"字本从"雨"，

"彗"声（"彗"本读 suì，故"雪"字可从"彗"得声）。今作"雪"，乃是省文。后人不识从"彗"得声之"霻"，乃误认作"慧"字。此是应加按语而未加之例，说明作者对小学知识不足。最后谈一下时贤有关拙文的按语。我在一九四六年写过一篇书评，题曰《废名的文章》。此文先呈沈从文先生审阅，经从文师修改后发表于天津《益世报·文学副刊》上。拙文曾提到由沈启无编印的废名师著的《招隐集》（沈用笔名，署"开无编"），我是这样写的：

> 《招隐集》也是沈启无辑成，由汉口伪《大楚报》于一九四五年出版，归入所谓《南北丛书》中者。作者自己说，回来以后才晓得。那么题目上的"招隐"二字，事实上毫未达到目的。夫已氏的用心虽苦，然亦昭然若揭矣。

近承武汉大学陈建军先生惠赠其大著《废名年谱》一册（华中师大出版社二〇〇三年十二月出版），捧读之下，于第二四二页引及拙文，并于"夫已氏"下加按语："按：疑为'开元氏'之误，原文如此。"其实"夫已氏"一词源出《左传·文公十四年》："终不曰公。曰夫已氏。"杜预注："犹言某甲。"杨伯峻先生《春秋左传词典》（中华书局一九八五年十一月出版）第一三三页云："夫已氏，对某第三人不敬之称。"可见它并非误字。陈君所加按语，实不免有点遗憾了。

二〇〇四年二月写讫，同年国庆日改订。

原载二〇〇四年十月《人民政协报》

答编辑部问

一、请谈谈您的生平简历（包括学衔、职称、职务和社会兼职）：

我的经历很简单，教了一辈子书。我原籍安徽泾县，本人却是一九二二年在哈尔滨出生的。"九·一八"后，一九三二年随家人入关，长期在北京、天津两地居住。一九四一年在天津私立工商附中高中毕业，先在天津私立工商学院读商科，一九四三年起开始在中学教书，到抗战胜利后才又回到大学读中文系，上过燕京、清华和北大。一九四九年开始在大学里教书，先后在津沽大学、燕京大学和北京大学任教至今。原在中文系，一九八三年调到北大中国中古史研究中心，职称是教授。这个研究中心的主要任务是整理古籍，但我目前还在给历史系本科生讲文学史。我一直有个想法，认为有点儿教学经验的教师，特别是教授，应该多上讲坛。趁现在我体力还能支持，讲话还有点气力，我愿意多讲几年课。

二、请向读者介绍一下您的科研处女作和主要成果：

我刚上初中时，梦想搞创作。直到四十年代教了中学，后来又到大学任教，这个念头才逐渐打消。我学习写文章和投稿，是从写剧评和书评开始的。写剧评始于一九三四年，当时只有十几岁；写书评从抗战胜利后开始，只是就所读到的书写点心得体会，算不上科研。我已记不起我写的第一篇文章究竟是什么了，因此"处女作"云云也无法做出回答。新中国成立以来，我已出了几本书计有《中国小说讲话及其它》、《读书丛札》、《中国文史工具资料书举要》、《古典小说漫稿》、《台下人语》和《古典诗文述略》等。此外我同高名凯先生合译过一本《巴尔扎克传》,是五十年代初出版的,一九八三年重印过;为中华书局注释过《辛亥革命烈士诗文选》,是一九六二年出版的,一九八一年重印过;为北大中文系编选注释过《先秦文学史参考资料》和《两汉文学史参考资料》两本教材,这是在游国恩先生主持下,以集体名义出版的。说起建国后我写的第一篇文章,乃是关于鲁迅的《药》的一篇论文,发表在一九五一年的一本语文刊物上,现在连刊物的名称以及文章的题目和内容都记不起来了,姑且提上一笔,"立此存照"吧。

截至目前为止,已交稿而尚未出版的还有以下几本书:一、《读书丛札》修订本;二、《京剧老生流派综说》;三、《古文精读举隅》。

三、家庭、老师对您走上科研道路起了怎样的作用?

先父玉如公是当代知名的书法家,在天津南开大学、津沽大学做过教授。我从小受父亲薰沐,喜爱古典文学,对文字训诂之学也深感兴趣。从十岁以前到二十岁出头,先后背诵过若干首古典诗词和若干篇古文,通读过《四书》、《诗经》、《楚辞》,还读过一部分《左传》、《礼记》。这的确是受家庭的影响。至于受老师的影响,我想抄两段已经发表的文字做为答案:

> 一九三八年秋,予在津门从朱经畬师受业,始知《诗三百篇》之学,于毛、郑、孔、朱外,有姚际恒、崔述与方玉润诸家。翌年秋,入京避津市水灾,日诣北京图书馆,手录明清人说《诗》专著;如郝敬《原解》、姚舜牧《疑问》、姚际恒《通论》、方玉润《原始》诸书,皆于此时寓目。一九五〇年秋,予为津沽大学诸生讲授《诗三百篇》,时仅一年,然涉猎多方,颇有所积,时贤如郭沫若、闻一多、郑振铎诸人之说,亦择善而从;而俞平伯、冯文炳两师所论著,采撷尤多。……及一九五六年,注释《先秦文学史参考资料》,乃于《毛诗》之外,复比

勘三家；于《清经解》之外，复追踪《通志堂经解》；于古今专籍之外，复泛求而杂览。斯则游泽承师启迪之效。……（《诗三百篇臆札·前言》）

……一九三八年入高中，开始听朱经畲老师讲语文课，这才算沾上"学术"的边儿。朱老师从《诗经》、《楚辞》讲起，然后是先秦诸子、《左传》、《战国策》、《史记》、《汉书》。我在课堂上知道了康有为、梁启超、胡适、钱玄同、顾颉刚、罗根泽这些学者的著作和观点，从而也知道治《诗经》有姚际恒、方玉润，治《左传》要看《新学伪经考》和《刘向歆父子年谱》，读先秦诸子要看《先秦诸子系年考辨》和《古史辨》，以及什么是经学上的今古文、史学上的"六家"与"二体"等等。……考入北大中文系后，先后从俞平伯师受杜诗、周邦彦词，从游泽承（国恩）师受《楚辞》，从废名（冯文炳）师受陶诗、庾子山赋，从周燕孙（祖谟）师受《尔雅》，从吴晓铃师受戏曲史。每听一门课，便涉猎某一类专书，这就使我扩大了学术视野。……但这时还未完全甘心放弃笔杆子，时而写点文章求沈从文师指正。……从所谓"做学问"这方面看，我受三位老师的影响最深。第一位就是前面说过的朱经畲老师。第二位是俞平伯先生。俞老无论是治经史诗词，还是研究《红楼梦》，始终是从原始材料出发，经过独立思考，在具体问题上时出新见和胜解。俞老所走的正是他曾祖曲园先生所开创的一条治学途径。而我在从俞老受业时因之也学会了如何有根有据地开动脑筋。有一次我曾请教俞老：怎样才能把一篇作品中典故的出处注释确切、讲解清楚？俞老说："查典故出处首先要求熟读作品。比如注唐诗，最好唐以前的书你都能熟读。但这显然不可能。那么，至少你必须把所要注的那个作品熟读。然后你只要遇到有关材料,立即会想到那篇作品,从而可以随时随地加以蒐辑,自然就得心应手了。"从此,每当我想搞通某一篇作品时,便首先把它记熟,使之寝馈在念;然后再去广泛蒐辑资料,庶几一触即发。第三位是已经逝世的游国恩先生。……游老治学的方法和途径,照我个人的体会是:首先尽量述而不作,其次以述为作,最后水到渠成,创为新解;而这些新解却是在祖述前人的深厚基础上开花结果的。因此,本固根深,枝荣叶茂,既不会风一吹就倒,更不是昙花一现,昨是今非。所谓述而不作,就是指研究一个问题、一位作家、一篇作品或一部著作,首先掌握尽可能找到的一切材料,不厌其多,力求其全。这是第一步。但材料到手,并非万事大吉,还要加以抉择鉴别,力求去伪存真,汰粗留精,删繁就简,惬心贵当,对前人的成果进行衡量取舍。这就是以述为作。如果步前贤之踵武而犹不能达到解决问题的目的,就要根据自己的学识与经验,加以分析研究,最后得出自己的结论,这就成为个人的创见新解。……

我在游老主持下,编注了先秦、两汉两本分量较重的文学史参考资料。这实际上是游老在把着手教徒弟。……我通过这一工作,深感游老带徒弟的办法是很科学的。归纳为一句话,即严格要求与放手使用相结合。工作开始时,从选目、体例以及注释中应注意的事项,游老无一不交代得有条不紊。一部分初稿写成,游老仔细批改,连一个标点也不放过。等到我摸熟门径,并表示有信心和决心完成任务时,游老就郑重宣布:"以后由你自己放手去做吧,该怎么做就怎么做,不必事事请示,我也不再篇篇审阅了。"这就最大限度地调动了我的积极性,从而发挥了主观能动性,使我也敢于动脑筋了。……总之,游老对我是既抓得紧又放得开,既关心又信任,使我既培养了独立

工作能力，又体会到做学问的甘苦，既敢于承担重任，又时时不忘游老所指出的方向。……（《漫谈我的所谓"做学问"和写文章》）

四、请谈谈您的治学经验和研究方法

关于这个问题，我已先后写过三篇文章。一篇即是《漫谈我的所谓"做学问"和写文章》，已收入拙著《古典小说漫稿》的"附录"中；一篇是应人民日报编辑部写的"答读者问"的小文，题为《读书要点、面、线相结合》，发表于一九八二年七月二十日人民日报副刊，后来收入拙著《古典诗文述略》"后记"；还有一篇题为《多读·熟读·细读》，发表于一九八四年《南方日报·周末》的创刊号上。这些文章并不难找到，所以这里不想多所重复。读者从后两篇拙文的题目上也可大体了解我读书的经验并无谬巧。这里我只想再钞段现成文字，借以说明我写科研文章的态度和法：

说到写学术论文或读书札记，我目前只抱定两条宗旨：一是没有自己的一得之见决不下笔。哪怕这一看法只与前人相去一间，却毕竟是自己的点滴心得，而非人云亦云的炒冷饭。否则宁缺毋滥，决不凑数或凑趣。二是一定抱着老老实实的态度，不哗众取宠，不看风使舵，不稗贩前人旧说，不偷懒用第二手材料。文章写成，不仅要言之成理，首先须持之有故。要自信，却不可自命不凡；要虚心，却不该心虚胆怯。因为只有昧着良心写文章的人才会心虚胆怯的。（《漫谈我的所谓"做学问"和写文章》）

……比较有依据的考订方法，其说服力至少比只凭主观臆测然后横加武断的做法要强些。如果说什么叫做历史唯物主义和辩证唯物主义，我看首先得持之有"故"，然后再看是否能言之成"理"。有故与成理相结合，即所谓"言之有物"。具备这

个"物",才有条件谈得上是不是唯物主义。(《关于曹雪芹生卒年问题的札记》)

五、您今后的科研主攻方向是什么？有哪些打算？

我始终认为，治一门科学首先应培养通才，治古典文学亦不例外。必先广博然后才能专精。我自己多少年来都是朝着这个目标行进的。"虽不能至，而心向往之"。学贯中西我自愧无能，但在古典文学研究领域中，我以为无论诗歌、散文、小说、戏曲这几大门类是不宜偏废的。在小说、戏曲方面，我已各写过一两本书；关于诗歌和散文，也打算在近期内蒐辑新旧文稿，集腋成裘，各出一两本专著。然后我准备在有生之年致力于古籍整理工作。其理由如下：首先，我目前所在的工作单位是北大中国中古史研究中心，它就是以整理古籍为主攻方向的。其次，由于过去有一段时间我做过这方面的工作，略具经验，也颇感兴趣。第三，也许这是主要原因，年纪渐渐大了，教书、写学术论文，迟早会力不从心，不如做点笨工夫，对古籍进行整理，于人于己都不无好处。还有第四，说来令人着急，我感到我们整理古籍的队伍还是比较单薄的。不少人宁愿写文章也不愿校点古书，因为后一种工作报酬低而难度大，弄得不好只不过做无名英雄，吃力不讨好。所以我愿为此略尽绵薄。顺便在这儿也呼吁一下，希望领导上、社会上对整理古籍工作能有个正确评价，要给以更大更多的关注。当然，整理古籍的水平和质量也有待于迅速提高。

在我个人的科研规划中，已订下整理几部宋人文集的项目。我想今后就往这方面努力，能做多少就做多少。倘出了成果，大家都会看得到。所以这里不准备"老王卖瓜"，一一细表。

六、您是怎样处理科研和家务劳动的矛盾的？

七、您在科研中有何困难？需要什么帮助？

这两个问题在我本人实际是一个内容。我在教学岗位上工作了近四十年，主要是靠因病退职的妻子长期给我当后勤，让我得以专心从事本职工作。如果说我对国家、社会尚有微薄贡献，其中也有我爱人的功劳和苦劳。但近年以来，老妻身患不止一种慢性病，身体越来越坏，精力日益衰退。每次发病，生活简直不能自理。而我的四个孩子，只有一个当工人的儿子在北京。偏偏儿媳是独生女，还患有心肌炎，她的父母身体也不算好，也要靠我的儿子照应。他们结婚好几年，去年才生了一个男孩。这样一来，我的儿子除了每天上班忙本职工作之外，还要他照料双方四位老人和自己的妻、子，他实在分身乏术。因此我这两年分心在家务和病人上的时间越来越多，不仅时间精力消耗不起，思想包袱尤其沉重。想再调一个孩子到身边照应我们两个老人，却困难重重，很难实现。这是我面临的最大矛盾。而我所需要的帮助，却远非基层负责同志的力量所能解决的。看来我爱人的身体如果再不复元，或一天天坏下去，那么我的工作就要大受影响，规划设想得再好也不易兑现。

八、您的业余爱好是什么？它对您的科研有何作用？

我有两种业余爱好，一是京戏，二是书法。这两种爱好都已保持了几十年。它们对我的教学科研工作的作用，可以归纳为以下几点：一、这两种爱好实际上已成为我的科研对象，我有部分科研成果就是从业余爱好中取得的。二、无论是对京戏的看和学，或对书法的学习，都必须有恒心，靠坚持。因此，这两种业余爱好使我养成了锲而不舍的习惯。这种习惯用到做学问上，效果是十分明显的。三、唱戏也好，写字也好，都要有基本功，才能取得进步。因此我体会到，学术上新的见解必须建立在深厚坚实的功底上，而不能靠什么灵机一动、头脑一热，凭异想天开产生奇迹。现在有人过于强调创"新"，仿佛只要使人耳目一新，耸人听闻，就算是"好"，就算做出成绩，却不管"新"

得有没有道理,有没有根据,在学术领域中是否有成果,收效益。我对此是持保留态度的,当然我自己也不这样做。

一九八五年五月于北京。

对我影响最大的书

　　吴小如　现任北京大学中国中古史研究中心教授。译有《巴尔扎克传》，著有《中国小说讲话及其它》、《古典小说漫稿》、《台下人语》、《京剧老生流派综说》、《古典诗文述略》、《古文精读举隅》、《读书丛札》、《中国文史工具资料书举要》等书；另有《诗词札丛》，即将出版。

　　我是教中国文学史的，读书不是很多，但杂览却不少。现在只举出在我一生中对我影响最大的书。

　　一、钱锺书先生的《谈艺录》，开明书店初版，中华书局修订重版。这部书使我坚定了一个信心：只有学识渊博的人才可能对某一门学问有创见、新解，而这种创见、新解乃是立于不败之地的，而非向壁虚构的臆说。我坚信，只有对文化遗产继承得最多的人，才有可能对当前的文化学术做出贡献。

　　二、冯文炳先生的《谈新诗》，敌伪时期盗印本，人民文学出版社重印。从先生的谈新诗中使我懂得应该怎样欣赏和分析古典诗词。

　　三、俞平伯先生的《读词偶得》，开明书店出版，上海古籍出版社又收入《论诗词曲杂著》中。先生的书是我学会写赏析古典诗词一类文章的启蒙读物。

　　四、朱自清先生的《诗言志辨》，开明书店出版，上海古籍出版社又收入《朱自清学术论文集》中。这本书不仅指导我怎样做学问，怎样治中国文学史和中国文学批评史，还教给我怎样作人，作一个具有学术道德和文化修养的人，作一个既尊重文化遗产又热爱文教事业的人，作一个既尊师重道又热爱青年一代的人，虽然我自己还远远未能做到。

上述几部书，都是四十年前读过的，后来仍经常披阅。不仅对我影响大，而且印象特别深。除钱先生外，那三位作者都是我的老师。至于古书，我只想举一部，那就是《论语》。我从几岁就开始读它，十几岁重读，二十几岁又读，还在大学里听过和讲过《论语》专题课。直到批林批孔、评法批儒时我还在读它。越读，就越相信：孔夫子是批不倒的。说到影响，一言以蔽之，在我接受马列主义思想以前，一直是受着《论语》的影响的。

一九八七年十一月二十日《北京日报》

来函照登

——致张永芳同志

永芳同志：

　　你好，久违了。

　　从《辽沈晚报》副刊上读到你对我谬加称许的那篇文章，惭感交并。北大是我母校，到一九九一年十月我退休之日为止，在母校执教近四十年，确实开过这样那样的基础课、专题课。但我对语言学却是外行，对文化史也无全面研究。我对戏曲确非常爱好，也曾从师问业，认真地学过京戏；可是我唱的是老生，尤喜为正工老生充当配角，所以会唱一些二路老生（内行称为"里子老生"）戏。说我扮演过"英俊小生"，真是愧不敢当。如果不是你而是别人这样"夸奖"我，我会看成对我的讽刺。至于我收藏的唱片，论质量不及天津南开大学华粹深教授的精，论数量不及北京吴恩裕教授的多而全面，并不算特别珍贵。只是华、吴两位先生的藏品在"十年浩劫"中受到了惨重损失，我所藏的竟幸而还保存了一部分，所以多少有点文献价值而已。

　　《孟子》上说："声闻过情，君子耻之。"你的文章中有不少溢美之词，我一方面感谢你的深情厚爱，一方面也必须实事求是加以说明。因为学生对老师总难免"阿其所好"，而我本人如果居之不疑，则未免颜之厚矣。陈寅恪先生是我受过亲炙的老师，钱锺书先生是我十分敬佩的前辈，我岂能同他们相提并论。我不过是望其门墙而"不入其宫"的一个普通读书人，传道授业原是我的本职工作。我恳切希望你能出蓝居上,超过我们这一代人,那会比称赞我更使我高兴,更使我心满意足。祝你身体健康,工作顺利!吴小如手上。一九九四年九月。

读书二题

这里要说的是读书的方法和步骤。二题之一，曰"内打出，外打进"；之二，曰"仰攻与顺流而下"。

"内打出，外打进"，是科举时代留下的流行谚语。当时读书人为了猎取功名，总要先学写八股文，因此读书只为应急，有点像今天的学生应付入学考试。等功名到手，这才"折节"读书，认真做学问，此之谓"外打进"。顾名思义，"内打出"就是从基本功做起，从经史到诸子，认真地一部书接一部书地读下去，同时还要注意文字、声韵、训诂之学。当然这样做进度要慢得多，可是学有本源，基本功扎实，一旦有所建树，很能成"一家之言"。

时至今日，读书的内容与方向迥异于封建科举时代，但学习的道理却是古今相通的。我个人认为，我们这些从学校出身的人基本上都属于"外打进"型。即使上了大学，有了专业方向，也仍是"师傅领进门"，有成与否，还靠个人努力。当然也有例外。如周一良教授虽长我九岁，他下的却是"内打出"的功夫。他的旧学根柢和英、日文的基础，都是在家里请家庭教师从头学起的。而我本人，除中、小学时期在家里稍事涉猎古书外，不少有用的知识都是后来在工作中"急用先学"积累起来的，查书的功夫比读书的时间要多几倍。唯一的"资本"，就是一九三七年七月到次年暑假，因抗日军兴而我滞留沦陷区，休学一年，在家里自己摸索着读了几百篇古文。究其实仍属"外打进"类型的学习方法，没有受过基本训练。

不管"内打出"还是"外打进"，我看关键还在于自己是否肯拼搏,肯努力去"打"。如果不"打","内"也许成为停步不前或半途而废;"外"也许终身成为门外汉、假内行。最近听人发牢骚,说"教授"、"专家"也要"打假"。其所以"假",即功力不到,靠投机取巧起家,而没有真正做"外打进"或"内打出"的功夫。

"仰攻与顺流而下"是当年听浦江清先生讲的。他认为,读古书最好先难后易,从根本上学起。先秦古书诚然难读,但攻克堡垒之后,唐宋以下的作品便可"顺流而下",较易掌握。浦先生说,如果畏难,先从小说戏曲之类通俗文学入手,真要深入下去,还须上溯先秦两汉。那就成了"仰攻"。而"仰攻"往往事倍功半,有人一辈子也攻不下来,那就很吃亏了。时至今日,读古书者愈来愈少,人们多致力于现、当代的学问,看来"仰攻"一途,也快失传了。

治学与工作需要

我是教中国文学史的。过去教这门课,并无分割段落之说,都是从上古神话传说讲起,讲到清末为止。只是旧学制开设中国文学史课时有限,几乎没有一位老师能从头讲到尾。朱自清先生讲文学史是最能掌握时间的,也只讲到元代就不得不结束。新中国成立以后,中国文学史古代、近代部分一般都用两学年讲完,时间是比较充裕了,可是人力就显得支绌,于是乃有分段教授的办法。北京大学中文系对文学史的分段方式与一般大学略有不同,把宋代归入元明清一段,而不与唐代合并。于是其布局为:先秦两汉为一段落,魏晋南北朝至唐五代为一段落,各占一学期;宋元明清(包括近代)为最后段落,多则占一学年,少则只用一学期;而一学期显然在时间上是异常紧迫的。我从一九五四年到一九九一年,除教过文学通史外,主要是担任宋元明清至近代这一段的文学史。由于我从思想上和工作实践中从未考虑过这门课应该分段讲授,因此誉之者谓我为"通才",毁之者说我是"杂家"。此外我还分别讲授过中国小说史、中国戏曲史、中国诗歌史。即使讲授古代散文选,我也以"绪论"名义讲一遍简单的中国散文史,使学生不仅知道点和面,而且大致了解从古到今的"线"的发展脉络。

我始终认为,一个大学中文系的本科毕业生,倘不懂一点文字、声韵、训诂方面的知识,是无法进行教学工作的。因此我一直对这一类属于语言专业的课程感兴趣。但几十年教学工作不允许我在这方面进行专题研究,于是这方面的知识学问便成为我的"业余爱好"。

我是从一九四九年开始在大学中文系教书的。头几年专业方向未定，需要我干什么我就硬着头皮去承担。一九五二年院系调整后，我教了两年公共基础课——大一写作。一九五四年把我分配到文学史教研室。从我的业务基础看，以教先秦两汉这一段为宜；从我个人的兴趣出发，则我希望教晋唐一段。但最后服从工作需要，我被分配去教宋元明清这一段，主要是讲宋词和小说戏曲。但中间也还有些变化。如先秦两汉需要编文学史参考资料，我就追随游泽承师前后工作了近三年（一九五五年至一九五八年）。又如一九五九年我被魏建功先生借调到古文献教研室去教"古文选读"，乃又去尽了一年义务。总的来说，我这一生在教学岗位上，以服从工作需要为主；至于治学，总是服从于工作需要的。

自一九五二年院系调整至一九六六年"文革"开始，在北大中文系文学史教研室内，拥有两方面最有实力的老专家。一是治《楚辞》的专家，游国恩、林庚、浦江清诸先生，在这方面都有专著，都称得起"权威"；二是吴组缃先生的治古代小说，尤其是对《红楼梦》，在国内外都是公认的专家。这是教研室中科研的"强项"。但对我本人来说，却成为自己的"弱项"。因为我在《楚辞》和《红楼梦》这两个重点研究课题上，不但没有发言权，而且根本用不着我来发言。所以当我讲文学通史时，一讲到这两部分，我就只能"述而不作"，最多对某些问题的结论投一张赞成或反对票而已。半个世纪以来，我没有写过一篇真正针对《楚辞》发表意见的文章。对于《红楼梦》，直到六十年代，我才陆续发表一点零零散散的琐细意见。最后写《闹红一舸录》，已正式表态说今后不再为《红楼梦》专门写文章。因为要说的话只有那么多，再挤也挤不出货色来了。

从上述我这一生的教学工作来看，可以总结为两点。一是有优越性的一面，即由于服从工作需要，让我干什么我就干什么，我才能拳打脚踢，从《诗经》可以一直讲到五四运动。二是有局限性的一面，即所在环境中如果有成就的老专家比较多，则自己只有跟着老一辈专家的足迹走的份儿，很少有机会承担独挡一面的工作。一旦老一辈专家先我们而去，他们的专长由于自己过去没有研究，当然无法接他们的班。从而在本单位内部就很容易出现空缺和漏洞。久而久之，自然出现了青黄不接现象。等真正面临那一天，再想补救也来不及了。

我个人还有两点遗憾：一是当我有精力带徒弟、当人梯时，却没有人来"光顾"；二是现在未尝没有人想从我受业，而我已年衰力惫，什么都顾不上了。

一九九八年三月八日。

写文章与改文章

我今年已七十六周岁,但从学历看,也是从小学到中学,然后再读大学,一步步走过来的。我在读高小和初中时,尽管自己比较喜欢文学,可是每逢作文,总感到很伤脑筋,最大的困难就是无话可说。从无话可说到有话要说,据我的体会,除平日对生活应注意观察外,最重要的一条就是多读课外书籍。写作离不开生活,这是尽人皆知的道理。而中小学生的生活面和知识面毕竟比较狭窄,只能靠书本来补充。但读书是吸收知识,并不能代替作文实践。因此有的中小学老师便鼓励学生课外多练习写作。这种课外练习不靠命题作文,而是培养学生兴趣并使孩子们养成写作习惯。最方便的就是记日记。在日记中可以叙事,也可以抒情,更不妨发议论。除写日记之外还可以教学生写信。此外还有两种写作方式:一种是写读书札记,即读完一本书教学生写"读后感";另一种是让学生改写或缩写读过的故事和篇幅较长的小说。通过上述各种写作的方式方法,我想,中小学生是会慢慢地学到写作本领的。这样一面读一面写,不但可以培养学生的写作兴趣,而且还会训练他们表达思想和意见的能力。

我一九四一年高中毕业,正值抗日战争时期。由于我住在沦陷区天津,读了不到两年大学便为谋生而到中学去教国文(现在叫"语文"),当时我只有二十一岁。我教书最感到吃力的不是备课或上讲堂,而是课后为学生改作文。除了费时间外,苦恼的是自己不知究竟应怎样改才能提高学生的写作水平。后来从揣摩前人的佳作名篇入手，逐渐发现我之所以不会改文章，主要是自己还不大会作文章。于是我就给自己规定了个章程，经常习作。不仅学写一般散文，有时还尝试着写短篇小说。为了能从古典散文中汲取营养，我还请老师和先父教我写文言文。我对如何写桐城派古文曾多少下过一点功夫，就是那时逼出来的。从此我又得到一条经验，只有自己把文章写好，写得通顺流畅，简明扼要，才能把别人的文章改好。因为自己在写文章时，为了想把文章写得更好一点，总免不了要边写边改，或者写好了请别人改。久而久之，自然就摸索出应该怎样修改文章的经验了。

自一九四九年新中国成立以来，我一直在大学里教书，对中小学老师们的情况已不大了解。上面谈到的做学生和当中学教员的那点滴经验也未必适用于今天的同学和老师。不过有一点我是坚信的，即实践才能出真知，只有实践才是检验真理的唯一标准。因此，知与能之间的转化，写文章和改文章之间的转化，都是辩证统一的关系。根据我自己几十年当教书匠的经验，深信要写好文章一定要边写边改，自己改或请别人改；同理，要想学会改文章，自己首先必须把文章写好。这对于今天的中小学老师来说，恐怕不算苛求。而对于初学写作的同学们来说，如果自己能学会改文章，则肯定对写作的帮助将更大。

溢美之誉愧不敢当

承《天津日报》和热心的读者厚爱,把我选入报纸的一九九八年优秀撰稿人之一,在介绍我的简历中还说了不少溢美的话。实事求是地说,有些过誉之词是我愧不敢当的。如说我"多次在全国文化学术活动的重要场合推荐《天津日报》,为扩大《天津日报》的影响作出很多贡献",这"多次"和"很多贡献"就是溢美了。我人微言轻,近年来因老妻久病和自己体衰,社会活动比前些年参加得少多了。由于天津是我第二故乡,对代表天津人民喉舌的党报说几句带有感情的个人意见,也是义不容辞的。现在的提法显然使我感到惭愧,我真不敢接受这种不虞之誉。何况一九九七年我因一篇剧评还给报社惹来麻烦。只提优点不谈缺点,反而给了我很高荣誉,我真不敢当。

这里更须说明的一点,就是这几年我写的某些短文也有"一稿两投"的时候。记得是在北京《生活时报·华灯副刊》上,读到来新夏先生的一篇大作,公开提出"一稿两投"的合理性,我随即也写了一篇短文响应他的意见。"一稿两投"的现象有时是有客观原因的。一篇文章寄给某家报刊,几个月不见动静,于是另寄他处。不想两家同时发表了。但更主要的是希望自己的呼声能使更多的读者看到听到,于是在不同的地点、不同的时间出现"一稿两投"的情况。我自问不是想多骗取一份稿酬,而是为尽量扩大一点自己文章的影响。有一年我在北大为全校同学做报告,讲了自己对当前京戏的观点,并未形成文字。结果南起广州的《羊城晚报》,北到中俄边境的黑河市，都有记者撰写（后来则是摘引）的报道文章，但并非都是我讲话的原意。与其失真，还不如自己写成文字分寄给几家报刊，发表出来任读者评说。由于我写文章过于直率，这些年得罪了不少人。有些"新青年"口称在"真理"面前人人平等，把我痛骂一顿或挖苦一番。其实我在他们的"真理"面前只能挨骂，实际并不平等。现在报社把我前些年的意见（坚持不搞一稿两投）公开说出，而我实际上已有"一稿两投"的时候，与其招来新一轮的唾骂，还不如自己主动声明为好："溢美之誉愧不敢当。"

一九九九年一月二十六日。

勿把粗话当"雅言"

一家医院新到任的一位内科主任发表"就职演说",全内科的医护人员包括医院几位领导以及其他各科派来的代表都洗耳恭听。原来这位主任颇有来头,她的姐姐据说是个"头面人物"云。

主任在自我介绍和礼节性的发言之后,转入即兴谈话。她谦虚地说:"我今年四十岁,脾气不好,暴躁易怒。如果有不到之处,还请大家原谅。俗话说'三十如狼,四十如虎',女人到了我这个年龄,难免会如狼似虎……"

听众哑口无言,静寂无声,没有一个人敢窃笑,或者有的人也竟不知这"三十如狼,四十如虎"的本来涵义。其实这两句原是秽语或者说是粗话,有的方言在这两句后面还有一句"十七八的姑娘赛过金钱豹"。其本意绝对不等于"老虎屁股摸不得"的比喻。我衷心希望不明这几句话真正涵义的女同胞不要说它,更不要自比,那是要闹笑话的。

前几年北京报纸上经常出现"溜须拍马"这一成语,把"须"释为胡须,指给人捋胡须,是逢迎奉承达官贵人的意思。我曾写一小文指出其误解,然并未引起注意。盖"须"本应作"虚","溜虚"为东北、华北一带方言,其确义与"吮痈舐痔"的"舐痔"相同。"虚"指尾窍,今所谓肛门也。此亦一粗话,而今人竟以"雅言"视之,且形于文字,殊不雅也。值此提倡文明用语之际,姑举以上二例,以提请读者注意。

原载第一三四九期《天津日报·满庭芳》

五十句忌语之外

从电视屏幕上看到南京市开展市民不讲粗话的教育活动，又从报纸上读到上海大力宣传"七不"以整顿市容。在北京，最近也明文公布，凡属"窗口业务"，服务人员不许说"服务忌语"，这些忌语一共有五十句。我想，这些都是极有意义的措施，有助于提高我们公民的文化素质，更好地树立我们国家和人民的正面的高大形象。

然而，我是个"愚者"，总爱"多虑"。古人说"愚者千虑必有一得"，我之多虑虽未必有"得"，还是想公开说出取得大家的帮助，对人对己多少有点好处。

首先我"虑"的是，这五十句服务忌语是否也属"内外有别"，即面对即将来京参加世妇会的国际友人则忌说，而对于经常生活在北京的普通市民则可忌可不忌，或干脆不忌呢？其次我又"虑"：是否开世界妇女大会期间必须照此办理，而等会散人去之后又可"松一口气"，继续恢复"童言无忌"的"宽大政策"呢？

然而更使我"虑"之不已的是，人们说话，千变万化，在这五十句忌语之外，还有不知多少句非文明用语，如果我们的窗口业务服务人员竟然说了出来，又当如何？我姑举一例。在海淀路上的一座新建成巍峨壮观大厦的邮电支局，里面的某位窗口小姐有时就说出不在这五十句忌语之内的话，从而使得柜台外排成长龙一样的"上帝"队伍不得不作"鸟兽散"。她只淡淡说了句："我该下班啦，别排啦！"人们就得乖乖离去。而我偏不识相，同她较了两句真儿，希望她端正服务态度。于是她的"妙语"便连珠般涌出，什么"越老越不讲理"、"难伺候啦"等等,由于我已老矣,实在记不住那么多了,但从报纸上的五十句忌语中却找来找去对不上号。于是我担心并且惴惴然跟熟人说:"最好少去那儿办事,那儿服务态度差是突出的。"可是,事实上我有时是非去不可的,比如有人给我寄来五百元人民币,属"高额汇款"(如按物价上涨指数看,把五千元定为高额还差不多),我就必须冒着风险亲自前往。我衷心希望读者同志帮我一个忙,如果我遇到说这五十句忌语之外的非文明用语或粗话的人,应该怎么办?

为邮政工作人员唱颂歌

前在晚报发表拙文《五十句忌语之外》，文中举一家邮局柜台服务人员为例，竟引起邮局领导重视，局长登门道歉，事后还听说影响了局内职工的奖金。这使我感到十分不安。早知如此，宁可自己忍气吞声，也不该形于楮墨。可见写文章之不可不慎也。

凭良心说，时在今日，服务态度不够理想的决不止某一个单位，或哪一个行业。拙文不过姑举一例，结果却犯了以偏盖全之病。在此，我谨向那些无辜被扣发奖金的邮局工作同志致以由衷歉意，并在今后引为自己的鉴戒。

我久住中关村一带，一晃已四十馀年。经常同几家邮局打交道。仅就我自己亲身经历而言，服务质量很高的邮局工作同志实不胜枚举。前两年，有一次一笔稿费的汇款单未送到我手中而竟然遗失。在我到北大邮电所办事时，一位临时替班的同志发现了我与那张即将退回原处的汇款单上的收款人的姓名一致，便主动开出证明，要我速去海淀路支局找一位负责人查存底补汇单，终于将几十元稿费取到手。又有一次，一张包裹单不知被哪一个环节给遗失了。包裹明明摆在北大邮电所货架上，我就是拿不到手。结果多亏了北大邮局的一位负责同志给我补了手续，取回了包裹。尤其感人的是，我最近在中科院邮电所寄出一个包裹，负责收包裹的那位女同志在检查了所寄物之后，竟不声不响地代我缝上了包裹缺口。后发现我原来缝的针脚不牢靠，怕中途物件有失，还重新给包裹补缝了几针。我连忙称谢不已。这样的事例甚多，我本人也为这几家邮电所写过多次表扬信。当然，这些具体情况，邮局的领导恐怕未必一一了解；而我相信，这些同志也决非为了图表扬才这样做的。

我个人认为，在每一个企业或事业单位里，实事求是地"评功摆好"仍完全必要；并且与那些服务态度差的后进同志做一些对照，使先进更先进，使后进也能步入先进行列。这样，我们的国家就更有希望了。

望不为前僧人所笑

近年来，整理重印古典小说之风颇盛，但质量往往大有问题，还需引起重视。有一家出版社，曾根据咸丰刻本印行毛宗岗批点的《三国演义》，累积印数达三十万部。照理说这并非坏事。但仅是标点校勘上的问题，经粗略统计，说它"错误百出"决不为过。而这给读者所带来的不良后果，却是不可估量的。姑举两例以见一斑。

第二十二回毛批云："此与闻许劭之言而大喜，同一意也。"许劭是曹操同时人，善于品藻人物，曾说曹操是"乱世之奸雄"，这是一个家喻户晓的故事。而这个本子却把毛批标点为"此与闻许、邵之言而大喜，同一意也"，把一个人的姓名变成两个人的姓，把"劭"字硬改成"邵"字，实在太荒唐了。人名如此，地名亦有类似情况。请看第二例。

第三十一回毛批云："若袁熙、高干之守幽、并，未经叙明，而于此方补一笔。"幽州、并州为两地名，稍有史地常识的人都知道。而此本竟标点为"若袁熙、高干之守幽，并未经叙明……"把地名的"并"硬作为连词而断入下句，这种不求甚解的望文生义，是不可原谅的。限于篇幅，不再多举。

这使我们联想到明人张岱在《夜航船序》里写的一段故事：

> 昔有一僧人与一士子同宿夜航船。士子高谈阔论，僧畏慑蜷足而寝。僧听其语有破绽，乃曰："请问澹台灭明（按：春秋时人，孔子学生。）是一个人，是两个人？"士子曰："是两个

人。"僧曰："这等，尧舜是一个人，两个人？"士子曰："自然是一个人。"僧人乃笑曰："这等说起来，且待小僧伸伸脚。"

希望我们二十世纪八十年代的社会主义出版工作者和编辑人员能不为三四百年前的僧人所笑，则幸甚矣。

原载一九八四年八月二十五日《南方周末》

我的"世纪遐想"

忝为《世纪》双月刊编委,每期都要审读部分稿件,有时还要做点约稿、组稿工作。这个刊物最近添了个栏目,叫"世纪遐想",内容是谈谈到了下一个世纪自己有什么想法和希望。从我本人说,进入下一世纪自己就八十岁了,是否还能活那么久真不敢打保票;另外,在自己的刊物上发表"遐想"也嫌不够谦虚,还是借《长江日报》这块宝地略抒己见吧。

遐想之一,希望讽刺杂文能够少些。本世纪二三十年代,鲁迅是用杂文做为"匕首和投枪"同旧社会黑暗势力和反动政权来进行战斗的,至今读了犹虎虎有生气,并未失去时效。中间有很长一段时间,杂文不那么吃香了,好像谴责和暴露不利于社会发展,甚至说"杂文时代"已成过去。事实上并非如此。到本世纪末这十多年,杂文又如火如荼地盛行起来,此呼彼应,方兴未艾。我的一位老友原是歌唱新社会的诗人,近年来却笔不停挥地一本接一本出版杂文集。我读了,感到有点伤心。盖杂文的功能主要是为了暴露阴暗面和针砭时弊的,阴暗面覆盖得愈来愈普遍,时弊也多得有点针砭不过来了,这才使杂文作家乃至非杂文作家情不自禁地如骨鲠在喉,不吐不快。尽管有人认为这样的文章"说了也白说",但说了总比不说好。而我却衷心祝愿,到了下一世纪,如果阳光多一些而阴暗面相对少一些,社会上不正之风有所收敛乃至被正气所压倒,这样,我们的杂文作家或者可以把心力转化到另外的方面去。所谓小康与温饱真正得以落实,人们的怨气自然就少了。

"遐想"之二，希望进入二十一世纪，由于科技兴国而逐渐国富民强，人们也从重理工、轻文史的潮流中逐步扭转过来，使我们的传统民族文化艺术得到真正的弘扬和发展，而免遭断层乃至绝种之灾难，则我们的国家民族才能真正屹立于世界文化学术之林，而不致成为文化沙漠或人欲横流的拜金社会。这一遐想如果真能或多或少地变成事实，诚属我炎黄子孙的齐天洪福，则老朽如不佞，即死亦可瞑目。

"遐想"不宜太多，多了更容易失望。就先"想"这些吧。

原载一九九五年八月二十五日《长江周末》

丁丑抒怀

新岁伊始，人们纷纷争说一九九七年是不平常的一年，是有纪念价值和意义的一年，是值得骄傲和庆祝的一年。这主要是由于今年七月一日，香港在受了百馀年奇耻大辱之后即将回归祖国怀抱。还有，今年要召开新一届的中国共产党的全国代表大会，将为下一个世纪我国的建设发展制定更宏伟更具体的方针政策，这是有关乎我们子孙后代究竟能否跻于世界发达国家行列的关键性的一次大会，当然意义特别重大。仅此二事，一九九七年的特殊历史使命便已昭昭在人耳目，目前已形成舆论导向，不待烦言赘语，多所陈述了。

然而我们还应缅怀史迹，上溯六七十年以前。一九二七年，是井冈山革命根据地开始建立的一年，距今整七十年。中央文史研究馆就准备纪念这一革命先烈开基创业的盛大庆典。我为此曾写了一首小诗："漫说危岩未易攀，燎原星火自兹山。英风遗烈人争颂，守业应知创业难。"诗句浅俚，不足以形容于万一。惟末句则确属有感而言。这几年我们党一再号召反腐倡廉，抓紧综合治理社会治安，"严打"之声一直不断。这说明时间虽已过了七十年，我们的不肖子孙反而多起来了，真有点愧对当年抛头颅洒热血的革命先烈。古人所以深感守业较创业尤难也。

今年岁次丁丑，上距一九三七年丁丑整六十年，那一年七月七日，正是我们开始反抗日本军国主义卫国战争的重大日子。当时我正在天津南开中学读书，父亲正在南开大学任教。我们正是在敌机狂轰滥炸的前夕逃离母校的。及一九四五年之后，我故地重游，原来矗立在南大校园中的秀山堂、思源堂，还有南中礼堂范孙楼，均已夷为平地。八年抗战，我们的国家和人民遭受了多少灾难！当时我们一提起后方重庆政府贪污腐化，"四大家族"搜刮民财，几乎人人切齿痛恨，个个义愤填膺。曾几何时，我们今天的人民公仆有一部分竟然也在"狂"蹈覆辙，而"大款"、"大腕"之流挥霍浪费一掷万金，其暴殄天物视当年之达官贵人有过之而无不及。

我深盼我们敬爱的党和国家领导人下大决心，在短时间内把国家恢复到海晏河清的境界，让老百姓过上真正"小康"的日子。不然的话，到了下一世纪，我们到底怎样才能屹立于世界的东方，真是很难设想呢！

原载一九九七年二月五日《长江日报》

"谁的官大，谁的表准"

这只是比喻，却绝非影射。

大约在八十年代初，我到北京城内开会。归途与启功（元白）先生和另外一位生物学家（也是北大教授）同乘一车。这位科学家向我和启老提出一个问题，让我们回答："当代书法家谁写的字最好？"我和启老均感到为难，不想臧否任何人。我说："启先生是书法大师，我是业余爱好者，这问题只能由启老回答。"启老则再三不表态。偏偏那位科学家揪住不放，一定要问个水落石出。转眼车到北师大宿舍，启老下车，那位教授还在苦苦纠缠。启老只好说了两句话："谁的官大，谁的表准！"

启老的话是实有所指的。即某次开会，主持会议的人职位最高，而到会最迟。原订上午十时开会，他入场已过了一刻钟，见与会者都已就座，便看了看自己的表，说："我的表整十时。"从此留下了"谁的官大，谁的表准"这两句"佳话"。

至于启老用这两句话评论书法，其内涵也是很清楚的。启老曾对我说："唐人写经书法极精，却因书家无名气而被埋没；欧、褚诸家当然是书法大师，但如果他们没有做大官，只怕也不会享盛誉、成大名。"仔细想想，确实如此，可见话虽浅俗，道理是颠扑不破的。

我曾两次到香港，并到过那里的几处京剧票房。我问有关的人，在香港谁唱得最好。有人答："谁的钱多，谁唱得最好。"这也与"谁的官大，谁的表准"同一道理。

回顾一下我们文化学术界,似乎也有类似的情况。如关于《兰亭序》的真伪问题,发难者是郭沫若先生,而做为郭老后盾者却是康生和陈伯达。它如为曹操翻案,对马寅初先生控制人口增长学说的批判,由于《红楼梦》问题而对俞平伯先生进行的批判,以及否定梅兰芳先生提出的"移步而不换形"的戏曲理论等,在当时都是"一边倒",不允许有异议的。实际上也是"谁的官大,谁的表准"的引申推理。这样做的后果,只能看"官"的大小即权势之大小而定,"表"明明不准也要违心说它"准",最终反倒没有了"准"表,使人无所适从。"前事之不忘,后事之师",可不慎哉!

        原载一九九五年六月十六日《长江日报》

世交与"世兄"

近读某刊物，有人称其友为"世兄"，谓由于父辈是朋友，到了子辈又是朋友，属于世交关系，故称对方为"世兄"。其实这样称呼是不妥当的。

所谓"世交"，确是指父子两代人都是朋友。但"世兄"却不是平辈朋友之间的称呼，而是对朋友的儿子的称呼，即长辈对晚辈的称呼。譬如我和已故的程之先生是好朋友，程前是程之先生的哲嗣，我称程前，既可称"贤侄"、"贤阮"（魏晋之际，"竹林七贤"中阮籍和阮咸是叔侄关系，于是后世称朋友之子为"贤阮"），也可称"世兄"或"世讲"。而我的儿子和程前同志如果也是朋友，他们之间却不可互称"世兄"；当然我和程之先生彼此之间也不能互称"世兄"，因为我们是平辈。总之，世交者，两家之间不止一代人都是朋友之谓；"世兄"者，称朋友的子侄之谓。

记得我曾写过一篇小文，谈对"世兄"的误解。有一位与我年龄不相上下的老先生，曾同我谈及他的儿子十分孝顺。我随即向他请教："世兄在何处工作？"意思是问他的儿子在什么工作岗位。谁想这位老先生误以为我问他本人，竟答曰："我已退休了。"实际成了笑话。

还有一种称呼应在此顺带一谈。我父亲的一位老朋友，给我写信，上款称"小如世兄"，下款则称"世愚弟某某"。这里包含两层意思：一是表示他和我父亲是朋友，这从"世"字反映出来；二则说明他年辈比我长，这从"愚"字反映出来。盖自称"愚"者，或年龄大，或辈分长，或身分高，总之是上对下、长对幼、尊对卑的一种谦称，一般人对平辈朋友是不能用的。我的两个学生是同班好友，只因甲对乙自称为"愚"，乙指摘甲用错了不得体的谦称，变成居高临下；甲不服，竟跑来找我做裁判员，我判甲错了，才算了结。

"世讲"的范围要比"世兄"更广泛些。不管对方的父辈是否与我相识，只要他年龄同我的子女差不多，我就可称他为"世讲"，甚至是我朋友的孙子，我也仍可称他为"世讲"，却不宜称他为"世兄"。这些称呼尽管今天已不习用，但了解得多一点总比闹出笑话来好。

原载一九九五年七月五日《新民晚报》

不礼貌的称呼

对老人的尊称,习惯以"老"字加于姓氏之下,这是从红军老区即已沿袭下来的。如对徐特立同志称徐老,对谢觉哉同志称谢老皆是。从旧社会沿袭下来直到新中国成立前的国统区,对老人的尊称每把"老"加于其人之表字的第一字之下(因为人们的"字",今称"别名",都是双名)。如称俞平伯先生为俞平老或平老,称叶圣陶先生为叶圣老或圣老,称林宰平先生为林宰老或宰老皆是。新中国成立后,这两种称呼方式并行不悖。如称徐老或徐特老,俞老或俞平老,叶老或叶圣老,皆属敬称。近年来却另有一种称呼方式,即连名带姓都用上,再于下面加一"老"字,实不礼貌。我们所以不全称姓名而加一"老"字,原是表示尊重恭敬;今既连名带姓都称呼了,已显得很不礼貌,即使再加"老"字,亦嫌有欠尊敬郑重。如对臧克家先生,应称臧老或克老,而不可称臧克家老或克家老。今见有人竟如此称呼,且形诸文字,看了十分刺眼。尤其有的前辈是单名,如林庚先生或杨绛先生,更不宜连名带姓一起称呼而在后面加一"老"字。盖直呼姓名本欠敬意,纵加"老"字于下亦属不伦不类。所以我认为这样的称呼方式是不礼貌的,同时也是不规范的。

从前为人写字绘画,或给某人写信,在署上款时都是只称其名字而不贯以姓氏的,因为那样连名带姓的称呼是不礼貌的。只有公函或传票,才连姓带名一起写出。而今人则不仅写信时于对方连姓带名一起道出,就连写字绘画题对方的上款也加上姓氏,这实在欠妥,因为这样题法太不尊重对方了。相反,在自己文章中称呼本人的老师,却不写名字而只写姓氏,如称鄙人为吴师而不名,窃以为亦不甚妥。幸亏我姓吴,如果我姓巫,岂不成了"跳大神"的了?盖称姓而下加一称谓字,在旧社会多用来呼仆妇庖人,如张妈、李妈、张嫂、李嫂、王厨、刘厨之类。今竟仿其例而易为"师"字,无乃不可乎?不过称张师、李师的这种方式,五四前后已有之,或我过于吹毛求疵。但这样称呼确易生误会。如从前称呼伴妓女清唱操琴者为"乌师";又如做老师的姓罗,则"罗师"易与"螺蛳"读音相混;称王姓老师为"王师",则与古汉语中"王师北定中原日"的"王师"同字。总之,我写文章或以口语称呼人时反正是不用这种方式的。

原载一九九四年十月十一日《新民晚报》

答李国涛先生

国涛先生：

拜读今年七月四日发表在《生活时报·华灯版》上的大作，令我感谢之馀，不胜歉疚。谨陈鄙见，简答如下：

拙文信笔直言，有失检点，竟把先师吴晓铃先生同我个人私下的谈话公开笔之于书，尽管当时尚有他客在座，但这终究是不礼貌的行为。除向已故的晓铃师谢罪外，还应向吴师母和师妹们深表歉意。拙文所言，一概由我本人负责，不能有玷晓铃师清誉。至于晓铃师当时之所以说那样的话，以及我和晓铃师何以未再作进一步的申述和答辩，自亦有当时的背景和原因。盖虚心接受批评意见并不是人人都能办得到的。既已事过境迁，我也不想旧话重提了。

至于您的文章不同意我反对把称谓简化，我当然不能强人所难，硬要别人接受我的观点。但拙文之所以作，实缘读了来新夏先生在《华灯版》发表的文章才引发出来的。这种称谓简化的流弊，新夏先生的文章中言之已详，请您读一下来文便知道我所说的"防微杜渐"的话并非无的放矢和"过分拘泥古说"。尤以称呼老师，只称姓而下面仅加一"师"字，我一直认为很不礼貌。我曾说笑话："幸亏我姓吴；如果我姓巫，则我将被称为'巫师'；如果我姓乌，则我将成为当初给妓女出条子清唱的伴奏者，因为那样的专业操琴者是被称为'乌师'的。"最近看电视连续剧《人间正道》，剧中称姓牛和姓马的两位律师为"牛律"、"马律"，不知您以为这样的称呼是否中听？如果我本人是律师，我肯定不愿意人们这样称我。所以我认为，我称吴晓铃先生只能称"晓铃师"而一定不称"吴师",至少我个人认为这样称呼是不恭敬的。孤立地看,把一种称谓加以简化似乎无甚不妥,有人或许认为这在感情上也无所谓是否不礼貌;但一旦类推开去,便有可能出现流弊。语言固然随着生活在变化,但为了提高人的素养,防止流弊产生,"防微杜渐"似乎还是可以提的。我在有些人心目中已被认作是"文化保守主义"者,所以您的意见也早在意料之中。但抛砖可以引玉,我对您还是由衷感谢的。

一九九八年七月五日。

说语言的净化

最近读到何迟同志的一篇分析"骂街"问题的短文，读完之后，除连连点头称是外，不禁百感交集。

何迟同志提出的问题是十分严肃有意义的。他最后引用鲁迅的名言："救救孩子！"其实说话带脏字、无"骂"不开腔的何止是孩子！包括一些中、老年人，以及不少衣着装饰十分现代化的青年男女，看上去不像是没有文化教养的人，然而只要一张口，哪怕是说正经话，也总要带上几个或一串不干不净的字眼儿。似乎没有这些词汇，就构不成他们的逻辑思维，因而他们的语言也就靠了这些词汇来增强其形象性与个性化。如果要写成文字，则许多地方是要用"×"或"□"来代替的。

然而，在一些报刊宣传文明礼貌的文章中，骂人的引文却不断出现。至于一些文艺作品的某些对话部分，尤其是描写农村人物的对话部分（当然，也包括一些工人、战士们的对话部分），似乎也存在需要净化的问题。难道这些人物不这样说话，便没有再好的表达方式了么？青少年看惯了这样的作品，自然容易受到影响，从而在他们的语言中也就用这类词汇给丰富起来。这就不仅是一句"国骂"而已了。

因此我呼吁：希望作家、编辑和记者同志们都为语言的净化作出努力！

原载一九八〇年八月十日《北京晚报》

从无糖月饼谈起

老百姓最关心的日常生活的"开门七件事",看似琐碎,其实也有个报刊的导向是否正确的问题。这里我只能就近取譬,举我个人日常生活中的事件为例。

老伴是多年的糖尿病患者,美食往往与她无缘,她为此每感到遗憾。中秋节人人吃月饼,家家买月饼,老伴前些年总是对着别人敞开肚皮吃月饼而兴叹。今年有的商场设了糖尿病人月饼专柜,各家报纸也为出售这类月饼的商家广做宣传。这种宣传其实就是导向。我根据这一"导向",用每块月饼售价近十元的昂贵价格买回了几块老伴爱吃的品种,以满足一个"病号"长期不能餍饫的食欲。孰知刚吃了不到一块这种专为糖尿病人制作的月饼,老伴就感到不适,当晚验血,血糖超标很多。这说明月饼吃得不对头,再不敢染指。接着儿子、女儿从上海、香港也寄来专门供糖尿病人食用的月饼,老伴冒着风险先后各尝了一块,结果一切正常。看来,北京的某些商家制作的所谓"无糖"月饼,有的可能不保险。掉转头来再追溯到报纸上的宣传文字,便使人自然而然产生"报刊导向"是否正确的想法了。过节吃月饼看似小事,而月饼的质量却直接关系到病人的健康,能说与人民的生活无关么?

最近《中华读书报》上发表了一篇署名文章,题为《"全"字满天,盛名难副》,指摘当前一些出版社在出书时贪大求全,动辄以"大全"、"全书"来吸引读者,而实际上,"'全'而不全,'全'而不精,已成为一个普遍的事实"。读后不禁深有同感。记得几年前,北京一家出版社曾推出"书法全集"系列。我先后买到苏轼、米芾两家的"书法全集",发现根本不"全",跑去询问,书店当然无从回答。后来问到一位书法界的专家,他的回答很坦率:所谓"全集",不过是一个"奋斗目标"。夫以"不全"为"全",且公然以"全集"为宣传内容,"吾谁欺,欺天乎?"

  因此我呼吁:在日常生活中,宣传媒体一定要实话实说,说话算数;切不可浮夸溢美,华而不实,说了不算。如果这一类"导向"总是不够准确乃至完全不正确,以至于使人们不再相信其可靠性,那可真要酿成灾难性的后果了。

原载一九九七年十月六日《生活时报》

辞旧迎新祝愿

一九九八年飘然过去,一九九九年已进入人间。年年辞旧迎新,而所感每不相同。以一九九八年老百姓最关注的大事而言,除我们以石破天惊的大无畏精神战胜特大洪灾之外,与国计民生最休戚相关的问题莫过于"下岗分流"了。据我个人所接触到的下岗人员,他们的认识大都正确,对上面政策比较了解,对个人前途也不乏信心,问题乃在于他们之中的某些顶头上司,所谓"上梁"、"下梁"、"中梁"三者中的"中梁"。比如有的单位,一名恪尽职守的资深会计,只因不会(或者干脆说是不肯)听领导嘱咐去造假账而被请下岗位;又如一位称职的女干部对她顶头上司的作风有看法,并在公开场合当着不少人公开评理,结果下岗的当然是这位远不足退休年龄的女干部。据闻一九九九年仍将有一批下岗人员,希望不再听到发生类似上述的情况。

一九九九年是"老人年",这在半年前即已听到传媒不断宣传推广,要使居民家喻户晓。远在若干年以前,大约是我七十岁退休的那年吧,由北京市人民政府发给我一张"高龄老人优待证"。照片加盖钢印,并由单位领导郑重递到我手中。因我一不想倚老卖老,二很少有机会单独活动,再加上深居简出,自己的腰脚也还能行动自由,拿到此证,几乎很少使用。最近听说,有人持此证并无用处。如一位老者持此证挤公共汽车,希望能先一步登车,结果不但未上了车,反受到车上的售票员和车下等车的乘客奚落与批评。又如在一家医院,一位九旬老人站在诊室中浑身颤抖,据说这位老者原是这家医院几十年前的主治医师，结果门诊大夫根本不看他手中的"高龄老人优待证"，口里还说，既是市政府发的，不是我们医院发的，我们管不着。就是这同一家医院，一位九旬老大娘患急性肺炎，发着高烧，家属要求住院治疗，而医生却说，她不够级别，没有"职称"，不能住院。后来听说，这位老太太在被送到其他医院途中便咽了气。我想，这样的事，如果发生在今年"老人年"，似乎有点不大谐调。希望能引起有关方面的注意。

当然我们不能以偏概全，上述诸事不妨以"个别现象"揭了过去。而在新旧年交替时，还应说几句吉祥如意善颂善祷的话，于是我想到北宋哲学家张载的《西铭》："民吾同胞，物吾与也。"这话用在"老人年"也许还适合。张载还有一段名言，现引在下面做为本文的结束语："为天地立心，为生民立命，为往圣继绝学，为万世开太平！"

原载一九九九年一月十五日《生活时报》

从拥抱病人谈起

不久前上海《新闻晨报》报道，一家以营利为主的私人医院认为应对患者表示热情，主张医生要拥抱病人。据说这是向西方文明"接轨"的表现。本人见闻不广，仅短期到过欧洲；但在国内还认识几位曾经留学归来的老名医，似尚未听说过洋人有这样成文法或不成文法的规定。以我这土脑瓜儿来考虑问题，窃以为用拥抱病人方式表示热情恐怕不很妥当。首先，病人所患的病是多种多样的，如患者得的是传染病，难道医生可以置卫生于不顾而去拥抱病人？其次，从我们的国情来讲，在公开场合互相拥抱的毕竟不多；何况医生与患者之间还可能有性别上的差异，如果让男医生拥抱女病人或女医生拥抱男病人，只要其中一方不同意这样做，岂不给另一方造成尴尬？平心而言，无论古今中外，制定礼仪都是为了表达人际感情。如果彼此并无感情，只追求礼仪形式，则无异提倡虚情假意，做表面文章。无独有偶，今年二月末在《光明日报》上又读到一篇文章，谈及某市一些医院对护士行业进行培训，其中有一条是要求护士"露八颗牙微笑"。据专家称，这也是为了"与国际接轨"，因为必须"露八颗牙"才能"打开笑肌"。我读后不但自己笑不出来，而且深深感到这简直是人为地制造人与人之间的虚伪与欺骗。试想一个人如果内心根本不想笑，硬要从脸上挤出笑容，还必须呲出八颗牙，假如我是病人，我一定会吓一跳，甚至浑身起鸡皮疙瘩。这种"打鸭子上架"式的"文明礼貌"行为，真令人啼笑皆非。

回溯自上个世纪八十年代以来，假冒伪劣之风至今不衰。如城市生活日用品，就有假烟假酒假药以及各种机械的劣质零配部件；农村中则有坑害农民的假种子假农药；还有文化界逐渐蔓延而且屡打不绝的各类盗版书籍和光盘软件；更有甚者，学术界竟出现了抄袭剽窃他人研究成果的冒牌"学者"。尽管我们不断加强打假、扫黄、反盗版的力度，并无情地给剽窃抄袭者曝光；可是形形色色的假冒伪劣的东西依然存在。为了追求不虞之誉和发不义之财，人们已从物质文明领域污染到精神文明领域中来，竟有人通过"培训"的渠道来制造虚伪的文明礼貌行为，使精神文明也受到污染。这样长此以往，还谈什么"两手抓，两手都要硬"！

医生、护士应讲医德，经商贸易应讲商德，被称为"人类灵魂工程师"的知识分子更应注意保持灵魂的纯洁，千万不能让灵魂也"待价而沽"，准备随时出卖！

二〇〇二年三月。

"以史为鉴"

自司马光的《资治通鉴》问世,即从正面阐明历史可供现实借鉴这一古今颠扑不破的至理。而且从这部史籍的命名也清楚地表明,纂修史籍是给统治者治理国家提供参考之用的。近年以来,"以史为鉴"一语常用之于外交辞令,警告昔时某些殖民主义、军国主义国家的统治者们能从过去历史中汲取惨痛教训,不要重蹈覆辙。这原是一句好话。不过我最近读了几本杂书,反而对这句话是否真能起到作用有点持怀疑态度了。

例如新纳粹分子在欧洲又有所抬头,他们是否能以希特勒的最终垮台为"鉴"呢?又例如有人替军国主义者的亡灵招魂,不承认屠杀邻国几十万无辜人民是犯罪,进而不惜在教科书中改窜史实。具有这样心态的国家统治者,他们是否肯"以史为鉴"呢?再往小范围里说,当年周作人出任日伪华北教育总署督办,他的胞侄和姨甥周丰三竟以自杀抗谏(丰三是周建人先生之子,其母是周作人之妻的胞妹,即亲姊妹做了亲妯娌,事见周海婴著《鲁迅与我七十年》),周作人是否引为鉴戒,幡然悔悟了呢?在《鲁迅与我七十年》中,周海婴忆述了自许广平先生的猝然病逝,直至"十年浩劫"结束,进入拨乱反正、改革开放阶段,其遭遇仍屡经坎坷(如版税问题、儿子婚姻问题)。时至今日,又有谁曾向海婴承认错误,公开表示过歉意呢?与此相反,倒是在一九五七年反右派之后,一九七六年"文革"正式宣布结束之后,许多被迫害者、被侮辱与被损害者,长期心有馀悸,至今犹不敢实话实说。这是因为多数老百姓总感到自卑，明知人微言轻，生怕有朝一日再度挨整，才如此汲取教训，"以史为鉴"的。由此可见，有些人是从来不肯、也不屑于"以史为鉴"的；而懂得"以史为鉴"的，却往往是那些从来不能掌握自己命运的人。于是"以史为鉴"也出现了"两种不同"的标准和"两种不同"的理解。这正应了杜牧在《阿房宫赋》结尾处说过的话："后人哀之而不鉴之，亦使后人而复哀后人也。"

原载二〇〇二年六月五日《中华读书报》

翻书掇感

门人齐裕焜教授近日惠赠江苏教育出版社出版的《中国小说通史系列丛书》五巨册，内容极为丰富。《丛书》的特点是从上古直"通"到现、当代，但问题似也出在这儿。当代小说与日俱增，数量之多，浩如烟海。这就使作者在取舍和叙述详略之间大费周章，而且挂一漏万在所难免。《丛书》的立意是好的，旨在"勾勒中国小说演进的历史"，"打通古今的界限，探索贯穿中国小说史的某种带规律性的东西"。但实际上做到这一点并不容易。司马迁著《史记》，强调"通古今之变，成一家之言"，他从夏、商、周"通"到秦、汉两代，亦即从奴隶社会"通"到封建社会，毕竟变化不算太大，史的规律亦比较可寻。而这一丛书系列却要求贯穿我国几千年的历史，尤其是近、现代的历史，简直有瞬息万变之势，仅从事一般的平铺直叙已嫌篇幅不够，想理出脉络，溯源寻流，并对作家作出正确评价，则难免有"扛鼎"而"绝膑"之虞。当然，这种勇于尝试且不怕"自我作古"的精神还是难能可贵的。我们作为普通读者，不宜过于求全责备，而期待其能不断修订加工，以趋于日臻完善。因此在翻检略读时提出个人点滴看法，或者不至贻人以吹毛求疵之讥吧。

先从《中国神怪小说通史》说起。作者在现代小说中提到了老舍的《猫城记》。这实际是一部讽刺小说，"神怪"只是它的外衣。但既提及《猫城记》，则不宜遗漏张天翼的《鬼土日记》。从《猫城记》一下子跳到"科学小说"或"科幻小说"，也嫌在叙述脉络上有点脱节。

写得比较全面的是《中国社会小说通史》。但在《现代篇》第七章中，把沈从文、钱锺书等与徐訏、无名氏等一视同仁、平行排列，看了总感到有点不大舒服。固然作者以"流派"分，但流派之间总还有个品位、档次的差别。这就使读者感到有点顾此失彼。这在《中国人情小说通史》的第九章《包罗万象的现代人情小说》中也有类似的问题，把鲁迅与张资平各列一节，近于平起平坐，同样使人感到有点不舒服，尽管作者对他们各有褒贬，倾向性还是明确的。

　　《中国英雄侠义小说通史》写得也相当全面。只是这类作品共有三个范畴。英雄小说应该以现实中英雄人物为主，不包括具有超人本领的异人奇士如剑仙术士在内；侠义小说除"侠"之外，还应着重于"义"的行为；而晚近的武侠小说却缺乏是非邪正观念，特别是写到帮派活动，作者为了吸引读者，竟没完没了地让一些非正义的邪恶教派总也不被消灭，这就成了"劝百讽一"的局面，从而使读者被误导。很希望这本书的作者在修订时对《蜀山剑侠传》和金庸的武侠小说之类，能把它们的倾向性分析得更加泾渭分明，则质量会更有所提高。

　　这本书中提到了我的已故老同学毕基初同志。他的处女作《青龙剑》是在高中二年级读书时的习作，我是第一批读到它的读者之一。基初曾两度加入中国共产党，由于"文革"中受迫害，于一九七六年春患癌症病逝，年不足六十。此书如修订，可将其简历和卒年补入。

　　二〇〇二年十二月写于沪郊。

　　　　　　　　原载二〇〇二年十二月十三日《文汇读书周报》

墓志铭·碑铭·祭文

二〇〇二年十二月十八日出版的第一七一〇期《报刊文摘》第二版,摘录了《中国历史秘闻轶事》中一段文字,标题为《中山陵为何没有墓志铭》。大意是:孙中山先生陵墓竣工,树立墓志铭是很必要的。于是决定邀请章太炎先生撰写,太炎先生便"写下了古朴典雅、凝炼审慎的《祭孙公文》"。但蒋介石出于私心,拒绝采用这篇文章。故"碑亭虽在,却没有墓志铭"。"对此,章太炎愤怒地说:'蒋以个人好恶,竟宁使革命元勋之陵墓缺少碑铭,可憾也。'"(凡引号内文字皆据《报刊文摘》转引)

这段记载涉及三种文体,即墓志铭、祭文和碑铭;而《秘闻轶事》的作者却缺乏常识,故行文不免讹舛。先说"墓志铭"。墓志铭前一部分是"志",即简述死者生平;后一部分是"铭",用韵语概括前一部分的内容,并加以褒扬和悼念之意。墓志铭虽刻在石上,却是埋藏在地下的,凡立于地面之上的碑文是从不称为"墓志铭"的。今传世的历代墓志铭,都属于出土文物。如果在地面上撰文树碑,应称"碑文",若篇末加韵语,则称"碑铭"。古代达官显宦在墓道树碑,上有文字,则称"神道碑"。一般或称"墓表",也称"阡表"。立在碑亭中的应是"碑铭",而绝非"墓志铭"。文中转述章太炎的话,只称"碑铭"。可见太炎先生懂得碑铭和墓志铭二者是有区别的。

至于"祭文",则是死者的亲友、同僚、同学或门弟子为悼念死者而撰写的吊唁文字。古人在灵前奠祭时是要当场宣诵的。这类文字一般不会刻在石上。即使把太炎先生的《祭孙公文》刻石立于碑亭中,也是不合适的。

通过这一段"文摘"的例子,又一次证实了在一篇拙文中曾发表过的一个观点,即知识面不广,就很容易出现硬伤。著书立说(包括我本人)诚不可不慎也。

二〇〇二年十二月写讫。

原载二〇〇三年一月三日《文汇读书周报》

给罗文华同志的公开信

文华足下：

　　你好！顷承惠赠大著《与时光同醉》一册，非常感谢。开缄捧读，得见二〇〇一年五月十八日所撰尊作《俞平伯"历险"的两个版本》一篇，指出拙文论述的时间和细节与韦奈所述有出入，主要是"时间差"的问题。今按，关于"历险"前后详情我是悉闻之于已故南开大学教授华粹深先生的，而且此事肯定发生在一九七五年"反右倾回潮"运动之前，因我亲历被审查的折磨，不会误记。（过程是这样的：我听说此事曾于闲谈时对林焘先生说过；后来有人向林焘先生"外调"，问我有何反动言论；林焘先生说，吴某只谈到俞平伯先生一件事，没听他说过其他什么话。于是又有人找我核实，问我是否造谣，我说确有其事。未几想整我的那名学生本身成了"反革命"，被遣送还乡，此事才不了了之。）检孙玉蓉著《俞平伯年谱》，一九七五年九月三十日，平伯师接到以周恩来总理的名义发的请柬，应邀参加了国庆招待会。因精神过于兴奋，于同年十月八日"突然中风，患脑血栓而偏瘫"（《年谱》）。故"历险"事件必发生在当年国庆节前，如在国庆后，平伯师已抱病，无法接待陌生来客了。

　　至于说这一件发生在一九七六年，似不可靠。第一，本年九月九日，毛泽东主席逝世；十月六日，"四人帮"彻底垮台。未几党中央即宣告"文革"结束，"拨乱反正"阶段逐步开始，纵有人冒充干部去俞老家，我也不会因外传此事而被认为"右倾回潮"而受审查了。第二，华粹深先生于一九七六年下半年即患病，此后即未再来京，这有平伯师一九七六年十一月初给粹深的回信为证（《年谱》）。我直到一九八〇年粹深病重才赴津探望，在这中间根本未见到华先生，更不可能听他谈任何新闻轶事。至于韦奈所谈细节，"红围巾"云云是我漏述。当时韦梅已与公安部门约好，有事即打电话给派出所（彼时俞宅尚未安装电话），干警来时以"红围巾"为信号，表明家中出了意外。至于俞老为韦梅写诗乃事后追记，与我所述在时间上并无矛盾。事发过程中，俞润民先生曾有一次在现场，即他的"大皮鞋"吓走了歹徒。润民今健在，如需考证，当能回忆事件的具体时间，总会弄个水落石出的。

因足下文中比较倾向于韦奈说，故略陈鄙见如上。顺祝安好！

吴小如手启

二〇〇三、十一、十二

原载二〇〇五年五月第六卷《开卷》

"汉化"的力量

翻开《二十四史》，在我国周边的少数民族长期入侵中原之后，便逐步开始"汉化"，这种现象对人们来说应该是不陌生的。无论是"五胡十六国"时代，还是南北朝对峙时期，实际上是周边少数民族逐步接受"汉化"的过程。鲜卑的拓跋氏竟然连姓都改了（改姓"元"），是"汉化"最明显的例证。尽管陈寅恪先生从各个不同角度去说明李唐王朝的帝室血统并非汉族，但历史的事实却无可争议地说明唐代文化还是汉族文化居于绝对优势，并成为汉族文化最为光辉灿烂的时代。与赵宋王朝对峙的辽、金两个王朝，尽管政治和军事上都占了上风，可是在文化领域中，原来的契丹文化、女真文化都逐渐为汉文化所取代，却是无可置疑的事实。元王朝的汉化程度相对来说是比较轻的，但仍出现了像萨都剌这样杰出的用汉文写成作品的著名诗人。有清一代爱新觉罗统一中国不到三百年，而自所谓的康乾盛世直至第一次鸦片战争，依旧是逐步汉化的历史进程，其结果甚至连八旗子弟都成了为汉文化所熏沐的群体。由此可见，"汉化"的力量真有点势不可挡的劲头呢。

当然，进入近代阶段即公元一八四〇年以后的这一段历史，显然是西方文化开始为中国的先知先觉者尽量吸收并大力弘扬的一个新时代。自戊戌变法而辛亥革命，接着是五四运动，无论是十月革命还是所谓的"欧风美雨"，总之都是西方文化力求取代汉民族的封建文化的一个新的历史进程。回顾近百年的沧桑巨变，却使人们感到汉文化首先是中国的封建文化，想让它退出历史舞台乃是一个极其艰巨的,甚至是你死我活的苦难历程。到了这时,热爱祖国的志士仁人们才感到"汉化"不再那么可爱,甚至有些人竟对它反感了。

然而,"汉化"的事实却不仅是无时不在,而且还有点无孔不入的意味。这二十多年,我们认真贯彻了改革开放的政策,外国公民,特别是西方欧美人士到中国来的日渐增多,人们冷眼旁观,却看到有一定数量的西方人,正在逐步受到"汉化"的洗礼。举两个极其微小的例子:一是有位欧洲人初来中国,由于有恪守交通规则的习惯,站在熙来攘往的闹市街头,久久不敢走下便道。可是半年之后,他却大胆地"闯红灯"了,并且对人说,在中国,是可以不管交通规则的。另一件事是有一位外国老板,不但给中国官员"送红包",而且自己也开始收受"红包",听信中国雇员给他"打"的"小报告"了。您看,这足以证实"汉化"的力量了吧!

二〇〇四年九月。

原载二〇〇五年十二月第六卷《开卷》

跟少年朋友谈谈写毛笔字

我不是书法家,也不想当书法家。但我爱写毛笔字,而且至今还坚持要把毛笔字写好。

写毛笔字不是为当书法家,而是为了使用。用毛笔写字是中华民族文化优良传统的一部分。把毛笔字写好了,可以成为书法家,但不见得人人都能成为书法家。书法是我国的一门传统艺术。"书"是书写的意思;"法"指规则、法度。要想写好毛笔字,成为书法家,在写字时必须讲求规则法度,不能乱涂瞎抹。现在有人写字一味追求怪诞离奇,甚至写出来的字让人认不出,那不能称为书法,写这种字的人也不能算书法家。

要想写好毛笔字,必须从小做起。正如学武术、学体育、学美术、学算术、学外语、学演戏、学音乐舞蹈一样,都得从小就下苦功去学。所以党中央号召我们少年儿童在上小学时就要学写毛笔字。我从小就学写毛笔字,可惜没有学好。现在我已经六十多岁了,只要有时间,我仍经常练习写毛笔字。长到老学到老,做任何事情都要有"生命不息,战斗不止"的精神。

根据我不成熟的经验,愿向少年朋友提供几点写毛笔字的意见。

第一,不要为写字而写字。一定要做一个学有专长的人,不能只当一名写字匠。第二,不要为当书法家而写字。字写好了,自然会成为书法家;书法家不是自封的。如果社会上多数人都承认你的字写得好,你也的确用你的写字本领为社会服务了,有没有书法家的头衔是无所谓的。第三,初学写毛笔字,最好大字、小字同时练。

有的时候，把小字写好了用处可能更大。第四，初学写字一定要临帖，临帖是最好的艺术实践。在临帖的基础上，再发展、创新。第五，临帖之外，还要学着"读"帖。自己喜爱的字体当然要多看、多钻研，就是自己不熟悉的字体也要常看、常钻研。不开阔视野，不见多识广，终归要受到局限。第六，初学写毛笔字，最好先学楷书，即真书或正书；然后再学行书和草书。因为它们用途最广。隶书和篆书要稍后一点再学。

至于临帖应当先临什么后临什么，"读"帖怎样鉴别是非美丑和真伪，以及写字时必须注意哪些事项，说来话长，而且每一个写毛笔字的人体会各自不同，这里就不多谈了。

原载一九八六年第一期《少年书法》，新蕾出版社一九八六年三月第一版

初学楷书要大小字并举

——习字札记之一

我曾一再声明自己不是书法家,只是爱写毛笔字。由于先父玉如公是当代知名的书法家,我从小确受过先人指点。只怨自己没有下苦功,终于未能达到高水平,不配忝居书法家的行列。不过我愿意把父亲的遗教转述给今天爱好书法的少年朋友,这对初学者我想多少会起点儿参考作用。

写毛笔字是一种艺术修养,同时也有实用价值。今天的广大青少年,字迹写得工整清楚的不是很多而是太少。我在学校里当教员,前后达四十年之久,直到最近,我对大学的本科生和研究生,还经常批评他们没有把字写工整。在我国,大学毕业生还不算很多,而硕士、博士就更少。试想,自己已经身为青年学者,有一肚子学问,可是写出字来既难看又难认,恐怕这跟学者的身分和水平也不大相称吧。因此,我们的老一辈革命家主张从读小学时就开始练毛笔字,这是完全必要的。只要写毛笔字有了基础,那么用硬笔(包括铅笔、钢笔、圆珠笔)写出字来也一定不会难看难认。假如只用硬笔练字,一旦遇到非用毛笔不可的场合,可能还有一定困难。所以我主张还是从小就练习写毛笔字。

初学写毛笔字当然应从楷书入手,这个道理大家都已清楚,我不想多说。但我始终强调,在初学写字时一定要大小楷同时进行,不宜只写大字。因为小楷应用的范围更广些,在日常生活和课程作业中,用小字的机会要比写大字多得多。我读小学三四年级时,父亲就让我每天学写二王小楷，并从读初中时养成了用毛笔抄书的习惯。现在年纪大了，目力不佳，写小字已较吃力。但我确信小时候下了几年功夫，受益还是不浅的。

吴玉如的小楷字

小楷字帖并不少。传世的法帖中所收的晋唐小楷不下十种。相传为王羲之写的《黄庭经》、《乐毅论》、《东方朔画赞》、《老子道德经》、《佛遗教经》，相传为王献之写的《十三行》（即《洛神赋》残本），再加上相传为唐代虞世南撰写的《破邪论序》，颜真卿的小字《麻姑仙坛记》，都是极好的小楷范本。此外，还有相传为魏代钟繇写的《宣示表》、《力命表》和晋人无名氏写的《曹娥碑》，以及元代赵孟頫、明代文徵明写的小楷墨迹，也都有临摹和参考价值。如果能从二王小楷入手，则不仅对写小字有极大益处，就连写大字也会受到良好影响。我建议小朋友从小学三、四年级开始，每天坚持写三、四行小楷（同时也写一定数量的大楷），不间断地写到初中毕业，我敢担保要比只练硬笔小字收事半功倍之效。至于字迹的工整清楚，就更不在话下了。

原载一九八八年第五期《少年书法》，新蕾出版社一九八八年九月第一版

写大楷也可以从二王入手

——习字札记之二

读了两期《少年书法》和一本《书法新蕾》,发现少年朋友爱好和学习书法的人数确实不少,书写水平也使人感到前景乐观。但我个人却有点不成熟的想法,谈出来供大家参考。

还是从学写大楷这方面谈起吧。现在的少年朋友,不论男孩女孩,也不论年龄大小,大抵以学写颜、柳二体的居多,而临摹其它书体的则嫌太少。我觉得这不仅是学习面狭窄与否的问题,也不是品种样式过于单调的问题,而是关系到每位青少年朋友学习书法的前景有无利弊的一大关键。颜、柳楷书各自成家,当然有他们的特长;但那种骨多于肉、力度全露在表面的字体似更宜于作"榜书"(即写大型匾额一类的字)而未必适于一般书写。特别是临摹颜、柳两家的时间久了,对初学者来说很容易出毛病。这好比练武术,颜、柳二家近于外功,劲头全显露在外面,久而久之,难免僵直拙硬,而缺乏灵秀之气。而真正要练好毛笔字,还得刚柔相济,方圆兼备,具有含蓄朴厚、妩媚秀劲之美。如果一味勉力为之,用又重又黑的浓墨来写笔画粗、劲头拙、间架僵直生硬的字体,时间一长,势必越写越笨,越写越板滞,等到积习已深,积重难返,便会成为终身之患,那时再想脱胎换骨,恐怕就来不及了。

我本人从小习字的经历也很曲折。八九岁时,先父(按:即著名书法家吴玉如老先生)命我写欧体《皇甫诞碑》,我写出来简直"望之不似"。中间有段时间,我听了小学老师的话,偷偷找了一本

> 習楷書宜多摹二王
> 少臨顏柳
> 或從北碑
> 入手切忌
> 鼓努為力

吴小如书

《颜家庙碑》来临摹，不想被先父发现，狠狠训了我一顿。于是他让我改习北碑，先后写过魏《崔敬邕墓志》和隋《姬氏志》，都不得其门而入。上高中时，曾写过邓石如的楷书，还略有似处。这时，舍弟同宾在写欧体《九成宫醴泉铭》的基础上把放大了的王羲之《黄庭经》当作大楷帖来临摹，颇有进步。于是我也如法炮制，取二王小楷如《黄庭经》、《东方朔画赞》和《十三行》等，自己把字体放大，写成寸楷。从这时开始，我才基本上尝到写大楷的甜头了。当然，这次居然收到成效，同我自幼练过二王小楷的经历是分不开的。

一九四三年我开始以教书糊口，写毛笔字的时间完全被挤掉了；同时也产生了一种糊涂思想：扪心自问，觉得在书法上即使用尽毕生精力也追不上先父的成就；而在作学问方面，如果刻苦用功，说不定还有超过他老人家的希望。从此自暴自弃，二十年不拿毛笔。

直到一九六三年，在荒废了二十年之后，由于受到一位门人勤奋学习书法的启发，这才重新练起毛笔字来。由于年轻时临写二王楷书打下一点基础，这次重新开始，无论写北碑、唐碑，甚至写颜、柳（我写过若干通颜的《麻姑仙坛记》，也写过柳的《金刚经》、《玄秘塔》、《神策军碑》），虽不能一写就象，但已能体会到他们用笔的特点和规律。我曾把这一体会向先父汇报，先父只说了一句话："只要从二王入手，就是写大楷，也能一通百通。"我这点肤浅经验，不知对青少年朋友有无参考价值。

原载一九八八年第六期《少年书法》

学者墨迹传世务宜慎重

近日读到北京一座名牌大学影印出版的一本《当代学者墨迹选》，其中收集了不少海内外知名学者的遗墨，如蔡元培、马寅初、许德珩、游国恩、俞平伯、魏建功、朱光潜、宗白华、向达、沈从文等老一辈学者的诗稿、书札、题辞、讲义等，不仅是艺苑珍品，也是希世文物。它既是一本有意义的纪念品，也是弘扬传统民族文化不可缺少的一个环节。

但从头读了一遍之后，却感到有两大不可弥补的缺憾。其一，在墨迹后面有文字附录十七篇，都是当今健在的专家学者笔谈对书法的体会和意见的。其中有一两篇针对当前书法界不正之风提出尖锐批评，窃以为这是很难得的。如说现在有些所谓"书法家"写字刁钻古怪，如"鬼画桃符"；又如说有人哗众取宠沽名钓誉，以荒诞离奇或逞险弄怪的字体为捷径猎取"书法家"的头衔等，都切中时弊。而遗憾也恰在这里。就在这本《墨迹选》中，竟有好几位以"书法"名家的学者（？）写的正是属于"刁钻古怪"、"鬼画桃符"使人无法辨认的字迹。我不知这是属于"百家争鸣"、"百花齐放"精神的体现呢，还是编辑同志有意对此作强烈对比性的讽刺？总之，这是一种不可调和的矛盾现象，使一个置身事外持客观态度的读者感到十分不舒服。更令人不快的是，正是这几位"鬼画桃符"的专家在附录中所写的文章与他们的字"对不上号"，使人一面看字迹一面读文章，顿生受了"两面派"的骗之感。这也许不是这本《墨迹选》的编辑同志始料所及的吧？

遗憾之二是，在最高学府中知名教授的笔下竟出现了一个以上的错别字。有一页诗稿竟把"妨"写成"防"，另一页又把"铮铮"写成了"诤诤"；还把韩昌黎的"黎"字下半截写成了"恭敬"的"恭"的下半截。纵使是笔误，也难免成为白圭之玷。何况对一些青年人来说，本来对这些"权威人物"就已产生怀疑，现在却公开授人以柄，这无论对最高学府，对高级知识分子阶层的大多数，乃至对这位教授本人，都不是什么体面的事吧？

浅谈书法

先父玉如公是当代著名的书法家,因此我从小也练过毛笔字。成年以后,在先人的熏沐指点下,耳濡目染,略知个中甘苦。岁月不居,我已年近七十。但我至今不敢以书法家自居。这并非故作谦虚,而是有我的看法的。

中国的书法是一门艺术,这已被世界所公认。但对于这门艺术的理解,则言人人殊,难衷于一是。我个人认为,要想掌握这门艺术,或者说向着做一个书法家的目标奋斗,必须有以下几个先决条件:一是必须具备做一个艺术家的素养,首先是文化素养。不读书,没有学问做基础,对我国古老而又新鲜的文化传统没有一定了解,要想当艺术家,特别是当书法家,当是缘木求鱼的事。如果自封为书法家,即使不是自欺欺人,至少也是缺乏自知之明。古往今来,书法家不少,而当世尤多。但卓然成家,被后世所公认的,必都具备我上述的那个条件。二是其人必须有艺术细胞,也就是人们常说的艺术天才。为什么在一门艺术的广阔天地中,有的人成就大,有的人成就相对来说就不那么大?古人评论作家和艺术家,每有大家和名家的差别;鉴别艺术作品,亦有神品、妙品、能品以及凡品、俗品的不同。这实际上是立足于艺术家本身的天才高下来看问题的。三是要下苦功夫。只有天才,而不从后天下功夫去巩固提高自己的天才,迟早也会泯然成为"众人"。九百多年前大作家王安石在他的杂文《伤仲永》中就揭示出这一真谛了。从我个人来自我反省,第一条只是"初级阶段"的水平;第二、三两条,我都不具备,所以我不敢冒昧自居为书法家。这一点自知之明还是有的。

尽管如此，我仍应当承认，我确实想过当一名书法家，并从父亲成为大书法家的艰辛历程中体会出做一名真正的艺术家是多么不容易。下面就谈谈我个人的体会。

就习毛笔字而言，必须有幼工，即从小写到大，从成年写到老年。没有从小做起的幼工，从事任何艺术都不容易登峰造极。比如戏曲演员和弹钢琴、拉提琴的人，都是从小练起。我之所以成不了书法家，主要是基本功的底子没有打好，即缺乏幼工。"半路出家"是谈不上"功成名就"的。而书法的基本功的两个内容则是临帖和读帖。今人作字，往往轻视临摹，其实这是错的。演戏者必先学戏，弹钢琴或拉提琴，也必须从基本功做起，取世界著名乐曲或弹或拉，反复练习。这同书画要通过临摹是一个道理。学的、会的愈多，将来成功的保险系数愈大，创新的条件愈成熟。我始终有这样的看法，谁继承文化遗产最多，谁对文化建设的贡献可能最大。先父一生所藏碑帖，几近千种，所见之数量当倍蓰之。而这些藏品，有些是他朝夕临摹的，有些则是他反复观摩的，至少他对自己的藏品都曾过目，否则他又何必入藏？从我本人讲，正因为自己青少年时期有这一优越条件，家中所藏碑帖我基本上都翻阅过。这才感到自己需要学习的东西太多，而自己已经学到的却太少太少，距成为一个书法家的要求实在太远太远了。

先父早年习字，学苏、学赵，后来才力追二王。又从二王顺流而下，取唐宋元明各代书家之长，翻转来再去领悟二王之妙。从他本身的艺术实践看，他是以帖法入碑，再以碑法入帖，而后自成体段。中、晚年作字，已形成自己的艺术风格，却又无一笔无来历。其发展古人之处，正是对古人做了深入探讨的结果，从而在批判地继承的基础上，展示出自己独特的精神面貌。这是一个自我完善的辩证过程，是从量变到质变、从渐变到突变的过程。达到艺术的高水平、高境界，从先父的实践经验看，他用了七十多年的时间。当然，他之所以能成为大书法家，还有更多的诸般因素，如他的品德、学问、操守、理想以及他对艺术事业的忠诚信念与执著精神等。我自问在有生之年，无论是功力还是修养，都无法达到那样高度，因此我实在没有胆量自称对书法是"行家里手"了。

不过我也多少有一点练字的实践经验。我读过大量的碑帖，自己亲手临摹的古人作品也不下二三百件（我曾经做过具体统计）。有的名帖如《兰亭序》、名碑如《砖塔铭》，我曾临写过几十通。我唯一的经验是，对一件书法精品，与其阅读揣摩一二十遍，不如亲自临摹一遍。手写一通，对原作的理解要比目治一二十次还来得亲切深刻。可惜自己一无恒心，二多旁骛，加上写字又不是自己的专业工作（其实先父一生从未专门以写字为职业），无法坚持不懈，数十年如一日地去进行书写。所以到头来只能算自己的业余爱好，不敢借此以成名成家。这是我的心里话。

我对书法艺术本有我自己的看法。首先，它是我国源远流长的民族文化艺术宝库中的重要组成部分，它的不朽全在于它的民族特色。失去这个特色，也就无所谓书法艺术了。其次，书法虽属写意的艺术，却植根于现实生活，即书法本身依附于文字，而文字又是表达语言、沟通思想的重要媒介，离开文字的意义和语言所要表达的思想内涵，亦无所谓书法。近年新潮有所谓现代书法，而新的理论有主张摆脱文字本身的羁绊而随意书写的，看似新奇，其实是十分荒唐的。道理很简单，因为这样的想法和实践，都是悖离书法艺术本身的内部发展规律的。我曾虚心观摩研究过"现代书法"的特点，发现那不过借助于若干象形古文字的躯壳，加上个人主观随意性的拼凑，用来吓唬不懂书法的外行们（我本人开始也被吓住了）。

他们不想下扎扎实实的苦功夫，却又想猎取名利，于是乃走上一条既偷懒又唬人的终南捷径，捞点虚名和干货，如此而已。试看现代书法中的字形，大多是剽窃剿袭甲骨文或金文的，既无普及性；而书写时似绘画似涂抹，也谈不上什么艺术上的提高。除荒诞离奇外，毫无美学价值可言。果真任其蔓延传播，只能给真正的书法艺术带来毁灭性的灾难，对于我国悠久而优秀的文化艺术传统将产生无可估量的损失和破坏。上述观点，可能被嗤为顽固不化，至少也是保守落伍的看法。但我却坚定不移地相信，只要这样下去，后果将不堪设想。

对于目前整个书法艺术界来说，我认为不能只看写字的人数，便认为这是繁荣昌盛的迹象。相反，从书写的质量看，当前倒是处于低谷阶段，只见其日就衰落而无振兴之兆。因为书法是一门艺术，不是凡拿起毛笔能写几个字的人都可成为艺术家或书法家的。他们既不追求文化素质的提高，更未考虑个人艺术细胞的有无，只想做唾手而得名渔利的人。这样的人愈多，则艺术将被摧残得愈烈。这与上文所谈的所谓现代书法，同样会成为艺术界的犯罪者。

一九八九年四月写讫。

书法浅议

中国书法是一门艺术，这已被世界所公认。但对于这门艺术的理解，则言人人殊，莫衷一是。我个人认为，要想掌握这门艺术，或者说向着做一名书法家的目标奋斗，必须有以下几个先决条件。一是必须具备一个做艺术家的素养，首先是文化素养。不读书，没有学问做基础，对我国古老而又新鲜的文化传统缺乏了解，要想当艺术家，特别是当书法家，应该是缘木求鱼的事。何况书法家决不是自封的，欺世盗名，只以矇哄一时，必难传之永久。二是其人必须有艺术细胞，也就是人们常说的天才。古人评论作家和艺术家，每有大家和名家的差别；鉴别艺术品，亦有神品、妙品、能品以及凡品、俗品的不同。这实际上是立足于艺术家本身的天才高下来看问题的。三是要下苦功夫。只有天才，而不从后天下功夫去巩固提高这种天才，迟早也会泯然成为"众人"。王安石的小品《伤仲永》早就揭示出这一真谛了。

我不是书法家，只由于从小学习过写毛笔字，对此亦略有体会。我以为，学任何艺术必须从小练起，即所谓幼功。我之所以成不了书法家，主要是基本功太缺乏，"半路出家"是谈不上"功成名就"的。书法的基本功只有两个内容，即临帖和读帖。今人作字，往往轻视临摹，其实是错的。演戏者必先学戏，弹钢琴或拉提琴，也必先取世界著名乐曲或弹或拉，反覆练习。学的、会的愈多，将来成功的保险系数愈大，创新的条件也愈成熟。我始终有这样的看法，谁继承文化遗产最多，谁对文化建设的贡献可能最大，钱锺书先生就是当前最典型的榜样。从我个人的点滴实践经验看，尽管由于我一无恒心，二多旁骛，在书法上没有成什么气候，但我还是读过和临摹过大量碑帖的。唯一的心得是，对一件书法精品，与其阅读揣摩一二十遍，不如亲手临写一遍。手写一通，对原作的理解要比目治一二十次来得亲切深刻。只是我的专职工作是教书而不是写字，到头来书法只算我的业馀爱好，因此我不敢借以钓誉沽名。这是我的心里话。

当然，我对书法艺术还是有自己的看法的。首先，它是我国源远流长的民族文化艺术宝库中的重要组成部分，它的不朽全在于它的民族特色。失去这个特色，即无所谓书法艺术。其次，书法本身是植根于现实生活的，它依附于文字，而文字又是表达语言、沟通思想的重要媒介。离开文字的意义和语言所要表达的思想内涵，亦无所谓书法。近年新潮有所谓现代书法，而新的理论有主张摆脱文字的羁绊而随意书写的，看似新奇，其实十分荒唐。道理很简单，因为这样的想法和实践，都是悖离书法艺术内部发展规律的。我曾虚心观摩研究过"现代书法"的特点，发现那不过借助于若干象形古文字的躯壳，加上个人主观随意性的拼凑，用来吓唬不懂书法的外行们（包括我本人）。他们不想下扎扎实实的苦功夫，却又想猎取名利，于是乃走上一条既偷懒又矇人的终南捷径，捞点虚名和干货。如此而已。试看现代书法中的字形，都是剽窃勦袭甲骨文或金文的，既谈不上普及性；而书写时似绘画又似涂抹，更谈不上什么艺术上的提高。除荒诞离奇外，毫无美学价值可言。果任其蔓延传播，只能给真正的书法艺术带来毁灭性的灾难，对于我国悠久而优秀的文化艺术传统，将产生无可估量的损失和破坏。上述观点，可能被嗤为顽固不化，至少也是保守落伍的看法。但我却坚信，只要这样下去，后果必不堪设想。

对于当前整个书法艺术界来说，我认为不能只看写字的人数，便认为这是繁荣昌盛的迹象。相反，从书写的质量看，眼下倒是处于低谷阶段。因为书法是一门艺术，不是凡拿起毛笔能写几个字的人都可成为书法家。而尤为严重的是，不少人竟把书法艺术当成哗众取宠的杂技表演。现在有人放着正经的纸笔不用，却用一柄比拖地板的墩布还重的毛刷子在地上拖来拖去；有人身穿"龙袍"，拳攒笔杆，一边扭着屁股，一边用笔一个点一个点像鸟啄食一样地在纸上连缀成不伦不类的字形，动作活像一个跳神的巫师。而这样的"书法家"，竟作为文化交流的使者出国去"表演"，使外国朋友误认为这就是我们祖国民族文化艺术的精华。还有人用舌，有人用脚，却不用手去写字；有人专门用双手写字；有人用口衔着笔写字；有人更想出各种奇形怪状的方式方法去写字……请问，这是弘扬民族文化艺术，还是糟蹋或亵渎民族文化艺术？这些异想天开、形形色色的所谓"书法家"，他们既不追求文化素质的提高，更未考虑个人艺术细胞的有无，只想逞险弄怪；做唾手而得的盗名渔利的驵侩。这样的人愈多，则艺术将被摧残得愈烈。他们事实上已成为民族文化艺术的罪人。对此，我们必须有清醒的认识，并且不懈地进行明辨是非的论证，而不能不分良莠、不察美恶而一味对所谓"新奇"的东西做无原则的吹捧。

庚午岁暮，偶作小诗浅议书法，今记于篇末，即作为这篇拙文的结束语："学书必自二王始，譬犹筑屋奠基址。思之既久鬼神通，一旦豁然叹观止。今人习艺不读书，滔滔天下属野狐。绩文养志德不孤，水到渠成气自殊。从我游者其勉诸！"

写毛笔字的点滴体会

近来有青年朋友想跟我学书法，并让我谈体会。我不是书法家，谈不出，只能略谈写毛笔字的体会。

做为知识分子（从前通称"读书人"）总要提笔写字。而在硬笔流行以前，写字大抵用毛笔，这原是极普遍的现象。就在我做中学生的三十年代，一个识字的人尽管字写得不算好，也还能比较规范地用毛笔写字。可是当时并没有多少人自称书法家。正如那时有功底、有造诣的戏曲演员多得数不清，却没有几位敢于戴上"表演艺术家"、"戏剧大师"之类桂冠的。这在当时都有案可查，无容置辩。

既然写毛笔字是大多数知识分子必须掌握的手段，那么任何一个会写毛笔字的人是否可以动辄称为"书法家"呢？恐怕不行。古往今来，真正被公认的书法家绝对不是自封的，不但要有高水平的艺术造诣，同时还必须有高水平的文化素养。尤其重要的是，做为书法家，必须通过艺术实践在中国书法史上做出较大贡献，才足以跻身于古今书法名家之林。有的学者对于书法有比较系统的理论，而在艺术实践方面却不能完全使人心悦诚服，如清代的包世臣，便曾受到艺术造诣比包更高的何绍基的揶揄讥诮。从而证明，在书法艺术领域中真正成"家"是多么不容易！

先父玉如公一生活了八十五岁。而他致力于书法艺术竟达七十五年以上。他是半个世纪以来被公认的书法家。然而即使在他晚年，他所强调的仍旧一是砥砺人品，二是积累学问，并坚决主张：必须用自己所掌握的知识为社会服务，做一个有益于国家民族的人。至于书法，他始终认为那是生活中的"馀事"。当然，在父亲的教导和督促下，我从小也学着染翰操觚，写毛笔字。二十岁以后，我忽然发现，纵使毕生用功不懈，在书法上也达不到父亲的水平，于是自暴自弃，从一九四三年起，一下子中辍写毛笔字近二十年。六十年代初，一位虽说是我学生却与我年龄仿佛的同志跟我讨论书法问题。他说了一番使我憬然顿悟的话："我明知资质鲁钝，没有书法天才，但我还是不停地写。写，总比不写强。"这话使我震动很大。我开始反省，如果我这二十年一直不中断写毛笔字，无论如何总该比二十年前有些进步吧。让二十年光阴白白流逝，实在太可惜了。这时我已年逾四十，乃发愤重新练毛笔字。转瞬至今，又复二十多年。尽管中间经过"十年浩劫"，这一次写毛笔字总算坚持下来了。今后仍将继续写下去，直到拿不了笔为止。

　　如果要我谈谈写毛笔字的体会，我只想说三点。一是绝对不承认自己是书法家，因为自知距真正书法家的水平实在太远了，只能说我喜欢写毛笔字。二是要想写字不断进步，必须坚持读帖、临帖。因为我国的书法艺术遗产实在太丰富、太宝贵了，谁从遗产中汲取营养最多，谁才最有资格谈改革创新，才有希望追踪前人。三是绝对不投机取巧或自我炫耀，不哗众取宠以沽名钓誉，至于以荒诞离奇或逞险弄怪的字体为捷径借以猎取"书法家"的头衔，更是坚决不干。我始终认为，与其做一名俗不可耐或招摇撞骗的写字匠，不如老老实实当一辈子教书匠。这样，庶几俯抑无愧怍于心，也不致谬种流传，贻误后世。

　　　　　　　　　　原载一九九〇年十一月二十六日《人民政协报》

关于书法博士生

老友欧阳中石教授日前惠临寒斋，我首先向他祝贺。盖我国在大学招书法博士生，实自中石兄首创，开山之功，诚不可没。中石的话也很现实："这是机遇，赶上今天这个好时候了。"

客去之后，我却思绪万千，心潮起伏。觉得兹事看似容易，问题并不简单。第一，什么样的人材才有报考书法博士生的资格？他在人文科学修养方面深度如何？对邻近的艺术如绘画、篆刻等门类有无研究与实践成果？先天有没有艺术细胞？后天是否下过练毛笔字的基本功？如果用过功，路子是否对头？是从摹大小篆或汉简入手，还是自临写二王及唐宋诸贤手迹起步？是对碑版（如汉碑、北碑、唐碑）下过功夫，还是专工行草或正楷？如果在实践方面有一定基础，那么对我国书法史及历代书法理论是否具备基本常识？相反，如果考生对书法或美学理论谈得头头是道，而腕底却连几个端正工整的汉字都写不上来，这样的人够不够考书法博士生的水平？我看，这一先决条件就很难确定。

其次，假定有人经过考试，被认为合格而录取了，那么，在短短两三年中，培养的导向和目标又是什么？是培养他成为一名能写得一手好字的书法家呢，还是把他培养成一名只懂理论（包括对古今书法作品的评价和鉴赏）而并不兼重艺术实践的人呢？如果是前者，那么，是造就他成为循规蹈矩如欧、虞、颜、柳一流人物呢，还是允许他任凭自由发展不受任何羁扼而成为金冬心或郑板桥？（果真允许他走后面这条路，那就不排斥他很可能走荒诞险怪甚至不伦不类的所谓"新潮"的旁门左道。）何况既称"博士"，在艺术实践方面还有个"专精"与"博涉"的取舍问题。可见用"科班出身"的办法培养书法家也并不容易。如果是后者，即等于说做为书法博士只培养他成为包世臣而不考虑他能否成为何绍基（按，清人包世臣著《艺舟双楫》，对书法理论很讲究，但他的实践成果以及教人如何写字的方法门径并不高明，于是受到当时书法家何绍基的讥弹）。老实讲，在历代书坛上，像撰写《书谱》的孙过庭那样既能写漂亮草书又能总结书法理论的专家实在是极为罕见的。南宋姜夔著《读书谱》，但姜白石就未必是第一流的书法家了。然则我们的书法博士生，是要求他（或希望他）成为孙过庭呢，还是只要求他做姜白石或包世臣？何况孙过庭也只是草书专家，正如欧阳询是楷书专家一样；而欧阳询所写的其它字体，同他的楷书实不在同一水平上，我们至今并不认为欧阳询或孙过庭是"通才"。而做为书法博士，正如我上文所说，在艺术实践上究竟要求"专精"或"博涉"也是值得讨论的。这一系列问题如不得到合理的解决，那么书法博士生究竟怎样才够取得学位的资格是很难确定的。

最后，还有个毕业后的出路问题。书法博士是否也同美院毕业的研究生一样，做一个靠艺术实践吃饭的艺术家呢，还是当一名为中学乃至大学学生教书法课的教师？今天社会上的书法家堪称车载斗量，但够得上在我国书法史上占一席之地的仍屈指可数。诚然，有的人写字可以卖高价获大奖，但得到这样殊荣的人并不多。而做为一位书法博士，是否就足以凭这个学位写字卖钱呢？抑或在将来，只允许拿到博士学位的人，才可以跻身于书法家之林呢？若只为培养师资，那么获得书法博士学位的人是否又感到自己未免屈材呢？以上这些，至少我自己是找不到标准答案的。不过我想，国家教委既已批准有书法博士学位,总会对此有个统盘考虑,我的这些想法又不免庸人自扰,或竟是杞人忧天了。

原载一九九四年四月三十日《团结报》

写字一得致邢捷先生

不久前在本报《翰墨苑》副刊拜读了邢捷先生论书法的大作，不仅受到启发而且很受感动。因为邢捷先生在文中提及先父玉如公近年来在天津书法界所起到的影响，并给予很高评价，做为玉如公的后嗣，无疑应从中得到策励。

我不是书法家，只是书法家的儿子。正由于是书法家的儿子，就更不敢以书法家自居。不过我是喜欢练毛笔字的，想借此谈一点学写毛笔字的体会。

我始终认为，学写毛笔字，不宜只临摹现、当代人的书法。以我本人而论，我从小到老，始终不敢以先人手泽为自己临摹范本。因为我深知先父写的字是博采众长、融会贯通历代名家的法书而自出机杼，我自己没有那么深厚的基础和功力，只照猫画虎从表面去模仿，充其量仅能形似而已。我爱好京戏，愿以学戏为喻。我要学孟小冬、杨宝森，必先学谭鑫培、余叔岩，如能上溯到奎派、汪派就更好。与其学先父的行草和楷书，不如从学二王和北碑入手；知道了先父字体的渊源所自，再学他的独具个人风貌的各体字迹，或者更能接近他内在的精神实质。当然，从古到今，任何一位艺术大师没有与另一位艺术家面貌完全相同的，王羲之和王献之的差异是很明显的，唐代欧阳询父子面目也各不相同，比较一下《醴泉铭》和《道因碑》就一目了然。只有苏辙的字几乎亦步亦趋地在学他老兄苏轼，而毫无自己特色，这就注定了苏子由根本算不上书法家。

还有，任何全能冠军或多面手总有他的强项和弱项。先父写字算得上多面手了，但小篆毕竟是他的弱项。说到这里，我必须提到我的大师兄李鹤年先生。鹤老是先父弟子中年龄最高的，从学时间也最久。但他却以篆隶独擅胜场。先父健在时就说过"鹤年的小篆比我有功夫"。这就说明鹤年的强项正是先父书法艺术中的弱项。鹤老晚年写篆隶，竟把先父写行草的笔意融入其中，显得灵活飞动，却仍不失规矩，他为《今晚报》上"都市方圆"的刊头题字便足以说明我的看法。这才是善学，只有这样，才谈得上继承和发展。

下面我想对邢捷先生的文章做几点补充。一、邢文谈到华世奎，实际近年来想觅购一本华世奎的字帖都很困难，有人托我访求，我也无能为力。二、华世奎与先父玉如公两人的艺术道路并不一致。华是"专攻"，玉如公是"博涉"（借用孙过庭《书谱》用语）。三、邢文认为一味模仿不是书法发展的出路，这道理是不错的；但学书的启蒙阶段总离不开临摹，"创新"不是一件轻而易举的事。四、邢文还认为，如果只是亦步亦趋不越雷池一步，即使下的功夫久于华和吴，也不能在艺术水平上超过华和吴。我想这是邢捷先生多虑了。华世奎这位老一辈书法家下了多少年功夫我不清楚，而先父一生，致力于书法的艺术实践则长达七十余年。很难想象，一个人用了七十多年的功还无力超越前人，那么他身上的艺术细胞也就少得可怜了。如果根据我个人的经验和想法，倒是今天的所谓"书法家"或想做书法家的人肯下苦功者少拟走捷径者多，刻苦勤奋者少急功近利者多，才出现了某些不正常的看似热闹而实则滑坡现象的。

原载一九九四年八月三十一日《今晚报》

在"学习吴玉如先生书法艺术报告会"上的讲话

(一九九五年十月十二日 根据本人讲话录音改写)

首先,我诚挚地、衷心地感谢家乡父老,为学习先父的书法艺术组织这次盛会。这种对先父及我本人的厚爱隆情,我是无法报答的。从祖父一辈起,我们一直在外工作。先父一生总想回来看看,终不能如愿。因为他一生很坎坷。到我们这一辈也很少有机会回来。我的老前辈吴组缃先生,八十年代曾回来看过,回到北京后,对我说:"无论如何,你在有生之年要回家乡看看。家乡人特别热情,你不能不回去。"我始终有这个想法,一定要回茂林去看一看。

一九八四年我在合肥开会,会后集体到黄山。路过泾县,在宾馆吃了一餐午饭。从那时算起也有十一年了。这一次要感谢泾县老年书画家协会组织这个盛会,使我有机会回来。因我老伴身体很坏,大部分家务劳动都落在我身上。舍弟同宾已决定要来,车票都买好了,由于心脏病突发,来不成了。如果我们弟兄两个一个都不来,那就很对不起家乡父老。我只得采取"走马换将"的办法,让我在上海工作的儿子请几天假,去北京照料他母亲。在家乡有关方面各位同志的大力帮助下,我终于克服了困难,参加这个会,与在座的父老兄弟见面了,真是说不尽的高兴。

刚才听了刘会长、吴景琳先生的发言,谈到先父书法方面的已经很多。我只补充一点个人体会,大家讲过的我不再重复。我事先作了些准备,但没有来得及写成文字,现在只能做一次即兴发言吧。

我父亲是一位很有成就的书法家。但做为书法家,他始终认为应该有两个前提：一是写字不能忘记作人，而且首先是作人；先要有高尚的人格，做一个堂堂正正的人；二是不能满足于当一名写字匠，要读书，要有学问，要对国家民族作贡献。这些道理，大家的发言已经讲得很透彻。我要补充的有三个内容：第一，我要谈一下关于现在写字，或者说书法，是走康庄大道还是走羊肠小道，是要求规矩平正还是走火入魔。现在有人讲什么"现代派书法"，实际上是回到文字初起源时那种画图案的阶段去。有人还主张写字不必考虑上下文，想写什么就写什么。有一位自命书法家的先生，年龄同我差不多。他给日本人讲课，介绍中国书法艺术。他写了一个两尺多长篆体的"其"字，是用红笔写的。将"其"字中间的空白留得很大很大，然后用墨笔在空白里面写了一个很大的"乐"字，对日本人说，这是"乐在其中"。我说这不是写字而是猜谜。如果这也叫书法，不是继承、发扬我们优秀的民族文化传统，而是胡闹，是对传统书法艺术的糟蹋，是旁门左道。在北京经常碰到这样类似的情况。我们看颜鲁公写的榜书或碑文，我在歙县的碑廊下面就看到过，最大的字也不过二、三尺见方；而只要谈到写字，总是指用笔在纸上写。可是前几年北京有人用一支像拖把一样的笔，用水桶盛墨汁，在地上拖字。如果"拖地"也是艺术，那我十几岁就会拖地了。我父亲只教导我在二尺见方的方砖上练习写字，却没有教我"拖地"。如果这样下去，我们传统的民族艺术就要失传，前景是十分可虑的。这是我要谈的第一点。

第二点，上述这种走火入魔、旁门左道的现象，主要是受外来影响。而我们的所谓"书法家"，则专爱赶时髦、追新潮，这就很容易上当受骗。说得坦率明白些，我奉劝大家，千万千万不要上日本人的当（这只是在家乡讲讲，在北京我就不愿讲了，因为会影响国际间的交往，影响同外国朋友的关系）。现在日本书法界有一种倾向，他们有意无意在向中国输入一些左道旁门的东西。有一次有个学生陪我去北京中山公园看日本书法展览，字写得千奇百怪。有一副条幅上没有一个字，只画着一个框框，框框里用朱笔划着一些直的、还有曲曲弯弯的线条，我看了不知这是什么内容。还是我的学生悟性强，他看了幽默地对我说："这是'彩电干扰'。"当然这些线条不像是用毛笔写的。而我一生，确是爱写毛笔字，可是至今不敢自称为书法家。当然我也没有参加书协。我认为，我父亲之所以够得上称书法家，主要是由于他在我国书法史上产生了一定影响，有一定贡献。只有具备这样的条件，才算得上书法家。但书法家不能靠投机取巧，一味追新潮赶时髦。八十年代，我在北大辅导过两位日本学者，是专门进修书法的，一位进修了十三个月，另一位进修了两年。在这期间，我发现日本书法界有一个倾向，他们把古里八怪的东西向我们"推销"、宣传，我认为这些都是旁门左道。而日本人真正研究的正宗书法，仍是讲究从"二王"开始，从碑帖入手。我接待过一位八十多岁的日本书法家，中田勇次郎先生，他说日本的正统书法还是学习我国传统的书法艺术。这就使我怀疑日本人用旁门左道的东西在骗我们，使我们走上歧途。也许我是"以小人之心度君子之腹"。但有些事不能不引起我们警惕。例如围棋是中国的国宝，现在我们的棋手却下不过日本人。又如敦煌在中国，敦煌学却在日本。我们的专利项目怎么都跑到外国去了呢？一九八五年到一九八七年，日本早稻田大学戏剧系一个女硕士毕业生，跟我学了两年戏曲，北大老教授金克木先生听说后曾慨叹地对我说，将来学戏曲也要到日本去留学了。而现在竟有人想到日本去学中国书法。我以为，我们千万不能让别人牵着鼻子走到歪门邪道上去，这样我国的书法艺术是会有断层的危险的，那就太可悲了。总之，学书法要踏踏实实，一步一个脚印。横平竖直，篆隶草章，一点点积累起来，一步一步向前走。谁接受文化遗产最多，谁就最有发言权。钱锺书先生是大学问家，博古通今；学贯中西，他写的书也最有创造性。不读书而光讲创新，是很难达到预期目的的。我们不能沽名钓誉，哗众取宠。你既爱好书法，就必须刻苦努力；不能急功近利，而必须持之以恒。只有功夫到了，才能水到渠成。

　　第三点，谈谈自己在书法上所走过的弯路。我天赋不如父亲，小时候没有出息，字写不好。当时舍弟的字比我写的好。父亲则认为我写字没有多大希望。我写过北碑，写过二王的帖，写过草书，都不成气候。于是我产生了自暴自弃的想法，认为我即使用上吃奶的力气也超不过父亲。因此，从一九四三年到一九六三年，我二十年未拿过毛笔。这二十年真是白白浪费了。后来，我的一个学生反倒成为我的老师。他年龄比我略小，天赋和家庭条件都不如我，可是他明知资质鲁钝，却一直练字不懈。有一次他对我说："老师不写字，太可惜了。"我自己也受这个学生的启发，心想如果我这二十年一直练字，至少要比现在写得好。我痛心这二十年白过了。所以说，第一个教我写字的是父亲，而使我受到教育，让我感到震动的是我的学生。从一九六三年到现在，这三十多年，每天那怕再忙，也要抽点时间写字。"文革"期间，我利用写大字报练字，始终没有间断。这一点，我同启功先生有异曲同工之处。尽管如此，说来仍感惭愧，父亲的书法成就在我们子女身上是体现得极少的。我今年七十四岁，只能分秒必争，那怕每天只有一刻钟或半小时的时间，也要练字。我并不随手写字，至今仍保持临帖的习惯，这样才有规矩可循。尤其是"二王"帖，魏碑和唐碑，真是写一次有一次的体会。临帖还有个好处，可以避免把字写油滑了。希望我在有生之年不给父亲丢人，立志把毛笔字写得更好一点。总之，写字要从平正规矩入手，不要赶时髦，走弯路。要坚持天天写，不要一曝十寒。说我是书法家的儿子，实在惭愧得很，因为我再用功，这一生也赶不上我父亲了。在座的家乡父老犹如自己一家人，希望大家不要走我的弯路，耽误了二十年的大好时光。

　　我们泾县老年书画爱好者，能组织起来写字绘画，这是一种修养，比练气功都好。陶冶情操，颐养天年。但我最后想提一个建议。目前中小学生写的字太难看了，我希望我们老年书协对青少年学生多进行教育、督促、鼓励。作为宣纸的故乡，宣笔的产地，写出字来要能拿得出去。如果我们对青年一代做贡献，让他们把毛笔字写好，这要比我们自己在小范围内写写画画起的作用大得多。希望大家能注意一下中、小学生不重视书法和汉字，不了解本国语文，不爱学习语文的这种不大好的现象。因为泾县是出文人、出宣纸的地方，要进一步提高知名度，不能让泾县的文人写出字来像螃蟹爬一样，那就愧对祖宗。老同志既要以书画自娱，也要以此来育人，应该把中青年和小学生带动起来，把字写好。这就是我的希望。

　　昨天跑了一趟茂林，回了一趟真正是自己的家乡，收获甚多。今天在此即兴发言，准备得不充分，不到之处，请多批评。谢谢家乡的父老兄弟！

　　一九九六年五月在北京改写。

马连良与褚遂良

仆业馀有二嗜：一耽京剧，二好临池。尝以京剧艺术与书法艺术相比拟。平生所见艺人，最拳拳服膺者二：一曰杨小楼，一曰王凤卿。至所闻音响资料，则年与谭鑫培相先后者凡若干人，姑不具论。小楼如天神，非常人可比。其文可拟石鼓秦篆，肃穆庄严；其武直如怀素狂草，目不暇接，而章法井然。而凤卿则俨然汉隶也。老谭古朴醇厚，大巧若拙，在钟繇右军之间。而余叔岩则上攀大令，下接欧虞，骨峻神清，精美绝伦。至于马连良，则拟之于褚遂良，窃谓最为允洽。褚书学有本源，宗法二王，自成馨逸。武则天主政时，褚书影响至钜。薛稷薛曜昆仲，于褚亦步亦趋。即民间经生写经刻石，虽体貌殊相，而笔姿胎息，无不沾褚膏馥。仆于太原晋祠碑廊，曾亲得验证。下逮玄宗开元之初，褚之流风遗韵，犹具波澜。如魏栖梧《善才寺碑》，即褚书之的脉。然学之不善，则未能免俗耳。马温如自其坐科宗谭之时，即已蹊径独辟；出科挑梁，益博采众长，如孙菊仙、贾洪林、刘鸿昇、蔡荣桂、刘景然，下及余叔岩、高庆奎，皆其摹习对象。未及中年，嗓音大好，自然开宗立派，内外行趋之若鹜。犹褚书初得之二王，晚乃别成一家，而众亦追逐成风也。然马之成派，深具根柢，能先寝馈谭余，再图与时俱进。故能终始立于不败之地。效之者无其功底，但知取巧媚俗，故马之唱念虽似易学，而实不易学。至于做表身段，则今日谓已失传，亦未为过言。马届晚年，仆尝数与接谈，知其功底远迈时贤。而学之者徒取形貌，而忽遗神髓。昔年宗马者，尚有可传衣钵之人；今则虽略具形貌者,亦罕见矣。嗟乎!京剧之陵夷绝灭,广陵散之终成绝响,于斯可见。

友人杨君,多年前即嘱仆评骘马派。仆于马派赏其飘逸,而惜其俗媚;能直言其优,而讳言其短,故屡避而不谈。犹仆极爱褚书,而临摹之际,惟力求取精华、弃糟粕,不愿初习书法者效之。于马之艺术亦然。今仆已届衰年,久不谈此道,倘不表而出之,则此意将不为世人所知。故为其大略言之,以就正于后之来者。

丙戌白露,茂林吴小如识于京郊。

二〇〇六年

习字必自二王入手

　　习字必自二王入手。羲、献墨迹已不可求，姑从唐摹诸本《兰亭》开笔，至唐人摹写二王墨迹与怀仁集右军书《圣教序》，大雅集吴文碑，近年面世者，尚有集右军书《金刚经》，皆宜玩习。如作楷书，宜取传世所谓右军书《黄庭经》、《乐毅论》及大令《十三行》放大而习之，久则自成规矩。行草于唐取颜真卿，于宋取米芾，于元取赵孟頫，于明取文徵明，于清取王铎，可择性之所近者效之。行楷则于唐取李邕，于宋取蔡襄，于元取赵孟頫，皆有裨益。如从事碑版，可择魏隋诸碑及唐之欧虞褚薛诸家碑志拓本逐步习之。如习篆隶，则先秦石鼓、诅楚与东汉诸碑，皆可染指，而清人篆隶最精者莫过邓石如、吴让之、赵之谦三家，亦宜参照。又习字必识草书，则孙过庭《书谱》与怀素《自叙帖》不可不读。仆之学书，取径不过如此。

　　丙戌残腊写示洛森。莎翁时客都中。

二〇〇六年

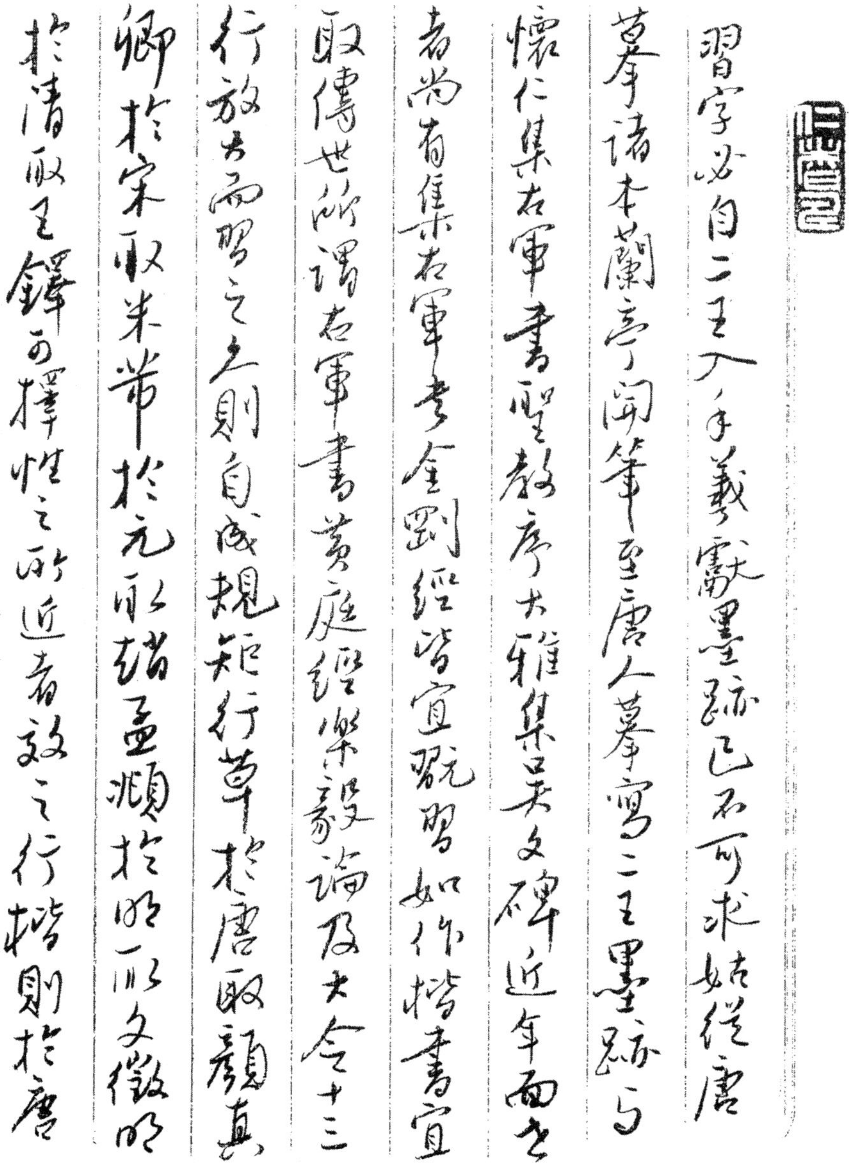
習字必自二王入手羲獻墨跡既不可求姑從唐
摹諸本蘭亭開筆至唐人摹寫二王墨跡與
懷仁集右軍書聖教序大雅集吳文碑近年面世
者尚有集右軍書金剛經皆宜玩習如作楷書宜
取傳世所謂右軍書黃庭經樂毅論及大令十三
行放大而習之久則自成規矩行草於唐取顏真
卿於宋取米芾於元取趙孟頫於明取文徵明
於清取王鐸而擇性之所近者致之行楷則於唐

图（一）

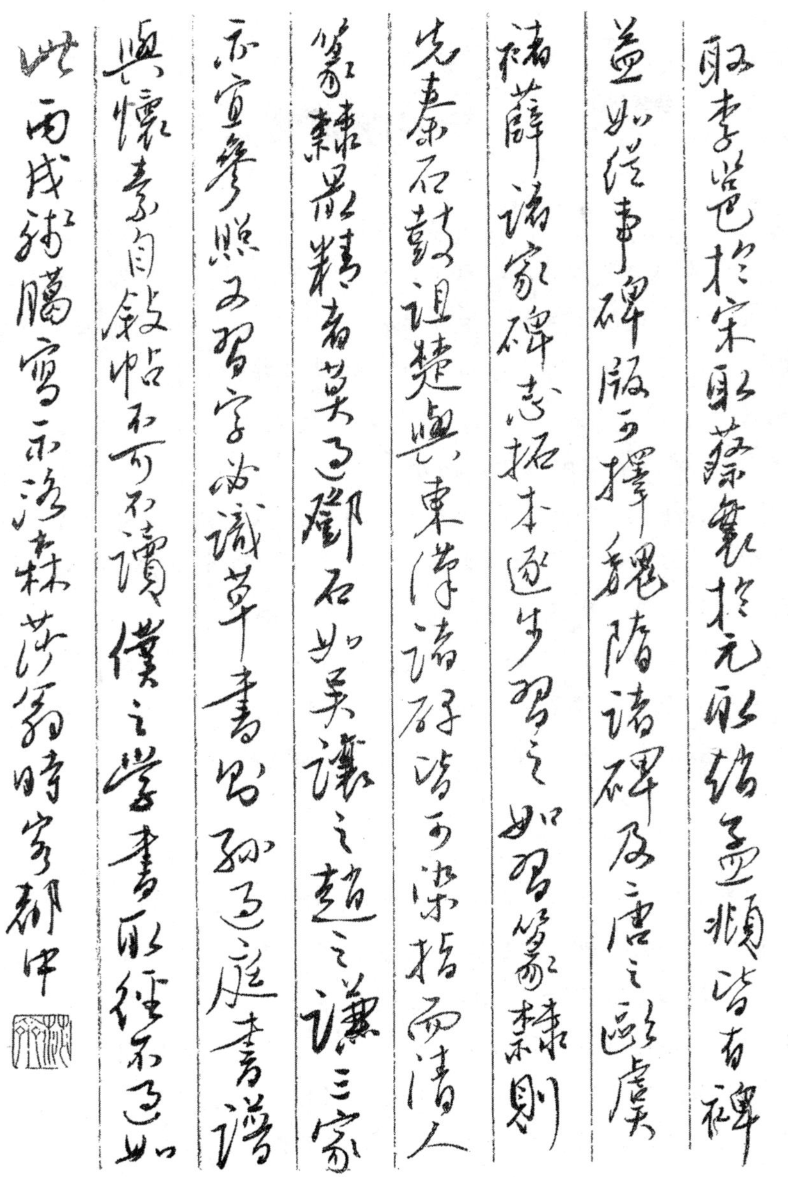

取李邕於宋取蘇軾於元取縝澄古碑盡如從事碑版可擇魏隋諸碑及唐之歐虞褚薛諸家碑志拓本逐步習之如習篆隸則先秦石鼓迄楚與東漢諸碑而清人篆隸最精者莫如鄧石如吳讓之趙之謙三家亦宜參照而習字必識草書如孫過庭書譜興懷素自敘帖不可不讀 僕之學書取徑不足此丙戌初臘寫於滬濱蔣篆時年邾中

图（二）

致谷曙光书

仆志学之年,始试习草书,自孙过庭《书谱》启蒙,曾摹习数十通。其后遵庭训苦摹《兰亭序》,以定武石刻与内府藏所谓褚遂良橅本为临写范本,至今已近百通,初未敢专学先君行草书体也。及稍长,知欲能行草,必从二王墨迹及集右军诸碑如怀仁集《圣教序》、大雅集半截碑入手,然后更须参以米襄阳赵松雪及文衡山诸家,始克悟其甘苦。他如智永、颜真卿、苏、黄与王觉斯辈,虽亦尝涉猎,终未深入。而张旭、怀素草书虽亦偶事染指,但求识字而已,与先君作字集大成之途径未尽相似。故作行草,不论形与神皆不克全肖先君,一则天赋鲁钝,二则学养未至,此犹欧阳通、米友仁乃至大令之上攀右军,终逊一筹,虽由天赋,人力亦所不及也。竟恒嘱写学书经历,姑略言之。戊子夏莎斋。

仆七八岁时承庭训初习楷书,先试取北碑《崔敬邕墓志》,继又取欧阳询《皇甫诞碑》影习摹写,皆不能入。先君见之,殊失望,以为仆于书法一道已不能成才,从此竟不苛求。十五岁后,渐习行草,先君以为姑妄试之,亦不强其成器。年未二十,偶以邓完白楷书习之,竟有所悟。稍晚又参以赵㧑叔,始悟如习楷书,必吃透北碑,更须苦橅二王者,小楷终不难有进境。日积月累,卒以隋碑及唐初欧、虞、褚三家为依归,尤寝馈于隋之《龙藏寺碑》,手写近三十通,复广取北碑及楷书始渐成形。然学无止境,至今年逾八十犹临池不敢或辍。昔先君言七十以后渐悟书理,仆则更历十年乃略知甘苦，此不独天资鲁钝，即学养亦远不能及也。竞恒从仆学，欲略知习字经历，姑漫言之如上。

　　戊子夏小如。

二〇〇八年

梅伯言曰使為文於唐貞元元和時讀者不知為貞元元和人不可也為文於宋嘉祐元祐時讀者不知為嘉祐元祐人不可也夫文與藝通治印之道亦當爾昔賢規橅秦漢出入篆籀以求近古時則然也今世楷法通流為常人治印而猶規規然弊弊焉以篆籀秦漢為事無乃泥於一乎通微習此道多歷年所其於籀篆古今蘇濃省嘗試之貴在古不乖時今不同弊而已雖然藝與文不可以徒行尤貴乎讀書閱世以其餘力治之庶幾蹟於道而進乎技矣

通微既是乎斯言予故書其意綴之篇末云

公元一九七四年歲秒莎齋謹識